Noite de Cavaleiros

20
1

ALEXENE FAROL FOLLMUTH

NOITE DE CAVALEIROS

Tradução

Vanessa Raposo

Título original: *Twelfth Knight*

Editora responsável **Paula Drummond**
Editora de produção **Agatha Machado**
Assistentes editoriais **Giselle Brito e Mariana Gonçalves**
Preparação de texto **Laura Pohl**
Revisão **Paula Prata**
Diagramação e adaptação de capa **Carolinne de Oliveira**
Projeto gráfico original **Laboratório Secreto**
Ilustração de capa **Jacqueline Li**
Design de capa original **Lesley Worrell**

Texto fixado conforme as regras do Acordo Ortográfico da Língua Portuguesa (Decreto Legislativo nº 54, de 1995)

CIP-BRASIL. CATALOGAÇÃO NA PUBLICAÇÃO
SINDICATO NACIONAL DOS EDITORES DE LIVROS, RJ

F728n Follmuth, Alexene Farol
Noite de cavaleiros / Alexene Farol Follmuth ; tradução Vanessa Raposo. - 1. ed. - Rio de Janeiro : Globo Alt, 2024.

Tradução de: Twelfth knight
ISBN 978-65-85348-83-6

1. Ficção americana. I. Raposo, Vanessa. II. Título.

24-93271 CDD: 813
CDU: 82-3(73)

Meri Gleice Rodrigues de Souza - Bibliotecária - CRB-7/6439

1ª edição, 2024

Direitos de edição em língua portuguesa para o Brasil
adquiridos por Editora Globo S.A.
R. Marquês de Pombal, 25
20.230-240 – Rio de Janeiro – RJ – Brasil
www.globolivros.com.br

Para David, por vinte anos de papo furado,
e para as mulheres de fandoms, as primeiras a me
fazerem sentir que existia espaço para a minha voz

Personagens da peça

Viola Reyes: Jovem de dezessete anos e uma de nossas protagonistas, Viola, também chamada de Vi, é cabeça-dura e autoconfiante, com o temperamento por vezes digno de uma megera.

Jack Orsino: Atleta popular e excepcionalmente talentoso, nosso outro protagonista, Jack, recebeu o apelido "Duque" devido a sua hierarquia no legado da família no futebol americano.

Sebastian Reyes: Apelidado de "Bash", o irmão gêmeo de Vi é um ator de teatro alegre e também uma fonte conveniente de inspiração.

Olívia Hadid: Rica, linda e popular, Olívia é a (ex?) namorada de Jack Orsino e colega de classe de Vi Reyes, e guarda um misterioso segredo.

Antônia Valentino: Melhor amiga de Vi e sua maior confidente, também está bastante envolvida com o mundo dos fandoms e dos videogames.

Cesário: Nomeado em homenagem ao personagem favorito de Vi Reyes em sua série de TV predileta, *Guerra dos Espinhos*, Cesário é o alter ego masculino de Vi no jogo *Noite de Cavaleiros*.

1

Música tema de batalha

Jack

Quando eu era pequeno, todo mundo concluía que, por ser filho de Sam Orsino, eu estava a destinado a ser um quarterback de elite.

Essas pessoas estavam... *meio* certas.

Digo, consigo entender a lógica do raciocínio. Meu pai, filho único de um zelador e de uma garçonete, é famoso por ter batido, no norte da Califórnia, o recorde de jardas ganhas em jogadas de passe quando ele frequentava o colégio Messalina High nos anos 1990, e só foi superado quatro anos atrás, pelo meu irmão mais velho. Enfim, tenho uma boa ideia do que as pessoas esperam de mim. O braço da família! É praticamente meu direito de nascença. Todo mundo presume que não serei diferente do meu pai e do meu irmão: um craque em campo, um capitão. Alguém que consegue liderar um time. E, de muitas maneiras, não estão errados.

Eu enxergo o jogo de um jeito diferente da maioria das pessoas. Acho que os comentaristas chamam isso de visão ou de clareza, embora para mim seja uma qualidade inerente. Quando a Ilíria estava no processo de me recrutar no outono passado, disseram que eu enxergava o campo como um prodígio do xadrez, o que acho que está mais próximo da verdade. Sei onde os jogadores vão estar, como irão se mexer. Sinto isso em algum lugar, como um músculo tensionando. Consigo sentir como se fosse uma mudança no vento.

Como, por exemplo, estou sentindo agora mesmo.

Messalina Hills, na Califórnia, pode não ser como Odessa, no Texas, mas, para um subúrbio abastado de São Francisco, até que sabemos apresentar um belo de um clássico de sexta à noite. O calor do fim de agosto arde enquanto o sol se dissolve nas luzes do estádio, transformando a familiaridade de jogar em casa em um dia de jogo lendário. As arquibancadas estão lotadas; os gritos e o zunzunzum ecoam do público, tudo cintilando com o verde e o dourado de Messalina. Ouço o estalido de um tamborim, cortante como o gume de uma faca. Do campo, um toque de suor e sal se mistura ao odor defumado de churrasco, a marca registrada do nosso jogo de abertura em casa.

Esta noite, parado no campo em meu último ano de colégio, sinto como se estivesse vivendo o início de uma era. Destino, sina, pode chamar do que quiser: está presente nesse campo conosco. Posso sentir no instante em que nossa próxima jogada é anunciada, meu time coletivamente suspenso no tempo pelo mesmo fôlego passageiro.

— HUT!

A pressão sobre Cúrio, nosso quarterback, é imediata, então libero um pouco de espaço à força e rapidamente mudo de direção, saindo da marcação de um linebacker para que Cúrio me passe a bola direto pela esquerda. Fizemos esta exata jogada centenas de vezes; funcionou na semana passada na nossa abertura de temporada, em um jogo fora de casa contra Verona High, e vai funcionar de novo agora. Pego a bola das mãos de Cúrio e avisto um jogador da defesa vindo em minha direção, gritando para que alguém bloqueie a minha direita. Naturalmente, ele erra, então giro outra vez para desviar de um defensor vindo à direita. Ele não consegue agarrar. Ah, que peninha.

Agora é só correr quarenta jardas com a defesa inteira do Pádua na minha cola.

Sabe o que falei sobre como todo mundo só está meio certo sobre eu seguir os passos do meu pai? Isso é porque, na verdade, eu sou um *running back* de elite. É quem sou, é o que amo fazer. Depois de me observar disparar com a bola em toda oportunidade que tinha durante minha primeira temporada na escolinha esportiva, meu treinador teve uma epifania e me colocou na posição de running back. Dizem que meu pai deu um chilique: outrora profetizado como o raro quarterback negro capaz de rivalizar com John Elway ou Steve Young, a carreira *dele* teve um fim abrupto com uma lesão que interrompeu seus sonhos antes da hora. Obviamente, ele via os dois filhos como espelhos para a sua própria glória, almejando para nós a grandeza que tinha sido prevista anteriormente para ele.

Porém, quando corri em disparada por toda a extensão do campo, nem mesmo o Rei Orsino foi capaz de se opor. Dizem que todo grande jogador de futebol americano tem uma espécie de lampejo sobrenatural, e o meu — a coisa que me torna o melhor jogador em campo — é que só preciso ver de *relance* uma abertura para escapar de quem quiser me parar. Tenho fé absoluta na pulsação em meu peito, na santidade de meus pés. Na consciência de que vou lutar para me erguer depois de cada tombo forte que tomar. A maioria das pessoas não sabe qual é seu propósito na vida, a razão da sua existência ou o que nasceu para fazer, mas eu sei. No fim das contas, é uma história bem curta.

Nesse caso, de só umas quarenta jardas.

Quando cruzo a linha de gol, a banda marcial começa a tocar a música de batalha de nossa escola nas alturas, e a cidade inteira vai à loucura nas arquibancadas. Considerando que esse é um jogo de abertura em casa, com certeza proporciono um belo espetáculo ao público, que retribui cantarolando "Duque Orsino", uma variação dos apelidos de rei do meu pai e de príncipe do meu irmão.

Este ano, ninguém especula *se* vamos vencer o campeonato estadual, e sim *quando*.

Lanço a bola de volta para o árbitro enquanto olho de relance para o cornerback retardatário do Pádua, que não parece nada feliz de me ver marcar mais pontos bem debaixo do seu nariz. Ele provavelmente é a pessoa mais rápida da equipe dele, o que deve parecer um elogio e tanto para quem não me conhece. Tem gente por aí que fica indignado de ser sempre o segundo lugar: pergunte só a Viola Reyes, vice-presidente do conselho estudantil, que não aceitou a minha presidência. (Ela exigiu uma recontagem depois dos resultados saírem com uma diferença de vinte votos entre nós dois, reclamando a respeito de protocolos eleitorais enquanto me encarava com um olhar fuzilante, como se me minha popularidade de algum modo fosse uma ofensa maldosa e pessoal.) Para o azar do cornerback do Pádua — e de Vi Reyes —, eu só sou bom pra caramba. A velocidade e a agilidade que garantiram meu lugar em Ilíria no próximo outono não são atributos a serem menosprezados, muito menos o fato de que gasto cada minuto de cada dia sendo legal o bastante para agradar a ESPN.

Com... *pequenas* exceções.

— Mais gás da próxima vez — aconselho o cornerback do time adversário. Afinal, o esporte não é nada sem uma sacaneada básica. — Umas horinhas extras na esteira e vai estar no papo pra você.

Ele faz cara feia e me mostra o dedo do meio.

— ORSINO!

O treinador me chama para a lateral com um gesto enquanto fazemos a troca com os times especiais, e ele revira os olhos quando troto de volta exibindo o que ele chama de meu sorrisinho "vão à merda".

— Deixe que as suas corridas falem por você, Duque — grunhe ele para mim, e não é a primeira vez que me diz isso.

É fácil pregar humildade quando não é você sendo louvado pelo público.

— Quem disse que eu falei alguma coisa? — pergunto, inocente.

Ele me olha de soslaio, depois gesticula para o banco.

— Senta aí — diz.

— Senhor, sim, senhor! — Dou uma piscadela para ele, que revira os olhos.

Cheguei a mencionar que o treinador é conhecido como Pai de vez em quando? Pois bem: o Rei Orsino acabou virando o treinador Orsino, e, graças ao seu trabalho na comunidade como técnico de futebol americano estudantil, ele ainda é visto como o menino de ouro da cidade. Meu pai foi condecorado no ano passado como "Homem do Ano" pela Associação de Negócios de Pessoas Pretas da Bay Area, e vem sendo homenageado em praticamente toda reunião escolar na última década. Em conjunto, nossas vitórias enquanto vestimos orgulhosamente o esmeralda e ouro de Messalina nos garantiram um raro lugar na história predominantemente branca desta cidade.

Quando o assunto é a habilidade dos Orsino em campo, alguns dizem que é tudo sorte. Nós chamamos de legado. Ainda assim, em comparação com meu pai e meu irmão, ainda tenho muito a provar. Na minha idade, os dois já eram candidatos de alto nível à NCAA e aos times de elite — mas, *diferente* de mim, os dois já tinham angariado os títulos de Campeões Estaduais no início de suas últimas temporadas no colégio. Posso até ser o melhor running back na Califórnia, talvez até no país, mas ainda preciso lutar para sair de baixo de uma sombra que se estende por quilômetros. Quanto aos apelidos, Duque Orsino parece ótimo até avaliar o que isso de fato significa em termos de linhagem. Cada ano é um novo e cruel experimento na linha de *tão perto, mas tão longe*.

Ainda assim, é bom que eu tenha uma motivação poderosa porque, apesar de estar fazendo um jogo incrível à beça esta noite — já corri para dois touchdowns complicados até esse momento, fazendo com que falte apenas uma boa corrida para que alcance o recorde de jardas de carreira ganhas pela Messalina —, o Pádua possui um batalhão de defensores grandalhões que impede o avanço da nossa linha ofensiva. Nossa defesa está dando seu melhor contra as jogadas criativas do Pádua, mas Cúrio, nosso quarterback do último ano que finalmente subiu de posto, não é nem de longe o jogador que Nick Valentino foi em sua temporada de formando. Cabe a mim garantir que vamos colocar aquela bola na end zone, aconteça o que acontecer, o que significa que meu recorde vai definitivamente ser quebrado esta noite.

Saio do devaneio ao ouvir o clamor dos torcedores do Pádua; o receptor do time faz uma captura incrível que leva o nosso lado da arquibancada a soltar um grunhido coletivo. Partida difícil, com certeza. Porém, apesar das tensões estarem lá em cima, não é diferente de qualquer outro jogo. O que importa é sempre a jogada que está bem diante de mim e, no momento em que ela acaba, precisamos nos concentrar na seguinte.

Sempre em frente. Sempre adiante.

Alongo o pescoço e solto o ar, me levantando no exato instante em que uma espiral perfeita leva o Pádua à primeira descida e ao gol. Se pontuarem aqui, vai ser a nossa vez em seguida. A *minha* vez. Meu momento. Todo mundo que conheço está nas arquibancadas, prendendo o fôlego, e não vou decepcioná-los. Antes de deixar o campo esta noite, todos serão testemunhas do meu destino: uma temporada vitoriosa.

Um campeonato estadual.

A própria imortalidade.

Se estou sendo dramático? Sim, com certeza, mas é difícil não romantizar a situação quando o assunto é futebol. E não acho que estou falando um absurdo ao declarar que sempre existiu algo esperando por mim. Algo grande, e essa é a minha chance de alcançar o que sonhei.

Agora é a hora de correr.

Vi

As coisas estão definitivamente esquentando no jogo. Perdemos alguns de nossos melhores jogadores do ano passado e, em um ritmo árduo como este, ter foco é essencial. Logo, para esta equipe alcançar uma vitória, vai ser preciso... bem, um milagre.

Porém, alguns milagres acontecem.

— Eles estão vindo — diz Murph, e é só.

De imediato, sinto um arrepio. Esta é a parte emocionante, mas também a hora em que a maior parte dos erros são cometidos. Eu me inclino para a frente, ansiosa, mas sem me preocupar. Vamos conseguir.

(Precisamos conseguir. Do contrário, não vou ter a minha chance de jeito nenhum e isso não é aceitável como resultado.)

À minha esquerda, Rob Kato é o primeiro a reagir:

— Quantos são?

Murphy, ou Murph (cujo nome verdadeiro é Tom, embora ninguém o chame assim; sinceramente, nem se preocupe em decorar os nomes de todo mundo, não são importantes), diz do outro lado da mesa:

— São dez.

— Alguns do time vão precisar abater dois. — É Danny Kim quem fala.

Ele é novo; não só no grupo, mas no jogo em si. O que o torna tão prestativo quanto seria de se imaginar, e tampouco vale o esforço de ser lembrado. (Eu ficaria feliz em tratar todos por números em vez de nomes para facilitar a vida, mas estudamos juntos nas mesmas classes avançadas pelos últimos, sei lá, quatrocentos anos, então, para fins de estabelecer os cenários, vamos fingir que me importo com a existência deles.)

— Eu faço isso — voluntaria-se Leon Boseman, à esquerda de Rob. Os meninos o chamam de "Bose" ou "Bose Man", uma fantástica alcunha de respeito entre caras que não acrescenta nenhum efeito significativo no apelo pessoal que ele tem.

— E eu — digo, rápido.

— Quê? — diz Marco Klein, à esquerda de Murph. Ele é insuportável, mas estou acostumada com ele, então pelo menos é um mal conhecido, acho.

— Dá uma olhada na minha ficha de personagem, Klein — rosno. — Tenho faixa preta em…

Do lado de fora da janela da cozinha de Antônia vem um rugido repentino e ensurdecedor, seguido pela fanfarra de uma banda marcial.

— Argh, desculpa. — Antônia se levanta e fecha a janela. — É tão barulhento em dia de jogo.

Os sons distantes do futebol americano de ensino médio são abafados com sucesso, e nós voltamos ao nosso jogo de ConQuest na mesa da cozinha. Sim, aquele ConQuest, o RPG para nerds, há-há, a gente sabe. A questão é que: 1) nós *somos* nerds, e com isso quero dizer que coletivamente fazemos parte do 1% que está no topo das turmas de formandos e que provavelmente vai dominar o mundo algum dia, mesmo que isso nos faça perder alguns concursos de popularidade (nem me lembre daquela marmelada das eleições para o conselho estudantil, pois eu *vou* vomitar), e 2) jogar não é só para esquisitões antissociais que ficam em porões. Você sabia que RPGs de mesa como ConQuest são os precursores dos MMORPGs, jogos on-line para uma quantidade gigantesca de jogadores, como *World of Warcraft* e *Noite de Cavaleiros*? A maioria não sabe, o que me deixa louca. Odeio quando as pessoas fazem pouco caso de mídias revolucionárias só porque não são capazes de compreendê-las.

Não me leve a mal: sei bem de onde vêm as ideias equivocadas. O cabelo loiro-acinzentado desleixado de Murph no momento está penteado para a frente de modo a cobrir um Cinturão de Órion de acne cística. Danny Kim tem cabelo preto em estilo anime que ainda assim não faz com que alcance a altura dos meus ombros. Leon é mais conhecido por sua gargalhada de hiena; Rob Kato tem uma tendência a suar incontrolavelmente quando fica estressado; e Antônia — a única pessoa nessa mesa que eu de fato gosto ou respeito, aliás — está vestindo uma coisa tricotada que era para ser um colete e que está mais para um pano de chão do que para um item da moda. E, ei, mesmo em dias bons, eu ainda pareço ter uns doze anos, então este grupo talvez não seja ideal como exemplo. Ainda assim, este *é* um jogo revolucionário, independentemente do fato de um bando de adolescentes altamente competentes terem assumido suas formas pós-puberdade ou não.

— O que você estava dizendo? — Antônia me encoraja, embora eu ainda esteja com raiva de Marco. (Uma vez, ele me implorou para pedir que Murph o convidasse para o jogo, como se Murph desse as ordens aqui.)

— Eu sou faixa preta em Tawazun — completo, irritada.

É o termo árabe para "equilíbrio" e uma das cinco maiores disciplinas de combate do ConQuest original. Dizem que *Guerra dos Espinhos* — minha série de TV favorita, uma adaptação de uma fantasia medieval sobre reinos em conflito — originou-se de uma imensa campanha própria de ConQuest que o autor da série de livros, Jeremy Xavier, jogou como Mestre de Missões quando estudava em Yale. (Ele meio que é meu herói. Todo ano cruzo os dedos para esbarrar com ele na MagiCon, mas ainda não tive essa sorte.)

— Tawazun não é, tipo, uma luta cerimonial com leque ou algo do tipo? — pergunta Danny Kim, que, repito, não sabe de nada.

Sim, o Tawazun envolve leques, mas o uso do instrumento como arma não é incomum nas artes marciais. De qualquer forma, o objetivo é usar o movimento do oponente contra ele mesmo, o que o torna uma escolha muito prática para uma personagem de porte menor como a Astrea. (Essa sou eu: Astrea Starscream. Venho interpretando-a no jogo há dois anos, refinando a história um pouco mais a cada campanha. Resumindo, ela ficou órfã e foi treinada em segredo para se tornar uma assassina de aluguel, mas aí descobriu que os pais foram assassinados pelas mesmas pessoas que a treinaram, Astrea e agora ela quer vingança. Um clássico!)

Antes que eu possa corrigir mais um dos equívocos irritantes de Danny Kim, Matt Das responde:

— Tawazun é praticamente jiu-jitsu.

— E, de qualquer forma, eu disse que conseguia — acrescento. — E é só isso o que vocês precisam saber.

Não fizemos muito combate ainda; tivemos algumas batalhas contra alguns bandidos, o que resultou no ganho de uma pequena ponta de seta de ônix, e nenhum de nós sabe o que fazer com ela. Mesmo assim, eu não deveria ter que provar nada para ele.

— Por que você não só, sei lá, seduz o cara?

Tá, eu meio que odeio Danny Kim.

— Você está vendo "poderes de sedução" em algum lugar da minha Ficha de Personagem? — retruco, desta vez sem muita paciência.

Danny troca um olhar com Leon, que foi quem o convidou para o jogo, e, de súbito, quero bater suas cabeças uma contra a outra como se fossem um par de cocos. Só que não faço isso, é claro. Porque, pelo visto, preciso ser mais legal com as pessoas se quero que concordem comigo. (Aqui vai um grande agradecimento à minha avó por me dar esse conselho sábio.)

— Acredite ou não, Danny — digo com um sorriso mordaz —, sou tão capacitada a lutar artes marciais imaginárias quanto você.

Até mais, na verdade, pois faço Muay Thai com o meu irmão gêmeo, Bash, há quatro anos. (Bash pratica por causa das coreografias de luta, mas eu treino para ter momentos como esse.)

Danny Kim não retribui o sorriso, então pelo menos não é um completo idiota.

— Eu posso tentar alguma coisa — interrompe Antônia, a eterna diplomata do grupo. — Tenho uma poção do amor que talvez funcione. Ardil feminino e esse tipo de coisa, né?

Não posso *acreditar* que ela acabou de falar "ardil feminino". Eu adoro essa garota, mas fala sério.

— Essa é a sua ação oficial? — Murph pergunta a ela, estendendo a mão para pegar os dados.

Dou um tapa na mão dele para interromper a ação, porque pelo amor de Deus, argh.

— Larissa Highbrow é *curandeira* — digo, lembrando esse fato ao resto da mesa porque em toda campanha, *sem falta*, pelo menos um de nós acaba precisando dos poderes curativos de Antônia para sobreviver. Ela é basicamente a personagem mais importante da mesa, o que naturalmente os rapazes são incapazes de (ou não querem) reconhecer. — Você deveria ficar na retaguarda e cuidar dos feridos.

— Ela está certa — diz Matt Das, que é surpreendentemente prestativo apesar de ser novo no nosso grupo. (Matt tem a pele bronzeada de sol e cabelos ondulados, e parece bastante familiarizado com desodorante, então se eu me importasse com as aparências de qualquer um dos presentes, diria que ele é razoavelmente bonito.) — O resto de nós pode cuidar do combate.

— Ou… — começo a dizer, apenas para ser interrompida.

— Será que a gente pode parar de conversar e ir logo pra luta? — choraminga Marco.

— Ou — repito em tom alto, ignorando-o —, talvez a gente possa tentar uma abordagem diplomática antes.

Em uníssono, os garotos gemem. Menos Matt Das.

— Hã… Eles estão vindo pra cima da gente com machados — diz Rob.

— Murph não falou merda nenhuma sobre machados — rebato.

Como Mestre, Murphy é quem narra o jogo e oferece as informações de que precisamos. E, da mesma forma, ele não oferece informações que não são pertinentes.

— Eles têm armas, Murph? — questiono.

— Você não consegue ver a essa distância — responde Murphy, folheando rapidamente as páginas da Bíblia do Mestre (que tem um nome idiota, e eu a cobiço ardorosamente). — Mas estão se aproximando mais a cada minuto — acrescenta, estendendo a mão despreocupadamente para pegar um enroladinho sabor pizza.

— Eles estão se aproximando mais a cada minuto! — Rob me informa com urgência, como se eu não tivesse ouvido o que Murph acabou de dizer.

— Eu saquei, mas pode ser um erro simplesmente *presumir* que estão armados. Lembram do que aconteceu com a gente no assalto a Gomorra no ano passado? — aponto, franzindo a testa quando todos assentem, com exceção de Danny Kim, que ainda não sabe de nada. — Nem sabemos se esses caras estão com o resto do exército.

Para a minha sorte, estou sendo sumariamente ignorada.

— Pois eu digo que a gente deveria atirar primeiro e fazer perguntas depois — diz Leon, assoprando o cano invisível de uma pistola imaginária, embora seu personagem, Tarrigan Skullweed, especificamente use arco e flecha.

Lanço um olhar fulminante para ele. Leon dá uma piscadela em minha direção.

— Qual a distância em que estão? — Antônia pergunta a Murph. — Tem como alguém chegar mais perto para ver se estão armados?

— Faça o teste — convida Murph, dando de ombros.

— Ah valeu, quem de nós se voluntaria para entrar *nessa* furada? — pergunta Marco.

Tá, eu estou ficando exausta.

— Tudo bem. Vamos de combate então — digo —, e que rolem os dados.

— Essa frase é de *Guerra dos Espinhos*? — pergunta, e quem mais seria? Claro que Danny Kim.

É sim, e inclusive é de uma cena que acontece logo antes de Rodrigo, o protagonista que, sendo sincera, é meio que um mané em comparação com os outros personagens, liderar seu exército em uma batalha perdida.

— De quem é a vez? — pergunto, levantando a voz.

— É minha. — Rob endireita a postura na cadeira. — Eu pego a minha espada e a atiro na direção do coração do maior guerreiro.

Bem, isso é típico, mas pelo menos o personagem de Rob, Bedwyr Killa (pois é, ridículo, mas na real não é o pior nome do grupo), é imenso e forte além de impraticavelmente inconsequente.

Murph rola os dados.

— Você acerta. O líder do grupo cai no chão, mas enquanto isso acontece, o braço dele se ergue e...

Ai, Deus, juro que se ele estiver carregando uma bandeira branca...

— ... o pedaço branco de tecido em suas mãos flutua até o solo — conclui Murph, e eu solto um gemido. Claro que isso aconteceu. — O restante da horda se reúne ao redor do líder, aflitos.

— Ótimo trabalho, rapazes. — Eu os aplaudo com sarcasmo.

— Cala a boca, Vi — diz Marco, desanimado.

— E agora? — pergunta Matt Das.

Se eu estivesse no comando? Usaríamos a personagem de Antônia para curar o homem e resolveríamos o conflito, possivelmente fazendo uma troca de suprimentos com a horda ou extraindo informações sobre as joias que sumiram, que são todo o objetivo desta campanha. Porém, já sei que nem adianta mencionar isso: se quiser permanecer nas graças do grupo até o fim da noite, preciso vencer o jogo do jeito *deles*.

Se os garotos querem violência, então violência eles terão.

— Obviamente, agora precisamos lutar, né? Eu sou a próxima — digo, me virando para Murph. — Eu me aproximo do tenente e ofereço uma passagem segura em troca de rendição.

Murphy rola os dados.

— Falhou — diz ele, balançando a cabeça. — O tenente exige sangue, salta em sua direção e aponta uma faca para seu peito. — Fazemos a verificação de comparação de forças de sempre, mas conheço minhas habilidades.

— Espero até o último instante possível, depois desvio da faca, torcendo o braço do tenente e a direcionando para o seu rim — digo.

Murphy rola de novo.

— Acerto crítico. O tenente foi abatido.

Eu me endireito na cadeira, satisfeita. Os garotos parecem impressionados, o que me lembra que mesmo que sejam o retrato da incompetência, quero de fato que acreditem que sou capaz de lidar com essa situação.

— Vou enfrentar o segundo maior do grupo — diz Marco. — Com a minha maça.

— Eu atiro uma flecha — acrescenta Leon.

— Em quê? — pergunto, mas ele balança as mãos para mim como quem faz pouco caso.

— A flecha acerta a omoplata de um integrante da horda, mas não é fatal. A maça corta o ar e erra o alvo — diz Murph.

— Eu tento de novo — insiste Marco.

— Eu uso minha corda para enlaçar o alvo — fala Matt Das, cujo personagem é estranho, meio do tipo Velho Oeste. Um vestígio de uma campanha antiga, imagino.

— Você consegue laçar com sucesso, mas não por muito tempo. A maça atinge o alvo, mas agora vocês estão cercados.

Os demais estão empolgados com a possibilidade de batalha, mas o que todo mundo sempre esquece em ConQuest é que o jogo é uma *história*. No sentido de que existem heróis e vilões, e todos os personagens têm motivações. Por que a horda apareceria com uma bandeira branca? Talvez tenhamos algo que eles queiram. Eles são parte desta missão independentemente de quem são nossos personagens, então talvez estejam conectados com alguma coisa que obtivemos durante o jogo. Aquela ponta de seta esquisita…?

Ai, Deus, eu sou uma idiota. A missão que estamos fazendo literalmente se chama *O Amuleto de Qatara*.

— Eu retiro o Amuleto de Qatara do meu coldre e o levanto acima da minha cabeça — digo apressada, ficando em pé, e todo mundo me encara.

As expressões completamente vazias. (É por isso que odeio jogar com gente que não presta atenção. Isso está ativamente me tornando mais burra.)

Murph, no entanto, ergue o polegar em um joinha comedido.

— A luta para — diz ele —, e a horda requisita uma negociação em particular com Astrea Starscream.

Até que enfim. É hora de resolver essa história.

2

Jogador vs. Jogador

Jack

Os cachos típicos de líder de torcida da minha namorada caem sobre os seus olhos, então Olivia não me vê dar uma piscadela quando volto para o campo para a nossa próxima posse. As amigas dela percebem; dão risadinhas e a cutucam, mas no instante em que ela ergue o olhar, já estou me apresentando no end zone do Pádua. *Você precisa enxergar*, diz o treinador. *Enxergue e então faça acontecer. O sucesso não é um acidente.* Tenho rolos de pergaminho com suas pérolas em minha mente, piscando nos meus pensamentos como lampejos de um letreiro de néon. *Campeões são metade desejo e metade trabalho.*

— Apenas passe a bola para o Duque. — É a última instrução do treinador para Cúrio.

Vai ser um draw, ou seja, uma jogada falsa que vai parecer uma jogada de passe. Uma enganação, só para o caso do Pádua ter sacado alguma coisa me vendo jogar — não que eu ache que vão conseguir me parar. Uma coisa é ler o campo, outra coisa é controlá-lo. Eu me posiciono imediatamente atrás de Cúrio, com o destaque do terceiro ano Malcolm Vólio à minha esquerda e o receiver do segundo ano Andrews à minha direita.

Cúrio fica para trás, varrendo o campo com o olhar enquanto Andrews se posiciona para o que parece uma captura planejada, e então Cúrio se vira e entrega a bola para mim. Eu atravesso o bloqueio de guards, centers e tackles, e pronto. O campo se abre para mim.

O mesmo cornerback de antes percebe que caiu na armadilha. Ele muda de direção, então sigo para perto da linha lateral dos visitantes, passando de raspão por alguém que tenta me derrubar. Isso me empurra para mais longe do que eu gostaria, quase saindo de campo, mas eu corro rigorosamente como se estivesse na corda bamba acompanhando a linha lateral. Depois de percorrer o campo tantas vezes, é interessante como é fácil reconhecê-lo, e eu o leio sob meus pés sem precisar pensar. Sinto nos meus ossos quando cruzo a marcação da primeira descida; dez jardas, daí vinte; daí trinta. A essa altura, a multidão está aos berros, as vaias do lado visitante à minha esquerda se misturam com o coro entoado do meu nome à direita, e abro um sorriso.

O end zone está à vista quando o cornerback finalmente me alcança como uma flecha, me acertando com o ombro e me empurrando para fora da minha estreita faixa de segurança. O encontrão me atinge uma vez, e preciso me esforçar para ganhar mais algumas jardas, e então ele se choca contra mim de novo, em colisão contra o tronco. Quase atropelo uma das líderes de torcida do Pádua, parando instantes antes de ser lançado de cabeça contra toda a linha ofensiva adversária.

Sou forçado para fora do campo antes de alcançar o end zone, o que deixa o cornerback metido para caramba. Não importa; ainda assim consegui deixar nosso time a dez jardas de um touchdown, o que significa que, na pior das hipóteses, vamos obter um field goal, quebrando o empate. Só espero que a gente consiga fazer isso rápido: ainda dá tempo de aumentar os pontos do placar, e quero ser o cara a fazer isso.

É só quando estou trotando de volta para a próxima jogada que percebo que acabei de correr umas oitenta jardas. É um feito impressionante por si só, mas fica ainda melhor: quebrei um recorde. Ouço alguns ex-alunos do Messalina comemorando e, ao olhar rápido, encontro Nick Valentino, nosso antigo quarterback e meu melhor amigo. Ele ergue um pôster com os escritos "DUQUE ORSINO" e uma foto de um bode, uma brincadeira com o trocadilho em inglês GOAT: *Greatest of All Time*, ou O Maior de Todos os Tempos. A maior quantidade de jardas de carreira na história do Messalina.

Nada de mais, digo para mim mesmo, mas então vejo meu pai na linha lateral, mascando um chiclete como de costume e digitando alguma coisa rapidamente no celular. Ele me dá um joinha com o polegar, estoico como sempre, apesar de eu ter certeza de que ele acabou de mandar uma mensagem para o meu irmão Cam.

Tá, beleza. Não vou mentir, a sensação é muito boa.

— Corridinha boa essa — diz Cúrio quando vou para o meu lugar para o slant. — Tá a fim de repetir?

— E roubar toda a glória? Vai você, pra variar — respondo.

Ele revira os olhos e convoca uma jogada de passe, então essa não é direcionada para mim.

O lançamento de Cúrio não sai perfeito — não que eu consiga ver direito o que acontece. O cornerback do Pádua está me marcando agora, provavelmente instruído a fazer o que for preciso para me manter longe do end zone. Faz sentido, mas ele está começando a me irritar. Ele me dá um empurrão, sem motivo, e eu o empurro de volta.

A resposta dele, pelo visto desagradável, fica inaudível sob o som da nossa banda marcial tocando o hino de "avante" do Messalina. Eu me alinho perto de Vólio outra vez, fumegando de irritação, e vejo o olhar que lança de soslaio para mim.

— Tudo certo aí, Duque?

— Deboinha, Mal. Essa aí é minha. Cúrio! — chamo, e nosso quarterback vira a cabeça na minha direção.

Trocamos um olhar que diz que a próxima vai jogada vai ser irada, literalmente. Vou pegar essa bola e correr com ela até o end zone do Pádua, que é o lugar dela.

A jogada começa e a bola é minha, aninhada em segurança junto ao meu tronco enquanto abaixo a cabeça e me forço adiante por pura força de vontade. Minha mãe odeia assistir a essa jogada; ela sempre cobre os olhos, mas, para mim, é nesse momento que o jogo mais se parece com uma guerra. Essa situação, além de ser perigosa, inspira uma força inegavelmente primitiva. Mordo o protetor bucal com força e me impulsiono para o mais longe que consigo, o mal necessário de apostar meu corpo em quatro anos de treinamento de força, uma pitada de sorte e um montão de fé incondicional.

Quase de imediato sou combatido pela esquerda e pela direita, sendo jogado em duas direções opostas. Algo se choca contra a parte da frente do meu capacete; encaixo o queixo no peito a tempo de evitar que minha cabeça ricocheteie para trás, mas, em outro ponto, sinto um impacto no meu joelho direito. Uma pancada em um ângulo estranho, uma contorção dura e forçada...

(Merda.)

... e uma pontada de dor ofuscante. Eu me vejo no fundo de uma pilha humana, a bola pressionada contra minha barriga a apenas uma única jarda de um touchdown.

Por um segundo, fico atordoado demais para levantar, estrelas aparecendo sempre que pisco.

Alguma coisa dói?

Não, nada dói. (Isso acontece sempre que sou atingido. Um lampejo de algo; nervosismo, sei lá.) Eu me levanto devagar, porém, deixo que Cúrio sustente meu peso enquanto tento recuperar meu equilíbrio. Estou legal. Só preciso ficar de pé.

Eu acho.

Dobro o joelho algumas vezes, testando a articulação.

— Tudo certo aí? — pergunta Cúrio, baixinho.

— Tudo. — Eu saberia se algo estivesse errado, né? — Tudo certo.

Debaixo do capacete, a expressão dele é neutra.

— Pareceu feio — diz.

Fico em dúvida por um instante, mas aí o treinador pede tempo da linha lateral. Um rebuliço percorre o estádio, carregando uma ansiedade do tipo insidioso. O tipo de tensão reservada para uma perda.

Cúrio franze a testa, esperando eu responder, e balanço a cabeça. Ainda precisamos de uma vitória, e eu sou o único que pode conquistá-la para o time.

— Só estou em choque, desculpa — digo, trotando até a rodinha do time reunido. — Está tudo bem.

Nosso treinador ofensivo, Frank, para ao meu lado.

— Foi uma colisão bem feia, Orsino — diz ele em um grunhido baixo.

— Que nada. — Exibo a minha expressão mais alegre, sabendo que o treinador está observando. — Estou bem. Só dolorido.

Ele ergue uma sobrancelha, desconfiado.

— Tem certeza?

— Com só uma jarda faltando? É claro que tenho.

Me sinto estranho, com as pernas meio bambas, mas definitivamente consigo me mexer. Sem contar que perder o jogo assim no começo da temporada significaria perder o campeonato estadual. E aí, puff, lá se vai a temporada e todo o meu legado, como fumaça.

— Estou bem — repito. — Não precisam se preocupar.

Frank estreita os olhos, e depois vai direto até onde meu pai está.

— É arriscado — murmura. — Talvez seja melhor tirar ele agora.

— De jeito nenhum! — Eu me intrometo de imediato. — Estamos a *uma jarda* da vitória, treinador!

Se tem alguém com tanta sede de vitória quanto eu, essa pessoa é o treinador Orsino. Ele assente uma vez, rígido, e quase perco o fôlego de tanto alívio.

— Corra uma finta. — O treinador acrescenta: — Vólio, fique por perto.

Nós nos separamos e voltamos para o campo, Cúrio ainda de olho em mim enquanto testo a minha pisada.

— Tem certeza de que você está legal? — insiste ele.

Coloco o protetor bucal, dando de ombros, e Cúrio assente, compreendendo. Estando confiante ou não, isso vai rolar. Ao que parece, meu joelho está sensível, mas no lugar.

Sempre em frente, sempre adiante. Acabo chamando a atenção do cornerback, que me observa enquanto nos preparamos para o snap. Observa não; ele me *encara* de um jeito sinistro. Sopro um beijo para ele e me posiciono na linha de scrimmage, afastando os meus receios enquanto foco no end zone.

Terceira descida. Agora é ou vai, ou racha, então Vólio e eu nos posicionamos para a finta: mais uma jogada de desorientação que já praticamos bastante.

— No um — grita Cúrio. — HUT!

Vou para o fundo do campo e Cúrio faz uma imitação de lance linda e digna de Oscar para Vólio, que engana todo mundo menos meu amiguinho cornerback do Pádua, que não tira os olhos de mim. Não que seja relevante; Cúrio joga a bola para mim e eu corro feito uma bala, desviando para uma abertura. Sei, sem um pingo de dúvida, que esse touchdown tem meu nome nele, e a multidão também sabe disso.

— DUQUE, DUQUE, DUQUE...

Na minha visão periférica, o cornerback do Pádua se abaixa, mirando nas minhas pernas — nos *joelhos* — e, juro, vejo tudo em lampejos, como se acontecesse em câmera lenta.

O uniforme vermelho no canto da visão.

O amarelo da trave de gol.

O verde da grama.

O pânico branco reluzente quando sinto que algo está errado...

Não, não é isso; eu não sinto. Eu *ouço*, alto como um tiro dessa vez, como o som de estalar os dedos, mas indescritivelmente pior. O som é pior do que o impacto, embora só perceba isso depois de ser arremessado para o chão. Em vez disso, penso:

A bola ainda está nas minhas mãos? E depois penso: *Alguma coisa está errada.*

Alguma coisa está muito, muito errada.

— Aproveita a vista — rosna o cornerback do Pádua, que é penalizado por me derrubar depois da bola ter saído de jogo.

Ou algo do tipo. Não consigo entender muito bem o que o árbitro está falando porque estou ocupado dizendo a mim mesmo: *Levanta, vamos, Jack, levanta*, mas algo parece ter entrado em curto-circuito. É como se meu cérebro e meu corpo tivessem sido desconectados de alguma forma, separados um do outro.

— Jack? Jack, você consegue se mexer? — É Frank quem fala.

— Duque. — O rosto do treinador aparece, todo borrado e irreconhecível.

Acho que o árbitro está falando comigo agora:

— Você está bem, filho? Precisa de ajuda?

Ouço meu pai chamar um médico.

— Ai meu Deus, Jack!

Essa é a voz de Olívia, a forma brilhosa verde e dourada ficando embaçada quando tento olhar para ela e percebo que não consigo focar a vista. Uma dor começa a se instalar, como uma cãibra ou uma onda. A dor se eleva de algum jeito, apertando o meu peito.

— Jack, você está bem?

— *Jack "O Duque" Orsino, o running back craque de jogo do Messalina, está caído no end zone do Pádua!* — grita o locutor nos alto-falantes.

Mal consigo ouvi-lo acima do som que agora percebo ser o hino do nosso time, o que significa que conseguimos. Fizemos o touchdown. Ganhamos o jogo.

O que é bom. Ótimo, até. Eu ficaria puto se não tivéssemos conseguido.

E, enfim, estou bem, certo?

— Treinador, isso não é nada bom — murmura Frank para o meu pai, que não responde.

Fecho os olhos e solto o ar.

Campeões são metade desejo e metade trabalho. Sou capaz de chegar ao end zone se eu me esforçar, se eu quiser. *Enxergue e faça acontecer.* Sou capaz de sair do chão se eu me esforçar.

Só que, dessa vez, não acho que eu seja capaz.

Vi

— **A cabeça** — declama Murph —, agora removida do corpo...

— Lindo — murmuro para mim mesma. (Bem, para ele. Mas se alguém perguntar, saiu bem baixinho.)

— ... ergue o olhar para você, os olhos revirados, e sussurra uma palavra...

— Toni! — grita a mãe de Antônia, a sra. Valentino. — Você está em casa?

— Sim, mãe, na cozinha! — Antônia berra bem no meu ouvido, e então fica corada. — Opa, desculpa, Vi.

— Estou acostumada a ser maltratada — eu a asseguro.

A mãe de Antônia aparece na cozinha, e todos cantarolamos "*Ooooooi, sra. Valentino*" como se fôssemos um coro grego. O irmão mais velho de Antônia, Nick, que está passando o fim de semana aqui, entra com um gingado que diz "para sua informação, eu costumava ser o rei desta casa" enquanto o irmão mais novo, Jandro, caminha desajeitado atrás dele.

— Como foi o jogo? — Antônia pergunta a Nick em nome do grupo, só para ser educada.

(Uma vez ela precisou explicar as regras do futebol americano a Leon, que imediatamente disse que eram complicadas demais.)

— Não é mais complicado do que uma missão de RPG — insistiu ela, porque é muito importante para Antônia que todos se sintam confortáveis e bem-informados. — Cada jogador recebe uma Ficha de Personagem, basicamente, com jogadas que tem permissão de fazer ou não...

— … e o objetivo é ficar atirando um brinquedo, de um brutamontes para o outro — zombou Leon em resposta. (Isso vindo de um garoto que pensa que provavelmente seria capaz de atirar flechas letais desde que dessem "uma chance justa" para ele.)

— Bem, o jogo foi ótimo — responde a sra. Valentino, alegre. — O novo quarterback não chega aos pés do Nicky, é claro…

— Mãe — resmunga Nick.

— Mas ele vai aprender! Ele vai chegar lá! — diz ela, para tranquilizá-lo.

— Mãe, o Cúrio joga bem. Agora posso ir? — pergunta Nick, parecendo agitado. — Quero ir no hospital.

— Hospital? — ecoa Danny Kim, cuja existência foi esquecida por mim por um segundo.

— Foi ruim assim? — pergunta a sra. Valentino para Nick, que dá de ombros e passa uma das mãos pelo cabelo.

— A mãe dele estava tentando convencer ele de ir, então imagino que já esteja no hospital. Tudo bem se eu pegar o seu carro?

— Sim, não tem…

— Pode levar o seu — oferece Antônia rapidamente. — Não vou usar hoje à noite. Se a gente for pra algum lugar, a Vi pode me levar.

Nick olha para mim de relance, se desinteressando quase que de imediato.

— Valeu, Ant — diz ele.

Então vai embora, deixando as pessoas que sobraram no cômodo olhando confusas para a sra. Valentino.

— O que aconteceu? — pergunta Matt Das.

— Ah, alguém se machucou. Um dos amigos do Nicky.

— Quem? — pergunta Leon, ficando animado. Ele pode não dar bola para futebol americano, mas saber da vida pessoal dos outros sempre é do interesse dele.

— Jack Orsino — diz a sra. Valentino.

— Jack? — repete Antônia, chocada.

— Argh, Jack — eu resmungo, por reflexo, quase ao mesmo tempo.

Antônia me fuzila com um olhar rápido para me calar. Isso é em parte resultado de Antônia ser uma Boa Pessoa, mas, ainda mais importante, é resultado do fato de que as maçãs do rosto e as medidas do peitoral de Jack Orsino com frequência motivam a boa vontade dela.

Em resumo, não é nenhum choque que Jack Orsino tenha obtido a presidência do Conselho Estudantil Associado, considerando que essa eleição é uma farsa. Para começo de conversa, os responsáveis pela contagem de votos foram os amigos dele do time de futebol, então dá para entender o motivo de eu ter exigido uma recontagem. Depois de quase um mês de negociações acirradas com todos os maiores e mais sub-representados clubes no campus, achei que a margem de dezoito votos era razoavelmente insignificante, então recorri às diretrizes eleitorais que exigem uma vitória estatisticamente mais significativa para vencer. Porém, é claro que em vez de escolherem um *grupo de terceiros imparcial*, como ditam as diretrizes, a escola deixou que o mesmo grupo de atletas apáticos recontassem os votos.

Não que os resultados oficiais fossem, no fim das contas, tão surpreendentes. Jack, basicamente um deus do Olimpo com a confiança sobrenatural de alguém nascido com a pele perfeita e um tanquinho, tem todos os pré-requisitos necessários para vencer no ensino médio, seja lá o que isso signifique daqui a dez anos. (Meu segundo lugar me rendeu a vice-presidência, então o esforço não foi em vão, mas ainda assim.) A questão é que não se pode nunca superestimar o eleitorado, que vê covinhas e um uniforme e decide que isso conta como competência em lidar com orçamentos ou mesmo o mais remoto esforço para exercer a função. Do meu ponto de vista, ou seja, o de alguém com o menor grau possível de interesse, Jack é tipo se o capitão rebelde e engraçadinho de *Império Perdido* tivesse a pele mais escura, fosse mais alto e mais intragável no trabalho. Pense no clássico patife de cinema, mas que dificilmente vai aparecer na hora certa para salvar você porque... Espera, calma aí, você precisava de alguma coisa? Hum, que esquisito, ele se esqueceu totalmente disso.

No que se refere a Jack Orsino, eu concordo 100% com Leon que futebol não passa de ficar atirando um brinquedo de um lado para o outro do campo. Jack é um dos caras que correm por aí com o brinquedo, o que, pelo que entendo, requer pouquíssima habilidade. Pelo menos na função de quarterback, Nick precisava ter visão tática. Jack apenas... corre. (Não é nenhuma surpresa que ele agiu como se eu tivesse chutado seu cachorrinho quando pedi uma recontagem de votos, o que é *literalmente* uma diretriz da escola. Imagino que ele não acredite que regras sequer se apliquem a ele.)

— O que aconteceu com o Jack? — pergunta Antônia, parecendo preocupada. Claro que parece.

— Bem, foi uma jogada bastante antiesportiva, na minha opinião — diz a sra. Valentino, olhando rapidamente para a mesa e observando nossos diversos dados, guias e Fichas de Personagem. — Qual é a aventura de hoje?

— *O Amuleto de Qatara* — respondo, torcendo para que isso baste e possamos voltar ao jogo. — É uma das missões mais clássicas.

— Ah, que bacana — diz a sra. Valentino.

Atrás dela, o irmão de Antônia, Jandro, ri baixinho.

— Uma pessoa acabou de ser decapitada — informo a ele, e Antônia empalidece enquanto a sra. Valentino empurra o garoto para fora do cômodo.

— Vamos deixar eles brincarem, Jandro. Divirtam-se, pessoal — diz ela, calorosa. — Querem alguma coisa? Um lanchinho, refrigerante?

— Já temos bastante coisa, sra. Valentino — respondo, porque minha mãe me educou direitinho. — Mas muito obrigada.

— Tudo bem, vou largar o pé de vocês. — Ela sorri para nós e dá outro empurrãozinho em Jandro na direção da sala de estar.

Nós voltamos a olhar para Murph.

— Caramba, o que será que aconteceu com o Orsino? — diz ele, parecendo perdido.

— Quem se importa? — Tamborilo as unhas na mesa. — Podemos terminar logo com isso?

— Eita, que pressa — diz Marco.

— Hum, você não quer ganhar? Nós acabamos de derrotar a última integrante da horda cretácea.

— Bom, ela estava no meio de uma frase — diz Murph.

— Beleza, e o que é que ela disse?

— *Paaaaaaaarem* — Murph profere em uma voz cadavérica baixa e assustadora.

Reviro os olhos.

— Beleza, ótimo. As famosas últimas palavras.

O restante da missão prossegue de forma mais ou menos direta. Agora que a última horda inimiga foi destruída, as cavernas foram exploradas e os vilões foram todos desmembrados com sucesso, não há muito mais a ser dito. A personagem de Antônia, Larissa, cura nosso grupo em preparo para a próxima etapa da campanha, e então chegamos ao momento pelo qual eu vinha esperando. É agora que, como grupo, decidiremos qual dos livros de expansão do ConQuest jogaremos em seguida, e eu estou… um pouco investida no resultado.

— Agora que chegamos ao fim da missão — digo, pigarreando. — Tenho uma proposta para o grupo.

— Prossiga, maruja — diz Leon, com uma voz libertina de marinheiro.

— Ainda não terminei — fala Murph.

— É, eu sei, né? A questão é essa — rebato com impaciência. — Antes de terminarmos…

— Uau. Que pequenininho — diz Marco, que parece se distrair com um pretzel deformado.

— Foi o que ela disse — zomba Leon, e Danny Kim cai na gargalhada.

— Hã? — digo exasperada. — Atenção aqui?

— Gente — interrompe Matt Das. — Só escutem o que ela vai dizer, valeu?

Deus, pelo menos nem todo mundo aqui é um idiota.

— Isso. Minha casa, minhas regras — acrescenta Antônia, fazendo uma reverência teatral para mim. — Astrea Starscream, o palco é todo seu.

— Na verdade, esse assunto é mais da Vi mesmo — falo para Antônia, com uma olhadela breve, mas agradecida. — É sobre a missão que vamos jogar em seguida.

Leon contribuiu inutilmente:

— Achei que a gente ia jogar *As Falésias de Ramadra* agora, certo?

— O que é isso? — pergunta Danny Kim, porque é claro que pergunta.

— Dizem que foi o jogo que inspirou *Guerra dos Espinhos* — responde Murph.

— Aah — diz Danny Kim na hora. — Parece legal.

— É um jogo focado em batalha — acrescenta Rob Kato. — Tipo, parece que é 100% só combate.

— É tripa pra tudo que é lado — acrescenta Leon com uma alegria palpável. — Igual na série.

— A série não é *tão* violenta assim — diz Antônia, fazendo cara feia.

— Sei. Você só assiste por causa do Cesário — responde Leon com escárnio, o que me irrita.

Cesário é um dos protagonistas de *Guerra dos Espinhos*, um príncipe renegado do reino rival que costumava ser o vilão principal. Seu arco de redenção é a trama mais interessante da série, mas todos os meninos do mundo acham que as garotas só assistem a série por causa do tanquinho dele.

— A gente ainda não concordou em jogar *Falésias de Ramadra* depois disso — eu digo.

— Sim, a gente...

— Escutem, a questão é que escrevi uma nova missão durante o verão — digo, sem enrolar mais. — E só acho que...

— Você escreveu uma missão? — pergunta Matt Das.

— Aham. — Estou muito empolgada com isso, mas tento me acalmar por enquanto. Eles vão sentir o cheiro da minha esperança como se fosse sangue na água e zombar da ideia até dizer chega, simplesmente porque é minha, antes de eu sequer ter a chance de convencê-los de que podem gostar do que preparei. — Então, é meio que um thriller político. — Meu irmão Bash e eu tivemos a ideia depois de assistirmos a um filme superantigo de gangues na casa da nossa avó. — O jogo começa em um cenário meio que de bazar...

— Bizarro tipo esquisito? — pergunta Murph.

— Bazar — eu corrijo. — Uma espécie de mercado de fadas subterrâneo, mas...

— Fadinhas? — repete Danny Kim, com uma expressão que eu gostaria de pessoalmente remover da cara dele.

— Na missão — continuo, elevando a voz —, estaríamos em um mundo com um sistema capitalista corrupto que permite o reinado tirânico de um rei das sombras... — Percebo que estou falando rápido demais pela maneira como todos ficam com olhos desfocados ao me observar. Resolvo pular essa parte. — A questão é: para obtermos sucesso nesse mundo, precisamos entrar para uma gangue de contrabandistas do subterrâneo que coexiste lado a lado com os assassinos do rei das sombras. Só que como esse é um mundo no qual a magia pode vincular você ao que fala em voz alta, tudo o que fizermos no mundo desta missão tem consequências de longo prazo...

— Parece complicado — diz Murph, franzindo a testa.

— Sem contar que você sempre quer enrolar nas partes táticas — acrescenta Marco.

— Na verdade, nem tanto — digo, respondendo a Murph, visto que Marco obviamente só está choramingando e, portanto, não tem relevância. — Digo, desde que eu seja a Mestra do jogo…

— Você quer mestrar? — pergunta Marco.

— Bom, fui eu que escrevi a missão, então…

Leon e Murph trocam um olhar instantes antes de Marco interromper outra vez:

— Ou seja, a gente nunca vai lutar.

— Galera. — Mais uma vez, eu treino um esporte de combate de *verdade*, mas se eu ouvir esses garotos chamarem Muay Thai de kickboxing de novo, vou surtar de verdade. — É claro que combate ainda é parte essencial da história, é só que…

— Eu sinto que jogos de combate são mais divertidos para o grupo — fala Rob em um falso tom reflexivo e pedante.

— Tá, isso é *literalmente* mentira…

— Acho que poderia ser divertido — diz Antônia. — Será que poderíamos fazer uma missão curta primeiro, para testar?

— Bom… — Sei que Antônia está tentando ajudar, mas ela… não ajuda. — Como eu disse, haveria consequências de longo prazo para cada ação, então…

— Não entendi. A gente vai lutar contra as fadinhas? — pergunta Leon.

— Não — respondo, entredentes, tentando não perder a paciência. — Eu disse que era *tipo* um mercado de fadas, no sentido de que é um mercado mágico clandestino que lida com contrabando, onde teríamos acesso a…

— Vamos votar e pronto — sugere Murph.

Eu ranjo os dentes, me preparando para um resultado com o qual tinha *certeza* de que não precisaria lidar. Quer dizer, fala sério, né? Eu joguei a missão que eles escolheram. Venci um *monte* de turnos de combate quando eles foram todos muito burros e caíram nas mesmas armadilhas de hipermasculinidade. Já provei que sei o que estou fazendo.

Não provei?

— Quem quer jogar a missão de fadinhas da Vi? — pergunta Murph.

— Ai, Deus — digo, levantando a mão —, não são *fadinhas*...

Só que não importa. A mão de Antônia se ergue e então, gradualmente — depois de passar um bom tempo olhando para os lados —, a de Matt Das também se levanta.

E é isso.

— Vocês estão me zoando — digo.

— Quem quer jogar *Falésias de Ramadra*? — prossegue Murph.

A mão de Danny Kim voa para o ar e, seja lá o que acontece depois disso, eu não me importo mais. Eu me levanto e pego meus dados e minhas anotações, que enfio dentro da mochila.

— Xi, que má perdedora — diz Leon, mas não estou nem aí.

Já não é ruim o bastante precisar frequentar uma escola onde as pessoas só se importam com roupas, aparências e futebol sem *também* precisar ficar debatendo com um bando de parças maria-vai-com-as-outras que nunca me dão o benefício da dúvida? Juro, não tem como vencer. Nem entre os nerds gigantescos de ConQuest que passam seu tempo livre especulando sobre os peitos de Antônia.

Trabalhei o verão *inteiro* nesta missão. Eu a projetei especificamente para agradar a todo mundo: ela inclui cenas de batalha, cenários legais, trama interessante e única. Só que não adianta. Eu sou uma menina, então obviamente é uma missão de *menina*.

— Ei! — ouço alguém falar atrás de mim. — Vi, espera!

Matt Das me segue até a frente da casa dos Valentino, passando pela porta e me interrompendo antes que eu possa alcançar meu carro.

— Vi, olha só, eu sinto muito...

— Trabalhei nessa campanha por dois meses — digo, amarga, evitando olhar para ele. Ninguém merece começar a chorar agora. — Tipo, você não faz ideia do quanto eu me esforcei, quanta pesquisa e planejamento e...

— Olha, eu sinto muito. — E ele parece sentir mesmo. — Esses caras são uns idiotas.

— Eu sei. — Eu me viro e, então, respirando fundo, levanto o olhar. — Me desculpa. Não queria ter saído correndo de lá.

— Ei, eu também teria saído. Eles foram completamente ridículos.

— É. — Mordo o lábio inferior. — Escuta, valeu por ter feito aquilo. Por ter votado na minha missão e tal.

— É, que nada. O Leon é um mané.

— Há. É.

— E o Danny Kim? Tipo, você sabe de *alguma coisa*, cara?

— Pois é. — Reviro os olhos e solto o ar. — Argh.

— Escuta, sei que isso é um saco, mas quem perde são eles. Só volta para o jogo e acaba com eles na semana que vem.

— Aham… É, talvez. — Levanto o olhar para ele e solto um suspiro. — Valeu.

— Que nada. Você quer dar o fora daqui comigo? — oferece ele. — Tomar um frozen yogurt e conversar sobre o que rolou?

Conversar sobre o que rolou? É, não, valeu. Tudo o que eu quero agora é entrar na internet e pulverizar personagens fictícios até que minha vontade de atirar dardos em gente de verdade tenha sido removida com segurança do meu organismo.

— Ah, valeu pelo convite, Matt, mas… — Dou de ombros. — Estou cansada. Meio que só quero ir pra casa.

Eu me viro na direção do carro, mas, pelo visto, Matt ainda não terminou.

— Que tal amanhã? — pergunta, colocando-se entre mim e a porta do carro.

— Quê?

— Quer ver um filme ou algo do tipo?

— Ah… Talvez. — De repente, esse convite parece muito estranho. — Eu não sei, Matt…

— Sério mesmo?

Pisco, aturdida.

— Matt, tudo o que quero é ir pra casa, tá? Se eu estiver a fim de ir pro cinema amanhã, eu mando uma mensagem pra você.

— Mas você não vai fazer isso, claro. — Ele cruza os braços.

— Tá, o que está rolando aqui? — pergunto com um suspiro, gesticulando para a postura dele. — Amanhã vou ficar o dia inteiro na Feira da Renascença e depois vou sair com a minha mãe e o meu irmão. Se eles já tiverem outro compromisso, eu te aviso.

— Nossa, que conveniente.

— Hum, é, claro. — Estico a mão para a porta do carro e Matt se mexe, bloqueando o meu caminho de novo. — Mas que porra é essa?

— Se você está tentando me dispensar, é só falar logo — diz ele, desdenhoso. — Tipo, o que mais você espera de mim, Vi? Eu fiquei do seu lado. O que mais você quer?

A tensão sobe por toda a minha coluna vertebral.

— Eita, o que tá rolando?

— Tudo bem que você deve achar que não sou superdescolado pra sair com você ou sei lá...

— Como assim?

Ele só pode estar brincando. Como se eu algum dia fosse deixar de sair com alguém porque a pessoa não é *superdescolada*. Nesse instante, estou vestindo uma camiseta com uma piada de matemática estampada.

— Mas eu sou legal de verdade com você, Vi — ele reclama —, e não acho que é justo quando você age como se eu não existisse.

— Matt — digo, ríspida —, eu não sabia que você estava tentando me chamar pra sair, ok? Eu só estava falando meus planos para você.

— Bem, agora você sabe — insiste ele, teimoso. — Então, vai me ligar ou não?

— Hum, não? — digo, porque, dã, ele está parado entre o meu carro e eu.

E mesmo que ele seja um nerd míope que não ofereceria perigo em nenhuma outra circunstância, ele ainda está me fazendo ter vontade de ficar longe dele, seja amanhã ou qualquer outra hora.

— Massa. Muito legal da sua parte, Vi — diz Matt, exalando sarcasmo.

Meu Deus.

— Posso, por favor, entrar no meu carro? — pergunto.

Ele faz um gesto na direção do carro, completando com uma reverência sarcástica.

— Só pra você saber — diz ele, com a mão ainda encostada na minha porta aberta. — Eu sou o único cara naquela sala que não te chama de escrota pelas costas. Até a Antônia parece que gostaria de fazer isso várias vezes.

Eu me irrito com a menção a Antônia. Claro que isso viria de um "cara legal".

— E deixa eu adivinhar, você se acha muito corajoso por deixar todo mundo fazer isso, né?

— Você *é* uma escrota, Vi — vocifera ele. — Achei que você fosse mais do que isso. Mas, pelo visto, não é bem assim.

Essa declaração não deveria doer. Não deveria.

— Você realmente achou que eu fosse sair com você? — Forço uma risada gélida. — Nem em um milhão de anos.

Depois disso, entro no meu carro, tranco as portas e vou para longe, me afastando antes de minhas mãos pararem de tremer no volante.

3

Falha crítica de existência

Vi

Antônia me liga antes de eu estacionar na entrada da garagem da minha casa. Penso em não atender — ainda estou com raiva, principalmente depois que Matt Das decidiu que eu estava *devendo* um encontro a ele —, mas mudo de ideia. Não é culpa da Antônia que reconhecer minhas ideias seja uma tarefa digna de Sísifo.

— Alô? — atendo, suspirando.

— Escuta, você só tem que dar tempo pra eles se acostumarem, só isso — diz ela com a voz apaziguadora e pacifista de filha do meio. — Não é pessoal. Eles têm as preferências deles, só isso.

— É um clubinho de meninos — eu murmuro. — Odeio isso.

— E dá pra culpar eles? Você sempre fica do meu lado em vez de considerar eles também. Talvez eles pensem que *nós* é que excluímos *eles*. Toda história tem dois lados, certo?

Ah, Antônia. A ingênua e adorável Antônia.

— Eu fico do seu lado porque você é de fato capaz de ter pensamentos inteligentes.

— Tá, tanto faz. Eu acho que a sua missão parece legal — diz ela, me tranquilizando. — E eles vão mudar de ideia eventualmente.

Solto o ar, encostando no banco, e desligo o carro.

— Quanto tempo até esse "eventualmente" acontecer?

— Não muito. Uns dois meses, quem sabe.

— Deus. — Fecho os olhos. — Eu só não entendo qual é o problema deles. Digo... eu joguei o jogo deles, fiz o que todo mundo queria... Caramba, eu jogo melhor do que basicamente todos eles...

— Bem, isso meio que é o problema, não acha? — diz Antônia, paciente. — Você tem que deixar eles ganharem de vez em quando, Vi. Se você quiser manter a paz.

— Hã, isso não é verdade — digo, começando a ficar irritada. Não é como se Antônia fosse uma novata no ambiente de RPGS ou de fandoms. Isso não diz respeito a esse *grupo específico* de garotos que estou aterrorizando feito uma escrota. É completamente sistêmico. — Por que é que eu deveria me encolher para eles se sentirem grandes? Não faz sentido.

— Não é o ideal, mas funciona — justifica ela. — É mais fácil apanhar moscas com mel do que com vinagre.

— E pra que eu quero uma mosca?

— Você entendeu o que eu quis dizer.

Continuo não concordando, mas tudo bem. Não adianta discutir com Antônia quando definitivamente não é culpa dela.

— Além disso — acrescenta ela —, o Matt estava meio chateado quando voltou.

Solto uma risada sem humor.

— E daí?

— E daí que o que foi que você falou pra ele? Ele só estava tentando ser legal.

Sinto os meus pelos se eriçando.

— Ele chegou a dizer pra vocês o que ele falou pra *mim*? — pergunto.

— Não. Ele não falou nada.

— Que bom. — Pelo menos, ele teve a decência de não ser um babaca a meu respeito na frente de outras pessoas, embora isso pareça um prêmio de consolação muito pequeno nesse instante.

— O que aconteceu, então? — pressiona Antônia.

— Argh. Nada. Ele me chamou pra sair.

— E você disse…?

— Que não, é claro.

— Vi! — Antônia parece escandalizada.

— O que foi?

— Qual é, o Matt é bacana. E ele obviamente gosta de você.

— E daí?

— E daí o quê?

— E isso lá é motivo pra ir em um encontro com alguém?

— Bem, sim, por que não? Vocês claramente têm coisas em comum.

— Por essa lógica, eu deveria sair com *você*.

— Seríamos um casal muito fofo e esquisito — concorda Antônia alegremente —, mas não fuja do assunto. Você não pode ser tão exigente.

— Eu não sou exigente. Só não quero ficar com *ele*.

— Então, tá. Seja o Matt ou não, você não pode ficar chocada quando meninos são babacas com você.

Fico irritada outra vez.

— Então você está dizendo que eu mereci?

— É claro que não. Só estou dizendo que você é meio que desnecessariamente hostil com todo mundo. Tipo, você precisa fuzilar o Danny Kim com o olhar sempre que ele faz uma pergunta?

Hum, sim. Com certeza.

— Eu sou consideravelmente menos hostil do que poderia ser, na verdade. — Caramba, imagina se eu *dissesse* de fato tudo o que passa pela minha cabeça. — E *eram* perguntas idiotas.

— Não existe pergunta idiota — recita ela. (A mãe da Antônia é professora.)

— Qualquer pergunta que você pode responder depois de cinco segundos de raciocínio dedutivo é uma pergunta idiota, mas tudo bem.

— Claramente meu argumento está fazendo um belo efeito.

Antônia suspira, e sendo ou não minha melhor amiga, fica extremamente evidente que preciso encerrar essa conversa. Preciso encerrar essa noite por inteiro, sinceramente, porque pensar no que aconteceu só me deixa mais brava.

— Aliás, parece que Jack Orsino rompeu um ligamento no joelho — acrescenta Antônia, mas eu não dou a mínima para Jack Orsino.

Já sei demais da vida dele sem receber os diagnósticos médicos desnecessários do seu culto de atletas egocêntricos. Além do mais, ele está me devendo uma assinatura em um relatório de orçamento. E pelo menos uns 10% da minha sanidade.

— Olha, eu estou cansada — digo para Antônia. — Só quero ir pra cama.

— O quê? Mas, tipo, não são nem dez ainda...

— Foi uma semana longa, acho. E amanhã precisamos acordar cedo.

Antônia, Bash e eu nos voluntariamos na Feira da Renascença da região e, para a surpresa de ninguém, eu que vou dirigir até lá.

— Entendi. — Ela suspira. — Só... promete que você vai ter paciência, Vi. Não desiste do grupo ainda, só... dê a eles um tempinho pra perceberem que estão errados. Tudo bem?

— Tudo bem.

Até parece. De jeito nenhum que vou voltar para mais uma Sexta de ConQuest depois da amostra grátis de inferno que precisei aguentar hoje, mas Antônia não precisa saber disso. Vou apenas inventar umas desculpas por algumas semanas até ela finalmente entender ou desistir de me chamar.

— Tá. Tem certeza de que está tudo bem?

— Estou ótima. Vejo você amanhã.

— Tá, tchau.

Desligamos. Respiro fundo outra vez, abrindo a porta do carro com força e me forçando a andar até a entrada de casa.

Moramos em uma vizinhança dolorosamente suburbana e homogênea — sabe, do tipo que aparece em filmes sobre homens de meia-idade que traem as esposas. Moramos em uma casa geminada tão próxima do apartamento ao lado que consigo ver sem esforço o Yorkshire do vizinho latindo para mim, empoleirado em cima do sofá.

— Prazer em ver você também — digo ao cachorro, destrancando a porta.

Quando entro, percebo que tem gente em casa, embora não seja a minha mãe, já que a vaga dela na garagem está vazia. Não fico muito surpresa, já que minha mãe nunca está em casa sexta-feira à noite.

Você já parou para pensar em como tem sorte de ter nascido em uma época que tem acesso a rede de esgoto dentro de casa e vacinas contra a poliomielite? Bom, a minha mãe tem sorte de viver em uma época que tem acesso a aplicativos de paquera. Ela é muito, muito boa em arranjar encontros, e tem um domínio especial no terreno dos relacionamentos casuais. Ela não é muito boa em casamento; não tenho provas de primeira mão nesse quesito, visto que aparentemente ela e o meu pai não chegaram a esse estágio antes de ela engravidar de Bash e de mim, mas considerando que ela nunca ficou com ninguém por tempo o bastante para que nós dois conhecêssemos algum pretendente, sou obrigada a aceitar a palavra dela neste assunto.

Você provavelmente está pensando: Ah, que triste, sua mãe deve ter um defeito horrível que afasta todos os homens, QUE TRÁGICO. O maior medo de todo mundo é terminar sozinho (a menos que você seja a minha avó, Lola, cujo maior medo é que minha mãe nunca conheça a felicidade de ser a equipe de apoio de um único homem pelo resto da vida), mas qual é o verdadeiro sentido disso? Até onde sei, a maioria dos casamentos é basicamente só um homem comprando uma empregada doméstica, cozinheira, babá e guru de vida, tudo em uma única pessoa, pelo baixíssimo valor de dois meses de salário para comprar um anel de diamante.

A verdade é que a minha mãe já recebeu um monte de ofertas. Pediram ela em casamento tantas vezes que eu genuinamente parei de contar. Acho que minha mãe daria um marido excelente — sair para trabalhar o dia inteiro e voltar para casa e então receber uma refeição caseira e a casa limpa parece mesmo um sonho maravilhoso, então consigo 100% entender o motivo de Os Homens ficarem tão incomodados com o feminismo —, mas o papel de *esposa* não é a praia dela. Eu e ela não somos do tipo submisso; somos duronas e críticas, e isso não agrada a todo mundo.

Porém, como eu disse, minha mãe é boa em namorar, o que tecnicamente é parte do trabalho dela. Ela é escritora freelancer e conseguiu obter sucesso uns dois anos atrás em uma revista on-line chamada *The Doe*, um periódico eletrônico feminista que produz um misto de clickbaits exagerados, listas que se passam por reportagens e crônicas políticas. Minha mãe escreve para uma coluna popular de conselhos sobre relacionamentos, o que é hilário, então normalmente ela passa as noites usando Os Aplicativos para "encontrar o amor" ou algo perto o suficiente disso para escrever a respeito.

Já que não é minha mãe que está em casa, a única outra possibilidade é meu irmão gêmeo, Sebastian, que salta escada abaixo no instante em que tiro os meus sapatos.

— Até quem enfim — diz ele, gesticulando frenético para as chaves do carro, que ele jurou que não ia precisar usar esta noite. — Mudança de planos de última hora — explica quando jogo a chave para ele. — Vamos fazer um lance com trompetes lá no IHOP.

Bash é do grupinho do teatro *e* da banda, dois ecossistemas extremamente fechados, o que significa que eu não faço ideia do que ele está falando mais ou menos 90% do tempo. Porém, ele é útil de se ter por perto quando se está tentando ter ideias novas para um personagem de ConQuest. Nós dois também gostamos de combate corpo a corpo, embora ele não aceite mais lutar comigo. Ele alega que eu fiz o nariz dele sangrar, enquanto eu acho que o ar só estava seco naquele dia.

— Divirta-se — falo, cansada, enquanto passo por ele com os ombros encolhidos.

Bash estica o braço para me parar.

— Eles não aceitaram, né? — diz, com uma careta solidária.

Nós dois temos pele marrom-clara e olhos escuros, os mesmos rostos em forma de coração e cabelos quase pretos, o que leva as pessoas a comentarem o quanto somos parecidos antes de conhecerem nossa personalidade. Bash tem o temperamento da nossa mãe, eu tenho a visão de mundo dela, e de alguma forma isso nos torna completos opostos. A maioria das pessoas chutaria que um de nós puxou ao nosso pai, mas isso é praticamente impossível de saber. Nós temos pouco contato, com exceção das raras visitas que ele faz quando está na cidade.

— Não — respondo.

— Idiotas. — Bash tem um jeito de inclinar a cabeça enquanto sorri que é muito relaxante. (Dizem que ele foi um bebê muito tranquilo, enquanto eu... não fui.) — Na próxima você consegue.

— O quê, passar por cima deles com o meu carro? — pergunto, esperançosa.

— Se é o que você quer. Eu acredito em você. — Bash sorri.

— Mas eles são mesmo uns idiotas — resmungo.

— Bem, é claro que são. Eu escrevi aquilo junto com você, então sabe como é. — Ele dá de ombros. — Tô ligado.

— "Escrever junto" é exagero.

Bash não é um escritor muito bom. Ele está mais para a pessoa que diz "vamos fazer outra coisa agora, tô entediado". Ele só fica feliz quando está fazendo os outros rirem, e é por esse motivo que, mesmo que minha mãe pense que virar ator seja uma escolha de carreira insana, ela não o culpa por isso. A personalidade de Bash deixa muito pouco espaço para procurar outras opções e, se isso serve de algo, ele é incrivelmente talentoso.

— Tá, tanto faz — diz ele. — Eles são uns lixos.

— Valeu. — Solto o ar. Aprecio a simplicidade de Bash. — Divirta-se.

— Quer vir comigo? — Ele sacode as chaves para mim.

— Nem. — Tenho planos com a minha companhia ideal: eu mesma. — Te vejo depois.

— Vê se não taca fogo na casa — grita ele enquanto subo as escadas, acendendo as luzes do meu quarto.

Está meio bagunçado, como de costume. As roupas estão no chão, e eu as chuto para o lado. O pôster de *Guerra dos Espinhos* da MagiCon do ano passado está pendurado na parede ao lado das minhas estantes com a coleção completa em brochura de *Guerra dos Espinhos* (tenho a edição especial em capa dura britânica também — as capas são lindas de morrer). Não é que eu seja obcecada com um único fandom, claro. Tenho um monte de livros de ficção científica e fantasia jogados pelo meu quarto, sem contar as minhas graphic novels, os guias de ConQuest, as lembrancinhas da Feira da Renascença... Eu meio que sou uma acumuladora funcional, acho. Meus bens mais preciosos estão depositados sobre a minha escrivaninha: o pôster de *Império Perdido* assinado pelo diretor, pelo qual esperei numa fila por quase catorze horas (sou louca por ópera espacial). E, é claro, tem o meu notebook, que é essencialmente uma reserva de tesouros de todas as coisas que são importantes para mim.

Eu me sento na cadeira, abro a tela e pego meus fones de ouvido com cancelamento de ruído. Vou fazer exatamente o que tenho feito na maioria das noites desde que o ano letivo começou. Não sei se isso anda acontecendo porque estou no último ano, mas juro que nunca estive tão estressada. A escola tem exigido muito, mas não é só isso. É alguma coisa, sei lá, existencial. Uma coceira, como se as pessoas e coisas ao meu redor não parecessem certas. Ou sou eu que não me encaixo.

O som de *Noite de Cavaleiros* sendo iniciado é tão tranquilizante que quase começo a babar como um dos cães de Pavlov.

A trama de fundo do jogo é que, depois da morte do Rei Arthur, suas relíquias foram espalhadas por onze reinos. Os cavaleiros remanescentes precisam impedir que o mundo sucumba a um caos eldritchiano quando Camelot se vê sitiada por um aspirante a tirano corrupto: o misterioso Cavaleiro Negro. Você pode jogar como mago, feiticeiro, bárbaro, criatura, cavaleiro arthuriano, assassino que trabalha para o Cavaleiro Negro... a escolha é do freguês. Escolho cavaleiro arthuriano porque, dã, espadas são legais.

Seleciono meu personagem e entro na fila para o modo combate. Os garotos realmente acham que meninas só querem saber de romance, vestidos de baile e filhotinhos, o que é a prova de que não entendem coisa nenhuma sobre o que é *ser* uma menina. Jogo este jogo porque, no mundo real, estou estressada. Ou com raiva. E não tenho bons motivos para isso?

Quando comecei a jogar MMORPGS, costumava usar o microfone do fone de ouvido para falar. Hoje em dia, não faço mais. Quer saber o motivo? Porque quando garotos escutam uma voz feminina, dão em cima de você sem necessidade, achando que vai ser uma presa fácil, ou acham que tudo o que você diz é um flerte. Ser legal com um nerd enquanto se é visivelmente mulher é como o beijo da morte. Sabe quantas vezes recebi mensagens vulgares ou fotos explícitas? E quando disse não, sabe quantas vezes fui chamada de escrota?

Não é que todos os caras sejam horríveis, mas é impossível escapar dos caras horríveis. É completamente impossível distingui-los à primeira vista. É por esse motivo que jogo com o nome de usuário de "Cesário". E meu personagem? Isso mesmo: eu o customizei com base no Cesário de *Guerra dos Espinhos*. Durão e capaz. Musculoso e sagaz. O melhor espadachim em qualquer arena, e a pessoa com maior raciocínio estratégico em campo. Quadríceps do tamanho de pilares. Um homem com tudo o que os garotos querem ser, ter e fazer — e adivinha só? *Eu* também quero essas coisas, porque, acredite ou não, nem toda menina quer ser uma princesa ou uma curandeira ou uma gostosa com peitões que só joga para perder. Eu posso até gostar de coisas consideradas femininas de vez em quando, mas não estou aqui apenas para me exibir. Não quero que me considerem bonita sem ser vista como capaz também.

Não é que eu não me sinta à vontade no meu corpo. Tirando a menstruação e os surtos de crescimento esquisitos, não tenho qualquer problema com a minha forma física. No entanto, se eu parecesse mais com o Cesário na vida real, não haveria motivo para eu não ser a Mestra do jogo que projetei. Ninguém questionaria minha competência. Ninguém pensaria que merece um encontro comigo só por fazer uma coisa legal. Jack Orsino não poderia passear pela escola como se fosse dono dela só porque todo mundo perdoa todos seus defeitos de personalidade sempre que ele sorri ou apanha uma bola. E, acima de tudo, Antônia não poderia me dizer coisas tipo "não é pessoal" sempre que os meninos se juntam contra mim. Eu queria que *fosse* pessoal! Queria que eles me odiassem por motivos normais, como a minha personalidade, em vez de olharem para mim e enxergarem só cabelos longos e peitos e decidirem que isso é o bastante para validar tudo o que pensam sobre mim.

Então é claro que estou com raiva. Estou com raiva *o tempo inteiro*. Das traições do meu governo às hipocrisias dos meus colegas, parece que não existe um descanso para as coisas horríveis e muito menos para mim. Não importa quantas vantagens de combate eu consiga para Astrea Starscream, ela nunca vai ser levada a sério. Não importa o quanto eu seja inteligente ou quanto eu trabalhe duro, minha aceitação é sempre condicional. E isso não é apenas comigo: não sei como qualquer garota consegue existir neste mundo sem estar perpetuamente furiosa.

Porém, no momento que eu abro o jogo como *Cesário*, meu chat é imediatamente preenchido por caras que querem que eu entre em suas campanhas de batalha, então pelo menos tenho valor em algum lugar. Pelo menos em um mundo, estou segura.

opa, até q enfim. bora zoar o gmon33?
mano não enche eu chamei o cesário pro morholt

Eu digito em resposta:

eu derrotei esse cara tem tipo uns dois meses
HÃÃ EU SEI por isso to te chamando pro morholt

Viu só? Quando sou Cesário, sou confiável. Até admirado. Ainda sou eu, mas sem o assédio no chat ou homens tentando me explicar as coisas de que gosto. Eles não precisam saber quem eu sou. Tudo que sabem é que sou um cara, e, para eles, isso basta.

vc ñ pode chamar ele eu preciso de um parceiro
e o quico???

Meninos, sinceramente...
Revirando os olhos, escrevo:

ei seus otários. quem disse que eu
não consigo fazer as duas coisas?

Jack

— **Eu te avisei** que isso iria acontecer — diz minha mãe da cozinha, conversando com o meu pai em um tom de voz que não era para alcançar os meus ouvidos. Estou deitado no sofá na sala de estar. — Eu avisei que o corpo de ninguém é feito para esse tipo de coisa. Uma hora isso ia acabar acontecendo com um dos meninos.

Encaro o teto. Não estou exatamente surpreso por ela estar aqui. Minha mãe não mora mais nesta casa, mas meus pais abraçaram aquela estratégia de "guarda compartilhada" de celebridades, o que significa que eu e meu irmão estamos sempre em primeiro lugar. Acho que estar com 50% dos seus filhos nocauteados é um móvito válido para passar o fim de semana aqui.

— Você sabe o que o dr. Barnes costumava dizer sobre o Jack — prossegue a voz da minha mãe. — Ele é rápido demais para o corpo dele, que não consegue acompanhar. Ele teve sorte até agora, mas...

— O que você quer que eu faça? Ele vai descansar. Ele vai se curar. — Meu pai parece muito convicto, mas ele é sempre assim. Ele é o tipo de cara que finge que algo é real até a coisa virar realidade.

— Eu pesquisei, Sam, a recuperação da cirurgia pode demorar mais de um ano, sem contar a reabilitação...

Eu me encolho. *Faça o seu trabalho, ibuprofeno. Vamos que vamos.*

— Você só pode estar de brincadeira! — A voz da minha mãe é cortante em resposta a seja lá o que meu pai acabou de falar. — Sam. Esse é o seu filho. Você viu o tombo que ele levou!

— O Duque sabe como cuidar de si mesmo...

— Não chame ele assim — esbraveja ela. — E você quer ver ele em uma cadeira de rodas aos quarenta anos de idade? Quantos dos seus velhos colegas de time estão sofrendo agora? Quantos tiveram as personalidades completamente estraçalhadas por causa de traumatismos cranianos ou *pior*...

Minha mãe não é fã de futebol americano, e ela não cansa de repetir isso em voz alta. Ela é fã do meu pai e do seu projeto, mas nutre esperanças não-tão-secretas de que a NFL um dia desmorone. Existe algo de sinistro nessa história, ela diz, em tantos donos de time brancos com jogadores negros. *Dancem para nós, nos entretenham*, mas sem o ativismo social da NBA.

O fato de ela ser branca não vem realmente ao caso...

— É a imagem que isso passa — decreta ela.

Minha mãe tem doutorado em imagem, considerando que é uma administradora do conselho estudantil cujo trabalho é garantir que tudo o que há de indefensável na educação pública pareça mais diversidade e progresso. Ela trabalha para o município vizinho, que inclui a escola onde meu pai teria jogado se não tivesse um bração daqueles. Lá, existem algumas discrepâncias econômicas, diferente daqui, onde tudo é predominantemente de classe média e branco.

— A vida é assim, Ellen — diz o meu pai, a voz se elevando. — Eu nunca forcei nada. Foi ele quem escolheu jogar, foi ele quem assinou um contrato com a Ilíria...

— E que escolha ele teve, Sam? Era ser como você e amar o que você ama ou nunca ter um minuto da sua atenção!

Pego meu celular, tentando parar de focar na conversa deles. Recebi algumas mensagens novas de Nick, dizendo que vai voltar para a gente passar um tempo juntos no fim de semana depois da minha cirurgia. Uma mensagem do meu irmão, Cam, reclamando da faculdade e dizendo que vou ficar bem. Uma do Cúrio, com um link para uma notícia do jornal regional sobre como o cornerback do Pádua foi suspenso do próximo jogo — não que isso faça diferença para mim ou para o meu joelho. Uma notificação é de Olívia, só que quando eu abro o aplicativo, vejo que ela apenas reagiu com um coraçãozinho à minha última mensagem de boa-noite. Não é uma resposta de verdade. Hum.

Olívia tem agido de forma estranha ultimamente. Mais do que só ultimamente, agora que paro para pensar. Ela viajou para Nova York com as primas e ficou lá por um mês inteiro em julho, e quase não a vi desde que o ano letivo começou umas duas semanas atrás. Provavelmente a culpa é minha: mesmo sem o treino de futebol duas vezes por dia, não tenho tido muito tempo livre.

Acho que terei muito tempo agora.

Ignoro a pontada no peito, encontrando o nome dela na minha lista de favoritos.

— Jack? — pergunta ela, atendendo à chamada.

A luz enche a tela enquanto ela toma banho de sol em seu quintal. Sinto uma saudade visceral dela, do nada, como se fosse atingido por um raio. O jeito como ela cheira a baunilha e maresia; o luau do verão passado onde eu conversei com ela pela primeira vez.

— Oi. Tá ocupada?

— Mais ou menos. Dia de garotas. — Ela vira a tela para mostrar as irmãs mais novas, ambas no ensino fundamental. Então, exibe um sorriso estranho para mim, como se estivesse preocupada ou coisa assim, ou talvez distraída. — Como está se sentido?

Vou falar logo: Olívia é incrivelmente estonteante. Aquele cabelo escuro que se mescla em tons dourados em algumas mechas, a pele bronzeada, olhos igualmente lindos... Ela é como um sonho que se materializou. É muito clichê o astro do futebol namorar a líder de torcida, mas ninguém que olha para ela pode de fato me culpar por isso. Olívia não é aquele arquétipo da rainha de formatura patricinha, sabe? Ela é diferente. Interessante, engraçada, meiga.

— Estou bem — respondo. — Não se preocupe comigo.

— É, eu sei. Você vai ficar bem. — Olívia faz aquilo de novo, mostra aquele sorriso vacilante e distraído bem na hora em que as vozes dos meus pais começam a se elevar lá da cozinha.

— Quer que eu vá aí? — pergunto, de repente desesperado para sair de casa. — Posso levar limonada pra vocês. Ou sei lá mais o que combinaria com o dia das garotas.

Sendo sincero, não tenho ideia do que seria isso. Minha mãe não gosta de ser paparicada como a mãe de Olívia, que tem o mesmo cheiro de um saguão de um hotel caro.

— Não era para você estar descansando? — pergunta ela, distraída.

— Posso descansar em qualquer lugar — garanto.

— Hum. — Ela olha de relance por cima do ombro. — Bom, os meus pais não estão em casa. Estão em um brunch com a Teita.

Essa é a avó de Olívia, que é igual à mãe, só que mais chique.

— Ah — digo. A família de Olívia tem regras bastante rígidas. — Tudo bem. É só que não vejo você faz um tempo.

— Hum — diz ela de novo, cobrindo os olhos com os óculos escuros.

Será que está brava comigo? Talvez.

— Sei que as coisas estão estranhas entre nós dois ultimamente — digo, e ela arfa como se tivesse levado um golpe.

— Você sabe?

— Qual é, Liv. Eu não sou tão desligado assim.

Ela levanta da cadeira, provavelmente para ir para um lugar onde as irmãs não possam escutar nossa conversa.

— Tá tudo bem? — pergunto.

— Tá. Bom... — Ela faz uma careta. — Digo, tá sim. No geral.

— Ok. — Eu dou risada. — Muito convincente, prossiga.

— Bem, eu só...

Ela hesita outra vez, e percebo que provavelmente está esperando por um pedido de desculpas.

— Talvez seja melhor eu falar primeiro — digo. — Porque sinto que isso é culpa minha.

— É mesmo?

— Sabe, claro que é. Eu nunca estou com você. — Essa era a principal reclamação nas brigas entre meus pais: a falta de tempo. — Talvez a minha lesão faça bem pro nosso relacionamento. — Tudo tem seu lado positivo, certo? — Vou ter muito mais horas livres agora — lembro, me sentindo um pouco melhor com essa ideia —, e aí de repente a gente pode...

— Acho que a gente devia dar um tempo — diz Olívia, do nada.

— … recuperar o tempo perdido — concluo, e então faço uma pausa. — Espera, quê? Porque eu me machuquei?

— Quê? *Jack* — diz ela, horrorizada. — É claro que não!

— Mas…

Pisco, e meu mundo inteiro gira.

De novo.

— É só que… os meus pais, sabe, eles nunca gostaram da ideia de eu estar namorando — diz Olívia, fazendo uma careta.

Isso não é bem novidade. Os pais dela são muito conservadores e rígidos de um jeito que nunca entendi, mas jamais tive a impressão de que nosso namoro era um problema.

— Você quer que a gente dê um tempo porque seus pais não gostam de mim?

Não faz sentido. Todo mundo gosta de mim. Até as pessoas que não gostam de mim meio que gostam de mim. Os Hadid com certeza pareciam ser parte desse grupo, então em que momento isso começou a fazer diferença para ela? Agora preciso conquistar *eles* também?

Porque isso eu consigo fazer.

— E se eu der um pulo aí mais tarde? Posso levar flores pra sua mãe ou algo do tipo, ou fingir que entendo desses lances de médico…

— Não, não — Olívia se apressa em dizer. — É só que… Deixa pra lá. Foi só uma ideia. Sabe como é? É só… Não tem importância. — Ela balança a cabeça. — Deixa isso pra lá.

— Olívia. — Ela não pode estar falando sério. — Não tem como eu *deixar isso pra lá*…

— Só estou estressada — ela se justifica rapidamente. — A escola tem sido muito cansativa e, você sabe, tem a minha família, os lances da faculdade… — Ela perde o fio da meada. — Mas é óbvio que eu ainda gosto de você…

— Você *gosta* de mim? — repito.

Eu disse "eu te amo" para ela faz quase nove meses, e ela disse que me amava de volta, mas de repente me ocorre que já tem um tempo que ela não diz em voz alta. Colocar um coraçãozinho em uma mensagem de texto não é a mesma coisa que dizer "eu te amo".

Caramba. O que foi que eu perdi?

— Não, Jack. Eu... — Ela solta o ar, frustrada. — Eu te amo, é claro que amo. E sempre vou te amar, juro, eu só... É só que tem sido um pouco esquisito, sabe, com tudo...

Nessa hora, meu celular vibra e quase cai da minha mão.

— Olívia, eu não...

O celular vibra de novo enquanto me atrapalho para afastar a mensagem da tela.

— Foi mal, espera um instante, eu só...

— Escuta, vou te deixar em paz, tá? Desculpa. Sei que tem muita coisa rolando com você, e, além do mais, a Leya precisa da minha ajuda com uma coisa. Conversamos mais tarde, prometo — Olívia me tranquiliza e, então, antes que eu possa impedir, ela desconecta a ligação.

Encaro a tela vazia, xingando em silêncio. Principalmente depois que vejo de quem são as mensagens de texto.

A gente realmente precisa voltar a conversar sobre os planos pra dança havaiana, é o que está escrito na mensagem de Vi Reyes. *O comitê social precisa ter um orçamento.*

Ninguém está nem aí para essa dança, mas tente falar isso para Vi Reyes. Ela é tipo aquelas personagens de filme que tira os óculos e balança os cabelos, revelando que — chocante! — era bonita esse tempo todo, exceto pelo fato de que Vi não usa óculos e já a vi de cabelo solto. Ela tem uma vibe de diretora de escola vitoriana para órfãos malcomportados.

Porém, discutir com ela não vai resolver nada, então respiro fundo. Algumas vezes.

Bom dia flor do dia, respondo. *Talvez vc tenha ouvido falar que estou meio que heroicamente debilitado no momento? Ainda no aguardo do seu buquê de flores aliás.*

Pq?, responde ela, *por acaso vc morreu?*

Antes que eu possa responder, ela manda outra mensagem:

Vc precisa do seu joelho intacto pra assinar um orçamento?

Reviro os olhos.

Pfvr, tenta n se rasgar de preocupação por mim, digito. *N sei se conseguiria viver com a culpa.*

Além disso, acrescento, *é só pedir ao ryan pra ser a segunda assinatura.*

Movimentos na conta corrente da ACE (Associação do Conselho Estudantil; alguma coisa na vida de Vi faz com que tudo se transforme em uma sigla imponente, como se de repente eu tivesse virado um otário de Wall Street) requerem duas assinaturas dentre as três possíveis: do presidente, da vice-presidente ou do tesoureiro. Vi poderia facilmente estar pentelhando outra pessoa que não eu, mas acho que ela faz isso exclusivamente para me irritar. É um dos hobbies que ela tem para relaxar, tipo crochê ou ouvir jazz.

Ryan é um idiota, rebate ela.

Interessante, respondo, sem conseguir me impedir de acrescentar: *isso significa que eu não sou um idiota?*

Ela começa a digitar e imediatamente me arrependo de ter dado mais corda.

Vc é o PRESIDENTE *jack sinceramente se vc n vai levar isso a sério n sei nem pq quis esse cargo*

Tudo o que pedi foi UMA ASSINATURA

Finja que é um autógrafo

Imagino que adore esse tipo de coisa

Ai, senhor. Ninguém consegue vencer uma briga com Vi Reyes. Estou prestes a jogar o celular longe e desistir completamente do meu dia quando recebo uma mensagem de Olívia.

Me desculpa, Jack, mas acho que apenas preciso de um tempo.

Que irônico, penso enquanto faço uma careta, considerando que tempo é basicamente a única coisa que me resta.

4

Ecos do grito fatal

Vi

No sábado, acordo e começo o meu mais novo ritual de conferir minhas redes sociais atrás de notícias sobre essa temporada de *Guerra dos Espinhos*. Há uma entrevista com Jeremy Xavier, além de algumas sinopses que prometem de forma ambígua uma "grande reviravolta", mas sabe-se lá o que isso significa. A morte de um personagem? Provavelmente. É bom que não seja Cesário. O que me lembra que outro dia escrevi um fio sobre como vilões homens sempre ganham arcos de redenção mais complexos quando comparados com as vilãs. (O que não quer dizer que eles ainda assim continuem vivos depois.)

Marquei o Monstress Mag na publicação, meu blog favorito de cultura pop comandado por mulheres, mas infelizmente não recebi nenhuma curtida ou retuíte deles. Não que eu precise da atenção, mas seria legal ser levada a sério. Ficção fantástica já é dominada pelas opiniões de fanboys nostálgicos que preferem passar pano para seus favoritos problemáticos do que fazer uso de qualquer capacidade de raciocínio crítico. E, embora jogar *Noite de Cavaleiros* como Cesário funcione para aquele mundo, o *meu* mundo é um pouco diferente. Quer dizer… Na selva das redes sociais, mostrando o meu rosto verdadeiro? Preciso de todo o feminismo interseccional que conseguir do meu lado.

Percebo que Antônia não curtiu ou republicou o meu tuíte, o que é... bem, não tem problema. Não preciso de curtidas performáticas. Continuo descendo pela linha do tempo, porém, e percebo que ela de fato *curtiu* uma outra coisa.

é impressão minha ou o twitter de GdE tá cheio de gente emocionada d+++? tipo vai assistir outra série mano kkkk não custa nada

Isso... Isso foi uma indireta para mim?

Não, provavelmente não. Antônia não faria uma coisa dessas; sem contar que tudo o que ela fez foi curtir o tuíte, e eu sei melhor do que ninguém que qualquer post sobre *Guerra dos Espinhos* acaba chamando a atenção de um hater do Cesário ou algum cara que insiste que a protagonista mulher, Liliana, é uma Mary Sue, o que é basicamente só uma forma diferente de dizer "Eu não gosto nem respeito mulheres". E daí se uma personagem "não é realista"? Como é que explicaria a existência de todo herói do sexo masculino em histórias em quadrinhos? Todo arquétipo do "Escolhido"? Sinceramente, é um mistério. Deve ser isso que irritou Antônia.

Provavelmente.

Em todo caso, por mais que eu fosse adorar apunhalar alguns pixels no universo de *Noite de Cavaleiros*, preciso levantar porque já está quase na hora de ir. Os fins de semana tendem a ser exaustivos no começo do ano letivo, porque a Feira da Renascença encerra as atividades na nossa região nessa época. Nossos expedientes são mais curtos porque somos menores de idade, mas Bash acorda cedo. Ele gosta de pensar em seu dia como uma corrida contra o sol.

— VI — grita ele com uma pancada esperada à porta do meu quarto. — VOCÊ TEM DEZ MINUTOS.

O restante da manhã se perde na luta de enfiar comida na boca e pegar as minhas coisas — botas, cinta, algibeira de couro, caneca de metal para me hidratar com o máximo de autenticidade, meias, culotes (no caso, leggings), bata, corselete, anágua, saiote, capuz... Ah, e protetor solar, porque nem tudo precisa ser historicamente correto —, antes de ser empurrada para o carro por um Bash histérico.

— Dá pra relaxar? — resmungo para ele, que me empurra para dentro e então acena com a cabeça para Antônia, vociferando para que ela entre no banco traseiro quando ela aparece correndo na calçada.

Que bom. Assim não preciso falar com ela. Bash tagarela sobre ensaios de uma peça e discute amigavelmente com Antônia a respeito da elaboração dos cenários enquanto deixo que meu cérebro seja carregado por uma onda de rock alternativo inspirado nos anos 1980.

Normalmente, minha percepção do mundo real desaparece no instante em que eu piso no mundo da Feira, um vasto parque público no meio do nada que magicamente é transformado em uma reprodução da Inglaterra elisabetana. Não é nada como as cortes aristocráticas de Londres ou a atmosfera soturna da Torre, e sim um alegre panorama do norte campestre, completo com atores fantasiados, empenas triangulares pintadas e telhados de palha decorativos em barraquinhas de madeira que se estendem até perder de vista. É como viajar no tempo para uma era perdida de simplicidade bucólica, mas uma versão na qual pessoas que de fato se parecem com você fazem parte daquele mundo em vez de serem, sabe, colonizadas.

Depois dos portões elaborados para parecerem com os de um castelo, a Feira se torna um sinuoso labirinto de extravagância: barracas de alimentos servindo hidromel e coxas de peru, tendas vendendo asas de fada e orelhas élficas, leituras de tarô ao lado de tendas de tatuagem de henna, um ferreiro de verdade, jardins encantados, palcos no estilo do Globe Theater e um sem-fim de baias de artesãos. Em que outro lugar, além de um torneio falso de justa, você pode torcer para dois cavaleiros de mentirinha sem precisar se preocupar em manter sua preciosa reputação de aborrecente? A Feira é vibrante, colorida, cheia de vida e, acima de tudo, é destemida e livre de culpa. É como um parque temático para pessoas que amam história e espadas.

Bash é o membro mais novo do elenco de improviso que atua no que chamam de "Fakespeare", e ele quase sempre interpreta uma versão absurdamente engraçada de algum vilão. Não sou atriz, mas sirvo bebidas não alcoólicas, converso com os convidados, assisto aos espetáculos (como os de Bash) e aplaudo quando é para o público aplaudir. Também tenho a reputação de ser responsável, então quando precisam de alguém para lidar com dinheiro ou recolher ingressos, geralmente pedem minha ajuda. Qualquer coisa que eu fizer na Feira parece ótimo para mim, e por uma gloriosa e suada série de finais de semana durante o fim do verão, passo o tempo brincando de faz de conta e tirando uma ou outra foto de fantasias que me dão ideias de cosplay para a usar na MagiCon, que acontece no outono.

Hoje, no entanto, estou definitivamente com um humor estranho e, pela primeira vez, parece que parte da magia de sempre da Feira não está funcionando. Não consigo afastar a sensação de que algo está errado, o que não melhora quando encontro pessoas que não são exatamente as minhas favoritas.

— Salve, Viola! — chama um dos membros de guilda recorrentes. Ele tem seus vinte e muitos anos e seu nome na Feira é Perkin, o que é esquisito levando em consideração que o seu nome real é George, o que é apropriado para o período histórico. (Mais uma pessoa que não vale a pena memorizar, são muitas no meu agitado calendário social.) — Como andas nesta bela manhã bucólica?

— São três da tarde — murmuro baixinho, posicionando um ombro entre seu rosto sorridente e o meu rosto distraído. Ele sempre para um pouco mais perto das pessoas do que precisaria ficar.

— Vejo que está com um humor adorável outra vez. Guarde um sorriso para mim — diz ele com uma piscadela, e felizmente desaparece.

Ele é desse jeito, no geral. Fica rondando para implicar comigo por alguns minutos antes de finalmente entender que eu quero que ele vá embora.

Mais tarde, porém, quando estou levando água para as guildas de balestras e lanças e machados de arremessos que ficam debaixo do sol sem qualquer cobertura (confie em mim quando digo que não vale a pena colocar um teto sobre as cabeças de amadores com lanças de arremesso), ele aparece para pegar no meu pé outra vez.

— Cadê aquele sorriso, Viola?

Mostro para ele um sorriso que tem o intuito inconfundível de exibir meus dentes, e ele ri.

— Um dia desses alguém vai ter que te domar — informa.

George ainda está usando aquele tom de brincadeira, mas isso me deixa furiosa. O que fica subentendido é nojento, particularmente quando penso sobre o que esse tipo de linguagem pode significar.

— Me *domar*? — questiono.

Dois dos membros de guilda perto dele dão risadinhas, me lembrando de que estou sozinha e em menor número. De repente, me sinto muito consciente de que ninguém da minha confiança está por perto, então rapidamente dou meia volta para ir embora.

— Caramba, por que essa pressa toda?

George estende a mão, me toca de leve e eu me encolho.

— Está com medo dos seus sentimentos, Viola? — provoca ele.

— Me solta. — Puxo o braço e o empurro para longe, talvez com mais força do que deveria.

Ele dá de ombros, ri outra vez e troca olhares com os outros dois colegas, como se fosse *eu* a irracional da situação.

— Sabes que lhe faço um mero gracejo, donzela. — Desta vez, George utiliza o seu sotaque escocês. Ele é muito bom nisso, e preciso dizer que a maior parte da equipe adora ele. *Brincalhão* é uma boa palavra para descrevê-lo, e acho que a maioria das pessoas não tem problema com suas "piadas".

Como Antônia, por exemplo, que surge de um canto. Sei que deveria ficar aliviada, mas a maneira como ela imediatamente se alegra ao ver George só faz com que eu me sinta pior.

— Ah! Oi, George — diz Antônia, ao que ele faz uma reverência.

— Milady — diz ele com um floreio.

— Milorde — responde ela com o mesmo sorriso que usa para pedir mais molho sriracha para o entregador do restaurante tailandês, e depois olha para mim. — Está tudo bem?

Abro a boca, mas George interrompe:

— A donzela fere meus sentimentos, como de hábito — responde ele, com uma piscadela. — Mas somos todos amigos aqui, não somos?

Ele e Antônia dão risada, que para mim soa como uma zombaria em câmera lenta. Não sei explicar de verdade o que está fervendo em meu peito, mas algo me atravessa, como mais uma gota de suor frio para o balde que jamais vou conseguir colocar no chão, um peso que jamais deixarei de carregar.

A raiva vem novamente, afiada e ácida.

— Nós não somos amigos — digo para ele. — E a menos que você queira que eu faça uma denúncia, você vai me deixar em paz.

— Caramba, Vi — diz Antônia, franzindo a testa para mim como se eu tivesse maldosamente acabado com a sua diversão. — Alguma coisa aconteceu ou…?

— Não. — O sorriso de George está congelado no seu rosto. — Entendido, Vi. Culpa minha. Nunca dá para saber quem não aguenta uma brincadeirinha.

A inquietação no meu peito cria raízes, floresce e apodrece. Eu me viro rapidamente, inventando uma desculpa, falando que preciso fazer uma coisa para Bash.

— Eu sinto muito por ela — diz Antônia baixinho quando me afasto. — Ela é assim mesmo.

Já estou fora de vista a essa altura, mas fico imóvel como se tivesse perfurado um pulmão.

— Sem problemas, donzela — responde George. — Viola conquistou uma fama e tanto devido à sua... intemperança.

— É, vamos chamar assim. — Antônia ri, e meu estômago embrulha.

— Sorte a dela ter você como amiga — diz George.

— Ah, para. — Não preciso olhar para saber que Antônia está mostrando seu sorriso da sriracha de novo. — E aí, vocês estão gostando da Feira?

Eles continuam conversando atrás de mim e eu me apresso para ir embora, a dor me alcançando depois do choque, seguida de um enjoo súbito.

Ela *sente muito* por mim?

Eu sou *assim mesmo*?

Era para o fim da temporada Renascentista ser divertido. Tem até um desfile! Nós brindamos nosso sucesso com coxas de peru! Fingimos lutar com espadas! Tiramos fotos juntos e prometemos manter contato, ainda que uma semana depois do ocorrido isso se resuma a postagens de memes bobos no nosso grupo do Facebook feitas por um homem adulto chamado Kevin! Porém, em vez de me divertir, eu me sinto anestesiada pelo resto do dia, e um pouco enjoada. Como se eu tivesse sido apunhalada pelas costas, mas tenho a impressão de que a situação não seria vista dessa forma se eu tentasse explicá-la em voz alta. Como aconteceu com Matt Das e o resto do nosso grupo de ConQuest, a encrenqueira sou eu, e Antônia é quem sabe ser agradável. Quem sabe ser querida.

Mas... *por quê*? *Por que* ela faz isso? Não é como se ela nunca tivesse lidado com caras fazendo as mesmas piadas inapropriadas que fazem para mim ou como se nunca tivesse sido chamada das mesmas coisas horríveis na internet. Eu e ela estamos nas mesmíssimas trincheiras, então por que ela não entende que não é certo as pessoas agirem como se eu fosse um objeto que têm o direito de controlar? *Sorria, Vi, você precisa ser domada...*

— Você está bem? — pergunta Bash quando entramos no meu carro ao fim do dia.

— Sim. — Engulo em seco e começo a dirigir.

Antônia não age como se algo estivesse errado. Em vez disso, ela desconecta o meu celular do cabo e conecta o dela. Algo que normalmente não me incomodaria, mas que agora parece jogar mais sal na ferida.

— Massa, valeu, fica à vontade — murmuro, sarcástica.

— O quê?

— Nada.

Por fim, chegamos em casa. Bash pula para fora do carro porque, como sempre, seu calendário social exige que ele esteja em algum lugar em dez minutos ou menos.

— Você pode me levar lá, né? — grita ele por cima do ombro.

— Vê se não demora — berro de volta. Preciso arrancar esses culotes o quanto antes.

— Você se importa de me levar para casa depois? — pergunta Antônia, do banco traseiro. — Não estou com vontade de andar.

Ah, que legal.

— Empolgadíssima de ser sua motorista particular — murmuro.

O olhar dela encontra o meu no espelho retrovisor.

— Tá bom, o que é agora?

— O quê?

— Minha casa fica a, tipo, poucos quarteirões para aquele lado, Vi. Se for muito inconveniente, posso ir andando.

— Então eu vou ser uma escrota se fizer você caminhar, é isso? — pergunto, sentindo a pele formigar de frustração. — Mesmo que eu tenha tido um dia longo e que só queira ir pra casa me trocar?

— Hum, você não é a única pessoa que teve um dia longo. — Ela franze a testa.

— Ah, mas é claro, como pude esquecer. — Consigo sentir a raiva saindo do meu controle. — Você *também* trabalhou muito duro tranquilizando todas as pessoas que eu atormentei.

— Uau. — Ela endireita a postura e abre a porta do carro, balançando a cabeça. — Claramente o seu humor está ótimo hoje.

— Eu me pergunto o porquê — resmungo para mim mesma.

Ela se mexe como se fosse ir embora, mas muda de ideia e para perto da minha janela.

— Eu não sou sua inimiga, Vi.

Você também não é minha aliada, penso amargamente. A raiva faísca novamente, e depois murcha, transformando-se em algo pior.

— Só estou cansada — digo a ela. — Frustrada. Estressada.

— Você poderia tentar ser um pouco mais legal — sugere ela em um tom brincalhão, mas tudo o que consigo escutar é o lembrete passivo-agressivo de que ela *sente muito*.

Não pela minha situação, mas por *minha* causa. Ela sente muito que eu seja essa pessoa horrível. Ela sente muito por não ser capaz de me mudar. Ela sente muito por ser minha amiga.

— Pode reduzir um pouco o seu estresse, sabe — acrescenta ela —, deixar que as pessoas sejam elas mesmas sem ameaçar dedurar todo mundo.

Abro a boca para dizer que não foi uma ameaça, mas então me lembro que mesmo que *tivesse* denunciado George, nada teria acontecido. Ele não *fez* nada — é essa a grande questão. Como foi que ele disse? Era uma brincadeira. Certo. A parte realmente engraçada é que não é crime ficar parado perto demais de alguém ou se recusar a ouvir a palavra *não*. Meninos são assim mesmo, dizem... Não acho que eu seria capaz de explicar que "ele me deixa desconfortável" para além dessas palavras.

Só que eu meio que achava que minha melhor amiga entenderia sem precisar de uma explicação.

— Te vejo amanhã? — pergunta ela, sorrindo.

Antes que eu possa responder, Bash vem correndo a toda, gritando para mim como se eu dirigisse seu veículo de fuga.

— Acelera! — instrui ele, me dando um empurrão desnecessário.

— Desculpa, Antônia, eu preciso...

— Tranquilo. A gente se vê! — diz ela para nós dois.

Volto para a rua com o carro, e ela acena. Aparentemente, está tudo bem.

(*Está* tudo bem, não está?)

Jack

— **Pois bem, o joelho** — diz o dr. Barnes. — Foi um rompimento muito agressivo. LCA, LCP, menisco, o funcionamento... Fiz o melhor que pude para corrigir, mas vai demorar um tempo até que possamos realmente começar a reabilitação.

Fico viajando nos pensamentos quando ele diz coisas tipo seis semanas usando muletas antes de eu poder colocar peso na perna outra vez, geralmente oito meses, mas mais provável que sejam doze até a recuperação total. Recuperar toda a amplitude de movimento pode ser complicado devido ao estado do joelho na hora da cirurgia, mas a notícia boa é que sou jovem e saudável e tenho acesso à melhor fisioterapia disponível e não há motivo para o enxerto ser rejeitado, e é importante me manter otimista, mas não devo apressar a recuperação, não se quiser recuperar o pleno uso do meu joelho, não só para o futebol, mas para atividades normais, como andar e correr, ou qualquer forma de exercício vigoroso. Não dá para prever o que o futuro vai trazer, mas se trabalhar duro nisso, vai colher as recompensas. Jack, você está me ouvindo? Jack, sei que é muita coisa para absorver, sua mãe e seu pai estão apoiando você completamente, já discutimos sua agenda de fisioterapia com o Eric e, sinceramente, não se estresse tanto com isso, rapaz. Na vida, as coisas tendem a se ajeitar.

Pisco e olho do dr. Barnes para o meu pai.

— Eu ainda posso ir aos treinos com o time? — pergunto.

O dr. Barnes parece entender que não estou pedindo por um milagre; só estou pedindo ao meu treinador pelo meu direito como capitão. Como formando. Estou pedindo: por favor, não tire tudo de mim, ainda não. Não desse jeito, de uma tacada só.

— Jack — começa a minha mãe, com uma expressão dolorida, mas meu pai balança a cabeça para interrompê-la.

— É claro que sim — diz ele para mim, enquanto o dr. Barnes olha para as mãos. — É claro que sim.

— Cara — diz Nick, que vem me visitar alguns dias depois da minha cirurgia. — Você está...

Ele dá uma olhada nas migalhas na minha camiseta, que são muitas. Estive comendo salgadinho no sofá onde tenho dormido e basicamente vivido, pois é muito difícil subir as escadas até o meu quarto usando muletas.

— Você não está com uma cara muito boa, mano — conclui ele com uma careta generosa.

— Estou bem.

Com isso, quero dizer algumas coisas: estou puto para cacete e também ressentido.

Não faço ideia de que droga de futuro tenho agora. Minha namorada só responde uma a cada três mensagens que mando, o que acho que está fazendo de propósito. Vi Reyes já me mandou mensagem hoje de manhã sobre sabe lá Deus o quê. Um baile de boas-vindas? Minha única fonte de alegria é que ela parece estar tão infeliz quanto eu. Porém, não importa o quanto a vida de Vi seja misteriosamente horrível, a minha mãe não para de falar sobre graduações possíveis na faculdade agora que a minha carreira no futebol acabou, enquanto o meu pai não para de me mandar páginas e mais páginas de pesquisas sobre rompimentos de LCA iguais ao meu que foram apenas ferimentos temporários.

Ele insiste que a Ilíria ainda vai me dar uma chance, desde que eu demonstre a eles que estou bem. Se eu quiser me recuperar do ferimento, posso simplesmente me *recuperar*. Enxergue e faça acontecer, ponto de exclamação! Basta visualizar a si mesmo como alguém que não está confinado no sofá e, pronto, é fácil assim! Levante-se com sua *força de vontade*, Jack, mesmo que cada movimento seja custoso! Mesmo que tudo que você costumava ser tenha sido destruído!

Só que o que sai da minha boca é:

— Sei lá, tô entediado.

— Ah — diz Nick, com um aceno de cabeça, claramente aliviado que não respondi com nada mais sombrio, então sei que mandei a resposta certa.

E, de qualquer forma, é a verdade. Mal faz uma semana e já estou de saco cheio de maratonar séries na Netflix. Além do mais, existe um limite de dever de casa que um cara consegue fazer antes de pirar. Era para eu estar no campo agora, mas com o futebol fora da jogada e Olívia ainda um mistério, isso significa que perdi a maioria das minhas atividades de costume.

— Achei que pudesse ser o caso — diz Nick. — Cadê seu notebook?

Tateio ao redor e o encontro debaixo da poltrona.

— Aqui. É bom que não seja pornô.

— Não prometo nada. — Ele sorri para mim, abrindo uma nova janela no navegador e digitando alguma coisa em uma página de log-in que desconheço.

— Como vai a faculdade? — pergunto enquanto espero, porque o mínimo que posso fazer é deixar de ficar amuado e fazer com que a visita dele seja digna de seu tempo.

— Está ok. As aulas são meio chatas.

— Difíceis?

— Mais ou menos. São só matérias do ciclo básico, então... — Ele dá de ombros. — É sem graça.

— Já conheceu alguém interessante?

— Meu colega de quarto é ok. Tem algumas pessoas no meu dormitório que parecem ser legais. Tá, vamos lá. — Ele faz uma pausa, hesitando. — Só pra você saber, é... — Ele se interrompe outra vez. — Só não conta pra ninguém, tá?

— É pornografia mesmo, né? — Solto um suspiro teatral.

Nick me olha de soslaio.

— Só promete logo, por favor?

— Tarde demais, já estou escrevendo cada palavra dessa conversa na internet — digo, digitando na tela do meu celular com dedos desajeitados.

Nick revira os olhos.

— É mesmo, esqueci que você está com esse humor ótimo. Escuta, você se lembra daquela pós-temporada que fiquei no banco por causa da tendinite?

Tenho uma memória visceral dessa época.

— Sim.

— Você estava ocupado e eu não podia me mexer, óbvio, então encontrei isso aqui.

Ele vira a tela para mim.

— *Noite de Cavaleiros* — digo, lendo da página principal, franzindo a testa para ele. — O que é isso?

— É um jogo. Tipo *World of Warcraft* ou *Final Fantasy*, mas esse é bem melhor.

— Hum — digo, segurando uma risada. — Agora saquei porque você não queria que eu contasse pra ninguém. Desde quando você é um nerd?

— Era. Eu *era* um nerd — corrige ele —, e só porque eu tinha horas de tempo livre para preencher e nada para me ocupar, assim como uma certa pessoa que nós conhecemos agora. — Ele deliberadamente posiciona o notebook no meu colo. — Confia em mim, ok? É mais divertido do que parece.

Nick vai se sentar na mesinha de centro para que nós dois possamos enxergar a tela.

— Primeiro você precisa criar o seu personagem — diz.

Olho para ele sem palavras. O que quero dizer é algo tipo: *Tá falando sério?*

Ele ergue uma sobrancelha como resposta. O que, claramente, significa: *Como se você tivesse algo mais importante para fazer.*

Infelizmente, ele vence essa rodada. Solto mais um suspiro antes de ceder.

— Meu... personagem? — questiono.

— Sim, seu personagem. Isso, vai clicando aqui. — Ele aponta para a tela, onde navego por uma galeria de imagens em movimento. — Você pode ser um feiticeiro, um mago, qualquer tipo de criatura...

Olho para Nick de relance para ver se ele está de brincadeira, mas não é o caso. Por mais que eu queira sacanear ele mais um pouquinho — tipo, qual é, uma *criatura*? —, ele obviamente só está tentando me ajudar a me sentir melhor. O mínimo que posso fazer é levar os esforços dele a sério.

— Qual é o melhor?

— O cavaleiro, com certeza — diz ele rápido. Parece aliviado, e isso já faz com que eu me sinta um pouco melhor. — Significa que você tem mais habilidades no modo combate ou em arenas diferentes.

Se ao menos eu soubesse do que ele está falando.

— Arenas?

— Você pode fazer tipo umas cruzadas onde tenta encontrar relíquias ou pode vencer uma série de desafios ou pode jogar contra outros jogadores. Mais ou menos que nem em *Guerra dos Espinhos*.

— Aquela série de TV esquisita?

Vi está sempre usando uma camiseta da série, então nem preciso dizer que duvido muito que seja a minha praia.

— Cara. — Nick olha para mim. — Você nunca assistiu *Guerra dos Espinhos*? Coloca aí na lista. Vai ser a próxima coisa que a gente vai ver.

— Sério mesmo? — Solto um gemido. Pela quantidade de revelações constrangedoras até esse momento, dá para ver que temos uma imensa relação fraterna.

— Sério mesmo. — Nick me lança outro olhar. — Confia em mim.

Argh.

— Beleza — digo, suspirando, porque por mais que essa série possa ser um saco, pelo menos não vou ter que ficar sentado sozinho com meus pensamentos enquanto ela está passando. — Mas é boa mesmo?

— Mano. Sim. — Nick assente com avidez. — Também achei que fosse besta, mas acabei ficando hipnotizado enquanto minha irmã assistia. É, tipo, esquisita no começo, mas muito boa. Aqui, termina as suas configurações — acrescenta, apontando. — Você vai precisar de um nome de usuário.

Digito meu usuário de costume, DUQUEORSINO12, e escolho as cores do Messalina para a minha armadura. Fico me sentindo idiota, mas não é como se nunca tivesse jogado videogame antes. Sempre jogo bastante da série Madden quando sai uma versão nova.

— Mais alguma coisa? — pergunto.

— Quer jogar uma rodada de tutorial antes?

— Que nada.

Afinal, não deve ser muito difícil.

— Meu garoto. — Ele dá um tapão nas minhas costas. — Aqui, entra na fila para essa arena. O tempo de espera não é tão grande.

Imaginei que veria gráficos bregas por causa da fonte antiquada na página principal, mas até que não são tão ruins. Suponho que um castelo é sempre um castelo.

— Onde a gente está no jogo?

— Agora estamos em Camelot — diz ele. — Tudo começa aqui. As batalhas e coisas realmente maneiras estão em outros reinos, tipo Gaunnes ou Camlann... Você vai ver.

Uma janela aparece no canto da tela.

— O que é isso?

— Ah, alguém está tentando conversar com você.

— Hãããã...

Não estou a fim dessa parte.

— Várias arenas funcionam melhor se você tiver uma aliança. — Ele me tranquiliza rapidamente. — Vocês jogam como time e depois, em certa altura, é cada um por si.

— Ah. — Eu digito no chat algo no sentido de *pode ser, tanto faz*. — E aí, o que acontece na arena?

— Você luta — diz Nick com um dar de ombros. — Você cria estratégias com base nos outros jogadores. Viu como aqui dá para saber quanto de vida eles ainda têm ou quando têm habilidades ou relíquias extras? Esse aqui — diz ele, apontando — tem uma porção de pontos em manejo de espadas, e aquele ali — prossegue, dando pancadinhas em outra figura com a parte plana da unha — tem habilidades extras de corpo a corpo. Você ganha talentos conforme joga.

— Esse aqui está dizendo que tem... habilidades culinárias? — Estreito os olhos para o símbolo de plantinha.

— Herbologia. Você precisa disso para as cruzadas. Missões, basicamente — explica quando eu olho para ele sem entender.

— Por quê?

— Hum, porque você precisa sobreviver durante a viagem. E não ser envenenado.

— Espera aí. — Isso é doideira. — Eu preciso *comer* no jogo?

— Você é o seu personagem — responde Nick com simplicidade, e lanço a ele outro olhar. — É esquisito, eu sei. — Ele me tranquiliza com uma risada. — Mas, olha só, ajuda a passar o tempo. Além disso, se você jogar contra alguém que se esqueceu de reabastecer as energias… — Ele dá de ombros. — Parece mais verossímil, só isso.

— É, acho que sim.

Meio que consigo entender como isso pode ser parecido com o futebol. Encontre a sua posição no jogo, e suas habilidades definem se você vive ou morre. Vença ao ter mais visão que os demais. Não seja morto. Não faça algo idiota. Não se machuque. Não rompa um ligamento no joelho e perca a namorada na mesma semana. Por um segundo, meu avatar de cavaleiro parece a pessoa que eu costumava ser.

Além do mais, vou ser sincero: tenho uma tendência a ser competitivo independentemente das circunstâncias. Tecnicamente, não importa o que está em jogo. As noites de Scrabble na nossa família ficaram tão complicadas que minha mãe doou todos os nossos jogos de tabuleiro para a babá.

— Tá, e como é que eu luto? — pergunto a Nick quando a tela muda, me levando para a arena pela qual eu estava aguardando.

— Provavelmente mal pra cacete no começo — diz ele —, mas vai ficando mais fácil. Tá com a espada?

— Hum… — Eu a encontro. — Tô.

— Beleza — diz ele, inclinando-se para a frente. — Bora jogar.

— Você parece exausto — diz meu fisioterapeuta, Eric, estreitando os olhos para mim. Tenho certeza de que pareço, levando em conta que fiquei acordado até tarde da noite jogando *Noite de Cavaleiros* ontem. — Tem certeza de que está bem?

— E eu mentiria para você? — respondo com meiguice.

— Sim, provavelmente — diz Eric, mas felizmente não insiste no assunto. Ele é relativamente jovem, um dos antigos pacientes do dr. Barnes que obteve um diploma em cinesiologia depois de jogar para o Carolina. Está formado há alguns anos, trabalhando como assistente de fisioterapia de um dos protegidos do dr. Barnes até terminar o doutorado. — Só vê se não faz besteira, ok? Vamos evoluir mais quando o inchaço diminuir. Por enquanto, foque apenas naqueles alongamentos que mostrei e…

— Gelo e ibuprofeno, já sei.

— Que bom. — Ele franze a testa. — Tem *certeza* de que está bem?

— Absoluta, E. Tô tranquilo.

Obviamente não estou. Mal consigo ficar de pé, quem dirá andar, e pior do que a dor é a culpa. Frank está ajustando o ataque para um jogo de passes enquanto fico fora do campo, colocando os receivers para trabalharem no meu lugar, mas Cúrio ainda está inseguro e eu me sinto, sei lá, nauseado. Como se isso fosse culpa minha, de alguma forma. Se eu não tivesse zoado aquele cornerback, se não tivesse irritado ele, onde estaria? Eu o vi se aproximando. Por que não fiz nada? Tenho sonhado com repetições do momento do impacto, só que maior, mais ameaçador, como se eu fosse atropelado por um caminhão.

Quando volto para a escola, mal consigo olhar nos olhos do resto do time.

— Oi, Duque — cumprimenta Cúrio, me alcançando enquanto atravesso os portões.

Um cartaz anunciando a Dança Havaiana foi estendido na entrada e subitamente me lembro que vou a essa festa.

Eu acho.

— Oi. — Deixo Cúrio me alcançar enquanto atravessamos a escola, virando a esquina e contornando o grande ginásio.

O Messalina é um daqueles campi abertos gigantescos, então enquanto Cúrio tagarela sobre alguma coisa, passamos pela biblioteca, pelos departamentos de literatura e história do primeiro e do segundo ano e pelo saguão de eletivas dos alunos dos últimos anos. Circunavegar paisagens intocáveis e pristinas é uma longa caminhada, que se torna infinitamente mais longa com muletas.

Por sorte, Cúrio não está com pressa, embora eu não tenha certeza do que pensar dele. Cúrio sempre foi relativamente na dele, feliz de ficar à sombra de Nick. Eu me pergunto se ele quer que eu o tranquilize, considerando que essa é sua última chance de vencer o Estadual também. No entanto, ele não é a pessoa que já a perdeu.

— É verdade que o seu irmão vai jogar como profissional quando acabar essa temporada? — pergunta Cúrio, abençoadamente interrompendo minha espiral de infelicidade de costume.

— Não temos certeza.

É quase certo que sim. Esse sempre foi o objetivo de Cam, mas isso fica entre ele e o publicista.

— Ah, maneiro. Mas é uma pena. Eu teria gostado de ver vocês dois em um confronto entre a Ilíria e a Auburn.

Não sei o motivo, mas o pânico finca suas garras em mim outra vez, sempre um pouco mais fundo. Se meu pai me tirar de campo a temporada inteira, será que Ilíria vai pensar que não sou um investimento seguro? Será que vão mudar de ideia? Eles *podem* mudar de ideia? Os termos da minha carta de intenções mencionam meu comportamento, mas e quanto a lesões? Meu lugar no quadro de jogadores poderia ser revogado e, se isso rolar, o que vai acontecer *depois*? Será que outra faculdade me aceitaria? E se eu tiver que jogar na segunda divisão? Na terceira, vai saber? Não consigo nem processar a possibilidade de ter que parar de jogar futebol.

— Ei — diz Cúrio, percebendo a expressão no meu rosto. — Escuta, cara, não esquenta a cabeça com isso, eu não quis dizer que...

Nesse exato momento, vejo Olívia. Ela está subindo sozinha a colina que dá no quarteirão de ciências, afastando-se de uma de suas amigas líderes de torcida, e antes que eu perceba o que estou fazendo, grito o nome dela, viro naquela direção e acidentalmente enfio a muleta no pé de alguém.

— Deus do *céu*, Orsino! — vem um rosnado indesejável à minha esquerda. — Você por acaso tem olhos? Ou todas as outras pessoas nessa escola são objetos inanimados para você?

Ah, que ótimo. Vi Reyes.

— Agora não, Vi — digo de forma ríspida, e ela me encara com raiva por detrás de uma cortina de longos cabelos pretos.

Assim de perto, é desconcertante ver aquela carinha de aparência inocente, com os olhos castanhos suaves e bochechas rosadas, como uma estrela de TV mirim certinha, quando ela *claramente* está me xingando horrores em pensamento. Nunca tivemos motivos para interagir antes deste ano letivo, e se sua coalizão de nerds não tivesse votado nela como minha vice-presidente, duvido que alguma vez teríamos conversado. Felizmente, agora a tenho em minha vida para me informar dos e-mails que não li (a conta do Gmail da ACE recebe muito spam; acho que o presidente do ano passado a usava para sustentar seu vício em compras) e das várias maneiras como tenho fracassado em minhas obrigações fiduciárias como presidente eleito, algo que nem tem como existir dentro do conceito de governo estudantil. Mas tente dizer isso a Vi.

— Tem razão, um pedido de desculpas provavelmente quebraria seu outro joelho — diz ela, olhando de relance para Cúrio antes decidir ignorá-lo e se voltar de novo para mim. — Acha que consegue invocar a competência necessária para assinar o orçamento hoje?

— Viola — digo, com um grunhido. É a única maneira possível de dizer o nome dela: como se você estivesse sendo lentamente drenado de oxigênio. — São oito da manhã. Não dá pra esperar?

Olho rápido para a colina, procurando Olívia, mas já a perdi de vista.

— Sua devoção a essa escola é realmente admirável — informa Vi, antes de dar meia-volta para seguir na direção em que Olívia acabou de desaparecer.

— Ela é... bacana — observa Cúrio, com a testa franzida.

— Aham — murmuro. — Um verdadeiro raio de sol.

— Enfim, escuta — oferece ele, hesitante outra vez —, se você precisar de qualquer coisa...

— Cara. — Eu o olho rápido, em dúvida sobre como enunciar essa frase. — Tipo, eu não morri. Saca o que estou dizendo?

Ele ri, então missão cumprida.

— Tá certo, desculpa. Vejo você no treino? — pergunta ele, virando-se na direção do que agora percebo que é a sua sala, mas definitivamente não é a minha.

— Aham.

O sino toca, e o campus que rapidamente vai se tornando cada vez mais vazio se estende à minha frente como se eu estivesse em um filme ruim de ficção científica.

Sem qualquer surpresa, meu dia não melhora.

— Ah, qual é. Você de novo? — pergunta Vi, duas aulas depois. Ela me vê quando viramos a esquina ao mesmo tempo do lado de fora do prédio de literatura; o que seria ok se eu já não tivesse esbarrado com ela do lado de fora da turma de matemática de Olívia. — Já são três vezes só hoje. Está me perseguindo?

— Sim, Viola. Estou te perseguindo — murmuro, passando os olhos por cima da cabeça dela para ter uma visão de relance de Olívia no corredor. — Não consigo evitar quando você é tão bacana e amigável.

— Pode só assinar logo o orçamento? — vocifera ela, colocando a mochila na frente do corpo e enfiando a mão lá dentro. — Vai precisar só de cinco segundos, e já que você está só *parado* aqui...

Nesse instante, Olívia aparece no lado oposto do corredor.

— Não dá, Vi. Já disse. Estou ocupado...

— Com o quê? — Ela exige saber. Para a minha total frustração, começa a me seguir enquanto vou atrás de Olívia. — Você pode conversar com a sua namorada a qualquer hora, Jack. Tipo, literalmente a qualquer hora.

— Só...

Xingo baixinho quando Olívia entra na sala de aula, seja porque não me notou ou porque preferiu fingir que não me viu.

— Tá bom — rosno, arrancando o fichário das mãos de Vi e fazendo um gesto para ela se virar para que eu possa usar seu ombro de apoio para fazer a assinatura. — Caneta?

Ela revira os olhos para mim com tanta força que me preocupo que isso possa levá-la a precisar de um médico.

— Você não tem uma *caneta*?

Perder a paciência não vai resolver nada.

— Tem razão. Melhor assinar isso depois, quando eu estiver mais preparado...

— Uau. — Ela me entrega uma caneta por cima do ombro, lançando um olhar feio.

— Maravilha!

Mudo as muletas de posição, rabisco uma assinatura e empurro o papel de volta para ela assim que ela se vira de frente outra vez. Lamentavelmente, nossas mãos se tocam por acidente, causando um momento constrangedor até que ela o encerra rosnando para mim.

— Você chegou a ler?

— Viola — digo, suspirando —, você tem a assinatura. Minha vontade de viver foi removida com sucesso. O que mais você quer de mim?

Ela estreita os olhos.

— Hum, um *pouco* de responsabilidade, que tal? Um *bocadinho* de confiança, possivelmente?

— Ótimos objetivos, bastante precisos. Vou me esforçar para alcançá-los da próxima vez. — Dou as costas para ela, ou pelo menos tento, mas ela pisa na direção oposta, esticando o braço para a mesma porta pela qual Olívia acabou de atravessar.

Hum. Interessante.

— Espera — grito para Vi, que me lança um olhar tão maligno que o sinto como se fosse um balão de água atingindo minha pele. — Você está na turma de literatura da Olívia?

— Não me diga que você quer que eu entregue um bilhete para ela. — Vi cruza os braços, uma sugestão tácita de que se eu sequer ousar pedir isso ela, a situação vai acabar do mesmo jeito que tudo até agora: muito mal.

— Não, eu só...

Eu me atrapalho pensando numa explicação que não inclua *minha namorada talvez queira me dar um fora*.

— Achei que você estivesse em, tipo, todas as turmas avançadas.

— Hum, estou, e daí? — Ela me fuzila de novo com o olhar para não perder o hábito. — Igual a Olívia.

— Ah.

Certo.

— Ela está em física avançada comigo. E em literatura avançada. E em cálculo avançado. — Vi franze a testa para mim. — Por algum motivo, você não sabia que a sua namorada é inteligente?

Sim, é claro que eu sabia. Olívia sempre foi inteligente, mas Vi é praticamente uma mutante. A única coisa que eu sabia a respeito dela antes das eleições era que ela tinha um interesse profundo e obsessivo pela escola, enquanto Olívia tem uma vida social de verdade. As chances dos cronogramas acadêmicos das duas coincidirem parecem nitidamente falsas.

— Não, é claro que eu sei — consigo dizer. — Eu só...

— Olha, eu realmente não tenho tempo pra isso. Dê um jeito nos seus problemas e me deixa fora disso, Orsino — vocifera Vi, abrindo a porta com o ombro e entrando na sala de aula.

Pelo mais breve dos instantes, vislumbro Olívia, sentada na carteira mais perto da porta. Ela ergue o rosto e me vê observando, e logo depois desvia o olhar.

Beleza, ela com certeza está me evitando. Mas por quê? Está brava por alguma coisa que eu fiz? Irritada por alguma coisa que eu não fiz? Tem definitivamente *algo* que não sei. E, embora eu talvez não seja capaz de fazer nada a respeito do meu joelho ou do meu futuro na Ilíria, ao menos isso devo ser capaz de consertar.

Enxergue e faça acontecer. Vou consertar isso, prometo a mim mesmo com firmeza.

E uma vozinha dentro de mim responde: *Porque eu não consigo consertar mais nenhuma outra coisa.*

5

Nenhum ponto em neutralidade

Vi

Assim que o sinal do sexto período toca, Kayla, do comitê social, me cutuca. Acabei de me sentar em uma das mesas de laboratório — Bowen, professor de liderança, também dá aulas de biologia —, mas ela não se importa com isso, e consigo dar só três mordidas famintas no meu sanduíche de manteiga de amendoim com geleia antes de ela chegar em sua tempestade de sempre.

— Já tem o orçamento da Dança Havaiana? — ela exige saber.

Tem manteiga de amendoim presa no céu da minha boca, o que me dá tempo de afastar a vontade de sugerir a ela um lugar onde poderia enfiar o tal orçamento. (Kayla é ótima no que faz, mas ela tem uma energia muito intensa. E digamos que temos prioridade muito diferentes; por exemplo, eu tenho sido generosa ao ignorar a apropriação cultural de uma festa de boas-vindas com tochas *tiki* alinhadas e referências vazias ao Havaí indígena, porque se não souber como escolher as minhas batalhas nesta escola, vou perder minha paz interior.)

— Você sabe que poderia estar incomodando outra pessoa com essa história, não? — pergunto a Kayla depois de tomar um gole da minha garrafa de água.

— Ok, mas, tipo, isso lá é muito difícil? — rebate ela, o que é uma ótima pergunta que, se bem me lembro, eu estava até pouco tempo fazendo a outra pessoa.

Ficamos nesse mesmo vai e vem na semana passada, um pouco antes do jogo de abertura, ao qual nem compareci.

— Para a sua sorte, Kayla, eu sirvo bem para servir sempre — digo a ela com secura, enfiando a mão dentro da mochila. — O orçamento está aprovado. O reembolso estará disponível assim que você me entregar todos os recibos.

— Hum, eu não disse que precisava de oitocentos dólares? — pergunta Kayla, exigente. Tragicamente, ela agora está cercada por Mackenzie, uma pessoa via de regra razoável, exceto quanto o assunto em questão diz respeito a decorações extravagantes.

— Vou repetir — respondo, com pouquíssima paciência —, a administração exige recibos. Você gasta o dinheiro; eu catalogo as notas fiscais e forneço o reembolso. É assim que funciona.

— Eu podia simplesmente mandar o Ryan fazer isso — retruca Kayla, enquanto Mackenzie assente com vigor. — É ele quem realmente é o encarregado do orçamento.

Ah sim, Ryan. O armador incrivelmente desinteressado que concorreu a tesoureiro porque... perdeu uma aposta? Sofreu um traumatismo craniano? O motivo é um mistério.

— Sabe, Kayla, você não é a única que gostaria de viver num mundo onde tesoureiros fazem seus trabalhos e as pessoas deixam você terminar o seu sanduíche.

Jogo as sobras do meu almoço em diversas lixeiras de compostagem e de lixo. Mal toquei nele, porque além de precisar resolver atividades extras para a Semana de Boas-Vindas durante a hora do almoço, também prometi ao meu irmão que o ouviria ensaiar o monólogo para a peça de outono e, além *disso*, concordei em dar uma entrevista à equipe de jornalismo a respeito das mudanças propostas para o guia do estudante, para a qual (surpresa!) Jack Orsino não estava disponível, considerando que ele não respondeu quando pediram. Para a minha alegria, seu itinerário diário de me enlouquecer permanece perfeitamente no cronograma.

— Sem querer ofender, Vi, mas você está sendo, tipo, muito escrota — observa Mackenzie, com um pequeno vinco se formando entre as sobrancelhas.

— Não me ofendi — garanto a ela. — Me tragam os recibos que eu reembolso vocês. No mesmo dia, prometo.

Kayla resmunga, mas parece confiar em mim. Afinal, posso ser "tipo, muito escrota", mas também sou muito confiável.

— E aí, estamos combinadas? — pergunto às duas. — Porque tenho trabalho a fazer.

Em parte, quero dizer outra vez que elas poderiam facilmente ter ido incomodar outra pessoa. Alguém como, digamos, Jack Orsino, que só agora aparece depois de almoçar. Ele se senta do outro lado do campus, no alto da quadra com outros atletas e líderes de torcida do último ano, embora eu tenha notado quando passei pela mesa dele que Olívia Hadid estava ausente. Isso é suspeito.

Não que eu normalmente me importe com o que Olívia Hadid faz, e menos ainda com o que faz Jack Orsino, mas considerando que fui pega no fogo-cruzado de Jack tentando caçá-la o dia todo, estou começando a pensar que alguém finalmente enjoou de qualquer que seja o alucinógeno que Jack usa em sua loção pós-barba. Sempre achei que os dois eram um casal um tanto estranho. Não por causa de Olívia — ela é inteligente e não tem reputação de ser babaca. O que não entendo é o que ela enxerga *nele*.

— Acho que a Olívia Hadid terminou com o Jack Orsino — informo ao meu irmão naquela tarde, enquanto dirigimos de volta para casa.

(Correção: Enquanto *eu* dirijo, porque Bash não deve manusear máquinas pesadas a menos que seja absolutamente necessário.)

— Quê? Não pode ser. — Ele se endireita no assento, maravilhado. — Antes do baile de boas-vindas?

— Quê?

— Eles vão ganhar o posto de rei e rainha. É quase certo.

— E daí?

— Como assim, e daí??? — ele vocifera, indignado.

— Por que você se importa?

— Viola, eu sou um artista — funga ele. — A condição humana é a minha musa.

— Eu não acho que Jack e Olívia sejam grandes exemplos da condição humana, Sebastian.

— E não *são*? — vocifera de novo. — Eu acho muito grego, sinceramente.

— O quê?

— O joelho dele!

— O que tem?

— Ele machuca o joelho e ela termina o namoro? É tipo a Dalila cortando o cabelo de Sansão e traindo ele pelos filisteus!

— Dalila foi essencialmente sequestrada por Sansão — eu digo, e sou incapaz de me impedir de acrescentar: — O que é deixado de fora em quase toda adaptação…

Bash solta um gemido.

— O que importa é o *espírito* da narrativa…

— O mito da femme fatale é extremamente misógino — eu o lembro, já que pelo visto ele não lê os artigos da nossa mãe como eu —, e o mais importante é que não foi a *Olívia* quem machucou o joelho do Jack.

— Mas isso seria empolgante — diz Bash, cheio de entusiasmo. — Mais ou menos que nem o lance da Tonya Harding, só que em um estilo vingativo à la Tarantino.

— O lance da Tonya Harding já não era muito vingativo? O joelho da outra patinadora foi esmigalhado com um bastão de aço. O que mais você queria, um tiroteio?

— Bem, tudo bem — concede ele. — A questão é que você deveria acrescentar algo assim em uma das suas campanhas.

— Ah.

Via de regra, diria que violência armamentícia gratuita em nosso atual clima político é algo eticamente insustentável e esteticamente disruptivo, mas simplesmente não tenho energia para isso. Em vez disso, dou tapinhas vigorosos no volante.

— Enfim, não vou mais criar campanhas — digo.

— Quê? Por que não? — Percebo que meu irmão me encara com um ar de preocupação no rosto, mas se alguém perguntar, meus olhos permaneceram na estrada.

— Não sei, estou ocupada.

Paramos em frente à casa e eu sei — só *sei* — que ele vai conversar com a minha mãe sobre isso. Os dois estão sempre preocupados com a minha pressão arterial, convencidos de que qualquer dia desses vou estourar um vaso sanguíneo no cérebro. O que, admito, pode acontecer. As pessoas são extremamente irritantes.

— O que houve? — pergunta minha mãe de imediato quando entramos.

Ela escreve durante a maior parte do dia, mas faz questão de parar de trabalhar e passar um tempo na cozinha nas horas que está todo mundo em casa: antes da escola, depois da escola e na hora do jantar.

— Nada — digo.

— Vi brigou os amigos nerds dela — anuncia Bash, falando por cima de mim.

— De novo? — pergunta minha mãe.

Perfeito. A reação ideal.

— Esses de agora são os nerds do ConQuest — esclarece Bash, porque no ano passado tive divergências ideológicas com meu grupo de estudos de História dos EUA Avançada, que também eram nerds, mas de um jeito completamente diferente.

Bash desliza para o banquinho junto ao balcão.

— Ela diz que já superou.

— Eu *já* superei — rebato, embora ninguém esteja ouvindo.

— Ah, meu bem. — Minha mãe se vira para mim com um suspiro saudoso, parecendo a Cinderela por um segundo. — Eles não gostaram da história que você escreveu?

— Não é uma história, é… — Eu me interrompo, frustrada. — Deixa pra lá. E, não, eles não gostaram, mas tudo bem. Enfim, eu nem suporto eles.

— Você não suporta ninguém — diz Bash, e em resposta dou um murro na barriga dele.

Ele tosse e estende o braço para puxar a minha trança.

— Deus do céu, *para*…

— Espera aí. — Bash pega o celular, que está vibrando no bolso. — Que foi? — grita alegremente ao atender, afastando-se para falar. — Ah é, espera aí. Estou com as páginas da cena bem aqui… mas posso mudar de assunto rapidinho? — acrescenta, correndo escada acima. — *Jack Orsino* e *Olívia Hadid*…

— BASH, EU NUNCA DISSE QUE… e ele já vazou — concluo baixinho com um suspiro, registrando tarde demais que fui deixada a sós com o olhar de preocupação queixosa da nossa mãe. — Para com isso — resmungo para ela. É isso que minha mãe faz: ela se preocupa. É fofo, mas desnecessário. — Estou bem. Não quero conversar sobre isso.

Minha mãe espreme os lábios, sabendo bem que não adianta me pressionar. Afinal de contas, eu puxei a ela. Quando eu e ela não queremos ser incomodadas, não queremos *mesmo*, e não adianta insistir. Isso foi algo que muitos dos ex-namorados dela precisaram aprender do jeito mais difícil.

— Ok. Como está a escola? — pergunta, empurrando um prato com homus e vegetais crus pelo balcão na minha direção.

Estendo a mão para pegar uma cenoura, dando de ombros.

— Bem. — Dou uma mordida.

— Só bem?

Mastigo, muito devagar, e engulo.

— Como foi o seu encontro? — rebato. — Você não chegou a contar para a gente.

Ela faz uma versão espelhada da minha mastigação-vagarosa--para-pensar.

— Estou saindo com uma pessoa — diz.

— Dã.

— Não, não é... não a trabalho. — Ela inclina a cabeça de leve.

— Então é a... lazer? — tento, como se fosse a funcionária da alfândega de um aeroporto.

— Digamos que as coisas estão indo bem. — Ela escolhe mais uma cenoura e a morde. — Sim — conclui, misteriosamente. — Muito bem.

— Você está em um relacionamento de verdade — percebo, piscando aturdida.

Como espero ter deixado claro até aqui, minha mãe *não* faz o tipo que entra em relacionamentos.

— *Relacionamento* é uma palavra forte — diz ela, de forma previsível. Minha mãe gosta de ter seu próprio espaço, assim como eu. Não fomos feitas para escolher um parceiro e sossegar.

— Onde você conheceu essa pessoa?

— Ah, você sabe.

— É claro que não *sei*, Genitora Minha, eu tenho dezessete anos. Ou você está querendo me contar que conheceu sua última paquera nos Aplicativos?

Minha mãe não costuma esconder essas coisas da gente. Ela diz que valoriza a autenticidade.

— Na verdade, não. — Ela inclina a cabeça de novo. — Eu o conheci no mercado.

— Seus olhos se encontraram no balcão do açougue ou algo do tipo?

— Algo do tipo.

Eu estava *zoando*.

— Eca, mãe, você tá namorando o açougueiro?

— Não, não. — Ela balança a cabeça. — Ele é um… organizador de comunidade.

— Ou seja, desempregado?

— Não. — Ela revira os olhos para mim. — Você é tão cínica.

— Você que me criou.

— De jeito nenhum. Você já saiu assim, completamente formada. — Ela se adianta para pegar um pedaço de pepino. — Então — diz, no que é obviamente o início de um sermão. — Sobre os seus amigos.

Como o restinho do homus, suspirando.

— Eles não são meus amigos, ok? Amigos respeitariam as minhas ideias. Ou, sei lá, imagino que se importem com as ideias.

— Antônia se importa, não?

Sinto uma pequena pontada de dúvida. Posso estar evitando Antônia, mas não é como se ela estivesse fazendo muito esforço para falar comigo ultimamente.

— Antônia é só uma.

— Às vezes acho que você precisa começar a ver por que isso é importante. — Minha mãe me observa por um tempo enquanto Bash desce correndo as escadas.

— Eu vejo — digo, pegando a minha mochila. — Estou bem. E tenho que fazer meu dever de casa.

— Você comeu todo o homus — choraminga Bash.

— Foi na roça, perdeu a carroça — digo, cutucando-o nas costelas e escapando de um tapa na nuca retaliatório enquanto subo as escadas.

É possível que eu tenha ficado acordada até muito tarde jogando *Noite de Cavaleiros*. Em minha defesa, recebi pelo menos quatrocentas mensagens de texto de Kayla depois de dizer a ela que os recibos que me enviou somavam apenas setecentos e quinze dólares, e não oitocentos. *Vc acha q eu ia mentir????*, ela perguntou. *Vc acha msm q tô envolvida em um esquema de pirâmide, por acaso??????*

Então, pois é. Precisava passar umas horinhas no topo do placar de líderes da arena. Além disso, assisti a um novo teaser da quarta temporada de *Guerra dos Espinhos* e uma coisa foi levando a outra até eu estar assistindo a um monte de vídeos feitos por fãs. E, beleza, é *possível* que eu tenha logado na minha conta de fanfic para ler algumas que se passam em universos alternativos no mundo real, mas isso fica só entre mim e meu vilão de apoio emocional, ok? É autocuidado.

Enfim, eu sabia que era hora de ir para a cama quando alucinei o nome de usuário DuqueOrsino12, o que só posso imaginar ter sido meu cérebro parcialmente em coma misturando uma pessoa menos irritante com um e-mail de Jack. (Uma resposta beirando a psicopatia, escrito "rs ok", que recebi às três da manhã, para o meu e-mail sobre a necessidade de abandonarmos o uso de papel completamente se estivermos planejando aderir à Iniciativa Estudantil de Pegada de Carbono da ACE feita no ano passado, que agora— *viva!* — é um problema meu.)

Eu me acomodo na minha carteira antes da aula, preparada para viajar na maionese até o sinal tocar, mas minha serenidade temporária é perturbada pelo som dos sussurros de dois manés atrás de mim.

— ... ouvi dizer que ela deu um pé na bunda dele. Doideira, né?

— Você acha que ele traiu ela ou algo do tipo?

— Por que outro motivo ela terminaria com ele?

— Talvez ela esteja procurando por um substituto.

Eu me sobressalto quando percebo que estão falando sobre Olívia, que entrou na sala e foi para o seu lugar em silêncio, como sempre. Não tem muitas garotas na turma de Cálculo Avançado, então naturalmente ela é um alvo frequente da imaginação nerdola.

— Boa sorte com isso — zombo do cara sentado atrás de mim.

É Jason Lee — que não teria qualquer chance com Olívia Hadid mesmo se magicamente conjurasse a aparência facial de Jack, um senso de humor *e* uma conta bancária recheada — e Murph, para o qual dirijo precisamente zero de atenção. Por mais que a escola seja grande, somos em apenas uns vinte a compartilharmos praticamente todas as matérias juntos: os jovens avançados, como nos chamamos não oficialmente. Jason está nesse grupo, assim como Murph e o famoso Cara Legal Matt Das, que está me dando um gelo de propósito. Olívia é tecnicamente uma jovem avançada também, mas ninguém a inclui nesse grupo. Ela passa a maior parte do ano com o uniforme de torcida e raramente fala durante a aula, então sua presença está mais para uma anomalia deslumbrante a que coletivamente nos acostumamos.

Isso é, até agora, já que aparentemente está correndo um rumor sobre a vida dela que tenho uma alta suspeita que fui eu que iniciei.

Estou me sentindo bastante culpada por ter comentado isso com Bash quando chego à aula de Literatura Avançada, porque é claro que as pessoas não param de falar sobre Olívia, e ela ou não sabe de nada, ou é muito eficaz em fingir que não está ouvindo as fofocas. Não me importo se a reputação de Jack ficar meio complicada por causa disso, mas Olívia é legal e sempre fica na dela, e é péssimo que as pessoas achem que têm algum direito sobre a sua vida pessoal. Digo, com que frequência a garota leva toda a culpa por um término? De acordo com o que dizem, ou Jack a traiu e isso é culpa dela por não mantê-lo interessado; ou ela deu um pé na bunda dele porque é horrível e também burra, provavelmente (depende de quem está contando a história). Adolescentes não têm imaginação.

— Certo, pessoal, estamos de novo nessa época do ano — diz o sr. Meehan, que é conhecido como o louco de Shakespeare.

— Na nossa próxima tarefa, vamos todos interpretar cenas da obra do Bardo.

Sr. Meehan também é o professor de teatro, caso não tenha ficado claro de imediato.

— Vejamos, para a despedida de *Romeu e Julieta*... "Já te vais?" E assim por diante, quando Romeu parte como fugitivo... Ah, srta. Hadid — diz ele, vasculhando a sala com o olhar, que por fim repousa em Olívia. — Creio que gostou desta. Que tal ficar com o papel de Julieta?

Olívia assente. De imediato, as cabeças de cinco garotos se viram para a frente da sala, como no *Exorcista*.

— E para o Romeu...

Cinco mãos se levantam.

— Eu faço — digo, sem pensar.

Tipo, literalmente sem pensar nadinha, o que é uma pena, porque acabei de pedir para interpretar uma cena de amor de um idiota com tesão. (A história de Romeu e Julieta não me convence muito, foi mal.)

— Srta. Reyes? — ecoa o Sr. Meehan, parecendo completamente encantado. — Sabe que é um papel masculino.

Não, sr. Meehan, eu não fazia ideia. *Romeu*? Mentira!

— Shakespeare dava papéis femininos a homens o tempo todo — digo.

— Tais quais as convenções da época. — Ele só está sendo socrático, o que é cansativo.

— Sr. Meehan, a menos que você tenha um problema comigo interpretando Romeu... *E*, nesse caso — acrescento —, acho que nós dois podemos concordar que não seria aceitável devido ao nosso conselho estudantil *progressista*...

— O papel é seu, srta. Reyes — diz ele prontamente. — Seguindo adiante com a peça que não deve ser nomeada...

Obrigada, diz Olívia para mim sem emitir som algum da boca, do outro lado da sala. Aquilo me sobressalta. Afinal, é culpa minha que as pessoas estejam falando dela.

Então, em resposta, dou de ombros. Ela exibe um meio--sorriso, e nós duas voltamos a ficar de frente em nossas carteiras.

— Obrigada de novo por fazer isso — diz Olívia, quando o sinal anuncia o fim da aula de Literatura Avançada e da semana.

Meehan nos deu alguns minutos extras para trabalhamos nas nossas cenas ao final da aula, então saímos do mesmo canto da sala ao mesmo tempo.

— Não foi nada — respondo, distraída, ainda furiosa com pelo menos quatro coisas diferentes.

No topo da lista? Kayla, que já mandou um e-mail sobre o próximo baile de boas-vindas apesar de a Dança Havaiana acontecer hoje à noite. Jack, que apenas suponho que não tenha lido o e-mail. Antônia, que está alegremente me bombardeando de mensagens no chat em grupo de ConQuest como se nada tivesse mudado, o que significa que eu realmente teria que comparecer à Dança para evitar ir. E Matt Das, porque ele está enrolando para sair atrás de nós. A audácia que ele tem de ainda existir!

— A última coisa de que preciso agora é ter que interpretar uma cena de amor com um desses idiotas — esclarece Olívia em voz baixa, e aquele nível de sarcasmo da parte dela é agradável e novo. — Não que sejam *todos* idiotas — acrescenta, em aparente penitência.

— Não, eles com certeza são — tranquilizo-a, segurando a porta aberta para que ela passe depois de mim. — Mas você poderia só ter se negado a fazer quando Meehan ofereceu a cena.

— Eu sei. — Parece que nós duas estamos caminhando juntas pelo corredor, o que é novidade. — É só que… é uma cena tão linda — conclui ela, melancólica.

— Meio brega, não acha?

— Ah, fala sério. "Como o mar, meu amor é profundo/e minha entrega desconhece fronteiras./Quanto mais doo a ti, mais eu tenho,/pois tanto o meu amor quanto minha entrega são infinitos" — recita Olívia, perdendo o fôlego.

— Isso aí é do One Direction?

Ela solta um gemido.

— Deusdocéu.

— Pessoalmente, acho que Mercúcio está apaixonado por Romeu — digo, e ela dá uma risada.

— Talvez esteja! O que importa é o sentimento. As palavras. O *significado*…

— Aquela citação é da cena na varanda, e não dessa que vamos fazer.

— Mesmo assim. — Olívia suspira. — Não me diga que você é uma daquelas pessoas que acham que uma coisa não pode ser levada a sério se for sobre o amor. Tipo, para que mais o ser humano existiria, não? E não só o amor romântico — acrescenta ela. — Sabia que os gregos acreditavam na existência de cinco tipos de amor? Platônico, lúdico…

— Não tenho problema com histórias românticas — eu garanto, o que é verdade. Afinal de contas, shippo ardentemente Liliana com Cesário em *Guerra dos Espinhos*. — Mas os gregos tinham *seis* tipos de amor, e um deles era sexo; e essa peça… — digo com um empurrãozinho no roteiro de *Romeu e Julieta* — é sobre *sexo*. É tipo como Titanic não é uma história romântica, e sim uma advertência sobre um cara que transa com uma garota rica num barco e morre imediatamente. No mínimo — concluo —, é uma metáfora advertindo contra os perigos do capitalismo.

— Uaaaau — diz Olívia.

— Pois é. Um defeito imenso.

— E isso porque você não tem problema com histórias românticas, hein? — diz Olívia, levantando uma sobrancelha.

Chegamos na esquina onde tipicamente nos separamos para ir almoçar, mas ela não parece estar com pressa de ir embora.

— Problema nenhum. É só que essa não é uma delas.

— Mas e quanto à tragédia? — incita ela, ainda protelando apesar de as pessoas continuarem passando por nós no corredor. — Destino? Um amor condenado?

— Falha na comunicação é um tropo clássico da comédia de erros. E você não viu todas as piadas de pinto? — rebato, e Olívia ri.

— Tanto a comédia quanto a tragédia dependem de desordem — concorda Olívia. — Mas e quanto à resolução? Tragédia pura.

— Tá, então é a tragédia que cria uma história de amor? Porque se Romeu tivesse esperado uns minutinhos antes de enfiar uma adaga no peito, teríamos risadas de fundo e um divórcio fora de tela cinco anos depois.

— Ah, que ótimo — geme ela. — Você de alguma forma conseguiu tornar *Romeu e Julieta* ainda *mais* deprimente.

Estou prestes a dizer para ela que esse é um dos meus talentos especiais quando uma súbita cacofonia de muletas se materializa à minha esquerda. É Jack Orsino, claro, inutilmente perseguindo Olívia como de costume. Ele atrai alguns olhares demorados que aparentemente não nota; essa escola, sinceramente. Escolham um deus que lê os próprios e-mails, é tudo o que peço.

— Ah, oi — diz Jack, suando um pouco apesar de obviamente estar fingindo que não. — Olívia — acrescenta ele, virando-se para ela depois de um curto aceno com a cabeça na minha direção. — Está indo almoçar?

— Ah, hum. Aham, me dá um segundinho? Eu meio que estou terminando de conversar com a Vi sobre a nossa cena em Literatura Avançada — diz ela, fazendo um gesto na minha direção.

— Vi? — questiona Jack, passando seu olhar confuso para mim, como se eu fosse um conceito recentemente inventado por alguém.

Seus olhos são de um tom castanho profundo que é ao mesmo tempo intenso e enervante, porque é claro que são. Habilidades atléticas não garantem tudo sem a capacidade padrão de atração como um bônus. Embora ele pareça... estranhamente exausto?

Antes que eu termine o pensamento, porém, ele desvia o olhar.

— Pode ir na frente sem mim — sugere Olívia para ele.

— Ah não, tudo bem — responde Jack, rápido demais. — Posso esperar.

Pelo amor de Deus, Jack. Até *eu* estou sem graça.

— Ah... hum. Ok. Amanhã está bom? — pergunta Olívia, virando-se para mim.

— Amanhã? — ecoo sem entender, pegando o bonde andando nessa situação inexplicável.

— Isso. Para o ensaio? Depois da escola — diz ela.

Jack ainda está nos encarando como se tentasse resolver uma equação matemática. Sendo justa, também não sei do que Olívia está falando, mas se for para causar tamanha angústia em Jack Orsino, que assim seja.

— Claro — digo. — Pode ser. Na minha casa?

— Ótimo. — Olívia abre um grande sorriso. — Te mando uma mensagem.

Ela não tem o meu número. Não que seja difícil me mandar uma mensagem direta em basicamente qualquer plataforma das redes sociais, mas ainda assim.

Estou intrigada o bastante para me envolver na brincadeira.

— Perfeito! Tchau, Jack — acrescento de forma gratuita, encantada com minha oportunidade de zoar a cara dele, até que, sem querer, vejo o seu olhar.

Nossa, ele parece mesmo péssimo: como se não dormisse há dias. Sinto uma pontada no peito, mas, para a minha sorte, não é duradoura.

— Tchau — responde Jack, fraco, girando as muletas para ir atrás de Olívia, com um vinco de confusão ainda preso entre suas sobrancelhas.

Jack

— **Bom dia, flor do dia** — cantarola minha mãe de brincadeira quando me levanto cambaleando do sofá. Quase bato o dente na quina da mesinha de centro quando tropeço na pilha de livros didáticos largada no chão. — Você não tem ficado acordado até tarde, certo?

Ela olha deliberadamente para o meu notebook, enterrado entre as almofadas do sofá. Coloquei ele ali em algum momento entre as três e quatro da manhã, ou seja lá a hora em que não consegui mais ficar de olhos abertos.

Noite de Cavaleiros é um jogo esquisito, complicado e se parece um pouco com a sensação de se perder em um mundo bizarro de fantasia com sua própria linguagem e regras, mas estou pegando o jeito. Sempre enxerguei o campo de futebol como uma zona de guerra de uma forma ou de outra, e esse jogo não é lá muito diferente. O mais curioso é que me pego pensando bastante a respeito dele quando não estou jogando: nas novas habilidades que adquiri e como usá-las em combate, em lugares nos reinos aos quais posso ir se passar de certas fases ou oponentes, esse tipo de coisa.

Noite de Cavaleiros com certeza não é futebol. Nenhuma torcida vai me aplaudir pelas coisas que conquisto no jogo ou em qualquer lugar fora dos campos. Porém, considerando todas as outras coisas em que eu poderia estar pensando — o jeito como meus companheiros de time evitam olhar para o meu joelho, por exemplo, ou o jeito como meu pai não parece mais saber como conversar comigo durante o jantar —, isso é... basicamente o melhor cenário, mesmo que me mantenha acordado durante a madrugada.

— Você me conhece, mãe. Alegre e pimpão, como sempre. — Esfrego os olhos, esticando a mão para as muletas. — O que está fazendo aqui?

Ela me lança um olhar magoado que convenço a mim mesmo que é só de brincadeira.

— Será que uma mãe não pode visitar seu filho machucado? — brinca ela, o que é só mais uma evidência de que a chateei.

— Eu só quis dizer... — Balanço a mão, fazendo pouco caso. Não importa o que eu quis dizer. — Café da manhã?

— Já está na mesa.

— Que ótimo. — Eu a sigo até a cozinha, onde ela deixara um prato com ovos e bacon e uma pilha de torradas que poderia alimentar um pequeno exército. — Uau.

— Achei que você estaria com fome — diz, percebendo a minha reação. — Acontece que eu lembro bem do quanto você come, Jack, mesmo que eu não more mais aqui.

Consigo arrastar o banquinho e subir nele, deixando uma das muletas cair no chão quando me empoleiro.

— Se continuar desse jeito, logo mais vai ter uma marca permanente da minha bunda no sofá.

— Você está se recuperando — diz minha mãe —, e não diga a palavra "bunda".

Parece falta de educação discutir com ela logo pela manhã, então eu evito.

— Bem, valeu, mãe.

Levo um pedaço de torrada à boca e fico ouvindo ela dizer que vai tomar café da manhã comigo todos os domingos antes da fisioterapia enquanto meu pai assiste a gravações de jogos com os outros treinadores da escola.

— Fico contente por você ter uma chance de descansar — comenta ela, distraída. — É melhor se concentrar em coisas que não sejam o futebol por enquanto. Nas universidades em que você gostaria se candidatar, por exemplo.

Sinto um frio no estômago.

— Eu vou pra Ilíria — eu a lembro.

Ela assente rapidamente.

— Verdade, é claro, mas por via das dúvidas...

— E ainda é o meu time — acrescento. A torrada ficou seca na boca, então me forço a engoli-la. — Ainda tenho que estar lá.

— Ah, eu sei disso, amor — diz minha mãe, falando comigo usando uma voz doce um tanto quanto exagerada. Como se ela, também, sentisse pena de mim, por eu continuar me agarrando a um sonho antigo mesmo depois de perder todas as esperanças. Ouvi ela dizer isso ao meu pai uma vez, e embora saiba que ela se arrepende de ter falado isso agora, existe uma mancha de verdade nessas palavras.

E, simples assim, perco o apetite.

— Acho que é melhor eu ir escovar os dentes e sair logo — digo, empurrando meu prato ainda com comida na direção dela. — Mas o café da manhã estava ótimo, obrigado.

Ela franze a testa de leve para mim.

— Tem certeza de que está se sentindo bem?

— Aham, estou bem.

Não estou ótimo, mas pelo menos não preciso pensar nisso enquanto serro um avatar de computador ao meio com a minha espadona.

— Tá tudo certo, mãe, prometo — completo.

— Hum. — Ela me encara por um segundo. — Como vai o Nick?

Depois que ele foi embora no fim de semana passado, Nick me fez jurar que terminaria de maratonar *Guerra dos Espinhos* e chegaria na nova temporada, que ele alega que vai ser a melhor até o momento. Não é uma série ruim... Achei que seria, por causa de todos aqueles efeitos especiais, fantasias esquisitas e, de novo, os elogios criticamente suspeitos de Viola Reyes em pessoa, mas é meio fácil ficar envolvido com a história, então provavelmente vou terminar de assistir nesse fim de semana, depois do jogo fora de casa.

O jogo em que não vou jogar.

— Nick está bem — digo, pigarreando.

— E como vai a Olívia? — pergunta minha mãe, pegando um dos meus pedaços de bacon.

— Ah, hum. — Sinceramente? Bem que eu gostaria de saber também. — Ela está um pouco estressada.

— Faz sentido. A carga de estudos dela desse ano é difícil, não é?

— Acho que sim.

Fico com a sensação de que eu meio que não sei mais nada sobre Olívia. Como se eu não fosse mais tão especial para ela, ou talvez nunca tenha sido. Provavelmente soa idiota, mas a impressão é que nós dois conversamos mais com Vi Reyes na semana passada do que um com o outro, o que é... Hum.

Vi Reyes outra vez.

Com muito atraso, algo se acende como uma lâmpada na minha cabeça. Tenho pensado em Vi a manhã inteira, e finalmente percebo o possível motivo.

Seria *Vi* a chave para consertar a situação com Olívia?

A carinha emburrada de Vi se materializa em minha mente, de forma repentina e inevitável, e levemente menos irritante do que antes. Eu queria uma solução e, convenientemente, aqui está ela.

— Eu realmente tenho que ir — lembro minha mãe, enfiando uma súbita e entusiasmada garfada de ovos na boca e pegando minhas muletas antes que ela as alcance. — Mas obrigado de novo!

— Querido? Achei que eu fosse levar você de carro — diz minha mãe quando estou saindo, apontando para o meu joelho.

— Ah. — Verdade. — É, valeu. Tudo bem se a gente sair em cinco minutos?

— Claro — diz ela, confusa, enquanto deixo de lado meus pensamentos sobre cavaleiros, jogos fora de casa e pseudonamoradas misteriosas por tempo o bastante para começar a elaborar um plano.

Minhas primeiras tentativas de descobrir a melhor forma de persuadir Vi a me ajudar não são... muito proveitosas.

— A Vi? Ela é uma escrota — diz Tom Murphy. — Por que pergunta?

— Ah, totalmente escrota — é a opinião de Marco Klein. — Nem tenta.

— Ela não é escrota — diz Rob Kato, hesitando de leve, parecendo assustado por eu ter decidido falar com ele —, mas, tipo, ela meio que não tem alma, entende o que eu quero dizer? Enfim, pois é.

Até a irmã de Nick me fornece uma resposta vaga.

— A Vi? — ecoa Antônia, franzindo a testa para mim. — Sinceramente, eu não sei. Ela está meio... estranha nos últimos tempos. O que você quer perguntar a ela?

— Na verdade, preciso de um favor — explico. — E estou me perguntando se ela consegue ser normal às vezes, sabe?

Antônia suspira, pensativa.

— Duas semanas atrás, eu teria falado para você que a Vi não é tudo isso que o pessoal acha — diz ela, fechando a porta de seu armário. — Mas agora? — Ela dá de ombros. — Boa sorte.

Ah, que bom, que ótimo. Perfeito. A essa altura, vou ter que perguntar a Olívia como ela consegue ter uma conversa civilizada com Vi só para conseguir perguntar a Vi o que raios há de errado com Olívia.

— Está tudo bem? — pergunta Antônia, franzindo a testa para mim.

— Hã? Aham. É só um negócio da escola — minto rapidamente. — Preciso que ela me ajude com uma coisa. Da grade curricular — acrescento, em caso de ela suspeitar que seja algo esquisito.

Ou pior: pessoal.

— Ah. Bom, isso não vai rolar. — Antônia solta uma risada afiada. — Ela já pensa que você não faz nada. Não que seja verdade — ela acrescenta rápido. — Digo, você com certeza já sabe disso. Eu sempre digo a Vi que ela não entende o tipo de pressão que você sofre. Ou que sofria antes, mas... — Ela, assim como todo mundo nos últimos dias, olha de relance para o meu joelho e então se apressa a desviar o olhar. — Só estou dizendo que...

— Tudo bem. Desculpa, tenho que ir.

Percebo que acabou a hora do almoço, o que significa que estou atrasado para a aula de liderança, o que não é um bom começo. Quando finalmente chego na sala de aula, Vi já está em uma reunião em sua mesa de laboratório de sempre.

— ... *falei* pra você que ia ficar brega — Kayla está dizendo, e Mackenzie, ao lado dela, assente vigorosamente. — Você não quer que o baile de boas-vindas seja, tipo, o melhor baile de todos?

— Tipo, não, não quero — responde Vi, com a voz esnobe.

— Mas esse é o nosso legado — insiste Mackenzie.

— Achei que o baile de formatura do terceiro ano fosse o seu legado — rebate Vi.

— Também! — vocifera Kayla, enquanto Mackenzie assente com a cabeça. — A questão aqui são as nossas *obras-primas*, ok?

— Pra começo de conversa, não acho que um monte de baile escolar se qualifique como obra-prima — resmunga Vi —, e também não acho que exista qualquer motivo para gastar tanto dinheiro em cadeiras quando já temos um conjunto inteiro de...

— Oi — eu interrompo, o que faz Vi soltar um resmungo e Kayla e Mackenzie se virarem rapidamente, com o rosto corando de imediato.

— Jack — exala Mackenzie. — Nós estamos só...

— Cadeiras? — pergunto, na minha voz mais charmosa.

— Para as mesas — informa Kayla.

— Para as mesas — concordo. — E nós... precisamos delas?

— Bem, as pessoas precisam de um lugar para descansar — diz Mackenzie, exigente. — Pra quando ficarem cansadas de dançar, sabe.

— Não temos as mesas e cadeiras que usamos normalmente?

Não tenho certeza, na verdade. Porém, pelo olhar no rosto de Vi, a resposta é sim, e apesar de tudo o que há de inquestionavelmente errado com Vi, ela sempre tem a resposta certa.

— Bem, *tecnicamente* temos, mas...

— O orçamento é bem limitado — pontuo, o que suponho que seja verdade, já que nunca ouvi falar de um orçamento que fosse ilimitado. — Então talvez a gente possa, sabe, varrer essa discussão para debaixo da *mesa*? — brinco, dando um empurrãozinho em Kayla, que exibe uma expressão levemente amarga. — Se tivermos algum dinheiro sobrando, podemos revisitar essa ideia depois.

— Você assinou o orçamento delas — Vi me lembra em voz baixa, procurando alguma coisa na mochila.

Hum, beleza então.

— Bem, escutem, vocês são garotas inteligentes — digo a Kayla e Mackenzie. — Tenho certeza de que conseguem achar, hã, sabem... dinheiro que é, tipo... de coisas que não precisamos gastar?

— Redundâncias — oferece Vi, fingindo observar a página de um livro que ela definitivamente pegou só para fazer ceninha nessa conversa.

— Isso — concordo, com outro sorriso para Kayla. — O que importa é que não está no orçamento. O que não é culpa da Vi.

Vi ergue o olhar, meio que franzindo a testa para mim.

— Mas eu ficarei feliz de ajudar se puder — concluo, e Kayla finalmente sorri de volta, cedendo.

— Valeu, Jack. Viu só, Vi? Dá pra resolver as coisas de um jeito *legal* — grita Kayla por cima do ombro para Vi, que retribui com um gesto que Kayla felizmente não vê antes de se virar para mim. — Aliás, sinto muito pelo que aconteceu com Olívia — murmura, a mão se demorando no meu antebraço.

— O que tem a Olívia? — digo, como se não fizesse ideia do que ela está falando.

— Ah, é só que vocês dois, *sabe*...

— Estamos bem — eu informo. — Melhor do que nunca, na verdade.

— Ah. — Kayla pisca, afastando a mão. — Bem... Que ótimo! — diz, alegre, antes de sair com Mackenzie nos seus calcanhares, as duas explodindo em cochichos assim que saem do alcance de nossos ouvidos.

— Mentiroso — comenta Vi, em voz baixa.

— O que disse?

— Você me ouviu. — Ela vira outra página do livro, que arranco da mão dela. Ela ergue um olhar irritado para mim, estreitando os olhos. — O que foi?

— Não estou mentindo.

— Sobre Olívia? Com certeza está. Ou isso, ou você é ainda mais desligado do que pensei.

Por mais que me doa ter essa conversa em particular com Vi, essa é claramente a minha chance. Olho ao redor antes de me aproximar mais dela.

— Ela te contou alguma coisa?

— Ela não precisar contar — informa Vi do jeito mais desagradável possível. — Tenho olhos.

— É... complicado — admito em voz baixa.

— É *mesmo*? — rebate ela em um cantarolar duvidoso, pegando o livro de volta. — Parece simples para mim.

— Bem, não é.

Não que você saiba qualquer coisa sobre relacionamentos, quero acrescentar, considerando que poucos dos amigos parecem gostar dela. Porém, antagonizar com Vi neste momento parece ser a jogada errada.

— Você… — Eu pigarreio. — Você acha que poderia conversar com ela sobre isso?

— Sobre o quê?

— Sobre…

Olho em volta outra vez, mas não tem ninguém ouvindo. Um dos raros benefícios da personalidade de Viola Reyes: ninguém quer estar nos arredores do que quer que a esteja irritando naquele dia.

— Sobre mim — admito.

— Hum. Quê? — Ela ergue o olhar e, para a minha perplexidade, ela começa… a rir. Ou a emitir um ruído que parece com uma gargalhada, que é definitivamente às minhas custas. — Você quer que eu pergunte a ela sobre *você*? Só de curiosidade… — Ela começa a dizer num tom que percebo que se deslancha em zombaria — Quantas conversas a seu respeito você acha que uma pessoa média tem por dia? Estou genuinamente desesperada para ouvir a resposta.

Deus, ela é insuportável.

— Escuta — resmungo —, se você puder me fazer esse *único* favor, nós dois podemos nos beneficiar, certo? Vou garantir isso.

Os olhos escuros me examinam de soslaio.

— Você precisa ser capaz de me oferecer algo que de fato me beneficie — argumenta ela, o que é verdade.

Se bem que, considerando a conversa que acabei de interromper, não acho que isso seja algo impossível.

— Acabei de fazer isso.

— Fez o quê? — Ela mal está ouvindo.

— Eu te ajudei. Te defendi. — Gesticulo metaforicamente para Kayla e Mackenzie.

— Você fez o seu trabalho, no caso.

Respiro fundo, controlando a vontade de argumentar mais.

— Será que pode me dar alguma moral, Reyes? Estou tentando te ajudar.

Ela folheia o livro.

— Ao se oferecer para fazer exatamente o que foi eleito para fazer?

— Hum, Viola — digo para ela, me inclinando em sua direção em uma jogada que nunca falha. — Acho que nós dois sabemos que fui *eleito* para ficar parado aqui sendo bonito.

Ela solta uma risada sem humor.

— Tá, calma aí — digo. Não me irrito com facilidade, mas Vi tem alguma coisa mágica; ela encontra onde machuca e joga sal na ferida, tudo sem falar uma palavra. — Caso isso tenha passado despercebido, você não é exatamente mamão com açúcar — eu rebato. — Não sei se notou, mas as pessoas não gostam muito de você.

A princípio, eu me repreendo mentalmente por deixar aquilo escapar quando era para eu estar encantando ela — uma tarefa que talvez seja impossível —, mas ela só dá de ombros como se já tivesse ouvido esse comentário antes.

— Ninguém gosta da pessoa que faz as partes ruins do trabalho — diz ela. — Não espero que gostem de mim.

— Você não *quer* que gostem de você? — eu desafio.

Ela larga o livro de lado, girando em seu assento até me encarar.

— Não.

Vi se levanta para ir embora, mas eu empurro a muleta em seu caminho para interrompê-la.

— Qual é. Todo mundo quer que gostem da gente.

Ela dá de ombros.

— Algumas pessoas precisam disso. Eu não.

Ela provavelmente está dizendo a verdade, e isso é uma coisa em que terei que pensar em outro momento.

— Ainda assim. Eu poderia… facilitar as coisas pra você.

— Ah, é? — Ela olha para mim, cética, e quase tão irritada comigo quanto estou com ela. — Você vai fazer meus problemas desaparecerem com um sorriso?

— Eu… — Fico frustrado por um instante, mas então percebo que só porque Vi pensa que isso é bobagem, não significa que seja. — Sim — digo, percebendo devagar. — Sim, é exatamente isso o que vou fazer.

Ela pisca.

— Como é?

Além de ser um ótimo running back, também sou extremamente talentoso na arte de ter zero inimigos. Tirando o cornerback do Pádua — uma falha cuja retaliação foi dolorosamente instantânea —, precisei aprender cedo que quando se tem a minha aparência, o melhor a fazer é nunca perder a cabeça. Nunca mesmo. Para o bem ou para o mal, ser querido é a minha praia.

— Vou dar as más notícias — digo. — Fazer os cortes nos orçamentos. Com um sorriso — acrescento, só para implicar um pouco com ela. Para que ela se sinta tão mal-humorada quanto estou me sentindo. — Todas as supostas "partes ruins" que você odeia.

Ela cruza os braços.

— Ou seja, de novo, vai fazer o seu trabalho.

Ela é cansativa, mas abro um sorriso.

— A questão é: se você me ajudar com Olívia, eu te ajudo de volta. É pegar ou largar — digo, porque ela ainda parece determinada a me tirar do sério. — Tudo o que peço é uma conversinha de nada. E posso deixar as coisas mais fáceis para você por aqui…

— Fazendo o seu trabalho — completa ela sem emoção.

— … ou nada muda — concluo. — A escolha é sua.

Mais um olhar raivoso. Será que ela tem outros olhares?

— Essa foi a chantagem mais fraca que eu já vi na vida — murmura.

— Oportunismo mútuo — corrijo. — Uma simbiose benéfica, se preferir.

— Hum, tá. Acho que não — diz ela, saindo em um trote.

Bem, lá se vai essa ideia. Eu me apoio na mesa de laboratório, cansado de me apoiar numa perna só.

Legal. Legal, legal, legal. Deus, mal posso esperar para ir para casa e duelar com alguns vilões. Se o Eu do Passado me escutasse dizendo uma coisa dessas, provavelmente verificaria se não tive uma concussão, mas nunca foi tão verdade quanto hoje. Queria carregar uma espada na vida real. Não que isso fosse resolver meus problemas com Olívia, mas ao menos eu teria uma espada. Antes da lesão, era a minha reputação o que eu carregava por aí; a ideia de que era o melhor em alguma coisa, que eu era popular e respeitado pelo que era capaz de fazer. Sem isso, me sinto nu. Desarmado.

Não que seja provável que alguém descubra a minha vida dupla deprimente, mas se perguntarem, diria que estou investido em *Noite de Cavaleiros* por causa do tédio. Porque tenho uma mente hiperfocada e gosto de vencer. Porque sou uma pessoa que fica obcecada, do tipo que precisa se fixar em algo. Minha vida costumava ser só o futebol, mas agora é qualquer que seja a competição que eu possa me oferecer sem sair do sofá.

Porém, honestamente, acho que pode ser mais do que isso. Acho que gosto do jogo porque é... uma forma de *escapar*. Porque é um lugar que não inclui a minha vida ou os meus problemas. Posso apertar botões e matar monstros. Sou tão forte lá quanto costumava a ser aqui, na vida real. Sem minha velocidade, sem meu futuro na Ilíria — sem o meu futuro, ponto — eu sou só...

— O Baile de boas-vindas — diz Vi, dando meia volta, e eu me sobressalto, perdido em pensamentos.

— O quê?

Caramba, meu coração está martelando. Essa garota é aterrorizante.

— Você cuida do baile de boas-vindas — ela diz. — Todas as horas extras de montagem. Ir atrás dos voluntários. Não quero fazer isso. Estou cansada de ter que resolver tudo para todo mundo.

— Ah, dá um tempo, Viola. Você adora mandar nas pessoas — murmuro, por reflexo.

— É pegar ou largar — diz Vi, repetindo as minhas palavras sem demonstrar interesse. — Você lida com o baile de boas-vindas e eu converso com Olívia por você. Mas só isso — ela avisa. — Não vou juntar vocês dois outra vez nem nada assim. Isso não é *Operação Cupido*. Entendeu?

— Eu só quero respostas — digo para ela, o que é ao mesmo tempo humilhante e verdade, mas felizmente ela não se estende no assunto.

— Tudo bem. Temos um acordo?

Ela estenda a mão.

Não estou feliz. Definitivamente ainda quero matar uns vilões quando chegar em casa, mas pelo menos existe algo parecido com progresso no horizonte... então beleza, Viola. Você venceu.

— Temos um acordo — confirmo, e aceito o aperto de mão.

6

Derrote-os em seu próprio jogo

Vi

— **O que está rolando** entre você e o Orsino? — pergunto para Olívia quando ela vem à minha casa para ensaiar nosso monólogo. (Ela escolheu me contatar pelo Instagram, o que não é surpreendente. Nem preciso dizer que o mosaico de fotos dela é *impecável*.) — Está tudo bem ou...?

— Caramba, Vi. Será que posso tirar o casaco e ficar mais uns minutinhos aqui antes de nos aprofundarmos na minha vida pessoal? — brinca ela, deixando a bolsa no chão. — Oi — acrescenta para Bash, que eu sequer tinha percebido que estava na sala.

Ele gosta de fazer um negócio em que acha um espaço ensolarado e se deita lá como se fosse um cachorrinho.

— Oi — responde ele, levantando uma das mãos e fechando os olhos.

— Desculpa, eu só... Você sabe, as fofocas todas — digo. — Então se quiser conversar sobre isso, estou por aqui.

Isso ou o fato de que Jack parecia genuinamente patético e eu realmente não quero ter que lidar com os voluntários do baile de boas-vindas, grupo que inclui Antônia. Qualquer uma das duas opções.

— Não há realmente nada para ser dito — fala Olívia, e olha para a nossa mesa de jantar, que está coberta com as anotações da minha mãe e o equivalente a duas semanas de ataduras de Muay Thai. — Posso deixar minhas coisas aqui, ou...?

— Foi mal, pode sim. — Chuto uma cadeira para longe da mesa. — Tá com fome? Sede?

— Estou bem. — Ela olha de relance para Bash outra vez. — Sebastian, certo?

— Ou Bastian, ou Bash. O que preferir. — Ele abre um olho. — E você é Olívia Hadid — observa ele. Não é uma pergunta.

Olívia dá uma risadinha educada.

— Sim...

— E eu também gostaria de saber o que está rolando com Jack Orsino — conclui Bash. — Mas diferente da minha irmã intrometida, posso esperar até que você esteja hidratada e alimentada.

— Ela *acabou* de dizer que não está com fome nem sede — falo para ele.

— Por enquanto — diz Bash de forma sinistra, e, para seu crédito, desta vez Olívia ri de verdade.

— Só estamos dando um tempo — diz ela. — Não é nada de mais. Preciso me concentrar nos estudos e tal.

Bem, isso foi simples. Não é de surpreender que Jack não consiga entender esse motivo, considerando que ele nunca se concentrou na escola ou em nada que não fosse o futebol, mas que seja. Oficialmente cumpri minha parte do trato e agora o baile de boas-vindas é problema dele.

Jack estava certo. Isso foi *mesmo* benéfico, então eu caminho alegremente até a cozinha para pegar um copo de suco para comemorar.

— Esse "e tal" inclui rituais de sessões espíritas? Invocação de demônios? — ouço Bash perguntar para Olívia. — É isso o que sempre pensei que o círculo de líderes de torcida faz entre as obrigações esportivas.

— Nenhum demônio ainda — assegura Olívia. — Só o sacrifício de sangue de sempre.

— Eu sabia. — Da geladeira, eu o vejo se levantar e andar até onde Olívia está sentada, retirando os livros da mochila da escola. — Shakespeare, hein?

— O Bardo em pessoa — confirmo, voltando com meu copo de suco de laranja.

— No máximo, o Bardo de Avon e só isso — corrige Bash. — Robert Burns é que é *o* Bardo.

— Que maravilha, Sebastian — digo. — Ainda bem que você nos contou isso antes de passarmos vergonha.

— Pois é o que acho também. — Ele inclina um chapéu imaginário para Olívia. — Passar bem, então. Deixá-las-ei com suas recitações.

E, com isso, ele desaparece escada acima.

— Ele é engraçado — comenta Olívia. — Gostei dele.

— Ele é o mais popular entre nós dois — concordo, e ela olha lança um olhar inquisitivo para mim.

— É mesmo?

— Bom, é uma parte crucial da personalidade dele — explico, empurrando de lado a minha bolsa de ataduras. — Ele precisa que todo mundo goste dele. Mas qualquer um sempre acaba gostando, porque como seria capaz de não fazer isso?

— Hum — ela concorda, com um meio-sorriso de compreensão. — E quem é você, se ele é o que as pessoas gostam mais?

— A que nunca se atrasa — digo, pegando minha cópia do roteiro. — O que é mais do que posso dizer de certas pessoas.

— Com certeza.

Ela ainda está olhando meio estranho para mim, então tento iniciar uma conversa:

— Você tem irmãos?

— Duas irmãs. Uma de oito e a outra de dez.

— Ah, nossa. Novinhas assim?

Ela dá de ombros.

— Meus pais decidiram que ainda não tinham acabado, acho.

— Você é… próxima delas?

— Bem… — Os lábios de Olívia se torcem enquanto ela reflete. — Eu estou um pouquinho mais para a terceira adulta responsável do que para uma das filhas, sendo sincera — diz, e a ruga entre suas sobrancelhas sugere que isso não é algo que ela goste de admitir.

— Ah. — Essa confissão pareceu pessoal, e não quero deixá-la no vácuo. — Acho que às vezes eu também me sinto meio como uma adulta responsável. Ou só mais velha, no geral. Tipo, velha demais.

Velha o bastante para enxergar coisas que outras pessoas ignoram. Velha demais para ficar decepcionada constantemente.

— É difícil, não é? — diz Olívia, tamborilando os dedos na mesa. — As expectativas.

Antes de ela dizer isso, eu teria imaginado que deve ser legal se uma adorada líder de torcida como Olívia. Às vezes acho que é isso que as pessoas gostariam que eu fosse. (Exceto minha mãe, que generosamente me permite viver minha vida livre das restrições de gênero.) Só que aí eu penso em todos os carinhas das Avançadas que só estão interessados em transar com ela, como se Olívia só servisse para uma coisa.

— Bem, olha, me desculpa por ter te perguntado sobre o Jack — digo a ela, com sinceridade. — É só que percebi que vocês parecem meio esquisitos um com o outro. — Hesito, e então: — Não tem nada de, tipo, *errado*, né? Ele não… *fez* alguma coisa, ou…?

— Ah nossa, não. Não, nunca. Jack é um cara ótimo — diz ela, e sua insistência é tão afetuosa e intensa que começo a duvidar do que me disse antes. Daquela forma tranquila e sem emoção como ela falou que estão "apenas" dando um tempo. — Eu sei que às vezes ele é um pouco demais. Você sabe, com toda essa persona de Duque Orsino e tal…

— E tal — murmuro em concordância.

— Certo — reconhece ela com um sorriso discreto. — Mas por baixo da máscara existe muito mais coisa, acho.

— Muito mais coisa do que "um pouco demais"? — pergunto, em dúvida, porque meu primeiro pensamento é: já ouvi isso antes.

Sabe, sobre garotos. Garotos que são uns babacas ou uns palhaços cujas namoradas acham que são secretamente profundos. É uma história clássica! As pessoas *amam* dar aos garotos o benefício da dúvida ou atribuir a eles camadas que na verdade não existem. É tipo quando uma garota diz que um cara é divertido ou inteligente, quando na verdade ele é só… alto.

Só que Olívia apenas dá risada.

— Tá, tá bom, já saquei que você não é fã dele. Não vou tentar convencer você de nada. Podemos começar, Romeu? — Ela me incita em vez disso, cutucando o roteiro em minhas mãos como se estivesse mais do que feliz em mudar de assunto.

Talvez Jack esteja certo de se perguntar o que está rolando. Olívia parece guardar muita coisa para si… mas isso é assunto dela. E já tenho uma resposta.

Minha parte do acordo? Cumprida.

— "Que me prendam!/ Que me matem!" — respondo, e ela sorri para mim.

— Um *pouco* romântico, vai? — ela questiona. — "Se assim o queres, estou de acordo."

— Essa fala é minha.

— Só estou tentando te convencer. Ele está dizendo que está disposto a morrer se for isso que ela quer.

— Exato, é ideação suicida. Eles são adolescentes!

— Você está mentindo — decreta Olívia, examinando meu rosto com atenção por um segundo.

Reviro os olhos.

— Tudo bem. São palavras bonitas. E é uma oferta generosa.

— E isso quer dizer o quê?

— Quer dizer que sou capaz de apreciar um homem que morreria por mim se eu mandasse.

Ela me dá uma cotovelada, revirando os olhos.

— E isso *quer dizer* o quê? — repete.

— Quer dizer que… — começo, entredentes com um suspiro. — Tá bom. Você ganhou essa.

Olívia sorri para mim.

— Obrigada — diz ela, jogando o rabo de cavalo por cima de um dos ombros. — Aceito a vitória.

Depois que Olívia vai embora, ignoro todas as novas chateações que enchem a minha caixa de mensagens e entro no *Noite de Cavaleiros*, pronta (como de costume) para esfaquear alguém de um jeito que não vai me fazer ser presa ou expulsa da escola. Percebo que o modo combate é a minha melhor aposta e seleciono a arena de Camlann, que é de longe a mais infame no jogo. Reza a lenda que o Rei Arthur foi derrotado na Batalha de Camlann, então, na lore no jogo, apenas os melhores entre os melhores conseguem entrar lá. Tem uma fila pequena, mas é melhor do que perder meu tempo com amadores em Gaunnes.

Como sempre, a lista de pessoas esperando para entrar na arena de Camlann é um misto de nomes de usuário reconhecíveis (cof cof, pessoas que já derrotei antes) e letras e números totalmente aleatórios. Exceto que, naquela noite, percebo outra vez que existe um que parece ser… um pouco familiar demais.

DUQUEORSINO12.

Espera, então quando achei que tinha alucinado isso… era *real*?

— De jeito nenhum — digo em voz alta, fechando o meu notebook com força.

Meu coração martela como se eu tivesse sido pega no flagra no meio de alguma coisa. Como se ele estivesse no quarto comigo. É possível que eu o tenha *invocado* de alguma maneira? Juro, parece que toda vez que viro uma esquina, Jack está lá. Até na minha própria cabeça.

Não. Não pode ser. Eu claramente estou vivendo algum tipo de alucinação crônica. Preciso ir dormir.

Não, não tem como eu dormir agora, isso é esquisito demais.

Talvez eu tenha lido errado?

Abro o notebook de novo, respirando fundo.

DUQUEORSINO12.

Que nada. Não foi imaginação. Ainda assim, fico encarando o nome de usuário, tentando pensar em como aquilo deve ser um engano. Digo… *tem* que ser, né? Até onde sei, Jack Orsino preferiria beber veneno a entrar em um mundo de videogame como esse. Não sou de acompanhar o que a elite do Messalina acha maneiro, visto que eu, você sabe, não estou nem aí, mas isso parece bastante inusitado da parte de Jack. Isso e o fato de que ninguém usa nomes verdadeiros em RPGS. Se essa pessoa for de fato Jack, ele claramente sofre de algum tipo grave de narcisismo e precisa procurar ajuda urgente.

Só que o apelido… é específico demais. Não pode ser coincidência, pode?

Então, não consigo evitar: eu olho. Eu *vasculho*, praticamente viro uma stalker. Os atributos dele são interessantes. Perdeu algumas batalhas, mas ganhou um monte de habilidades. Um montão de habilidades, na verdade, como se ele estivesse ativamente colecionando todas, embora eu não saiba o que mais ele estaria fazendo em um MMORPG. Duvido que ele esteja tentando se tornar um comerciante arthuriano ou viver esse mundo como se fosse sua fantasia pessoal.

Estou prestes a sair do reino quando uma notificação salta no canto da tela do meu notebook, e meu celular vibra ao mesmo tempo. É uma mensagem de texto de Antônia. Ela me mandou alguma coisa ontem sobre a nova missão que o grupo está jogando, que eu curti, mas não respondi.

Aliás, acho que não vou na MagiCon desse ano, diz ela.

Meu coração palpita.

Quê?

Ah, agora você responde. Que conveniente.

Ah, que ótimo. Vamos começar a brigar. Minhas mãos tremem um pouco, involuntariamente, e sinto um suor frio se acumulando nas axilas. Odeio brigar com Antônia. As outras pessoas não importam — é óbvio que consigo me defender bem em qualquer discussão —, mas com Antônia as coisas são diferentes. É como se ao longo dos anos eu tivesse dado a ela todas as minhas flechas — todos os meus segredos e coisas que não quero que o resto do mundo veja —, e agora fico aterrorizada com a ideia de que ela possa atirá-las de volta contra mim.

Respondi todas as suas mensagens, digo.

De má vontade

Eu só precisava de um tempo pra esfriar a cabeça, ok?

Por causa de quê????

Trinco os dentes e mudo de assunto:

Por que você não vai na MagiCon?

Nós trabalhamos como voluntárias juntas todos os anos. É a melhor forma de garantir um ingresso. Convenções são caras e lotam rápido, principalmente depois que a cultura geek começou a ficar popular com o grande público, graças a franquias de filmes de super-heróis e coisas do tipo. A gente basicamente precisa entrar na lista com um ano de antecedência.

É sério isso?, pergunta ela.

O cantinho do meu notebook pisca com uma notificação de *Noite de Cavaleiros*, e aperto o botão de IGNORAR.

É sério o quê?

Não vai responder minha pergunta?

Antes que eu possa responder, ela prossegue:

Só porque você está puta com o leon e o murph você vai descontar em mim?

Como foi que a situação ficou estranha desse jeito? Talvez eu devesse ter dito a ela antes que fiquei chateada porque ela não ficou do meu lado quando rolou aquilo com Matt Das. Ou que fiquei magoada quando ela permaneceu no grupo de ConQuest mesmo depois que viu como fui tratada. Ou talvez tenha sido aquele lance com George, ou a indireta no Twitter, ou talvez seja tudo isso, mas quando se olha todas essas coisas individualmente, parecem muito pequenas. Tipo, talvez Antônia sequer entendesse se eu explicasse o que está acontecendo em voz alta.

O seu problema é que você é egoísta, diz ela, e continua digitando.

Recebo uma série de mensagens:

Eu fico do seu lado o tempo todo, e pra quê?

Sabe quantas vezes precisei te defender?

Inúmeras

Acredite ou não esses caras não são babacas com você sem nenhum motivo

Você é escrota com eles e depois fica se perguntando por que eles te odeiam

Não é como se desse para culpar eles por não quererem que você fique no comando

Engulo em seco, uma pancada familiar de dor rapidamente se endurecendo até se transformar em raiva.

Você acha que eles gostam de você porque você é LEGAL?, digito de volta para ela, as mãos ainda tremendo. *Eles toleram sua presença porque você faz tudo o que eles mandam. Você fica perfeitamente feliz em deixar que pisem em você.*

Pois é, concordo que é esse o meu problema, diz Antônia. *Pelo visto eu adoro ser pisada. Deve ser por isso que sou sua amiga.*

Encaro a tela.

É isso o que ela pensa? Sobre mim? Sobre nossa amizade? Eu conto a verdade para Antônia. *Todas* as minhas verdades.

Depois de ver tudo o que existe dentro e fora de mim, é *isso* o que ela pensa que eu sou?

Ainda estou encarando a tela do celular quando a notificação de *Noite de Cavaleiros* vira uma contagem regressiva piscando no canto.

10... 9... 8...

— Merda — digo em voz alta, alternando para o jogo, porque aparentemente quando tive a intenção de clicar em IGNORAR, cliquei em vez disso em ACEITAR. No caso, *aceitar desafio*. No caso, estou prestes a entrar em uma partida em... cinco segundos...

4... 3... 2...

A tela pisca de modo vibrante e logo me vejo dentro da arena de Camlann. Ao meu redor estão dois magos, uma esfinge, duas fadas, um demônio, um valete e dois outros cavaleiros, um dos quais me parece muito familiar.

Se eu estivesse com outro humor, talvez achasse o personagem hilário. Ele escolheu usar o tom verde e dourado e o emblema de flor-de-lis da nossa escola. Até o avatar se parece com ele: de pele escura e alto, vestido em armadura e cota de malha, carregando minha arma de escolha, uma espada de lâmina larga com empunhadura grossa.

A janela da conversa com Antônia pisca outra vez, e o começo de uma mensagem aparece, mas o que mais ela poderia me dizer? Nada que eu queira escutar agora. Derroto uma das fadas com facilidade, e depois um dos magos. Em outro lugar da partida, "Duque Orsino" parece estar lutando com proficiência surpreendente contra o demônio. A esfinge tenta usar um de seus feitiços de trapaça contra mim, mas tenho imunidade: o feitiço de veracidade de uma relíquia — o Anel de Dissipação — dá conta desse problema enquanto o outro mago parece derrotar a fada que restava.

Quem sobrou? O valete, outro cavaleiro, o último mago. Ah, e talvez-Jack-Orsino, claro. Ele está fora de vista e procuro uma cobertura para me proteger, aguardando escondida entre as ruínas do castelo. Quem quiser me seguir até aqui vai precisar de feitiços de iluminação, uma coisa a qual tenho acesso.

Antes que eu consiga me posicionar para alcançar uma das torres, o bate-papo pisca na parte de baixo da minha tela.

DUQUEORSINO12 DESEJA CONVERSAR COM VOCÊ

É claro que deseja, resmungo em pensamento; até que lembro que ele não sabe quem sou eu. Afinal, eu sou Cesário, um estranho na internet.

Clico na janela, que abre para mostrar uma simples mensagem. Uma palavra.

DUQUEORSINO12: aliados?

Ele continua digitando, e então:

DUQUEORSINO12: só pra esta batalha.

Digito uma resposta.

C354R10: e depois?
DUQUEORSINO12: aí é cada um por si

Justo. Não é um pedido incomum, tirando o fato de que se eu aceitar, será o segundo acordo que faço com Jack Orsino na mesma semana. Um fato sem precedentes, sendo bem sincera. Se ele soubesse que foi capaz de me fazer concordar com algo duas vezes seguidas... Só que ele não sabe, lembro a mim mesma.

Jack não faz ideia de que sou eu. E levando em conta que acabar com ele agora mesmo é exatamente o que o meu dia precisa...

— Ok, Orsino — murmuro para mim mesma, digitando uma resposta no chat. —Vamos ver qual é a sua.

Jack

Preciso admitir para seja lá quem for o nerd que sonhou com *Noite de Cavaleiros*, presumivelmente dentro do porão dos pais em algum lugar: é um mundo meticuloso. Nenhum detalhe foi deixado de lado; as ruínas do castelo da arena de Camlann são realistas e convincentes, as árvores na floresta até balançam um pouco com a brisa. A fonte no chat usa muito Medieval Times para o meu gosto, uma espécie de Comic Sans do reino dos nerds, mas até isso só distrai de forma moderada.

O outro cavaleiro, uma combinação sem sentido de números e letras, responde no chat:

C354R10: eu fico com o mago

Não costumo ser um cara que gosta de conversar com gente aleatória on-line, já que sei bem como é a internet, mas uma coisa de que *gosto* é vencer. Se isso significa convencer um divorciado de quarenta e cinco anos ou um garoto moçambicano de doze a ficar do meu lado, eu topo tudo. Não é como se fôssemos conversar outra vez, e mesmo que o cavaleiro seja um fracassado na vida real, fica bem claro que ele sabe o que está fazendo dentro do jogo. O avatar está praticamente coberto de habilidades que ganhou na arena. Uma coleção de relíquias aparece sobre a cabeça dele sempre que empunha uma arma, o que acontece com frequência. Em comparação, tenho uma grande porção de nada.

Espero que o cavaleiro vá direto para o mago, mas, em vez disso, ele corre na direção de uma escadaria, retirando uma das suas relíquias — uma espécie de anel? — e a levando até os degraus, que abrem espaço para uma passagem que se entende até o outro lado do castelo. Em algum lugar no centro está uma joia, verde e obviamente valiosa, que o cavaleiro recolhe antes de atravessar a passagem secreta até o lado de fora, onde pega o mago de surpresa.

Caramba, o que foi isso que você fez?, digito no chat.

O cavaleiro não responde, focado no mago. Magos nesse jogo podem controlar os animais, e esse que estamos enfrentando tem uma espécie de ajudante. Acho que Nick os chamou de "familiares", e ainda não entendo as regras, mas, em resumo, um familiar é tipo um Pokémon: eles evoluem e mudam de forma quando o mago ganha habilidades. O mago em questão tem um tigre, o que presumo que seja bom.

O cavaleiro troca a espada por uma espécie de lâmina reluzente, mais uma relíquia — tem sangue na ponta? Irado pra cacete —, e pega um escudo que também reluz, então suponho que as duas armas sejam coisas que ganhou em batalha. Infelizmente, não posso ficar assistindo porque preciso enfrentar outra pessoa com as minhas armas comuns e não reluzentes.

Meu oponente é outro cavaleiro, então vai ser um duelo básico, tipo quando sou colocado cara a cara com um cornerback para decidir qual de nós vai derrubar o outro da posição. O que me lembra do cornerback do Pádua, cuja suspensão já foi retirada. Que ironia, não é? Mesmo que ele tenha perdido o jogo, eu perdi minha temporada inteira. Meu futuro inteiro.

Não, não posso pensar nisso agora.

O cavaleiro se lança adiante e eu... faço seja lá qual for a palavra para *sair da frente* e a ação pisca na tela, mas é claro que ainda não memorizei todos os setenta mil termos de bruxaria aleatórios do jogo. ("Não existem bruxos nesse jogo", foi a resposta de Nick quando mencionei o assunto, ao que respondi com muita sensatez: "Tanto faz.") Jogos de videogame requerem apenas concentração, reflexos rápidos... coisas que meu corpo é capaz de fazer. Dou um golpe, e o outro cavaleiro lança uma coisinha verde brilhante que faz com que ele pareça estar suspenso em gelatina. Aperto um botão e a minha tela brilha também, esperando pelo instante em que a energia do cavaleiro vai acabar. Os parâmetros do jogo são simples: você não pode simplesmente usar um recurso infinitamente. Eles têm um custo ao jogador, e esse cavaleiro tem menos da barra brilhante de vida para gastar do que eu tenho. Ele abaixa a guarda e consigo acertar um golpe, enfraquecendo-o substancialmente. Agora tudo o que preciso fazer é mudar as posições.

Nick me deu algumas dicas, como a de usar o teclado alfanumérico para deixar os dedos mais próximos de mais comandos, em vez de ficar concentrado nas teclas de setinhas, mas a coisa mais importante que ele apontou é que eu precisava pensar no combate em termos do campo. Como running back, você pode obter uma série de vantagens por simplesmente ficar em certas posições ou ao dar a impressão de que vai fazer algo diferente do que planeja de fato. No jogo, você pode se mover diretamente para os lados, mas, se tiver o ângulo certo, o sistema ainda considera que você está *atrás* do oponente. Ou seja, perfeitamente posicionado para golpear com força enquanto o outro cavaleiro perde um tempo precioso se virando.

Derroto o cavaleiro com uma punhalada nas costas que ele não consegue bloquear ("aparar", informa a tela) e então afasto a câmera para me preparar para o que quer que venha a seguir. Parece que o mago conjurou uma espécie de fogo, porque o castelo agora está envolto em chamas.

Usei o anel de dissipação, aparece na janela de chat.

Quê?, digito de volta, dando mais zoom com a câmera para ver o cavaleiro caminhando na minha direção, partindo de onde a batalha com o mago deve ter acontecido, na torre incendiada.

C354R10: o anel de dissipação revela passagens secretas no jogo
DUQUEORSINO12: o que é um anel de dissipação

Antes que eu possa obter uma resposta, o cavaleiro vem para cima de mim com a lança ainda em mãos.

— Ai, merda — digo em voz alta, e só então percebo que são quase duas da manhã.

Se meu pai aparecer aqui, vai dar ruim, com certeza. Ele não é fã de videogames. Ele é da opinião que estão arruinando a sociedade, e provavelmente está certo.

Consigo desviar da lança, mas meu adversário já está em posição de fazer exatamente o que eu acabei de fazer com o cavaleiro anterior. Agora que os outros dois oponentes foram derrotados, só sobramos nós dois.

Eu me viro, ou pelo menos tento, porque o outro cavaleiro se move mais rápido. Como é que ele faz isso? Tento atacar, mas não funciona. Ele me dá um golpe forte, que drena quase todos os meus pontos, que agora brilham em amarelo. Minha... vida. Ou seja lá como chamam. A barra que costumava ser verde está perigosamente vermelha agora.

Ok. Ok, eu consigo. Isso é tipo correr em uma quarta descida. Se não existe espaço para erros? Dou um jeito. Eu sempre dou um jeito.

(Costumava a ser assim.)

O que sei a respeito desse cavaleiro se comparado a outros que enfrentei desde que comecei a jogar? O cara não é um trator. Ele não tenta vencer dando um nocaute atrás do outro. Esse cavaleiro é como eu: ele espera por uma abertura. Então é isso o que vou oferecer.

Eu me posiciono para um movimento amplo de espada e o cavaleiro obviamente prevê o golpe. Ele ergue o escudo reluzente — que, aliás, está brilhando ainda mais agora, provavelmente como resultado de ter acabado de derrotar um mago com um tigre —, e eu cancelo o movimento, então tento acertá-lo com um golpe mais direto quando ele abaixa a espada. É um outro tipo de finta, quando você finge que vai bater em cima, mas aí mira embaixo.

Funciona. Faço contato em um ataque que poderia ter derrotado outro jogador, alguém com menos coisinhas brilhantes, mas nesse cavaleiro o golpe só faz com que sua barra verde fique um pouco alaranjada. Tenho a impressão de que o meu truque não vai funcionar uma segunda vez, então tento outra manobra de punhalada nas costas, mas ele faz isso primeiro.

Bam, mais um golpe em um ângulo certeiro: estou fora.

Minha tela fica preta e então clareia outra vez para me informar que perdi, e o jogo me coloca de volta no cenário em algum lugar próximo a Camelot que é basicamente a página inicial.

Ótimo.

Estou pensando em entrar na fila de outra grande arena de combate para ganhar de volta alguns dos pontos que acabei de perder quando minha janela de bate-papo pisca e abre de novo.

C354R10: o anel de dissipação foi entregue a lancelot pela dama do lago. no jogo isso significa que vc pode usar ele pra enxergar através de encantamentos
DUQUEORSINO12: onde eu pego isso?
C354R10: imagino que seja novo nesse jogo

(Que raios significa C354R10?)

DUQUEORSINO12: onde vc tá?
DUQUEORSINO12: no jogo
C354R10: pq
DUQUEORSINO12: tá paranoico é?
DUQUEORSINO: só quero ver com quem tô falando
C354R10: não viu o bastante quando te dei uma surra?
DUQUEORSINO12: tá, você me derrotou por pouco
C354R10: olha só, vc tomou uma surra

Ele faz uma pausa, então digita outra vez.

C354R10: estou na praça de camelot
DUQUEORSINO12: na praça? pq?
C354R10: recursos

Ah, verdade. É lá onde os comerciantes e coisa do tipo ficam. Percorro a capital e alcanço a barraca do mercado, onde vejo o avatar do outro cavaleiro.

C354R10: tentando trocar alguma coisa?
DUQUEORSINO12: tipo o quê?
C354R10: era isso o que eu estava pensando. você não tem nada que eu queira

Esse avatar é *muito* familiar. Não que se pareça com alguém que eu conheça, óbvio. Não conheço nenhum cavaleiro com mais de dois metros. Linebackers, com certeza, mas eles não têm cabelos desse tipo.

Ah, espera aí... esse *cabelo*. É comprido e de um tom branco brilhante e lustroso como o de um modelo, o que meio que é inconfundível.

Era pra vc ser o cesário de guerra dos espinhos?????, pergunto do nada, juntando as peças para entender a tradução do nome de usuário em linguagem gamer.

C354R10: vc assiste GdE?
DUQUEORSINO12: comecei a assistir recentemente. tô quase acabando
C354R10: tá em que temporada?
DUQUEORSINO12: acabei de terminar a segunda
DUQUEORSINO12: cesário era um saco no começo mas agora está bem interessante
C354R10: o que vc achou da reviravolta?

No último episódio da segunda temporada, Cesário basicamente vira a casaca. Bem, não exatamente. É difícil explicar, mas, em resumo, Cesário passa a primeira temporada inteira sendo o vilão principal, atormentando a protagonista da linhagem real "perdida" e tentando matá-la para cair nas graças do pai dele, mas aí — reviravolta! — Cesário percebe que o pai e o irmão são peões de alguma força misteriosa. Então, em vez de matar sua maior rival, ele a deixa ir e começa uma jornada solitária.

No começo, achei que isso seria chato ou só uma preparação para uma trama idiota de romance, mas até que a história é interessante. É como se Cesário estivesse acordando e tendo seus próprios pensamentos pela primeira vez na vida, então todo mundo na série é previsível, exceto ele.

DUQUEORSINO12: ele meio que tem o melhor arco narrativo??
DUQUEORSINO12: ele é uma carta coringa
C354R10: né? ele é o personagem mais interessante
DUQUEORSINO12: eu não gostava dele no começo

Ainda estou digitando quando ele responde.

C354R10: é claro que não! e nem era pra gostar
DUQUEORSINO12: mas ele meio que é o único capaz de fazer as coisas direito e que está realmente usando o cérebro em vez de só continuar cego e leal

Um monte de coisas estão sendo digitadas do outro lado, e depois vem uma pausa, como se ele tivesse deletado o texto.

C354R10: achei que você fosse dizer algo idiota depois do "mas"
C354R10: mas na real não é uma opinião ruim
C354R10: então parabéns

Seguro uma risada, e então respondemos ao mesmo tempo:

DUQUEORSINO12: isso significa muito vindo de vc, um completo estranho
C354R10: vc realmente deveria fazer mais cruzadas

E, de novo, simultaneamente:

DUQUEORSINO12: q?
C354R10: kkkk vlw

Dessa vez, espero pela resposta dele.

C354R10: é nas cruzadas que vc obtém relíquias tipo o anel de dissipação ou a lança sanguinolenta
DUQUEORSINO12: a sua lança sanguinolenta é literalmente chamada de "a lança sanguinolenta"?
C354R10: acho que tecnicamente é a lança de longinus, a lança romana que fere jesus durante a crucificação, mas o jogo meio que tenta evitar...
DUQUEORSINO12: irritar pais cristãos?
C354R10: eu ia dizer mencionar ícones religiosos diretamente mas é isso aí

Rio um pouco.

DUQUEORSINO12: mas e quanto ao santo graal???? as cruzadas????
C354R10: pois é né
C354R10: só que ciclo arthuriano é isso aí mesmo

Sinto que essa é uma conversa muito melhor do que eu imaginaria ter na minha sala de estar às duas da manhã.

DUQUEORSINO12: acho que faz sentido. então como é que as cruzadas funcionam?
C354R10: uau, vc é novo mesmo aqui

DUQUEORSINO12: meio que comecei a jogar agora
DUQUEORSINO12: meu amigo me apresentou o jogo
C354R10: vc deve ter um amigo bem esquisito

Rio de novo.

DUQUEORSINO12: ele esconde isso muito bem. de fora você nunca ia imaginar
C354R10: neurocirurgião? modelo masculino?
DUQUEORSINO12: quase isso
DUQUEORSINO12: ex-quarterback
DUQUEORSINO12: ele se formou no ano passado e passou a conta dele pra mim
C354R10: vc não pode estar falando do nick valentino

Fico paralisado por um instante.

De repente, fico paranoico de verdade, de um jeito bizarro e intenso, em parte porque tenho dormido pouco e em parte porque é extremamente esquisito pensar que esse cara aleatório adivinhou o nome do meu melhor amigo. Isso não é normal, é? Será que essa pessoa está vendo dentro da minha casa, de algum jeito? Cubro a câmera do notebook por via das dúvidas, e depois me lembro de que estou sendo ridículo. Não daria para saber o nome do meu melhor amigo só de ver meu rosto e, de qualquer forma, a câmera nem está ligada.

A menos que tenham me hackeado??

Meu Deus. Eu vou ser assassinado com certeza.

C354R10: desculpa, eu devia ter mencionado antes

Ele provavelmente percebeu que a conversa foi um pouco bizarra demais.

C354R10: seu nome de usuário... eu meio que liguei uma coisa a outra

Ah, verdade. Dã. O próprio Nick achou que eu deveria ter escolhido algo que ficasse menos evidente que era eu, então a culpa é minha, imagino. Nem cheguei a considerar o fato de que qualquer aluno do Messalina saberia exatamente quem sou — provavelmente porque não esperava encontrar ninguém do Messalina no jogo.

DUQUEORSINO12: tá tranquilo

É esquisito, mas não *tanto* assim. Acho que eu também não teria mencionado isso.

DUQUEORSINO12: Isso quer dizer que vc também frequenta o messalina?

Faz-se uma longa pausa.

C354R10: isso
DUQUEORSINO12: mentira. A gente se conhece?

Outra pausa.

C354R10: sim

E então...

C354R10: mais ou menos
C354R10: não muito
DUQUEORSINO12: vc obviamente sabe quem eu sou
C354R10: todo mundo sabe quem vc é
DUQUEORSINO12: verdade

Odeio admitir, mas o tantinho de arrogância que infla meu peito meio que faz eu me sentir bem.

DUQUEORSINO12: ainda assim, não é justo que você saiba quem eu sou mas eu não saiba quem vc é
DUQUEORSINO12: quem é vc?
C354R10: ninguém
DUQUEORSINO12: vc sabe que eu sou da ACE, né? é bem fácil encontrar pessoas

Sem querer te assustar, me apresso em acrescentar porque, caramba, está aí algo difícil de equilibrar. Identidades secretas não são realmente o meu lance. Mas enfim, foi ele quem começou, né?

C354R10: não sou ninguém especial

Quase decido deixar para lá, mas agora ele atiçou minha curiosidade. Imagino que seja algum calouro esquisito e quietinho, mas, bem, poderia ser pior, não? Poderia ser um cibercriminoso ou um gângster. Ou algum cara mais velho tentando me enganar com um fake.

DUQUEORSINO12: vc é muito melhor nesse jogo do que eu. e seria mais legal jogar com um ser humano da vida real do que com um estranho
DUQUEORSINO12: qual é, é mais justo assim
C354R10: tudo bem

Legal.

C354R10: mas não conta pra ninguém

Dessa, sou eu que começo a rir.

DUQUEORSINO12: hm, cara, pode acreditar que eu NÃO quero que ninguém saiba que é isso o que faço no meu tempo livre

C354R10: kkkk. faz sentido

C354R10: isso é profundamente constrangedor para vc

DUQUEORSINO12: valeu capitão óbvio

DUQUEORSINO12: e aí????

Fico aguardando, e então, depois de alguns segundos, Cesário finalmente revela sua verdadeira identidade.

C354R10: bash

DUQUEORSINO12: bash...?

C354R10: reyes

Tipo igual *Vi* Reyes? Uau. Esse é um mundo bem pequeno mesmo, mas acho que nem sei qual é a aparência de Bash Reyes. Nunca tivemos aulas juntos. Ele com certeza não faz nenhum esporte. Acho que está na turma de teatro?

C354R10: mas não me chame assim

Ele digita isso quando estou prestes a comentar que é estranho que não só estou jogando contra alguém que conheço, mas que também está no mesmo ano que eu.

C354R10: é só que... o jogo não é a vida real, sabe?

C354R10: eu gosto disso

É, eu entendo.
Ele provavelmente não faz ideia do quanto eu entendo.

DUQUEORSINO12: de boa, cesário, seu segredo está seguro comigo

DUQUEORSINO12: agora bora falar das cruzadas

7
Heróis preferem espadas

Vi

Depois que DUQUEORSINO12 se desconecta, permaneço imóvel onde estou, encarando a tela até que ela finalmente fica preta.

Parece necessário me justificar aqui: não sei bem o que acabou de acontecer. Não faço ideia de por que decidi mencionar Nick Valentino. Estresse? Insanidade temporária? Provavelmente na realidade foi culpa da minha briga idiota com Antônia, o que é constrangedor *e* irritante. Ou talvez tenha sido o meu completo choque ao ver que Jack Orsino tem uma opinião que não é imbecil a respeito da minha série favorita. Admito que isso nunca acontece. Os fóruns do programa são cheios de nerdolas fanáticos por ficção científica que acham que meninas só gostam dos vilões porque eles são gostosos e nós somos burras. Imagina só tentar convencer um deles de que achar a trama de Cesário interessante não é a mesma coisa que apoiar fascistas na vida real! (Confia em mim, não funciona.)

Ainda assim, não acredito que realmente falei para Jack Orsino que eu sou Bash. Será que fui possuída por um demônio ou algo do tipo? Via de regra, não sou idiota assim — mas, sendo justa comigo mesma, não é como se houvesse uma resposta melhor.

De jeito nenhum vou deixar que saibam quem eu sou, para começo de conversa. Eu jamais diria a ninguém no jogo que sou uma garota. *Noite de Cavaleiros* é o único lugar em que um bando de caras não tenta dizer "bem, na verdade" para mim dez vezes por dia. Meu personagem no jogo é conhecido e respeitado. Não posso arriscar jogar isso fora só porque fui acometida por um surto de loucura.

Além do mais, eu entrei em *pânico*, ok? Ele estava certo quando disse que podia simplesmente pesquisar qualquer nome que eu desse nos registros da ACE (seria a primeira vez que ele olharia um registro, que tal essa ironia?), o que significa que inventar um nome não daria certo. Sem contar que não é como se ele e Bash fossem algum dia interagir na vida real. Tenho completa confiança de que eles não têm aulas juntos e, da última vez que verifiquei, Jack Orsino não sonha acordado em atuar no musical de primavera. Tampouco gostaria que alguém soubesse que ele joga RPGs de fantasia em segredo, certo? Tenho quase certeza de que mesmo que Nick Valentino tenha *de fato* apresentado o jogo e seu mundo para ele, esse é o tipo de coisa que é estritamente proibida pelo Código do Atleta de Masculinidade Opressiva e Esportes Organizados.

Então, beleza. Está tudo bem. Vou só... não logar no jogo por uns dias. Nada extremo.

Está tudo bem.

Empurro minha cadeira para trás, sentindo aquele amálgama de sensações que só acontecem quando você fica acordado até muito tarde e o mundo todo parece meio falso, como se talvez nada existisse além de você e seus pensamentos. Normalmente, gosto dessa hora da noite por causa da sensação de solidão, mas então lembro que Antônia não é minha amiga nesse instante. Ou talvez nunca mais seja.

Uma fúria antiga e familiar conflagra no meu peito. A mesma raiva que geralmente sinto por pessoas que não são Antônia. Jack Orsino pode pensar o que quiser, mas eu não preciso de fato que gostem de mim. O que quero é ser respeitada, e a verdade que Antônia não deseja encarar é que ela *não é* nem um pouquinho.

O que é, claro, uma coisa horrível de se pensar a respeito de alguém que era, até poucas horas atrás, minha melhor amiga.

Outra sensação familiar ricocheteia em meu peito, com a diferença de que essa é ainda mais velha e mais cansada: sei que não sou uma pessoa legal. Ao contrário do que Kayla, Jack Orsino ou Antônia pensam, não preciso que me informem desse fato. Já sei que tem alguma coisa errada comigo; sei que existe um motivo para que não gostem de mim. Um monte de motivos.

Porém, como um desejo escondido lá no fundo, eu gostaria que alguém me enxergasse como sou e me escolhesse mesmo assim.

Ou, no mínimo do mínimo, não decidisse de repente que não sou mais digna de sua amizade só porque não quis ir a um encontro com Matt Das por pura pena, ou porque não quero me sentar ao redor de uma mesa com um bando de garotos arrogantes e ignorantes para acabar soterrada debaixo de suas opiniões.

A raiva volta, mais ou menos. Ela borbulha de leve, como um refrigerante sem gás. Fico me sentindo cansada até os ossos, então puxo as cobertas da cama e vou dormir, decidindo que vou lidar com DuqueOrsino12 (e seu alter ego mais irritante) amanhã.

No geral, espero não ser perseguida por gente logo pela manhã, mas é claro que o superastro dos esportes Jack Orsino não permite que uma coisinha chamada decência humana atrapalhe suas necessidades pessoais.

— E então? — pergunta ele, trotando atrás de mim com suas muletas igual a um cavalo de tração.

— E então o quê? — murmuro por cima do ombro.

Eu tento me lembrar de uma coisa muito importante: *Ele não sabe quem você é. Sua identidade está segura. É melhor que continue assim.*

É estranho olhar para a cara de alguém quando você esteve há poucas horas enxergando a tal pessoa como um avatar de cavaleiro. A versão pixelada de Jack meio que resume o básico: ele é alto, musculoso de forma meio esguia, com um corte de cabelo em drop fade que está começando a crescer depois das últimas duas semanas — mas não acerta, sabe, os detalhes. O formato do rosto dele. A barba desigual que ele precisa mesmo raspar sob as bochechas. Os cílios que parecem quase femininos, que no momento emolduram um par de olhos muito avermelhados.

Deus, ele está com uma aparência horrível, e, sinceramente, é melhor assim. Ninguém deveria ter uma aparência como a dele, é indecente. Faz-se necessária uma redistribuição, tipo uma taxação sobre riquezas de estruturas ósseas.

— Você tá com uma cara péssima — comenta ele, examinado meu rosto com uma carranca.

Ah legal, que momento bacana de sincronia.

— Sublime — respondo, retomando o caminho até a aula. — E, com isso, começa o dia...

— Espera aí. — Ele me segue de forma atrapalhada. — Então, você conversou com ela?

— Quem? — pergunto, só para atormentá-lo.

Jack revira os olhos.

— Qual é. Nós fizemos um acordo.

— Está bem. — Paro por tempo o suficiente para encará-lo. — Ela está tentando se concentrar na escola.

Ele levanta uma sobrancelha.

— Sério isso?

— A carga de matérias dela está bem puxada.

— Pois é, eu *ouvi* isso, mas... — Ele range os dentes. — É só isso que você tem?

— O que mais você quer? — rebato, com irritação. — É realmente tão chocante assim para você que alguém talvez precise de um tempo longe da sua companhia? Talvez Olívia esteja cansada de ser seu acessório o tempo todo, ou quem sabe ela só...

— Ela não é meu acessório.

Para meu choque, Jack parece... magoado. Esperava que ele fizesse pouco caso do comentário, como faria em qualquer outra circunstância — *meu trabalho é ficar parado aqui sendo bonito*, por exemplo, o que foi tão ridículo que arrancou um grunhido meu —, mas ele se encolhe.

— Ela realmente pensa isso? — pergunta.

É um pouco desconcertante o quanto ele parece chateado.

— Não, eu só... — emendo rápido, com uma careta. — Na verdade, ela só tinha coisas boas a dizer de você — admito em um resmungo. — Não que eu concorde com nenhuma delas.

Jack pisca.

— É mesmo?

— Sim. Então não precisa se preocupar. Não é nada que você tenha feito de errado.

— Vi, qual é. — Ele toma impulso na minha direção quando me viro para ir embora outra vez. — Não pode ser só isso.

— Por que não? Ela tem a vida dela. Talvez Olívia simplesmente não queira ter que pensar sobre você nesse momento.

Algo no tom de Jack muda quando ele diz:

— É isso o que você pensa que relacionamentos são? Uma obrigação?

Ok, isso está começando a virar uma lição de moral esquisita para a qual não tenho tempo.

— Só... vê se lida com as suas angústias no seu próprio tempo, Orsino. Tudo bem? Eu falei com ela. Cumpri a minha parte do acordo.

— Cumpriu *mesmo*? — questiona ele, me perscrutando sob a testa franzida.

Argh. ARGH. As pessoas são de enlouquecer. Por que é problema *meu* se Jack e Olívia não conseguem conversar um com o outro?

Se bem que... odeio ter que admitir, mas acho que ele tem razão. Tecnicamente, eu *não* cumpri minha parte do acordo, porque até eu fiquei me perguntando qual seria a motivação real de Olívia para querer um tempo. Pela minha avaliação, ela parece estar agindo de forma fundamentalmente esquisita com Jack, então, se ele de fato gosta dela, não posso culpá-lo por se perguntar o porquê de ela ter mudado de atitude do nada.

— Está bem. — Solto o ar. — Vou perguntar de novo. Mas você precisa me dar um tempinho — alerto —, porque se eu não parar de mencionar esse assunto, vou ficar parecendo uma stalker esquisita e obcecada.

— De acordo. — Ele assente, vigoroso.

— E vê se não se esquece: o comitê do baile de boas-vindas é problema seu agora.

— Relaxa, Viola — diz Jack. — Tô ligado.

Ele é insuportável.

— Você *sabe* que dizer para meninas "relaxarem" é uma infame má ideia, né?

— Não se subestime, Vi — diz Jack, falando naquele tom alegre e falso. — Você não é uma menina qualquer. Você é uma tiranazinha divertida.

— Ah que bom, agora estou *definitivamente* a fim de te ajudar — resmungo, prestes a ir embora. — Muito convincente...

— Um arzinho de ditadora realmente te cai bem — grita ele para mim.

— Estou indo embora! — grito de volta, balançando a cabeça e quase esbarrando em Antônia, que mal olha para mim.

Bom. Acho que é isso, então.

Pelos próximos dias, faço questão de não me conectar no *Noite de Cavaleiros*, mesmo que meus dedos, e o resto do meu corpo, cheguem a coçar de vontade de ter outra coisa em que pensar além do iminente fim de semana da MagiCon. Não que o fato de eu estar evitando pensar nesse assunto tenha qualquer efeito nas pessoas ao meu redor.

— Você não trabalha na sua fantasia já faz um tempo — comenta minha mãe, provocando um sobressalto em mim enquanto leio o novo romance da série Império Perdido no sofá.

— Quê? — pergunto, porque estava ocupada estando presente em outro ponto do cosmos.

— Sua fantasia. Tem um tempinho que não te vejo mexer nela.

— Ah.

Ela se refere ao meu cosplay para a MagiCon. No ano passado, fui vestida como a personagem de uma das minhas graphic novels favoritas (basicamente uma boneca arlequina possuída), mas neste ano Antônia e eu iríamos vestidas das nossas personagens originais de ConQuest, Astrea Starscream e Larissa Highbrow.

Obviamente, não vejo mais sentido nessa ideia.

— É, bem. Dá pro gasto.

— Dá pro *gasto*? — repete minha mãe, arqueando as sobrancelhas, porque perfeccionismo intenso é outra área em que ela e eu somos mais parecidas do que ela e Bash.

— Não é como se alguém fosse me reconhecer mesmo. É uma personagem original.

Personagens originais, ou OCs, na sigla em inglês, nunca são reconhecidos — por motivos óbvios — apesar de que seria duas vezes mais legal aparecer em um daqueles blogs de fã vestida como algo que não faz parte de uma franquia da Disney ou adjacentes. E se eu acabasse parando no blog da *Monstress Mag*...?

Só que isso provavelmente não aconteceria de qualquer jeito.

— Hum — diz a minha mãe, o que é um péssimo sinal.

Tem sermão vindo aí, então eu me endireito no sofá e ataco de modo preventivo.

— Você está bonita — aponto com uma nota de desconfiança, gesticulando para o vestido e sapatos de salto alto. — Pessoa nova?

— Na verdade, não. — Minha mãe remexe em um brinco, e percebo que ainda está em casa por uma razão.

— Mãe, você está... adiantada?

— Quê? Não. Sim — diz ela. — Só um pouquinho. Não sei.

— Como assim?

Já mencionei que essa mulher vai a encontros *a trabalho*? Eu não costumo vê-la se atrapalhando com as palavras.

— Bem, eu só... acho que comecei a me aprontar cedo demais. Um pouquinho só, quero dizer. Sem querer. — Ela evita o meu olhar de forma evidente.

— Mãe, não estou te julgando — digo. Ela parece desconfortável, como se não soubesse onde deixar as mãos, o que é um pouco engraçado. — É o mesmo cara?

— Sim. — Ela faz uma pausa. — É uma data importante, na verdade.

— Ah, é?

— É. Seis meses.

— Caramba.

É bastante tempo para ela. Não que minha mãe não tenha tido namoros mais longos em algum ponto da história, às vezes por mais ou menos um ano, mas nada recente. Ela sorri distraída para mim, olhando um pouco mais na minha direção em vez de diretamente para mim.

— Bem, provavelmente é a hora de contar a ele que você tem filhos — digo.

— Ele sabe. Eu... — Ela para de falar. — Já usei essa.

É um dos "tchauzinhos" dela, ou seja, motivos para acabar relacionamentos. Quase sempre funciona com homens, embora seja uma estraga-prazeres panromântico até onde sei.

— Quando você usou? — pergunto.

— Meses atrás. Logo de cara.

— Ele é um daqueles esquisitões que insistem que vocês foram feitos um para o outro?

Ela recebe um monte de e-mails estranhos. E coisas ainda mais estranhas nas mensagens diretas; algumas engraçadas e outras nojentas.

— Não. Com certeza não, na verdade. — Ela olha de relance para mim. — Mas você está mudando de assunto, *anak*.

— Eu? — protesto, fingindo inocência. — Jamais.

— Você está brigada com a Antônia — diz minha mãe, sentando-se ao meu lado. — Achou que conseguiria esconder isso de mim?

— Essa amizade já deu o que tinha que dar, mãe. Só isso.

Eu e a minha mãe somos parecidas neste aspecto. Somos independentes e obstinadas, firmes em nossos princípios, às vezes chegando ao ponto de cortarmos pessoas de nossas vidas porque elas nos custam mais energia do que vale a pena. Nós não precisamos ter alguém para conversar ou com quem passar tempo. Ficamos satisfeitas com a nossa própria companhia.

— Hum — diz minha mãe. Um tom neutro de reprovação, o que é… inesperado.

— O que você quer dizer com isso?

O telefone dela vibra, e ela abaixa o olhar para a tela com um sorriso leve, mas impossível de passar despercebido, flutuando distraído nos lábios cor de frutas vermelhas que são a sua marca registrada.

— Nada. — Ela clica para sair da tela e se levanta, inclinando-se para a frente para beijar a minha testa. — Não fique acordada até tarde, ok?

— Ok.

— Estou falando sério. — Ela dá um tapinha no meu livro. — Você vai ter o dia inteiro para ler amanhã.

— Hum, não vou, não. Estou matriculada em, tipo, umas cem aulas avançadas, mãe.

— Bem, isso é ainda mais motivo para descansar direito.

Ela dá a volta no sofá enquanto me estiro nele outra vez, retornando a minha atenção para a página. Então ela faz uma pausa, interrompendo-se com um pequeno sulco pensativo entre as sobrancelhas.

— Vi — ela chama.

— Que foi?

— Você não precisa ficar sozinha — diz, e parte de mim enrijece.

— Quê?

— É bom que você seja tão independente. Eu amo que você consiga ser tão autossuficiente. Mas, Vi, talvez valha a pena *não* queimar pontes de vez em quando — diz minha mãe, e, devagar, abaixo o livro para encará-la.

— Como é?

— Seria tão ruim assim? — pressiona ela. — Dar o braço a torcer às vezes? Deixar outras pessoas ganharem?

— Do que você está falando?

Será que ela fumou alguma coisa? Minha mãe nunca, *jamais*, diria para eu me render e deixar outra pessoa vencer. Ela guarda rancor como uma campeã e é mestra em dar a última palavra. A primeira coisa que ela me ensinou foi a revidar quando alguém me ataca... então, pois é, dizer que essa declaração veio do nada é um eufemismo.

— Eu só acho que você vai perder certas coisas da vida, *hija*, se nunca...

— Isso partindo da mesma mãe que me disse “nunca deixe que ninguém mude você”? — pergunto. — O que aconteceu com “saiba quais são suas convicções” e “nunca permita que diminuam você"? E agora do nada eu preciso atirar tudo pela janela e me preocupar com não morrer sozinha?

— Eu não falei isso. — Ela balança a cabeça. — É claro que não é o que estou dizendo, eu só…

— Talvez o seu novo namorado esteja te amolecendo — acuso, e minha mãe respira fundo, o que me irrita.

Significa que eu estou irritando *minha mãe*, o que provoca uma sensação horrível, pois já recebo bastante disso em todas as demais áreas da minha vida.

— Talvez — começa ela, devagar —, eu tenha estado tão ocupada tentando fazer com que você não cometa nenhum dos meus erros que eu acabei me esquecendo de te ensinar o que é importante na vida. A vida é mais do que vencer batalhas, Vi. A vida é mais do que ser mais dura ou flexível do que os outros. Principalmente quando o preço é sua chance de se sentir amada e aceita.

— Meu Deus, você está namorando um professor de yoga? — pergunto, bufando.

— Sei que o fato de eu escrever tão casualmente a respeito de relacionamentos amorosos faz com que pareça que não os considero importantes. Mas eu só tenho aquela coluna porque é um assunto de relevância universal, e quer saber o motivo disso? Porque a única coisa na vida que tem significância real é como nos conectamos uns com os outros — diz ela. — A única coisa que você é capaz de manter ou levar na sua vida são os seus relacionamentos. A forma como você ama, o amor que você dá, isso tudo importa.

Abro meu livro e deliberadamente me concentro nele.

— Pense nisso. — Ela me lança um olhar melancólico que faço um esforço consciente para não ver. — Ok. Boa noite, *anak*. Eu te amo.

Não digo nada e não levanto os olhos do mesmo parágrafo que continuo fingindo ler até ela sair.

Assim que ela sai, porém, sou tomada por um surto de culpa de filha: e se alguma coisa acontecer com ela e nossa última conversa tiver sido *essa*? Deus, eu seria revisitada por essa discussão todas as noites, como Scrooge e os seus fantasmas do Natal. Pego meu celular e digito *te amo*, só para diminuir as minhas chances de ser mal-assombrada depois.

Eu sei, diz ela, então volto a minha atenção ao livro.

E não faço a menor ideia do que estou lendo.

Argh. Agora estou toda inquieta e agitada. Eu me levanto e perambulo pela sala.

O que vc tá fazendo?, mando uma mensagem para Bash.

Não recebo resposta.

Dois minutos. Quatro.

Dez.

Ok, que se dane. Subo as escadas igual a um furacão e pego o meu notebook, furiosa comigo mesma.

O que importa de verdade aqui são as minhas convicções, certo? É por elas que tenho brigado com Antônia. Por mim! E pelo meu direito de ser eu mesma! Um "eu" que *inclui* minha raiva, que no momento está transbordando e se transformando em outra coisa que me faz querer chorar.

Abro *Noite de Cavaleiros* pensando que ele provavelmente não vai estar lá, de qualquer forma.

É, não, Jack com certeza não estará aqui. É sábado à noite, ele provavelmente…

DUQUEORSINO12: onde vc tava???

Solto o ar com força.

(Parte de mim, uma parte muito pequena, sente um calorzinho de conforto ao saber que alguém estava esperando por mim. Eu a esmago sem dó nem piedade.)

C354R10: isso importa? se vc quer jogar, bora jogar

C354R10: isso aqui não tem nada a ver com a vida real, lembra?
C354R10: não estamos aqui pra conversar

Não vejo movimento na conversa por um segundo, então ele começa a digitar.

DUQUEORSINO12: bom papo chefia

Deus. É claro que ele é um desses.

DUQUEORSINO12: então qual é a das missões de camelot?

Ah. Isso, por outro lado, é interessante. Alongo o pescoço, ignorando o celular quando vejo que Bash finalmente se dignou a responder a minha mensagem.

C354R10: tá, tipo, vc sabe que as cruzadas são JxA
DUQUEORSINO12: ?

É claro que ele não sabe.

C354R10: foi mal esqueci que vc é literalmente um noob
DUQUEORSINO12: as pessoas ainda usam essa gíria?
C354R10: só ironicamente. ou quando se aplica ao caso
DUQUEORSINO12: entendido capitão
C354R10: para
C354R10: enfim as missões são jogador contra o ambiente, JxA ou PVE, em inglês, o que significa que se vc quiser jogar uma das cruzadas do jogo, você vai lutar contra inimigos controlados pelo computador, os NPCs. reinos de combate são JxJ, ou jogador contra jogador, também chamado de PVP do inglês. vc contra mim por exemplo
DUQUEORSINO12: ok, e???

C354R10: as missões de camelot são as duas coisas. ou seja a gente joga contra NPCs na cruzada, mas ainda podemos ser atacados por outros jogadores que sabem que estamos tentando ganhar
DUQUEORSINO12: faz sentido
DUQUEORSINO12: e o que estamos buscando nessa missão?
C354R10: vc conhece a lore do jogo?

Faço uma pausa para revirar os olhos para mim mesma.

C354R10: esquece, claro que não
C354R10: a missão é coletar uma relíquia de cada reino. o santo graal e a excalibur são as mais difíceis, pq não aparecem no mapa, a gente é que precisa achar. e o tempo todo os outros jogadores conseguem ver que relíquias vc está carregando e tentam roubar elas, então vc precisa não morrer
DUQUEORSINO12: parece impossível
C354R10: e é

É reconhecido por esse aspecto. Só um punhado de gente já conseguiu terminar a Missão de Camelot, e todos são jogadores profissionais com patrocinadores.

Cara, queria eu ser paga para jogar videogame. Infelizmente, se você acha que o cenário *casual* dos jogos é ruim, deveria ouvir como os meninos falam sobre as jogadoras em torneios: realmente traz à tona o lado feio de algumas personalidades que já eram questionáveis para começo de conversa.

DUQUEORSINO12: maneiro. eu consigo fazer o impossível

Não é surpreendente que ele pense dessa forma. Ainda menos que ele esteja errado: é mais provável ele ser arrogante o bastante para acabar morrendo no primeiro reino de missão ou na primeira vez que for alvo de um jogador adversário. Isso é, a menos que ele seja esperto o suficiente para...

DUQUEORSINO12: vc já fez isso antes?
DUQUEORSINO12: pode me ensinar?

Hum. *Isso* é uma surpresa.

Eu me recosto na cadeira, tentando não ficar impressionada, até que me lembro que, ah, é, ele pensa que eu sou Cesário. Ele acha que eu sou um cara. Esse é exatamente o tipo de coisa que não dizem a você quando sabem que você é uma garota. Em vez disso, as pessoas (garotos) normalmente presumem que *eles* podem ensinar alguma coisa a *você*.

É um dos muitos benefícios de Jack Orsino não saber quem sou de verdade, visto que de jeito nenhum ele me pediria isso na vida real. A respeito de qualquer coisa.

Penso no assunto, mastigando o lábio, depois dou de ombros.

C354R10: eu mesmo nunca fiz isso mas sim
C354R10: eu poderia te ajudar

Já fiz a maioria das cruzadas que constituem a Missão de Camelot. Depois que parei de jogar como garota, pratiquei bastante JxA sozinha até aprender a ser capaz de competir com outros jogadores sendo Cesário.

DUQUEORSINO12: pq vc nunca fez essa missão??

Hora da careta.

C354R10: é preciso ter uma equipe

É uma das coisas mais irritantes desse jogo. Algumas fases requerem mais um jogador simplesmente para passar. Mesmo se vencer os rounds de combate, outra pessoa precisa coletar a relíquia. Não sei qual é o sentido disso, mas é uma coisa muito parecida com ConQuest, onde é praticamente impossível fazer tudo sozinho.

DUQUEORSINO12: saquei

É claro que ele sacou. O sr. Esportes em Equipe em pessoa.

DUQUEORSINO12: então a gente é um time?

Tentando evitar cair na mesma armadilha da última vez, paro um momento para pensar de verdade antes de responder. Por um lado, Jack Orsino é incapaz de resolver as coisas por conta própria. Por outro, sempre *quis* tentar vencer essa missão. Já tenho algumas das relíquias mais valiosas, e se você não as usa ativamente, pode acabar perdendo.

Sem querer ser uma acumuladora de armamento digital, mas algo que foi obtido com tamanha dificuldade é sempre uma coisa que você quer manter.

C354R10: claro
C354R10: desde que vc não seja um desastre total
C354R10: não faça nós 2 morrermos no primeiro reino
DUQUEORSINO12: eu aprendo rápido
DUQUEORSINO12: e como é que eu faria a gente morrer???

Pobre e inocente criança do verão.

Não esquenta a cabeça com isso, digito de volta. Você vai ver.

Ainda estou acordada quando Bash chega em casa, reclamando sobre um dramalhão de escolha de elenco. Também estou acordada quando minha mãe volta, embora eu tenha, de forma inteligente, bloqueado a luz da tela do meu notebook com uma toalha enrolada ao pé da porta do quarto. Acabo indo dormir logo depois, apenas para ser acordada pela manhã com uma mensagem de texto à qual respondo de modo semiconsciente e então apago de novo até ser quase meio-dia.

Então abro os olhos, vejo Bash de pé diante de mim e acordo com um susto.

— E aí — diz ele. — A Olívia tá aqui.

Respondo com algo parecido com "humlmf?" e ele dá de ombros.

— Ela está lá embaixo, mas a mamãe está trabalhando. Posso falar para ela subir?

— Por quê?

— Porque a nossa mãe está *trabalhando* — enuncia (grita) Bash no meu ouvido.

— Quis dizer por que a Olívia está *aqui*, idiota — respondo, empurrando-o para longe. — Ela chegou a falar?

Bash dá de ombros de novo.

— Entendi que era para vocês estarem trabalhando naquele projeto.

— Quê?

— PRO-JE-TO.

Essa conversa não tem pé nem cabeça.

— Escuta, só... dá uma distraída nela — digo, me levantando aos tropeços e chutando uma pilha de roupa suja para dentro do armário. — Eu vou, hum...

— Escovar os dentes — aconselha Bash com sabedoria.

— Isso. É. Só vê se...

— Levo meu charme? Deixa comigo.

E assim ele sai pela porta.

De acordo com o meu celular, a mensagem que respondi como uma idiota foi concordando em trabalhar na nossa cena hoje de manhã em vez de amanhã à tarde, já que pelo visto Olívia tem um sei-lá-o-quê de Atividades de Garota Popular para fazer. Escovo os dentes e visto um sutiã por baixo da camiseta; ela vai ter que lidar com todo o resto.

— … e aqui está o covil do dragão — diz Bash bem alto, presumivelmente para indicar que já é para eu estar apresentável, o que estou. — E chegamos. Uma donzela, entregue em segurança. Não posso prometer nada quanto ao que vem a seguir.

Olívia dá uma risada e desliza a mochila dos ombros, acenando para mim de um jeito que eu quase consideraria tímido, se eu a achasse capaz de qualquer timidez.

— Obrigada pela flexibilidade — diz ela.

— Sem problemas. — Chuto um pé de sapato para debaixo da minha escrivaninha. — Você pode largar suas coisas na minha cama se quiser. Minha escrivaninha está… — Coberta de amostras de tecidos, livros, meu notebook. A Vi de Fim de Semana é uma criatura muito diferente. — Meio que ocupada.

— Não esquenta. — Ela encaixa uma perna por debaixo do corpo e se empoleira na minha cama como se fosse um filhote de corça. — O que você ficou fazendo ontem à noite?

— Ah, você me conhece, tenho um monte de planos — digo. — A mesma coisa que faço todas as noites.

— Tentar conquistar o mundo? — pergunta Olívia, e eu dou risada.

— Espera aí, você por acaso acabou de fazer uma referência a…

— *Pinky e o Cérebro* — confirma ela enquanto procuro pela minha cópia do roteiro dentro da minha mochila da escola. — É a forma preferida da minha prima de me pentelhar quando pergunto a ela o que vamos fazer.

— Prima?

— É, mais velha. A família dela mora em Jordan, mas ela está estudando na Universidade de Columbia agora.

— Ah, que legal. Está na minha lista de faculdades dos sonhos — confesso, e faço um gesto para o cartão postal de Nova York que mantenho atarraxado sobre a escrivaninha.

— Na minha também. — Olívia desvia o olhar de modo sonhador. — Eu amo Nova York. É tão... vibrante, sabe? Tem essa...

— Não diga energia! — eu solto um grunhido.

Olívia ri.

— Mas *tem*. Nova York tem um *fluxo*.

— Uau — digo, balançando a cabeça. — Uaaaaau. Você já está até falando igual a uma nova-iorquina.

— Ai. Quem me dera ser interessante assim. — Ela olha ao redor do meu quarto, observando os livros nas prateleiras. — O que exatamente é ConQuest? — pergunta Olívia antes que eu possa conjurar uma resposta educada e neutra sobre como tenho certeza de que ela é interessante o suficiente. — Tipo, eu sei o que é — acrescenta. — Só não *entendo* pra valer, sabe?

Parte de mim se prepara para a conversa ficar estranha. Tentei explicar o conceito de ConQuest para a minha avó uma vez, mas ela achou que parecia bruxaria. (Depois que Lola se convence de que uma coisa é bruxaria, é difícil fazê-la mudar de opinião.)

— É um jogo de interpretação de papéis, um RPG — digo. — Você cria um personagem e depois... vira ele, em resumo.

— Simplesmente... *vira* ele? — repete ela.

— Bem, tem sempre uma aventura de algum tipo. Uma tarefa ou missão. Mas você toma as decisões que acha que seu personagem tomaria.

— Tipo um daqueles livrinhos de "escolha a sua aventura"?

— Isso, mais ou menos, exceto que não existem escolhas pré-prontas nem nada. Você pode fazer o que você quiser. — Caio na minha cama. — Sem regras. O que você quiser fazer, você pode. Isso é, dentro das limitações do jogo.

— Que legal.

Ela se levanta e espia os títulos dos livros nas estantes, então passa o dedo por uma das lombadas. Achei que ela só tinha mencionado o jogo para ser simpática, mas então ela diz mais uma coisa, o que me surpreende enquanto vasculho minhas anotações da cena.

— Acho que eu teria medo de só... me deixar levar assim — admite Olívia, mais para a estante de livros do que para mim. — É quase mais fácil simplesmente fazer o que as pessoas querem que eu faça.

— É mesmo? — pergunto, e ela olha para mim, um pouco sobressaltada.

— Bem... talvez não — confessa, parecendo acanhada. — Mas acho que eu ficaria com vergonha de fazer algo errado. Ou de dizer algo burro.

— Por quê? Os meninos nunca se preocupam com todas as coisas burras que *eles* dizem e fazem, vai por mim — murmuro, e ela ri.

— Talvez um dia você possa me ensinar. — Ela se senta com cuidado ao meu lado. — Se você quiser.

— Meio que é melhor em grupo.

No mínimo do mínimo, é preciso de mais um jogador e de um Mestre, o que obviamente eu não tenho.

— Ah. É, acho que entendo. — Olívia cutuca um fio solto no meu edredom, em silêncio por um minuto, e percebo que talvez ela não estivesse falando apenas para ser educada.

— Podemos tentar um jogo pronto para começar — ofereço, e ela levanta o olhar, se alegrando um pouco. — Você só teria que escolher um personagem.

— E meu personagem pode ser... qualquer um?

— Qualquer um. Qualquer *coisa* — acrescento. — Qualquer criatura mitológica, de qualquer folclore, desde que você defina as habilidades e fraquezas.

— Então eu poderia ser... — Olívia pensa. — Um gnomo com cabeça de tubarão?

Eu caio na risada.

— Ok, eu *não* teria chutado uma coisa dessas — digo quando ela abre um sorriso. — Mas, sim, tecnicamente você *poderia*...

— Qual é o seu personagem?

Ah. Hum. Sei que ela parece sincera, mas isso ainda é uma coisa meio nerd de se admitir.

— Tive alguns personagens ao longo dos anos.

— Qual foi seu favorito?

— Provavelmente a minha personagem atual. Astrea Starscream. — Vou até a minha escrivaninha e levanto a fantasia, ou as partes que estão prontas. — Ela é uma assassina em busca de vingança. O de sempre.

— Aah, que inveja. — Ela fica em pé em um pulo e toca o tecido. — Foi você que fez isso?

— Aham. — Limpo a garganta. — Não está pronta ainda.

— Isso é tão maneiro. Você sabe costurar?

— Aprendi especificamente para isso — admito, dando uma risada. — Aprendi a lutar pelo mesmo motivo.

— Lutar?

— Muay Thai. Não é nada sério, é só por diversão. Mas por saber costurar eu tenho uma habilidade de verdade caso aconteça um apocalipse zumbi.

— Meu Deus, é verdade. — Olívia solta um grunhido. — Eu deveria aprender a tecer, tipo, imediatamente.

— Talvez a fiar? — sugiro. — Se bem que não sei onde vamos arranjar lã depois que a produção industrial tiver sido tirada da jogada.

— Está vendo, *isso* sim são preocupações de verdade! Sabe o Vólio, do time de futebol?

É claro que não sei, mas aceno que sim com a cabeça de qualquer forma.

— Ele estava tentando conversar comigo sobre o apocalipse no outro dia — diz ela, fechando a cara. — Ele acha que tem a solução para tudo.

— Deixa eu adivinhar: ele pensa que você precisa de um homem grande e forte para te proteger?

— Pistolas — diz Olívia, simplesmente.

— Qual é a dos garotos com armas? É tão fálico — comento, e ela cai na gargalhada.

— Pois é, né? Ele tem sido bem… presente nos últimos tempos. — Ela se senta de novo na minha cama com um suspiro. — Pelo visto alguns garotos do time decidiram que "dar um tempo" é um caminho sem volta para a solteirice.

Passa pela minha cabeça que esse é um bom momento para obter informações para Jack, mas não tenho pressa. Eu preciso que ele continue atrelado ao nosso acordo por tempo o bastante para que Kayla redirecione sua aporrinhação permanentemente para ele. E, de qualquer forma, isso não tem necessariamente a ver com Jack.

— Que saco — digo, voltando a me sentar ao lado de Olívia, que olha para mim com um olhar intenso de… alguma coisa.

— Quer saber? É um saco *mesmo* — diz ela, com firmeza. — E não posso nem conversar sobre esse assunto porque todo mundo vai só pensar que estou me gabando ou sei lá o quê.

— Por quê? Por que os meninos gostam de você? Isso não é nenhum segredo — digo. — Afinal, eu tive que salvar você das garras de mil Romeus púberes.

— Mil já é exagero — diz ela, revirando os olhos. — E é essa a questão: eles não me *conhecem*. Jack conhecia. Conhece — ela se corrige, depressa. Depressa demais. Ela tem um verdadeiro talento em se atentar ao que diz em voz alta. — Mas todos os outros garotos só enxergam um uniforme de líder de torcida e, sei lá, um rímel bem aplicado…

— E um par de outras coisas também — comento com uma sobrancelha levantada, mas em vez de ficar corada, ela cai na risada.

— Tá, é, isso é ainda melhor. Por que os meninos sequer *gostam* de peitos? Eles são inúteis.

— Não para os bebês do apocalipse. Ou para o homem moribundo no final de *As vinhas da ira*.

— Você é muito cínica — observa Olívia.

— Quê? Eu falei de bebês!

— Não, digo... primeiro foi aquela história com os romances, depois você do nada menciona o apocalipse. — Ela está sorrindo. — Você tem uma mente bem sombria, né?

— Eu considero outras possibilidades também. Mas é melhor estar preparada para todos os cenários possíveis.

— Ah — diz ela. — Faz sentido.

Faz-se um intervalo de calmaria na conversa, então volto a minha atenção ao roteiro.

— Talvez seja isso — comenta Olívia, inesperadamente. — A coisa que não consigo fazer.

— Hum? — Ergo o olhar com a testa franzida.

— Você é... imaginativa. Criativa. — Olívia percorre meus livros de ConQuest com o olhar outra vez. — Eu não paro de pensar em como eu precisaria observar alguém jogando, descobrir o que outra pessoa faria primeiro. Não consigo me imaginar fazendo nada por conta própria, sabe? Descobrindo sozinha desse jeito.

— Não tem nada de errado nisso. E tem um monte de maneiras de assistir a outras pessoas jogando antes. Existem vídeos no YouTube ou... — Nessa hora, algo me ocorre. — Ou você poderia ver um jogo ao vivo na MagiCon.

— Quê? — Ela pisca.

— MagiCon. É uma convenção de ficção científica e fantasia. Vou todos os anos com... — Isso não importa. — Eu me inscrevo como voluntária todos os anos. Acho que consigo arrumar uma vaga para você. — Em especial porque, por acaso, sei que existe uma disponível. — Não vai custar nada e a gente provavelmente conseguiria dar uma escapulida para assistir a partes do jogo, se você estiver a fim.

— Ah, eu sempre quis ver como são essas convenções. — Olívia pensa no assunto. — Eu precisaria ir fantasiada?

— É mais divertido ir de fantasia, sim. Mas se você não quiser...

— Não, eu quero, sim. *Adoro* me fantasiar.

— Eu poderia te emprestar uma das minhas antigas, se tiver interesse — ofereço. — Ou a roupa que costumo vestir na Feira da Renascença...

— Ai Deus, você quer dizer tipo um vestido com espartilho?

— Isso. — Dou risada da expressão de olhos arregalados que ela exibe. — Podemos procurar alguma coisa depois, se quiser. Depois da gente, você sabe... — Eu levanto o meu roteiro. — ... Praticar o diálogo.

— Ah, verdade. — Ela suspira. — Desculpa, fiquei toda empolgada pensando em espartilhos.

— Quer saber, não tem como você ser ruim em ConQuest — informo. — Você é perfeitamente boa interpretando a Julieta, e ela não é você, certo? Ela é basicamente só uma adolescente com tesão que não está nem aí para o que ninguém pensa dela desde que consiga dar uns pegas no Romeu.

— Ok, sei que está implicando comigo de propósito — suspira Olívia, ao que apenas respondo com um inocente dar de ombros —, mas acho que você não está errada. Julieta genuinamente *não* se importa com o que a família dela pensa, então acho que é bom lembrar disso.

Minhas orelhas meio que se levantam com aquele pedacinho de informação nova: a família dela? Imagino que esse pequeno deslize tenha algo a ver com seu distanciamento de Jack. Porém, antes que eu possa perguntar a respeito disso, ela me dá um empurrãozinho.

— Vamos lá. A sua fala — lembra ela. — Quanto mais cedo memorizarmos isso, mais cedo podemos olhar as fantasias.

— Beleza, justo — digo depressa, porque podemos não concordar em termos de romance, mas definitivamente somos da mesma opinião em relação ao outro assunto.

Jack

Foi mais sorte do que qualquer outra coisa que na noite passada eu estivesse conectado quando Cesário apareceu.

(De jeito nenhum vou chamar Bash Reyes pelo nome de usuário. Ou pelo nome real, no caso. É muito esquisito, mesmo na minha cabeça.)

A princípio, eu tinha planejado sair com os meus colegas de time depois do jogo fora de casa, mas alguma coisa... parecia errada. Talvez fosse o fato de que Cúrio vem sendo elogiado por seu braço forte ou que Andrews é um receiver surpreendentemente proficiente. Ou que agora estamos com cinco vitórias e nenhuma derrota, sem a minha ajuda.

— O treinador Orsino talvez nunca tivesse descoberto como aproveitar as manobras de passe se o filho não tivesse lesionado o joelho direito de modo tão grave — declarou o locutor esportivo local no jogo fora de casa na sexta-feira. — O que poderia ter sido uma temporada difícil acabou se mostrando uma surpresa e um sucesso, o que torna o rompimento do ligamento de joelho de Jack Orsino um mal que veio para o bem no que se trata do ataque do Messalina.

É. Um "bem". É o que tenho pensado também.

Preciso dar crédito a Cúrio por ainda tentar me incluir em todas as decisões do time nos treinos, mesmo que nós dois saibamos bem que me observar mancando por aí deixa todo mundo desanimado. Vólio não tem a mesma generosidade: sempre que alguém fala comigo, ele me olha de relance parecendo meio confuso, como se eu fosse uma espécie de planta no fundo do cenário. É engraçado como ele acha que pode simplesmente me substituir com tanta facilidade como se eu nem existisse, até que me lembro que, ah é, *ele pode*. Vólio assumiu a minha posição, literalmente, e não me deve nada. Agora, qualquer bola que Cúrio não consiga lançar pertence a ele, e não a mim. Então, pois é, se eu fosse ele, provavelmente me consideraria um fantasma também. Eu já o vi observando Olívia como se ela estivesse livre para ele conquistar, e talvez esteja mesmo.

Não faço mais ideia, então inventei uma desculpa e fiquei em casa.

— Como vai a fisioterapia? — Isso é o que meu pai acredita ser uma conversa casual.

— Bem.

A maior parte ainda é alongamento.

— Você vai logo estar de volta ao campo, filho. Prometo.

— É.

Foi isso o que falei à Ilíria também, quando revelei o rompimento no joelho. É o que digo para minha mãe antes de ela me lançar aquele olharzinho triste quando me diz "é claro, querido" que sei que não é sincero. Eu vejo a forma como ela cobre o rosto com as mãos quando meu irmão Cam é derrubado com força e sei, corroendo de ressentimento, que ela fica grata por eu não poder mais tratar o meu corpo como um saco de pancada. Não porque não quero, mas porque ele não me permite. Porque, pela primeira vez, sou frágil e vulnerável; porque se eu tentar, posso quebrar.

A verdade é que o meu joelho, a minha perna, tudo... nada parece ser o que era antes. Eu me sinto preso em meu corpo, observando partes de mim se encolherem ou inflarem enquanto espero para que coisas doam menos ou funcionem melhor. Sei que faz só poucas semanas, mas não estou acostumado a ter que pensar em como o meu joelho irá dobrar ou como colocar peso nele. Tudo isso costumava a vir naturalmente. Só que não mais.

E é por isso que a tal de Missão de Camelot é a distração perfeita. Pode não ser o campeonato estadual que me foi prometido, mas faz com que o jogo pareça muito mais real, o que é divertido. Ou uma forma de escape. E quem se importa com a diferença a essa altura?

C354R10: ok então o primeiro reino é orkney, do gawain

C354R10: e esse reino tem uma pegadinha

DUQUEORSINO12: além de que não posso ser morto pelo cavaleiro negro??

C354R10: verdade tem isso, mas vale para todos os reinos

C354R10: de acordo com a lenda o poder de gawain triplica ao meio-dia mas se dissipa quando o sol se põe

DUQUEORSINO12: e isso quer dizer que...?

C354R10: que vc tem que aproveitar os pontos fortes do seu personagem. e tomar cuidado com magos e feiticeiras que podem conjurar uma noite artificial. ou cavaleiros com habilidade de lançar feitiços

Isso é idiota, né? Parte de mim quer mencionar o quanto isso é idiota.

Porém, entendo a existência de regras. Apenas um certo número de jogadores em campo. Apenas alguns receivers possíveis. Futebol é tipo xadrez, onde cada peça cumpre um papel, e faz sentido para mim que essa mágica — mesmo que seja uma mágica esquisita de jogo eletrônico — também tenha regras.

C354R10: as regras de costume ainda se aplicam à conjuração, aliás. invocar um eclipse desse jeito custa muita energia mas estrategicamente pode valer a pena

C354R10: a magia tem um custo, blá blá

DUQUEORSINO12: ah, então é tipo os centauros em GdE

Isso é muito provavelmente a maior nerdice que já falei na vida, mas assistir a *Guerra dos Espinhos* fez com que física ficasse bem mais fácil para mim. "A magia tem um custo" é uma frase que não param de dizer na série e, aplicando nesse contexto, todas as leis de Newton de repente parecem bem menos nada a ver.

C354R10: é, mas diferente dos centauros vc vai só morrer
DUQUEORSINO12: kkkk poxa

Estou prestes a digitar mais uma pergunta sobre Orkney quando Cesário me interrompe depressa.

C354R10: esqueci que vc estava vendo GdE. já está alcançando a série?
DUQUEORSINO12: quase. falta só um episódio

Eu com certeza não vou virar um daqueles esquisitões que ficam obcecados com essa série, mas...

DUQUEORSINO12: só eu que achei que aquela derrocada da rainha do gelo foi uma completa palhaçada?

Cesário digita, para, então digita.

C354R10: não acredito que estou dizendo isso mas
C354R10: vc nunca esteve tão certo

Seguro uma risada.

DUQUEORSINO12: no começo eu realmente não achei que fosse gostar dela
DUQUEORSINO12: mas no fim das contas eu estava achando ela iradíssima
DUQUEORSINO12: é chatão que o carinha lá tenha traído ela
C354R10: vc por acaso alguma vez já chamou os personagens pelos nomes que eles têm?
DUQUEORSINO12: o general cara socável
C354R10: ele tem mesmo uma cara bem socável né
DUQUEORSINO12: 1000000%

C354R10: vc não imagina quanta gente acha que a calíope mereceu ser tirada do trono
DUQUEORSINO12: quê?!
C354R10: pois é, doideira
C354R10: aparentemente ficar do lado dela é a mesma coisa que ser a favor de genocídio
DUQUEORSINO12: quê?? mas é só uma série
C354R10: diga isso pros fanboys que idolatram o rodrigo
DUQUEORSINO12: argh falando no rodrigo será que algum dia ele vai contar pra menina com tatuagem de estrela como ele se sente a respeito dela ou não
C354R10: vc precisa MESMO aprender os nomes dos personagens
DUQUEORSINO12: vou acrescentar isso à minha agenda cheia de planos
C354R10: e vc também precisa muito alcançar os novos episódios
C354R10: porque nem consigo começar a listar os problemas com rodrigo-liliana nessa temporada
C354R10: no topo da lista estaria: eles são chatos
DUQUEORSINO12: kkkk
DUQUEORSINO12: "vcs são tão basiquinhos"
C354R10: !! mas eles são !!
C354R10: ele tá sempre tentando fazer ela agir sendo "moralmente correta" e isso é tão cansativo
DUQUEORSINO12: pra ser sincero a minha pergunta é pq ela iria querer ficar com o rodrigo quando o cesário tá bem ali

Mais uma vez Cesário digita alguma coisa, então hesita.

C354R10: tipo, não que eu tenha uma opinião enviesada mas é isso

Quanta articulação, Cesário.

DUQUEORSINO12: e aí, orkney?????
C354R10: vdd

C354R10: sim
C354R10: orkney

A entrada para Orkney é um vilarejo minúsculo e esquálido, e além dele fica uma floresta bem legal. Não entendo muito sobre o design desses jogos, mas o de *Noite de Cavaleiros* é impressionante. E dá para interagir de verdade com o cenário, o que torna ele ainda melhor. E, imagino, mais difícil de executar. Digo e repito: quem quer que seja o nerd que projetou esse jogo é muito bom no que faz.

Antes que eu tenha uma oportunidade de perguntar a Cesário o que estamos procurando, o sol se apaga subitamente. O cenário rodopia ao nosso redor, as árvores se transformando em versões góticas e mal-assombradas de si mesmas quando uma mensagem aparece na tela.

UM INIMIGO ATACA!

Das árvores mal-assombradas assustadoras surge uma espécie de feiticeiro, que não é um avatar bobo tipo Assistente de Mágico nem um velhaco com uma barba comprida, mas, em vez disso, um personagem de músculos bem delineados com um símbolo que parece um relâmpago. Saco minha espada, mas o feiticeiro se volta diretamente para Cesário.

ATAQUE!, berra a tela novamente, o que é... sendo sincero... meio desnecessário. Nunca fiquei em dúvida se estava sob ataque e com certeza consigo perceber isso agora.

A barra de vida de Cesário se embota em um tom dourado, cor de mostarda, assim como a minha. Deve ser aquele feitiço redutor de poder sobre o qual ele estava falando, o que explica a escuridão.

Cesário pega uma espada de lâmina larga normal e começa a lutar frente a frente. Já fiz jogadas tipo essa antes, quando duas pessoas se confrontam diretamente. É melhor forçar o oponente em direção ao centro, então atinjo o feiticeiro pelas laterais, esperando que mude de posição. Depois disso, Cesário e eu podemos tentar atacá-lo pelos flancos de ambos os seus lados, pegando-o com a guarda baixa.

Por sorte, Cesário percebe logo o que estou fazendo. Ele se reposiciona e finge mirar em cima ao mesmo tempo em que eu golpeio embaixo. Consigo fazer um acerto crítico no feiticeiro, cuja barra verde oscila e escurece. Estou prestes a virar para fora quando Cesário me supera em velocidade — outra vez — e obtém mais um acerto crítico, dessa vez fazendo a barra verde ficar amarela. Ele provavelmente conclui que foi eficiente o bastante para fazer uma aposta mais arriscada, porque usa seus poderes limitados para conjurar algo: é uma habilidade que ainda não tenho. De alguma forma, um trecho de luz se abre e, apesar de a vida de Cesário oscilar momentaneamente em um tom de vermelho, nossas barras de energia brilham intensamente em um tom inconfundivelmente verde.

Fazemos a mesma jogada outra vez, ambos atacando o feiticeiro, que se retira.

O INIMIGO SE RETIRA!, a tela nos informa. (Dã, a gente percebeu.)

DUQUEORSINO12: isso foi o jogo?
DUQUEORSINO12: contra o ambiente sei lá?
C354R10: não
C354R10: isso foi

Porém, antes que ele possa concluir o que vai dizer sobre o que acabou de acontecer, a tela se abre em um longo e elaborado pergaminho.

CORAJOSOS CAVALEIROS, SEU VALOR VOS PRECEDE!
GOSTARIAM DE DAR INÍCIO À MISSÃO DE CAMELOT?

É estranho que eu esteja empolgado? Clico em SIM, e meu avatar de cavaleiro dobra um joelho. O de Cesário faz o mesmo.

MUITO BEM, diz o pergaminho, rolando para cima e acrescentando mais dois ícones sobre as cabeças de nossos avatares: um castelo e uma espada, ambos brilhando, o que imagino que ficará visível para todo mundo no jogo.

QUE VOCÊS ENTÃO ENCONTREM OS TESOUROS QUE BUSCAM.

8

Não deixe sua arma cair

Jack

Nas noites seguintes, quase morro umas cinquenta vezes, algumas delas ainda nos bosques de Orkney, antes de alcançarmos Dummonia, um reino especializado em navegação marítima enfraquecido por uma peste criada pelo feiticeiro maligno do Cavaleiro Negro. ("Pela última vez, o nome do feiticeiro é Mordred", Cesário me conta. "Você nunca aprende o nome de ninguém?") Lá, consigo não morrer mais algumas vezes, apesar de virar alvo de outros jogadores que aparecem do nada e nos atacam, às vezes um atrás do outro. Em outras circunstâncias, eu chamaria isso de alarmante, mas Cesário não fica preocupado com muita coisa.

C354R10: vc entende que as relíquias que temos estão ativas, né?
C354R10: estamos andando por aí com coisas que outras pessoas querem, e elas vão nos atacar por causa disso

Ah, claro, porque eu nunca tive coisas que outras pessoas desejavam. Popularidade, um recorde escolar, uma namorada gata...

DUQUEORSINO12: hum, vc sabe que eu sou importante, né? tô acostumado com isso

É uma brincadeira, mas a resposta de Cesário é mordaz.

C354R10: era
C354R10: futebol não é tudo na vida, bróder

Fecho a cara.

DUQUEORSINO12: não vem com "bróder" pra cima de mim
DUQUEORSINO12: e já já tô de volta. isso aqui é só temporário

Cesário não responde por alguns segundos.

C354R10: talvez vc deva considerar a possibilidade de que a vida é mais do que futebol.
DUQUEORSINO12: dã
DUQUEORSINO12: a vida é cavaleiros também
C354R10: tô falando sério
C354R10: lesões como a sua levam um bom tempo para sarar
DUQUEORSINO12: e agora vc é especialista em ligamentos de joelho rompidos?
C354R10: acontece de vez em quando no muay thai
DUQUEORSINO12: muay thai??

Que intenso. Não é à toa que ele ama jogos de combate.

C354R10: a questão é q vc provavelmente deveria começar a pensar no que vai fazer se não estiver capacitado a jogar este ano. ou no próximo.

Caramba. Isso machuca.

DUQUEORSINO12: achei que estávamos deixando a vida real fora do jogo????
C354R10: verdade

Só que ele não pede desculpas.

C354R10: só uma reflexão

Nunca pensei em Kayla do Comitê Social como uma pessoa tranquila, mas, nossa. Não fazia ideia de que alguém poderia ficar tão agitado por causa de um ingresso do baile de boas-vindas.

— Não acho que contratar um designer gráfico seja um, err, uso muito bom dos recursos financeiros — eu falo para ela, o que é exatamente o tipo de coisa que tento não dizer, pois faz o sorriso de Kayla se retorcer em algo extremamente nada satisfatório.

Digo, sério, deveria ser óbvio para qualquer um que a maior parte das coisas envolvidas no planejamento de um baile é um desperdício total de dinheiro. Porém, não posso *dizer* isso em voz alta, jamais. O segredo para não ser odiado é simplesmente nunca dizer a alguém que ele não pode ter o que quer, o que é o exato motivo para eu sempre ter preferido deixar essa tarefa para outra pessoa.

Alguém como, digamos, Vi Reyes, que no momento está sentada em sua mesa de laboratório de costume, digitando um relatório para os administradores.

— O ingresso é a primeira impressão que todo mundo tem — diz Kayla em um tom mordaz que tenho ouvido cada vez mais dela nos últimos dias. — Você não acha isso importante?

— É claro que acho.

(Não acho.)

— Ok, então não entendo por que a gente não poderia...

— Não é como se alguém fosse guardar os ingressos para colar na parede do quarto — digo de forma impotente, e Kayla se empertiga como se eu tivesse acabado de xingar a mãe dela.

— Esquece. — Expiro o ar e me viro com as muletas, só para tropeçar em uma cadeira e bater o joelho machucado na quina de uma mesa. Solto uma série de palavrões.

Vi não repara, o que é meio que uma bênção estranha e ambígua. Não preciso que ela olhe para mim como se eu fosse inferior ao que era antes, que nem todo mundo faz, mas eu *gostaria* que ela reconhecesse que só porque acha que a minha vida é fácil, isso não significa que seja. É difícil dizer se estou mais frustrado com Vi ou simplesmente... com tudo.

— Estou fazendo o que você queria — eu digo para lembrá-la.

— Sim. O seu trabalho.

— Não, quero dizer...

— Eu sei o que você quis dizer. — O olhar deixa a tela e se volta para o meu. — Você quer muito que eu me sinta mal por isso, né? Desculpa. Eu não sinto. — Ela espreme os lábios. — Quando você conseguir tirar o que quer desse acordo, as coisas vão só voltar a ser eu fazendo tudo, então por que eu deveria me importar? Você e a Olívia vão se acertar, você vai vencer no seu joguinho de esportebol...

— Ah, tá certo, Viola — digo, com um grunhido. — É assim *mesmo* que chamam o campeonato estadual...

— ... e quando for *eu* a ter que lidar com a Miss Coluna Social outra vez — prossegue Vi, sem se abalar —, onde você vai estar? Não vai ser aqui. Não vai me ouvir ou me dar sequer um segundinho do seu tempo. Então, não — informa ela, clicando novamente, e a impressora começa a fazer ruídos. — Eu não me sinto mal por você.

Abro a boca para ressaltar que nunca fui, nem de longe, tão babaca com ela quanto Vi é comigo, mas o que sai em vez disso é:

— E o que te dá tanta certeza de que as coisas vão voltar ao normal para mim algum dia? Talvez eu fique infeliz para sempre — digo, amargo —, e aí o seu desejo vai se realizar.

A sala recai em silêncio, como um disco arranhado, e Vi para com o dedo suspenso sobre o mouse. Parte de mim quer se contrair em completo horror. A outra parte acha que é bem-feito para ela. Uma *terceira* parte, quieta e pequena, torce para que Vi não tente pedir desculpas. A pena dela só pioraria as coisas.

Porém, no fim das contas, ela dá de ombros.

— Você não *morreu*, Orsino. Quem sabe amanhã você seja outra vez o líder de culto do esquadrão troglodita.

Deus, ela é impossível.

— Ok, pra começo de conversa, para de me chamar disso — digo, o que ela ignora —, e sabe o que mais?

Vi ainda não está prestando atenção.

— Me parece furada a gente ficar todo preocupado com a nossa pegada de carbono quando nenhum de nós é um bilionário com jatinhos particulares — vocifero sem muita convicção, empurrando furiosamente a mesa para fora do meu caminho com a ponta da muleta.

Com o canto do olho, vejo a boca de Vi se repuxar quando me viro, mas ela não se dá ao trabalho de responder.

Impossível. Insuportável.

Mas pelo menos ela não piorou as coisas.

Apesar da falta de informações a respeito de Olívia ser bastante Vi da parte dela, acho isso cada vez mais estressante. Quando a semana chega ao fim, o primeiro convite elaborado para o baile de boas-vindas já foi entregue: um dos locutores da ACE convida a namorada durante os anúncios da manhã e, com isso, é dada a largada na temporada de flashmobs bizarros, caças ao tesouro ruins e letras de música dolorosamente mal escritas.

Se eu e Olívia ainda fôssemos... eu e Olívia, eu faria algo extravagante. No ano passado, fiz com que cada calouro integrante do time entregasse a ela uma rosa ao longo do dia, e o convite terminou com eles soletrando as letras do nome dela nos peitorais nus enquanto eu aparecia com um buquê cheio. É o tipo de coisa que é esperada de mim, e sei que ela ama isso.

Olívia tem um coração romântico; ela chora no fim de todo romance meloso. Uma parte de mim quer mandar uma mensagem para ela sempre que estou assistindo a *Guerra dos Espinhos*: Olívia iria adorar a trama da Liliana e do Cesário. É bem a praia dela: amor proibido entre lados opostos, tipo Romeu e Julieta.

E é por isso que acabo sendo vítima do desespero e tento, tolamente e com certeza sem a menor malemolência, conversar com ela outra vez, apesar das minhas promessas de dar espaço a ela. Consigo encontrá-la a sós no almoço, por milagre. Vólio tem passado um bocado de tempo rondando Olívia ultimamente, embora ela nunca pareça estar gostando da presença constante.

— Oi — digo, fazendo esforço para me sentar nas mesinhas minúsculas do lado de fora sem torcer o joelho. Antes que eu possa amarelar, pergunto: — Que tal se a gente tivesse um dia nosso no sábado?

— Ah, Jack. — Ela amolece e, por um segundo, olha para mim como costumava olhar. — Já tem séculos que não fazemos isso.

Um "dia nosso" era o que a gente tinha o costume de fazer quando começamos a namorar. Nós nos revezávamos para planejar um dia em que deixávamos os celulares de lado e passávamos um tempo juntos. Porém, foram ficando menos frequentes com o tempo. Eu tinha o futebol e ela, as provas das faculdades, e depois disso ela viajou durante a maior parte do verão... Mas torço para que ela sinta uma dose boa de nostalgia para aceitar.

— Eu faço os planos — prometo a ela, pensando que talvez estivesse certo em pensar que ela estava se sentindo negligenciada. — Podemos maratonar aqueles filmes que você adora ou...

— Na verdade, não posso no sábado — diz ela, com uma expressão de culpa que é familiar em Olívia e que faz com que não dê para saber se ela de fato lamenta pelo que está dizendo ou se só lamenta por precisar dizê-lo.

Diferente de, digamos, Vi Reyes, Olívia é uma pessoa legal que tende a se sentir mal por decepcionar os outros, o que… a torna mais difícil de ler.

— Tenho planos — ela diz.

— O dia todo? — pergunto, ignorando o tantinho de decepção que surge no meu peito.

— Aham. — Ela faz uma careta. — Me desculpa mesmo.

— O que você vai fazer? — pergunto, torcendo para soar casualmente interessado. Afinal, isso é o mais próximo de uma conversa normal que tivemos em quase um mês.

— Ah, você vai dar risada — diz Olívia. — É sério.

— Experimenta — insisto.

— É só que… vou ser voluntaria na MagiCon? Sabe, a convenção de fantasia na cidade — diz ela, enquanto pisco, extremamente perplexo.

— Isso não é pra, tipo… nerds de quadrinhos? Gamers?

Meu Deus, igual todo mundo que joga *Noite de Cavaleiros*. O que, acho, me inclui agora, mas ela não precisa saber disso.

— Até onde ouvi falar, é pra todo mundo — responde Olívia com uma súbita frieza e, simples assim, uma distância aparece entre nós outra vez. — Uma amiga me perguntou se eu queria ir como voluntária e passar o dia lá, então, pois é. Outros planos.

— Bom… — Vasculho o cérebro por uma maneira de salvar a situação. — Eu sempre quis ir numa dessas. Digo, elas parecem ser tão interessantes, né? — Parece ser o rumo certo para a conversa, porque Olívia não tenta ir embora imediatamente. — E se eu conseguisse um ingresso?

Ela franze a testa.

— Tenho quase certeza de que vou estar atarefada com o trabalho voluntário durante a maior parte do dia…

— Só pra ter uma ideia de como é uma convenção, sabe — eu me apresso a falar. — Eu meio que tenho me interessado por aquela série *Guerra dos Espinhos*...

— É mesmo? — pergunta Olívia, olhando para mim como se eu tivesse tomado uma pancada forte na cabeça.

— Enfim, de um jeito normal. Não tô obcecado com a série nem nada assim.

Estou piorando as coisas, não estou?

— E então quem sabe a gente pudesse arranjar algo pra comer por lá? Ou algo do tipo.

Alguém me salva. Uma tempestade, um raio. Uma peste de feiticeiro qualquer.

— Ou eu poderia levar algo para você comer, caso você não possa deixar o seu posto. Ou sei lá. Talvez a gente possa ir juntos de carro!

Deus, é como se eu tivesse perdido toda a minha sutileza quando machuquei o joelho.

— Só uma ideia. Digo, vai saber se eu vou conseguir esses ingressos — concluo, com uma risada soluçada esquisita.

— Ouvi dizer que são difíceis de arranjar — concorda Olívia, e olha de relance para o meu joelho. — E talvez seja preciso andar muito por lá — acrescenta, soando... preocupada?

Isso é promissor, pelo menos. Ela ainda se preocupa se eu consigo ou não me locomover em público, o que é... alguma coisa.

— Ah, tá tranquilo — minto. — Eu já quase nem sinto. Então vou te avisando e, se for tranquilo pra você, pode ser?

Percebo que outras pessoas estão prestes a se juntar à nossa mesa. Não sei se conseguiria sobreviver a uma conversa em público sobre a MagiCon agora.

— É, tudo bem. Pode ser. — Ela assente, devagar e então mais depressa. — É, parece legal, Jack. A gente pode fazer isso.

— Legal. Bom, vou te deixar em paz — digo, energizado pela materialidade de um plano. A linha de gol está de novo à vista, graças a Deus, e nem importa que a mesa esteja lotada de gente antes que eu possa me levantar plenamente. — Te mando uma mensagem.

Ela assente, parecendo meio zonza, e eu me esforço para pegar o celular antes de me sentar na mesa adjacente, ignorando o rápido olhar preocupado de Cúrio.

Oi, pfvr me ajuda a arranjar ingressos pra magicon, digito para Nick. *É sério, é urgente*

Hãããã eu não sou bruxo, diz ele. *Vc não sabe que eles esgotam com muita antecedência??*

Será que consigo arranjar um no ebay ou algo assim?, pergunto, desesperado.

Difícil, eles ficam registrados pra um usuário específico e vc precisa pegar um que seja verdadeiro.

Espera um minutinho.

Vc já foi nessa convenção???

Olha, a minha irmã adora, ok?, diz ele, e digita logo em seguida: *ah, pera aí.*

Aguardo alguns minutos, balançando o joelho esquerdo enquanto tento não pensar no direito.

Tenho uma boa notícia. A ant não vai esse ano então vc pode ir no lugar dela. Mas é um passe de voluntário então vc vai ter que ficar lá ajudando e tudo mais.

Com Olívia? Paro por um instante para agradecer à minha sorte.

Melhor ainda, digito aliviado. *Obrigado cara, vc tá salvando a minha vida.*

Não se esqueça de dar uma pausa no Noite de Cavaleiros irmão, diz ele. *Sei que é viciante, mas nunca achei que vc iria tão longe.*

Ah, qual é, não é como se eu fosse virar um daqueles esquisitões fantasiados.

E, enfim, isso não tem a ver comigo. É sobre Olívia, o que é legítimo. Romântico, inclusive.

Mano, diz Nick com um daqueles emojis dando um tapinha na testa. *Confia mim. Vc* NÃO *faz ideia de no que tá se metendo.*

Vi

— Uma coisa estranha aconteceu hoje — diz Bash no carro, depois que estamos saindo da escola.

— Coisas estranhas acontecem com você todo dia — lembro, ligando a seta.

— Verdade — concorda ele. — Não vai me perguntar a respeito?

— Imagino que você vá me contar.

— É mais divertido se você perguntar.

Cantarolo junto com o meu pop alternativo de sempre, sem falar nada.

— Beleza — diz Bash, desistindo depois de segundos, como eu sabia que ele faria. — Jack Orsino acenou com a cabeça pra mim.

Fico paralisada por um segundo, quase me engasgando.

— Quê?

— Não precisa fingir, sei que me ouviu...

Consigo dar uma cotovelada nele sem tirar as mãos do volante.

— Cala a boca. Como assim, ele *acenou* na sua direção?

— Ele acenou *para* mim — corrige Bash. — Desse jeito, tipo... — Ele imita o gesto universal atletoide de *e aí*. — Tipo assim.

Ai, Deus. Que parte de "vamos deixar a vida real de fora disso" Jack não entendeu? Se bem que acho que a última violação desse acordo foi tecnicamente minha.

Apesar das aparências, meus sentimentos a respeito de Jack não mudaram. Ainda não ligo para o que está acontecendo com ele ou na sua vida, mas quando sou Cesário e ele é Duque Orsino, dá para me divertir de um jeito que não consigo com mais ninguém. De algum jeito, apesar de fingir ser uma pessoa diferente, sou tão exatamente eu quanto gostaria de ser.

Algo de que, até onde entendo, Jack parece estar precisando tanto quanto eu.

Só que essa não é a questão.

— Você com certeza imaginou isso — digo calmamente.

Bash é muito imaginativo, então não é um palpite ruim, mesmo para alguém que sabe que Jack Orsino acredita que está jogando *Noite de Cavaleiros* com Bash todas as noites.

— Dá um tempo, Vi. Nem mesmo a *minha* vida imaginária é criativa assim — garante Bash, cutucando o painel de ventilação. — Aliás, como foi a sua cena com a Olívia?

— Como esperado.

Meehan ficou *encantado* conosco, o que imaginei que aconteceria. Ele disse a Olívia que ela tinha uma "presença natural" e insistiu que ela considerasse participar do musical de primavera. A mim, ele disse que eu era um cavalheiro apaixonado muito convincente, o que foi um pouco menos lisonjeiro.

— Imagino que ela e Jack ainda estejam dando um tempo — diz Bash, pensativo. E, quando olho de relance, ele dá de ombros. — Que foi? Ela tá andando com você — pontua ele, o que seria grosseria vindo de outra pessoa (e tecnicamente é grosseria partindo dele), mas provavelmente também é verdade. — Até ela inevitavelmente te irritar ou algo do tipo — acrescenta, em um tom muito carregado.

É óbvio que ele se refere ao meu desentendimento com Antônia, mas, de novo, Antônia e eu só temos divergências de opinião: ela está convencida de que sou horrível, e eu discordo.

— Olívia vai comigo na MagiCon amanhã — falo como quem diz: "Está vendo? Não sou incapaz de interagir com outros humanos."

Bash explode em uma risada nasal incoerente.

— Ela *o quê*?

— Qual é a graça? É um evento muito popular.

Ele costumava ir comigo antes de eu começar a ir com Antônia, mas ele prefere a Feira da Renascença. Ele gosta de cultura pop que tenha alguns séculos de idade e sotaques falsos. (Se bem que há um monte disso na MagiCon. Por alguma razão — cof cof, imperialismo —, todo mundo é livre para sonhar com um mundo de criaturas místicas e poderes mágicos, desde que seja predominantemente britânico.)

— Você já *viu* a Olívia Hadid? — pergunta Bash retoricamente, e dou de ombros. — Se bem que acho que ela tem uma cara de época.

— É o quê?

— Uma cara de época. Tipo a Keira Knightley. E aquele carinha lá. — Ele aponta para o próprio rosto, o que não ajuda.

— No caso, como se ela devesse fazer parte de uma história de época?

— Isso. Ah! — Ele estala os dedos. — Rufus.

— Rufus?

— Rufus. — Ele assente com a cabeça, e desisto de dar sentido a essa conversa.

— E por que você está interessado em saber se estou andando com a Olívia ou não? Ou se o Jack Orsino está ou não acenando na sua direção, aliás? — acrescento porque, bem ou mal, Jack parece estar no cerne de toda conversa que tenho nos últimos tempos.

— Ele acenou *para* mim — insiste Bash outra vez —, e não que eu me importe. Eu só acho meio engraçado.

— Engraçado, tipo, há-há, que engraçado?

— Não, engraçado tipo que estranho. — Ele dá de ombros. — A Olívia parece ser descolada demais pra você.

— Por quê? Porque não sou uma líder de torcida?

— Não. Porque você odeia tudo e ela escolhe por vontade própria ser positiva em público várias vezes por semana. — Bash olha de relance para mim. — Vai, time! Lutem! Vençam! Etecetera e tal.

Faço uma careta.

— Eu não *odeio* tudo. Eu gosto de várias coisas.

— Disse um robô tentando se passar por humano. Ou um alienígena antropólogo. Ou um policial infiltrado.

— Eu tenho hobbies, Bash — rebato. — E interesses.

Tipo a minha fantasia, que me apressei para finalizar no momento em que percebi que alguém além de mim talvez fosse olhar para ela com atenção. Ficou ainda melhor do que imaginei, mas estou tentando manter as expectativas sob controle.

— Você gosta mais de personagens ficcionais do que de gente de verdade — acusa Bash.

— E por que não gostaria? Gente de verdade me enche o saco enquanto estou tentando dirigir.

— E qual é o lance entre você e a mamãe? — pergunta, do nada.

Ele parece estar querendo chegar a algum lugar, mas não faço ideia do que seria. (Faço sim. Estou simplesmente escolhendo não pensar nisso.)

— O lance? A gente se conhece faz uns dezessete anos, mais ou menos…

— Qual é. — Ele me dá um empurrãozinho. — Eu sei que nada vai bem no Violaverso. Você tem sido… intempestiva.

Quando ele fala "intempestiva", provavelmente quer dizer escrota, porque desde que a nossa mãe feminista militante tentou me passar um TED Talk sobre o valor das conexões humanas, eu a tenho ignorado.

Não é que eu não queira conversar com a minha mãe. É só que, com esse cara novo na vida dela, não consigo confiar nela de verdade. Tem alguma coisa naquela necessidade súbita de me consertar que faz com que eu sinta como se ela tivesse esquecido quem sou. Não — quem *nós* somos. Afinal, era para ela ser a pessoa que me diz para não dar chances desnecessárias a um garoto idiota e a nunca recuar das minhas convicções. Era para a minha mãe ser a pessoa que melhor me entende. Se eu tivesse interesse em falar dos meus sentimentos, talvez admitisse que estou me sentindo solitária.

O que não espero que Bash, uma pessoa universalmente querida por todos, compreenda.

— Nada. Não tem lance nenhum. E lembra o que eu falei sobre encherem o meu saco? — digo.

— Muito pouco. E, enfim, você me ama.

— Só porque é genético.

— Tranquilo. Percebi. — Ele hesita por um instante como se fosse dizer algo mais, mas então estende o braço e puxa o meu rabo de cavalo. — Só pra deixar registrado, eu acho que você é esquisita, o que é melhor do que ser descolada. Qualquer pessoa pode ser descolada.

— Discordo — respondo, seca.

— Bem, talvez se a gente tivesse mais dinheiro. Ou se você se vestisse melhor.

— Essa — informo — é uma camiseta incrível.

Nela, está escrito: *Bruxa da Vila.*

— É, sim — diz Bash, alegre, e depois me obriga a dar a volta no quarteirão duas vezes até a música acabar.

Estou prestes a parar de passar tempo no Tumblr e começar minha sessão noturna de *Noite de Cavaleiros* (o próximo nível é Gales, que é cheio de magia de encantamento, e vamos precisar dela para recarregar todas as nossas relíquias) quando recebo um e-mail de Stacey, uma das voluntárias da MagiCon.

> *Oi, Viola! Estou tão empolgada para te ver amanhã de novo — não consigo acreditar que já faz um ano! Infelizmente, houve uma falha de comunicação do nosso lado. Sei que prometi a você que Olívia Hadid poderia ficar com o lugar*

da Antônia na nossa lista de voluntários, mas parece que a Megha já ofereceu a vaga para outra pessoa a pedido da Antônia. Peço MIIIIL desculpas por essa confusão! Podemos garantir a vaga da Olívia para o ano que vem, mas infelizmente nossa lista já está cheia para esse fim de semana. :(Espero que isso não seja um transtorno muito grande.

Hum, quê? Eles re-repassaram a vaga de Antônia? Isso é uma piada?

Inspiro, depois expiro.

Dizer às pessoas que elas são incompetentes não costuma acabar bem para o mensageiro.

Inspiro, expiro.

Depois de uma breve troca de e-mails (me forçando a ser educada) durante a qual concluo que não há nada que Stacey possa fazer, não tenho escolha além de aceitar que preciso dizer a Olívia que ela não vai poder ir comigo. Olho de relance para a minha fantasia, decepcionada outra vez, o que é provavelmente besteira. Não é como se Olívia e eu fôssemos amigas de verdade, mas pelo menos apresentar a convenção a ela teria sido uma boa distração do lembrete de que não estarei lá com Antônia. Não me importo de ir sozinha — é mais fácil assim, sinceramente, do que ter que me preocupar se outra pessoa está com fome ou sede ou se os pés dela estão doendo —, mas me sinto mal. Olívia realmente pareceu empolgada para ir.

Mando uma mensagem para ela que espero que expresse o quanto lamento, mas Olívia não responde.

Bem, esse deve ser o fim de mais uma amizade.

Eu me conecto aos servidores do *Noite de Cavaleiros*, tranquilizada outra vez pela imagem que preenche a tela. Provavelmente é mau sinal que eu goste tanto desse jogo. Ah, bem. O meu eu do futuro que resolva isso na terapia.

Estou logada há uns cinco segundos quando a janela de conversas pisca com uma mensagem.

DUQUEORSINO12: sou só eu ou tem dias que matar uns monstros é bom demais?

Falando em gente que precisa de terapia...

C354R10: o que rolou? tá te faltando um discurso motivacional do intervalo?
DUQUEORSINO12: QUE ENGRAÇADO
DUQUEORSINO12: não
DUQUEORSINO12: mais ou menos
DUQUEORSINO12: mas não
C354R10: vc sabe que discursos motivacionais são piada né
DUQUEORSINO12: tô ligado

Bem, pelo menos isso.

DUQUEORSINO12: é só que tá tudo uma bosta
DUQUEORSINO12: sei que isso não está estritamente dentro das regras de deixar a realidade lá fora mas
C354R10: não
C354R10: isso conta

Não sei por que falei isso. Ou por que corri para falar isso antes de ele terminar de digitar.

C354R10: o que acontece no jogo fica no jogo
C354R10: incluindo seja lá o que o mascote fez com você hoje
C354R10: o que imagino que tenha sido uma espécie de dominação hostil
DUQUEORSINO12: o moleque que fica de mascote tem uns 8 tipos diferentes de asma
C354R10: medicamente improvável
DUQUEORSINO12: e quem não é?

Ah. Ok. Acho que mencionar algo "médico" jogou sal na ferida.

C354R10: isso é sobre... vc sabe
C354R10: os eventos da sexta-feira macabra?
DUQUEORSINO12: se vc está se referindo ao dia em que eu me machuquei então sim

Sinto que provavelmente não deveria insistir no assunto. Não deveria, certo?

C354R10: vc está bem?
DUQUEORSINO12: na verdade não

É claro que ele não está bem, que pergunta idiota. E não é como se ele fosse me contar o que está errado, porque quase todos os garotos são programados para não possuírem sentimentos, então basicamente não tem sentido em...

DUQUEORSINO12: sinto como se a minha barra de energia estivesse vermelha
DUQUEORSINO12: ou no mínimo amarela
DUQUEORSINO12: ela não fica verde há séculos

Essa é, na verdade, uma ótima metáfora.

DUQUEORSINO12: eu não tenho nenhuma relíquia
DUQUEORSINO12: as pessoas não param de investir contra mim e tudo só piora
DUQUEORSINO12: fui ver meu fisioterapeuta hoje e

Ele para por um instante.

DUQUEORSINO12: talvez vc estivesse certo

DUQUEORSINO12: sobre o que falou no outro dia

Engulo em seco.

DUQUEORSINO12: não sei se vou conseguir voltar
DUQUEORSINO12: e também não sei o que vou fazer se não conseguir

Caramba.

DUQUEORSINO12: desculpa, eu só
DUQUEORSINO12: não sei com quem mais eu posso falar sobre isso
DUQUEORSINO12: minha mãe quer que eu me concentre nos estudos mas eu só peguei as matérias obrigatórias porque achei que ia pra ilíria depois
DUQUEORSINO12: meu pai e meu irmão acham que eu desisti
DUQUEORSINO12: minha namorada mal é minha namorada
DUQUEORSINO12: meu time nem precisa de mim

Ele para de digitar e, de repente, lembro da expressão no rosto dele quando reclamou de Kayla para mim. Parecia genuinamente frustrado, até mesmo um pouco confuso, como se não soubesse como lidar com toda a raiva que estava sentindo pelo mundo. O que é algo com que definitivamente me identifico.

DUQUEORSINO12: vc não precisa responder a nada disso
DUQUEORSINO12: e enfim a gente tem outras coisas pra conversar
DUQUEORSINO12: feiticeiras e também o episódio de GdE da semana passada
DUQUEORSINO12: pq preciso que o cesário mate o rodrigo, tipo, pra ontem

Ok, isso é verdade, mas...

C354R10: podemos falar disso sim
C354R10: se vc quiser

Mordo o lábio e tento fazer uma piada.

C354R10: dispa-se até seu nível de conforto
C354R10: (metaforicamente)
DUQUEORSINO12: kkkk

Eu me pergunto se realmente fiz ele rir.

DUQUEORSINO12: não tem muito a dizer na verdade
DUQUEORSINO12: estou dando um jeito no lance da namorada

Imagino que se refira ao acordo comigo. Eu-Vi, e não Eu-Cesário. (Pensamento esquisito.)

DUQUEORSINO12: quanto às outras coisas, acho que vc talvez esteja certo também
DUQUEORSINO12: quando disse pra eu focar em coisas que não sejam futebol
C354R10: se vale de algo vc não é horrível nesse jogo
C354R10: vc é até que aceitável
DUQUEORSINO12: "até que aceitável"?
C354R10: hum
C354R10: adequado o bastante
C354R10: marginalmente competente
DUQUEORSINO12: para, assim eu fico até vermelho

Argh, sinto um sorriso se formando no meu rosto. Arranco ele dali porque, eca, não.

C354R10: a questão é que existem outras coisas por aí
C354R10: talvez isso seja algo bom

C354R10: sua vida não acabou. vc só tem espaço agora pra outras coisas

DUQUEORSINO12: ficar viciado de forma tóxica em um jogo de videogame não estava no topo da minha lista de conquistas do ano

C354R10: para de choramingar

C354R10: faz uma lista nova

Ele digita uma mensagem e apaga várias vezes.

DUQUEORSINO12: acho que secretamente eu estava realmente precisando ouvir isso

DUQUEORSINO12: não que vc se importe, óbvio

C354R10: definitivamente não

C354R10: só não podia te deixar todo tristonho no meio de uma missão

DUQUEORSINO12: óbvio

C354R10: óbvio

DUQUEORSINO12: bora jogar então?

C354R10: quer dizer que vc acha que a gente devia parar de ficar perfeitamente estáticos no topo dessa toca de fada esquisita? Bora

DUQUEORSINO12: é isso o que esse troço é??

No fim das contas, esse reino não é tão ruim. Meio que lembra o Condado. Além disso, feiticeiras são geralmente muito boas, então as partes de combate são complexas e divertidas. A magia delas cria um círculo que o jogador precisa contornar para evitar ser vítima do controle das feiticeiras, então é tudo uma questão de posicionamento tático, coisa em que Jack melhorou muito desde que ensinei ele a usar os atalhos do teclado.

Opa, Jack não. Duque. DuqueOrsino12.

DUQUEORSINO12: ah é, não sei se vou ter tempo livre amanhã

DUQUEORSINO12: tenho um compromisso o dia inteiro

C354R10: eu também na verdade

C354R10: provavelmente só vou poder entrar mais tarde
DUQUEORSINO12: beleza, até lá então

Ele se desconecta primeiro, e eu apoio as costas na minha cadeira, soltando o fôlego.

Apesar do estranhamento com Olívia e do fato de que não verei Antônia amanhã, eu me sinto… estranhamente bem.

Noite de Cavaleiros é só um jogo muito divertido, digo para mim mesma, e caio na cama bocejando.

Acordo com o celular tocando e atendo, zonza:

— Alô?

— Oi. — A voz do outro lado é áspera e quase ininteligível. — Aqui é a Olívia.

— Ah. *Ah.* — Esfrego os olhos. — Você está bem? Sua voz parece…

— Doente — confirma ela em um tom lamentoso. — Desculpa por não ter visto a sua mensagem. Apaguei lá pelas seis da tarde ontem à noite.

— Eita, que bosta.

— Pois é. Não é nada bom. Mas acho que é uma boa notícia? A vaga do voluntariado não vai ser desperdiçada.

— Ah. — Eu tinha me esquecido disso. — É, verdade.

— Estava me sentindo muito culpada por furar com você — confessa ela. — Minha expectativa era ver se eu ia me sentir melhor depois de dormir, para tentar ir mesmo assim…

— Ah, isso…

— O quê?

— Não, nada, termina o que ia falar primeiro.

— Bem, é uma história meio curta. — Olívia ri, o que soa como uma tosse seca. — Mas na verdade queria saber se podia te pedir um favor. Tem uma pessoa que vai precisar de uma carona e agora eu obviamente não posso ajudar, então... será que você poderia fazer isso por mim?

— Ah... tudo bem, claro. Claro, sem problemas. — É uma viagem de mais ou menos uma hora, então na verdade isso é péssimo, mas que seja. (Olívia não é uma pessoa fácil para quem dizer não. Imagino que seja porque ela é muito simpática.) — Vou precisar buscar essa pessoa?

— Sim, mas ele mora perto de você. É o Jack, na verdade.

Engasgo em alguma coisa. Acho que na minha própria saliva.

— Quê?

Minha fantasia praticamente dá uma piscadela para mim de onde está pendurada, no canto do armário.

— Você está bem? — pergunta Olívia, enquanto eu começo a tossir. — Você não ficou doente também, ficou? Eu não tinha nenhum sintoma até ontem, mas...

— Não, não, eu... — Consigo recuperar o fôlego. — Você quer que eu leve *Jack Orsino* para a MagiCon?

Sinceramente, era só o que me faltava.

— Isso, ele também é voluntário. Coincidência engraçada, né? — Ah, hilária. Por algum motivo, tenho um palpite sobre quem ficou com o ingresso de Antônia no lugar de Olívia. — Enfim, isso, se não tiver problema pra você. Espero que não seja muito inconveniente, mas ele não está podendo dirigir, então...

Lola costuma dizer que Deus ri dos nossos planos e, em algum lugar, a distância, consigo escutar a risada.

— Eu vou te compensar por isso — acrescenta Olívia. — Noite de filmes, você escolhe o que quiser, por minha conta. Ou, sabe, alguma coisa que você goste de fazer. Manicure?

— Há. — Opa. — Digo...

— Não, eu entendi. Palpite ruim. — Ela ri. — Outra coisa.

— Comida? Eu gosto de comida.

— Ai meu Deus, eu *amo* comida — brinca Olívia, e tosse outra vez. — Desculpa, desculpa...

— Não, é melhor você beber um pouco de água. Vai dormir. Parece até que você está num campo de batalha.

— É. — Ela tosse. — Isso... Eu não...

— É só me mandar o endereço do Jack por mensagem, ok? Vou tentar não jogar o carro na baía com ele dentro ou algo do tipo — ofereço generosamente.

Ela tosse mais um pouco como resposta.

— Vou entender essa tosse como uma despedida, então tchau! — digo para o telefone, desligando para poupá-la do esforço de responder.

Em poucos segundos, ela me manda o endereço de Jack.

Clico para abrir uma nova mensagem, em parte prendendo a respiração para me preparar para o pavor que vem a seguir.

Porém, estranhamente, a intensidade que espero sentir não se manifesta. Talvez o fato de vir sendo repetidamente forçada a entrar na órbita da vida de Jack esteja começando a me deixar anestesiada? Parece perigoso. Talvez eu esteja me acostumando com ele? Parece pior ainda. Ou talvez eu não *odeie* essa ideia tanto assim, só... a ache estranha. Surpreendente, da mesma forma como estou consistentemente surpresa com ele no mundo de *Noite de Cavaleiros*.

Só que é aquilo: qualquer amizade tênue que Duque Orsino tenha com Cesário não existe nem de longe para Jack e Viola, e, até onde Jack sabe, as coisas são assim. Meu otimismo cauteloso se dissipa por completo e eu ergo para uma altura segura a guarda que eu tinha abaixado quando uma mensagem flutua no alto da minha tela.

Oi. Parece que vc é a minha carona.

Droga. Será que consigo fingir que não recebi a mensagem? Celular novo, quem fala? Talvez seria um favor a nós dois se eu simplesmente ignorasse por completo o pedido de Olívia.

(Suspiro.)

Chego aí às 8, digo. *Não se atrase.*
Bom dia pra vc também, responde ele.
Reviro os olhos, Deus continua rindo.
Vai ser um dia muito estranho.

9

Troca de cabeças

Jack

A pessoa na porta da minha casa *não* é Viola Reyes.

— Fecha a boca — diz ela. — Você tá com uma cara ridícula.

(Ok, então talvez seja mesmo Vi.)

— *O que* — começo a perguntar de um jeito quase agressivo — você está *vestindo*?

É uma coisa que à primeira vista só consigo descrever como... uma armadura preta purpurinada. Bem, tem com certeza uma espécie de peitoral de ferro, do tipo que os cavaleiros usam em *Noite de Cavaleiros*, exceto que a cota de malha dela é pequenina e delicada, lembrando mais uma joia, com estrelinhas que piscam e refletem a luz. A parte da armadura em si vai até a altura das costelas, depois é seguida por uma espécie de acolchoado transparente que toca levemente no cós da leggings de couro preto; nos pés, ela calça um par de coturnos pretos enfeitado com tarraxas, strass e mais estrelas. Vi também está usando muito mais maquiagem do que de costume — delineador grosso e preto, batom escuro e um desenho prateado ao redor dos olhos —, e os cabelos pretos estão presos bem no alto da cabeça, trançados como uma coroa.

Bem quando começo a pensar que parece que ela está prestes a me esfaquear, Vi se mexe, revelando os punhais envoltos em couro de duas adagas amarradas nas pernas: uma na coxa esquerda; a outra no tornozelo direito, o cabo saindo da bota.

— Caramba — digo, incapaz de expressar muito mais, e ela estreita os olhos.

— Você não pode ir assim — diz Vi.

Pisco.

— Quê?

— Você não está fantasiado.

— E daí?

Ela me lança um olhar cortante.

— Vem — diz, e sai andando.

Há um momento — enquanto luto com as muletas e as chaves da casa — em que um vislumbre da imagem dela permanece na periferia de minha visão, e por mais irritado que eu fosse gostar de ficar por causa dessa situação, existe uma outra coisa que ainda não consegui definir. É óbvio que não passo muito tempo pensando em Vi Reyes (enfim, não *tanto*), mas em uma fração de segundo, a possibilidade de que eu talvez a respeite mais do que desgoste dela flutua pelo meu cérebro. Sim, é verdade que Vi é quase sempre babaca e quando trabalhamos juntos fico sempre com dor de cabeça, mas, de um jeito estranho, esse traje combina com ela.

Não, não é o traje. É o poder, acho. Estamos em plena luz do dia no meio da minha rua pristina e suburbana, mas isso não parece incomodá-la nem um pouco. Ela caminha como se ninguém pudesse impedi-la de nada. Nem eu ando assim, como quem se recusa a pedir desculpas por existir. Meu gingado é construído sobre uma fundação de adoração e inveja. O dela é uma completa recusa a deixar que qualquer pessoa diga a ela quem deve ser.

Imagino que ela tenha descoberto que se curvar às opiniões de outras pessoas não a ajudava muito, o que é o oposto da minha estratégia. Fico me perguntando qual de nós está se saindo melhor.

— Para de ficar encarando, Orsino — diz Vi por cima do ombro, abrindo o carro e se jogando no banco do motorista enquanto permaneço impotente no meio-fio.

Antes de Olívia me ligar hoje de manhã, eu estava muito empolgado. Uma hora dentro de um carro com Olívia não seria apenas sessenta vezes mais minutos do que qualquer conversa que tivemos em semanas, como também a desculpa perfeita para um dia inteiro de progresso. O fato de que eu ainda estaria de muletas? Descartável. O fato de que seria na *MagiCon*, que, ao que tudo indica, é uma reunião agitada de zé-manés? Irrelevante. Achei que seria a minha chance de recuperar um pouco do que perdi. Isso até Olívia me falar, enquanto tossia, que ela não ia mais na MagiCon (algo desanimador por si só), e ainda por cima eu continuava na obrigação de fazer trabalho voluntário um dia inteiro por causa de um contrato que o Eu do Passado assinou cheio de otimismo, e, graças ao meu joelho lesionado, eu *também* precisaria pegar carona com outra pessoa.

No caso, um pesadelo ambulante em forma de gente. E, para o meu constrangimento, começo a perceber que não sei como vou entrar no carro sem pedir pela ajuda do tal pesadelo ambulante.

Estico o braço com cuidado para a porta do passageiro, tentando manter o equilíbrio sem tropeçar no meio-fio, mas aí, rápida como um raio, Vi sai do carro e pega o meu cotovelo.

— Estou bem — resmungo para ela, e Vi me ignora.

Ela passa meu braço por seus ombros, de modo firme, mas não forçado, e eu aceito porque... por que não? Esse dia já está escapando do meu controle mesmo. Por que minhas pernas seriam diferentes?

Depois que estou sentado, ela pega as muletas e as desliza para o banco de trás.

— Vamos passar na minha casa primeiro — diz quando volta ao banco do motorista. — Ainda vai dar tempo de chegar, desde que a gente pegue a estrada em vinte minutos.

— Quê? Mas você disse…

— Sim, sei o que eu disse. Mas o objetivo de garantir a sua pontualidade era dar um tempo extra para qualquer atraso que se fizesse necessário.

— E isso é necessário? — questiono.

Ela olha para mim por um segundo, espremendo os lábios.

— Sim — diz, e dá partida no carro, obedientemente ligando a seta apesar de a rua estar vazia. (Cadê a vigilância do bairro quando a gente precisa dela? Está tudo deserto no sábado de manhã enquanto sou sequestrado por uma vilã armada até os dentes.)

Ela dirige por uns dois segundos antes da confusão superar a minha preferência pelo silêncio.

— O que é você?

— Quem — corrige ela. — Quem eu sou.

— Tá bom. *Quem* é você?

— Astrea Starscream. Uma assassina.

— De… uma história em quadrinhos ou…?

— Personagem autoral.

— Espera — digo, e ela olha de relance para mim com um quê de alguma coisa (Irritação? Terror?) aparecendo brevemente no rosto. — Você *fez* isso? Do zero? Tipo, sem copiar um personagem nem coisa do tipo, você simplesmente… inventou? De forma original?

Vi abre a boca.

Depois, fecha.

— É óbvio que eu tenho uma ideia de como é a aparência da personagem — responde com uma voz dura. — Ela tem um histórico completo. E as roupas são parte de quem ela é.

— Essas facas são de verdade?

Vi torce a boca.

— Não. — Ela faz uma pausa. — É sério? — acrescenta, mas não contém a crueldade de sempre. Parece estar tirando uma com a minha cara.

— Não é como se eu conhecesse as regras — resmungo.

— Você acha que o centro de convenções estaria de boa com a ideia de eu entrar com armas de *verdade*? — pergunta, usando a voz de você-é-literalmente-o-garoto-mais-burro-da--escola, que eu 100% não mereci.

— Eu nunca fui a uma convenção dessas! Como é que eu ia saber?

— E o que fez você querer vir nessa, aliás? — pergunta Vi.

Ahá, será que estou detectando um tiquinho de curiosidade na voz dela? Acho que faz a manhã inteira que ela quer me perguntar isso.

— Por acaso um cara não pode ficar curioso para saber como os nerds vivem? — respondo, cantarolando de leve, sabendo que não receber uma resposta de verdade vai irritá-la mais.

Ela me lança um olhar gélido.

— Suponho que isso tenha a ver com a Olívia…

— Bem, você sabe o que dizem sobre suposições…

— … o que significa que você deve estar *extremamente infeliz* com essa ideia agora — ela fala por cima de mim.

— Não mais infeliz do que você.

— Eu? Eu estou empolgadíssima. Eu *amo* a MagiCon.

Há. Mentirosa.

— Pode até ser verdade, mas você não quer passar tempo comigo, do mesmo jeito que eu não quero passar tempo com você.

— Eu *não* vou passar tempo com você, Orsino. Vou largar você com algum coordenador de voluntários e me divertir horrores sozinha.

Sei que essa é a minha deixa para dizer algo inteligente ou algo no sentido de que eu, também, preferiria ser cirurgicamente costurado a um completo estranho a passar o dia todo ao lado dela, mas em vez disso sinto um carocinho na garganta. Um dia inteiro sozinho, sem ninguém que eu conheço de companhia?

Não sou bom em ficar sozinho. E, diferente do que Vi pensa, ser charmoso requer muita energia, algo que no momento eu não tenho de sobra. Queria ter só ficado em casa.

Quando percebo que não dei nenhuma resposta atravessada, Vi volta a falar:

— É do ConQuest. Essa personagem. É a minha personagem de ConQuest.

Aceno a cabeça em silêncio.

— Achei que você fosse me zoar por conta disso — acrescenta ela.

Não me surpreendo por ela ter achado uma coisa dessas. Vi sempre pensa o pior de mim, mas se prestasse o mínimo de atenção, veria que não posso me dar ao luxo de ser odiado. O que inclui evitar sacanear as pessoas, mesmo que secretamente ache que seja extremamente esquisito gastar seu tempo com ConQuest. Não é, para todos os efeitos, brincar de faz de conta?

Isso, lembra uma vozinha na minha cabeça, *também vale para os videogames.*

— Ainda temos um dia inteiro pela frente — digo, casualmente. — Não posso gastar minha munição toda no carro. Preciso me aquecer um pouco antes.

— Valeu — murmura ela, mas acho que sabe que não vou fazer isso. De algum modo, a rigidez entre nós se dissolve um pouco. Só um pouquinho.

— Tem certeza de que eu não pareço um idiota? — pergunto, mudando de posição para ter uma visão melhor de mim mesmo no espelho do banheiro.

— É claro que você parece idiota. Mas isso não tem como mudar — responde Vi, ajeitando a minha... túnica.

É a fantasia de Feira da Renascença do irmão dela, o que é interessante. E esquisito. Sinto um constrangimento que demora a dissipar por estar na casa de Cesário, considerando o quanto ele insistiu no quesito privacidade, mas pelo visto Bash está ocupado com algo relacionado à banda. É muito estranho pensar que ele joga *Noite de Cavaleiros* aqui, porque nada no quarto dele me faz pensar em alguém que ama séries de TV de fantasia ou jogos de combate. Apenas roteiros e partituras musicais estão amontoados na escrivaninha, tantos que sequer consigo ver um notebook.

Enfim, estou vestindo "culotes" e uma "túnica" e tenho um "escudo" e isso é tudo completamente estúpido, mas Vi insiste que não vai me deixar entrar no carro sem uma fantasia.

— Eles realmente não deixam a gente entrar sem fantasia? — pergunto.

— Ah, eles deixam entrar, sim. Só que essa carona não é grátis.

— Ah — percebo, meu humor ficando sombrio. — Você está tentando me envergonhar.

— Te envergonhar? Não. — Mentirosa. Os olhos dela chegam a brilhar de alegria. — Mas se é para você ter essa experiência, é melhor que seja a experiência completa. O que inclui a fantasia.

Tudo fica meio curto em mim, então ela se abaixa e solta algumas costuras, fazendo os ajustes necessários para que a roupa vista bem. É incrível a rapidez com que ela consegue fazer isso.

— Hum? — pergunta, com alfinetes na boca, e percebo que comentei isso em voz alta.

— Nada.

— Hum. — Ela se levanta, avaliando o trabalho. — Quer uma espada?

— Tá falando sério?

— Uma espada de mentira. Embainhada. — Ela revira os olhos.

— Não, eu quis dizer… — *Dã*, eu quero uma espada. Qual é o sentido de vestir uma fantasia dessas se não tiver uma espada? — Aham, claro, pode ser.

— Um segundo.

Ela desaparece e, embora eu espere que ela volte ao quarto de Bash, ela abre uma porta mais distante no corredor e entra, fechando-a rapidamente atrás de si.

Eu espio o corredor, inclinando o máximo que consigo em uma perna só para olhar de relance.

Imagino que seja o quarto dela.

Vi retorna em um turbilhão de couro preto e fecha a porta com tanta velocidade que não vejo nada além de uma caverna escura.

— Aqui — diz ela, amarrando a espada na minha cintura de um jeito tão robótico que acho que nenhum de nós percebe que ela está manuseando os meus quadris. — Agora você pode pelo menos se passar por um cavaleiro ou algo do tipo, então...

— Arthur — digo.

— Quê? — Ela pisca, aturdida.

— Arthur. Ele é um rei. Melhor que um cavaleiro.

— Ah. Verdade. — Ela pigarreia. — Mas isso não tem, sabe, uma relação com a *convenção*... a menos que você conte o jogo.

— Jogo? — repito.

Acho que parte de mim tem curiosidade para descobrir se ela sabe o que o irmão faz tarde da noite ou se Cesário (Bash) mantém um segredo da própria gêmea.

Vi responde com um dar de ombros.

— *Noite de Cavaleiros*. É bem popular na convenção.

Ah. Está aí uma coisa que eu talvez queira ver.

— É mesmo? — pergunto casualmente.

— Não sou gamer — diz ela de forma evasiva, o que eu já imaginava.

Até onde sei, meninas não são fãs de jogos violentos; acho que Olívia ficaria enojada se soubesse como venho passando meu tempo livre recentemente.

— Certo, saquei. — Dou uma tossida. — O seu irmão tem uma coroa ou...?

— Nossa. — Ela revira os olhos. — Bash já foi uns quatro reis shakespearianos diferentes. Ele tem um museu de coroas.

— Podemos dar uma olhadinha…?

— Não, eu pego uma. Você pode ir se ajeitando lá embaixo.

Ah, eu estava torcendo para procurar por mais evidências da vida secreta de Bash.

— Mas…

— A gente vai se atrasar, Orsino! — vocifera ela, como um sargento do exército. — Vacilou, dançou.

A boa e velha Vi Reyes.

— Bem colocado, capitã — respondo, batendo continência.

— Meu *Deus* do céu — comenta ela, dando meia-volta enquanto escondo uma risada.

Não acreditei em Nick quando ele disse que esse negócio era imenso. Digo, acreditei sim — já vi esses eventos nos noticiários —, mas antes mesmo de chegarmos ao centro de convenções, várias pessoas estão vagando pelas ruas de São Francisco em todo tipo de fantasia imaginável. O Super-Homem está parado em uma fila do Starbucks atrás de uma pessoa com um crachá de imprensa que veste par de orelhas do Yoda. Três caras que parecem o tal do Zelda caminham por um dos estacionamentos. Parece que todo mundo menos eu está segurando um sabre de luz. Achei que fossem ficar me encarando — eu tinha certeza de que encarariam Vi —, mas isso não acontece. As pessoas *olham*, mas é como se apreciassem as roupas, ou acenam para nós como se fôssemos amigos. De início, penso que Vi conhece essas pessoas, já que parece saber se localizar por aqui, mas então uma pessoa que é claramente uma estranha se aproxima dela.

— Desculpa se isso é meio estranho, mas você pode me falar qual cosplay é esse que você está vestindo? — pergunta uma garota de uns vinte e poucos anos vestida como uma espécie de boneca vitoriana possuída. — *Amei* as suas botas.

— Ah, eu sou uma personagem original — diz Vi —, e valeu. Levou muito tempo pra fazer.

— Aposto que sim — diz a garota, empolgada. — Posso tirar uma foto com você?

— Ah, sim, claro.

As bochechas de Vi coram de leve e percebo que ela está... empolgada. O que faz sentido, porque se essa roupa demorou tanto tempo para ser feita como parece, ela com certeza está feliz que alguém notou isso.

O que me faz perceber que não vejo Vi parecendo feliz com muita frequência.

O que também me faz perceber que não vejo Vi sendo notada em geral.

— Quer que eu tire a foto? — ofereço, e isso a faz lembrar que estou ao seu lado com um sobressalto.

— Ah, claro, boa...

— Também adoraria tirar uma — surge outra voz. — Você disse que é uma personagem original? De ConQuest?

— Isso. — Vi solta o ar, parecendo zonza de alegria e tentando esconder essa emoção. — Astrea Starscream.

— *Ótimo* nome — diz a primeira garota.

A outra, percebo, tem um crachá de imprensa com o título de um site: MonstressMag.com.

— Vocês duas podem assinar esses termos? — pergunta a fotógrafa, e noto com um pequeno surto de empolgação alheia que Vi vai aparecer em um blog, uma revista ou algo desse tipo.

Vi e a outra garota rabiscam suas assinaturas eletrônicas e então se posicionam para a foto. Nenhuma delas sorri; em vez disso, exibem diferentes poses que devem representar suas personagens. Fico impressionado, e também extasiado por não ser parte disso.

— Valeu, meninas! Confiram a nossa cobertura hoje à tarde no site. — A jornalista ou fotógrafa sorri e vai embora, pronta para bater fotos de outras pessoas, e a boneca possuída sopra um beijo para Vi.

— Divirtam-se hoje! Vocês são muito fofos juntos — diz ela, e quando Vi e eu começamos a protestar, ela já desapareceu.

— Bem. — Vi volta a caminhar ao meu lado. — Isso foi estranho.

Ah, ela está radiante. É hilário e até que bonitinho, embora eu não saiba o que fazer com essa observação. Não é um pensamento que eu — ou, até onde sei, qualquer pessoa na história — já tenha tido a respeito de Vi.

— Você já tinha sido parada desse jeito antes? — pergunto.

— Algumas vezes, sim. Mas no geral é só quando estou vestida de uma personagem que as pessoas sabem reconhecer. — As bochechas estão rosadas e ela parece sem fôlego. — Isso foi esquisito.

— Foi incrível — digo, porque foi mesmo. — Isso foi muito, muito maneiro. Era um blog?

— O Monstress Mag? Isso, é um blog de cultura pop. — Ela está praticamente dando pulinhos de alegria. — Eu amo, estou sempre lendo. Já tentei enviar coisas para lá antes...

— Ah, é?

— Só uma análise de... — Vi pigarreia. — De uma série. E um post para o blog. Tipo, um post de opinião sobre... — Ela perde o fio da meada e engole em seco. — Enfim, nada de importante.

— Meio que parece importante, sim — observo, e ela abre um largo sorriso.

— *É muito* — ela praticamente grita, e não consigo segurar a risada. — Meu Deus, que sensação boa. Você com certeza pensa que é idiota, mas...

— Não é idiota. — Balanço a cabeça, mas não consigo deixar passar a oportunidade de implicar com ela. — Sabe, diferente de você — acrescento com um ar de superioridade —, eu não tiro sarro dos hobbies das pessoas.

— E de que hobbies eu tirei sarro? — pergunta.

— Hum, acho que suas palavras exatas foram "culto de trogloditas"?

Vi revira os olhos.

— Ah, qual é, vocês do esportebol pedem por essa implicância.

— Será que você pode parar…

Ficamos discutindo até a hora que precisamos mostrar nossos crachás de voluntários, e então Vi me guia até a estação central.

— Estamos no segundo turno. É meio que uma das melhores posições — informa ela —, então, de nada. Ficar com a parte de instalação não é nem de longe tão divertido.

— Por que a Antônia não quis vir? — pergunto, e Vi hesita.

— Quê?

— Bom, eu só presumi que como eu fiquei com a vaga dela…

— Lá vem você presumindo coisas de novo — diz ela, de um jeito mais irritadiço do que o tom da nossa conversa anterior. — Eu não leio os pensamentos dela. Não faço ideia do que ela resolveu fazer em vez de vir.

— Ah, eu só pensei… — Balanço a cabeça. — Desculpa. Deixa pra lá.

Ela abre a boca, talvez para retrucar outra vez, mas logo se suaviza.

Suaviza? Não pode ser. Vi Reyes não sabe se suavizar. Porém, ela não diz mais nada em resposta e, em vez disso, me guia até uma das voluntárias com seu jeito mandão de sempre, abrindo caminho por entre a multidão com tanta facilidade que só consigo sentir gratidão. Vestida como está e agindo como age, ela com certeza sabe como fazer as pessoas abrirem espaço para um cara de muletas, mesmo que não faça isso especificamente para mim. Ou sequer de propósito.

— Oi, Megha — diz ela para a pessoa que parece estar no comando. Está fantasiada de algo que acho que eu deveria reconhecer, mas não reconheço. — Tem alguma coisa pra mim?

Megha a direciona para outra pessoa, muito mais jovem, e porque não sei o que mais fazer, eu sigo Vi.

— Pode colocar a gente em um lugar central? — Vi está perguntando quando a alcanço. — É a primeira vez dele.

A gente. Então ela não vai me abandonar.

Deixo escapar um suspiro de alívio, pequeno e interno.

— Awn, eu adoro um virgem — diz a outra voluntária, Stacey, que acho que está vestida como a princesa do filme *Império Perdido*. (Só assisti uma vez, por insistência da minha mãe. Meu pai ficou mais ou menos interessado quando chamaram um ator negro para ser o protagonista de um dos spin-offs, mas, como de costume, a trama foi deixada de lado para focar nos dois protagonistas brancos.) — Claro, desde que você esteja disposta a fazer o de sempre?

— Lei e ordem? — adivinha Vi com um sorrisinho.

— Pode crer. — Stacey olha de relance para mim. — Desculpe pela confusão, aliás.

Não sei do que ela está falando, mas Vi acena com a mão, despreocupada.

— Não foi nada.

— Enfim, é melhor porque ele não vai precisar ficar andando por aí — acrescenta Stacey, e depois me pergunta: — Joelho machucado?

— É.

Claro, vamos chamar assim.

— Eita, sei como é. Vamos dar um jeito de deixar você num lugar fácil. Se bem que... — Ela se inclina para a frente. — Se quiserem que eu realoque vocês, é só avisar. O Xavier está aqui.

Os olhos de Vi ficam esbugalhados.

— Quê? Tá de brincadeira.

— Quem é Xavier? — pergunto.

Aparentemente, isso é tão grandioso que Vi nem perde tempo em desdenhar a minha ignorância.

— Jeremy Xavier. Ele escreveu *Guerra dos Espinhos*.

— Ah, mentira — digo, e as palavras seguintes saem da minha boca de forma espontânea: — Eu amo essa série.

— Eu também. — Por sorte, Vi está encantada demais para perceber o que falei. — Caramba, é tentador.

— Eu posso realocar você — cantarola Stacey, deixando a ponta da caneta flutuar acima da página de forma provocante, mas Vi olha para mim e balança a cabeça.

— Tudo bem. Vou ter tempo de esperar na fila mais tarde.

— Tem certeza?

Ela faz que sim.

— Só coloca a gente no meio do piso para que ele consiga enxergar.

— Pode deixar, meu bem. *Muá* — diz Stacey, soprando um beijo para Vi antes de ela me levar até a nossa nova localização.

— Você não precisava ter feito isso — digo, tentando manter o ritmo dela.

Vi anda rápido, com propósito, mas reduz a velocidade quando a alcanço.

— Você não ia dar conta de precisar ficar perambulando por aí. E eu acabaria fazendo o seu trabalho por você, como sempre.

— Há-há — digo, com a voz arrastada. — Mas, sério, você poderia ter feito isso sem mim. Ele parece ser importante.

— Que nada. Nunca conheça seus heróis.

— É sério isso?

— As pessoas sempre decepcionam a gente na vida real. — Vi dá de ombros. — Elas nunca são tudo o que você queria que elas fossem. Desse jeito, ele vai ser sempre interessante.

A princípio, penso que ela só está dando uma desculpa, mas então percebo que ela realmente acredita nisso. Porém, não tenho tempo de contestar nada porque logo ela começa a me explicar várias coisas.

— Aquelas são as salas onde acontecem as palestras dos convidados e coisas do tipo. Vão rolar umas bem legais hoje à tarde: uma delas com uma editora que publica o que tem de melhor por aí. Ela é incrível. — É uma sala minúscula com uma fila comprida na entrada. — Essa é a sala onde vai rolar a exibição de ConQuest, se você quiser assistir a um jogo ao vivo. — Uma sala maior com uma fila mais longa. — Esse é o Beco dos Artistas, e mais adiante tem a galeria. — É um cômodo imenso, facilmente o maior desse pavilhão, quase do tamanho de um estádio, com luzes brilhantes e uma onda de som. — É ali que ficam os gamers. — Ela olha de relance para mim. — Podemos dar uma olhada, se você quiser. Só para conferir. É besteira não ir dar uma espiada, né?

— Sim.

A galeria parece mesmo empolgante; a impressão que fica é a de que todas as companhias de filmes e de jogos possuem estandes gigantescos, cada um transformado de uma área em cubículo básica para versões manufaturadas de seus cenários de filme ou mundos de jogos.

— Bem — digo —, escuta só. Obrigado... por isso.

— Hum?

— Por me mostrar os lugares e tal. Eu aprecio esse esforço.

Faz muito barulho, então não acho que ela está me escutando direito, mas logo chegamos ao lugar que Vi tinha em mente, que parece ser o início de mais uma fila extremamente longa.

— Oi — diz Vi, com um tapinha no ombro da pessoa recebendo ingressos no começo da fila. — A gente está aqui para ficar no seu lugar.

— Ai, graças a Deus — diz o outro voluntário, um cara baixinho vestido de Homem de Ferro que parece muito mais agitado do que o Homem de Ferro ficaria.

— Ruim assim? — pergunta Vi de um jeito brincalhão, e o olhar do Homem de Ferro passa rapidamente para uma pessoa na fila antes de voltar para ela.

— Bem, eu não chamaria isso de *ruim*...

— Você nunca chama — garante Vi, acrescentando um aceno de cabeça na minha direção. — Tem alguma cadeira?

— Claro, fica com essa aqui — oferece alguém, posicionando-a para mim sem que eu precise pedir. (Tem alguma coisa nesse lugar que é bizarramente acolhedora.)

— Ah — tento dizer —, não precisa...

— Cala a boca e senta logo — aconselha Vi, indo para o lugar ao meu lado com um olhar vigilante. — Ok. Próximo? — vocifera ela na direção da fila.

Um cara mais velho, possivelmente na casa dos trinta, usando arco e flecha e orelhas de elfo, avança na direção dela com um ímpeto que imediatamente explica o nervosismo do Homem de Ferro.

— Estou esperando nessa fila já tem três horas — diz ele sem preâmbulos —, diferente *daquelas* meninas...

Ele faz um movimento com a cabeça na direção de um grupo de visitantes com cabelos néon, a maioria parecendo tão zonzas quanto me senti assim que cheguei.

Antes que possamos nos preparar para seja lá o que inevitavelmente vai acontecer em seguida, Vi o interrompe:

— Entendo. Tem algum problema com o seu ingresso?

O cordão do crachá dele está repleto de broches de convenções anteriores, então imagino que ele espere ser tratado de certa maneira por ser um fã de *verdade*, o que não é muito diferente de alguns torcedores da NFL.

— Não, mas...

— Aqui é a fila de ajuda com ingressos — diz Vi, apontando acima da cabeça para uma placa que imagino que diga *Ajuda com Ingressos*. — Então, você tem alguma pergunta relacionada a ingressos?

— Escuta aqui, conheço muito bem essa convenção, ok? E se *aquele* é o tipo de grupo que recebe prioridade no sistema de filas...

— Parece que você tem um problema a ser resolvido junto à ajuda com filas — diz Vi com frieza. — Mas seu descontentamento foi registrado.

O homem (elfo) fica olhando para ela.

— Vadia — diz ele, e dá meia-volta.

Parte de mim se pergunta se devo falar alguma coisa, mas a palavra não tem qualquer efeito sobre Vi, ou ao menos é o que parece.

— Que foi? — pergunta, quando ela me vê observando. — Vai me dizer pra ser mais simpática?

Sei que não deveria, mas…

— Talvez ajude — comento.

— Há. — O som é oco. — É. Com certeza.

Depois de ponderar melhor a situação, penso que talvez eu devesse calar a boca. Algo me diz que aquele cara se sentiria na razão de xingar Vi quer ela fosse simpática com ele ou não.

— O seu jeito parece ser muito mais eficiente — admito, por fim.

Os olhos dela deslizam na minha direção, parecendo surpresos. Ficam grandes como os de uma princesa da Disney e, de repente, ela parece mais jovem. E grata.

— Bem, não é sempre assim — informa, ranzinza. — A maioria das pessoas são amigáveis. É só de vez em quando… que aparece alguém dando um chilique.

Considerando as conversas bem mais calmas ao nosso redor, os outros voluntários parecem mais do que dispostos a entregar os problemas para que Vi os resolva.

— E esse é um trabalho *bom*?

— Localizado no centro — lembra Vi, gesticulando para a nossa vista do centro de convenções. — E daqui a pouco aparece alguém para substituir a gente. — Ela olha de relance para mim. — Vai ser um problema pra você ser odiado?

Existe um subgrupo inteiro de pessoas que fazem isso à primeira vista, mas entendi o que ela quer dizer.

— Problema? Que nada — digo, chamando com um gesto um cara usando um manto de bárbaro que, com quase toda a certeza, vai gritar comigo. — Qual é, Viola, você sabe que isso não faz meu estilo.

Vi

De muitas maneiras, convenções são tipo a Disneylândia: o lugar mais feliz do mundo. Na grande maioria, as pessoas são amigáveis, acolhedoras e sorridentes, eu inclusive. Porém, mesmo que você se esqueça de que existem grandes chances de os *haters* do Reddit também frequentarem esses eventos, existem as filas de atendimento ao cliente. É um bom lembrete de que, embora a internet permita um conveniente véu de anonimato, isso não muda o fato de que certas pessoas simplesmente são o que são.

Quando se trata desse gênero específico de estraga-prazeres, Antônia e eu formávamos uma ótima equipe. Eu fazia o "policial mau", claro, lembrando qualquer valentão que ele não é de fato o rei do mundo, e então Antônia fechava com um pedido de desculpas tão impossivelmente sincero que o sujeito acabava todo afobado, dividido entre fazer cara feia para mim e olhar para ela, confuso.

Jack Orsino tem uma técnica levemente diferente.

— Não entendo por que vocês não conseguem ser mais rápidos — diz uma pessoa com uma camisa de ConQuest, com os escritos *ESCOLHA A SUA ARMA* seguidos de imagens de diversos dados diferentes, e odeio o quanto eu queria ter uma igual. — O tipo de vocês é que é o problema — o cara dos dados acrescenta baixinho, o que é engraçado já que eu estava pensando que *ele* é o exato tipo de frequentador que acha que Jack e eu estamos aqui para roubar alguma coisa que ele acha que pertence a ele por direito.

O fato de que estou em fandoms há, hum, minha *vida inteira* não importa. E mesmo que Jack seja um novato, isso não significa que deveria se deixado de fora.

— Espera, a fila está lenta? — pergunta Jack, com um olhar tão incrível de lerdeza que preciso me esforçar para não começar a rir.

Não me entenda mal: fico feliz em ajudar a maioria das pessoas. Só que outras...

— Sim — diz o Cara dos Dados, ficando com a cara vermelha. — Estamos esperando já faz mais de uma hora!

— Ai caramba, uma hora? — repete Jack, de novo com preocupação palpável.

— Escuta aqui — diz o Cara dos Dados com raiva —, isso não é engraçado...

— Concordo — interrompe Jack, virando-se para mim. — Você acha que isso é engraçado, Vi?

— Ele disse que está esperando há *quarenta e cinco minutos*, Jack? — pergunto.

— Não, Vi. Uma hora — diz Jack, solene.

— Uma hora?

— Uma *hora* — repete Jack.

— Uma hora *inteira*? — exclamo, perplexa.

— Isso é muito errado — interrompe o Cara dos Dados com um grunhido.

— Concordo — respondo.

Não sei que técnica estamos usando exatamente. Não é bem o clássico policial bom/policial mau, e está mais para *vamos ver quem consegue ser mais irritante*, mas com certeza está fazendo o tempo passar mais depressa.

— Quero falar com o seu gerente — informa o Cara dos Dados para mim.

— Eu também — diz Jack, com o sorriso de astro dos esportes de costume. — Estou com sede.

— Quando estiver conversando com nosso gerente, por favor informe a ele que o Jack gostaria de uma água mineral Pellegrino — digo ao Cara dos Dados, cujas bochechas ficam coradas de novo.

— Escuta aqui, sua...

— Eu não sou tão exigente — eu garanto a ele. — Água de torneira está bom.

— Exibida — diz Jack, que se livra do Cara dos Dados instantes antes de o universo nos recompensar com a fã de Império Perdido de setenta e dois anos mais fofa que o mundo já viu. (O código de barras do ingresso dela foi danificado pelo novo netinho, um bebê que foi batizado em homenagem ao herói da franquia.)

Depois de jurar lealdade eterna à minha nova ídola, Maura, que começou uma fanzine no ensino médio, quando fandoms de redes sociais ainda sequer eram sonhados por Mark Zuckerberg, restam apenas alguns poucos casos difíceis e então, finalmente chega a nossa vez de explorar a convenção.

— E aí, o que fazemos agora? — diz Jack, pegando as muletas.

Vejo no rosto dele como odeia usá-las; não o culpo. Estou sempre esperando por ele, o que tento disfarçar. Tem gente que acha que ando rápido demais, mas, em minha defesa, preciso fazer isso. Minha mãe diz que a melhor maneira de evitar ser um alvo conveniente de más intenções alheias é sempre dar a entender que precisa estar em outro lugar. (É divertidíssimo pensar que ela precisou ensinar isso para *mim*, mas não para Bash.)

— Bem, tô a fim de dar um pulinho na partida de ConQuest — digo. — E eu te disse que podemos dar uma conferida na exposição de jogos.

— Verdade — diz Jack.

Consigo perceber que ele está morrendo de vontade de visitar o estande de *Noite de Cavaleiros*, o que faz sentido, porque eu também quero. Não que eu possa deixar que Jack saiba disso.

— Se estiver com fome...

Porém, acabo me interrompendo quando percebo uma pessoa na multidão.

— Sinceramente, acho que comi uns dez saquinhos de Doritos — responde Jack, e depois franze a testa para mim. — O que foi?

— É o Cesário — digo sem pensar, e Jack imediatamente olha na direção errada.

— O Cesário de *verdade*?

— Quê? Não, Jack.

É cada uma…

— Não, é claro que não. Mas é um cosplay muito bom — digo, fazendo com que ele se vire na direção do cosplayer de Cesário que vem na nossa direção, um pouco antes de passar por nós. É uma réplica espantosa das roupas de inverno dele, completa com múltiplos tipos de pelagem falsa e a armadura de couro todinha. Deve ter demorado *séculos* para ficar pronta, e ele provavelmente a criou do zero.

Estou encarando abertamente quando percebo que Jack falou alguma.

— A gente pode tirar uma foto? Digo… isso é, tipo, permitido?

Olho para o rosto dele a tempo de vê-lo vacilar.

— Porque se você quiser uma — esclarece Jack —, posso tirar para você…

Ai, Deus. É quase fofa a maneira como ele está tentando não ficar empolgado. Seria fofo, se não fosse Jack Orsino, e, portanto, não existisse fofura nenhuma envolvida nessa história.

— Vamos — digo, seguindo rápido para o corredor para alcançar Cesário antes que ele vá embora. — Mil desculpas — digo, um pouco sem fôlego quando o alcanço. Sei que estou tietando, mas dá um tempo. Sei por experiência própria que todo o objetivo de se esforçar tanto para fazer um cosplay é que outras pessoas possam admirá-lo. — Você pode tirar uma foto comigo e com o meu amigo?

O Cesário-Falso é bonzinho, com uma vibe de cara fortão e burrinho.

— Claro! Do que você está vestida?

— Sou a minha personagem de ConQuest, Astrea Starscream, e ele…

— Ah, mentira! Rei Arthur — diz Cesário para Jack, antes de fazer uma mesura diante dele. — Meu suserano. Lamento que tenha se ferido na guerra.

Jack sorri de volta, recomposto e não mais deslumbrado de maneira hilária. Eu esqueço que para ele é muito fácil ser o centro das atenções, embora hoje seja a primeira vez que percebo que a extensão de sua persona Duque Orsino é menos real do que eu imaginava.

— Sua fantasia está incrível — diz Jack.

— Vocês dois são fãs de *Guerra dos Espinhos*? — pergunta Cesário.

Entrego meu celular para outra pessoa no grupo dele, que se oferece para bater a foto, mas então outro fotógrafo — uma pessoa oficial da MagiCon — aproveita para tirar uma também.

— Sim, a gente adora — digo, alegremente me esquecendo se essa minha versão sabe disso ou não.

Porém, há um burburinho de atividade e ninguém presta atenção; fazemos pose para a foto, a mão de Cesário muito cuidadosamente flutua sobre a minha cintura sem me tocar de verdade, e logo depois o amigo dele me devolve o meu celular.

— Deem uma olhada no nosso blog oficial! — cantarola o cara da MagiCon antes de desaparecer.

— Aproveitem o evento — acrescenta Cesário, com um aceno de cabeça para Jack e para mim antes de seguir caminho.

— Caramba — diz Jack, esgueirando-se para o meu lado enquanto observo a foto na tela do celular. — Ele até *anda* igual o Cesário, é bizarro…

— Ah, olha, você fez pose — digo, percebendo que, em vez de sorrir, Jack repousou uma das mãos sobre a espada falsa, parecendo sereno como um lago ao lado de Cesário em pessoa. Eu não tinha percebido como suas alturas eram próximas, mas Jack é quase tão impressionante quanto o cosplayer. Tirando a fantasia improvisada, mas pelo menos ele entrou no personagem.

— Bem, dã. Até eu sei que sorrir ia me fazer parecer bobo. — Ele me olha de relance, e penso por um instante que é incrível como Jack consegue perceber tão rápido qual é a jogada certa a se fazer em qualquer situação. Não é à toa que toda essa história de lesão-mais-Olívia o tenha jogado em uma crise existencial.

O que *definitivamente* é algo que eu não deveria saber. Por um instante, sinto uma onda de culpa, como se eu tivesse feito algo horrível. Passa pela minha cabeça que Jack é uma pessoa de verdade que merece mais do que uma mentira, que é o que tenho feito recentemente, ainda que inofensiva. Ou o que era para ser uma mentirinha inofensiva, antes de ele confessar sobre a vida e os problemas para uma pessoa que ele acreditava ser um amigo, mas que, na verdade, sou só eu, alguém de quem ele sequer gosta.

A vergonha azeda temporariamente minha língua, mas não é como se contar a verdade para Jack fosse trazer qualquer benefício a nós dois. Além disso, não vai acontecer de novo. Ele teve um dia ruim, só isso, assim como eu. Não vale a pena ameaçar minha identidade por causa disso.

(Uma voz lá no fundo diz que Jack provavelmente não contaria meu segredo a ninguém se eu contasse a verdade para ele, mas é facilmente silenciada quando me lembro de tudo o que Antônia escolheu em vez de mim. Achei que pudesse confiar nela, e estava errada. O que é que sei a respeito de Jack de verdade?)

— Parabéns por não me constranger — digo a ele, recuperada da minha crise de consciência momentânea. — Agradeço muitíssimo.

— Ora, eu faço o que posso, Viola. — O olhar é atraído, cheio de vontade, para a exposição. — E aí, será que a gente podia...?

— Ai Deus, só admite logo — resmungo. — Você tá morrendo de vontade de ver as demos dos jogos, não tá?

— Espera aí, eles fazem demonstrações? Para serem vistas por todo mundo? — Ele parece deslumbrado.

— Hã, sim, é claro. É assim que vendem os jogos.

— E eles arranjam gente para jogar? Tipo, jogadores bons?

— Repito: é assim que eles *vendem* os jogos, Jack...

Ele já está disparando nas muletas, e preciso me segurar para não rir.

— Tá bom, tá bom — suspiro para mim mesma, antes de perceber que estou sorrindo.

Então obviamente arranco o sorriso do rosto antes de dizer a Jack para parar de agir feito um noob.

Quando voltamos ao carro, nós dois estamos exaustos. Preciso ficar sentada por alguns minutos apenas para aliviar a pressão que sinto nos pés. (A primeira regra da MagiCon é calçar tênis confortáveis, mas mesmo isso só adianta até certo ponto depois de um dia perambulando por aí.)

— Então quer dizer que todo mundo que joga ConQuest inventa seus próprios personagens? — indaga Jack. Ele vem me perguntando coisas assim o dia inteiro.

— Existem personagens específicos do jogo que você pode escolher usar — respondo, massageando o pescoço —, mas, sim, a maioria das pessoas cria os próprios personagens.

— É doideira como as pessoas são talentosas — diz Jack. — Fazendo as vozes e todo o resto.

Ele se refere ao Mestre que organizou o jogo ao vivo.

— É, aquele cara era incrível.

Jack assente com a cabeça, e depois muda de assunto:

— Mas o Jeremy Xavier não é bem o que eu esperava.

— Hum? — Mexo no celular, tentando escolher uma playlist.

— Jeremy Xavier, o autor de *Guerra dos Espinhos*.

Conseguimos assistir à palestra dele como convidado surpresa em um painel sobre a criação de mundos ficcionais. Jack não queria ver, mas, ao final, acho que ele parecia mais interessado do que eu.

— Bem, ele é, tipo, um milionário agora — eu digo. — Mesmo que um dia ele tenha sido um nerd jogando ConQuest no porão da casa da mãe, agora provavelmente não tem mais essa aparência.

— Não, eu sei disso. — Jack ri. — Só fiquei surpreso com ele.

— Você realmente deveria ler os livros.

— É, acho que eu deveria mesmo. — Ele pigarreia. — Se eu tiver tempo, quero dizer — fala depressa, sem olhar para mim. — Logo vou estar livre dessas muletas e vou poder voltar a jogar, então em poucas semanas estarei de volta aos treinos e tal.

Cesário sabe que Jack acabou de contar uma mentira, e *Jack* parece saber disso também, mas eu não sou Cesário aqui e agora. Sou apenas eu, e Vi Reyes não é exatamente o tipo de pessoa com quem Jack Orsino quer ter uma conversa sincera.

Ainda assim, não me parece certo concordar com ele de forma inquestionável. Sem contar que não seria uma coisa muito Vi Reyes.

— Sabe — começo devagar —, você é bom em outras coisas além do futebol.

— Ah, é? — Ele me corta com um sorrisinho arrogante. — Feliz que você tenha finalmente notado.

— Tá brincando, né? — Boas intenções se voltam contra nós tão rápido. — Cala a boca ou não te levo de volta pra casa.

— Você simplesmente me *largaria* aqui? — questiona, fingindo estar devastado.

— Para com isso. Só estou tentando dizer pra você que talvez seja melhor não apostar todas as suas fichas no futebol, ok?

Não sou uma especialista em anatomia — acrescento —, mas não acho que dê para ferrar o joelho e voltar direto pro campo. Você não fez uma cirurgia?

Ele, é claro, evita responder.

— Está com as fofocas em dia, hein, Viola?

— Não me obrigue a mandar você calar a boca de novo. E o que você faz ou deixa de fazer não é da minha conta — digo, ligando o carro. — Só estou dizendo que talvez você precise aceitar que certas coisas não estão sob o seu controle. Tipo o fato do seu joelho doer.

— Meu joelho não dói.

Olho para ele de relance, cética, antes de espiar por cima do ombro para dar a ré.

— Tá, tanto faz. — Jack suspira. — Mas a grandeza dói, certo?

— Não. A dor dói e pronto, e dói por um motivo. — Dou a ré e troco a marcha. — Pessoalmente, não acho que exista só um resultado possível na vida. — Quando ele não responde, prossigo: — Digo, não acho que exista um futuro predestinado ou algo do gênero. Você não *nasceu* pra jogar futebol. Existe uma versão da sua vida em que você faz outras coisas. Versões infinitas. E quando você toma uma decisão, você desiste de um resultado possível, mas daí, sei lá.... uns *dez* outros aparecem no lugar. E você simplesmente vai seguindo desse jeito, escolhendo caminhos e observando novas ramificações se estenderem diante de você. Mesmo que as antigas desapareçam às suas costas, não precisa ser uma coisa triste — digo, dando de ombros, embora seja claro que sinto um pequeno aperto no peito, como se eu estivesse enxergando Antônia pelo retrovisor.

Jack fica quieto por mais alguns minutos, então saio do estacionamento em direção à rua, ligando o GPS para que nos guie até a estrada. Começo a achar que ele caiu no sono, mas daí Jack interrompe o som de Elvis Costello cantando para Veronica.

— E se eu não enxergar mais nenhum outro caminho?

Suspiro.

— É só uma metáfora, Orsino. Somos adolescentes. Não sabemos o que vem pela frente.

— Sei disso, mas... — Ele para de falar. — E se eu não enxergar nada?

De alguma forma, consigo perceber que o que Jack está perguntando é se *ele* é nada, mas a ideia de que Jack Orsino — *Duque Orsino*, de quem tantas pessoas gostam e que respeitam — poderia pensar que ele não tem importância é tão dolorosamente sem graça que fico com vontade de rir até minha garganta se desmanchar.

Ou talvez chorar.

— Então faça alguma coisa. — Acho que minha voz sai mais dura do que é necessário. — Você não entende que você é muito bom em, tipo, simplesmente existir?

— Quê? — Jack parece achar graça, o que me dá vontade de sacudi-lo. Ou de obrigá-lo a trocar de lugar comigo, para que ele enxergue o que eu enxergo e pare de choramingar.

— Sei que você me acha uma escrota, Jack — digo, irritada —, mas isso é porque já entendi que a maioria das pessoas não vai gostar de mim. Eu já *sei* que não agrado a muita gente, mas...

— Eu não te acho escrota.

Dispenso aquele comentário.

— Sei, é claro que acha. Só estou dizendo...

— Viola, você não é escrota. — Jack me encara. — Ou, melhor, você é sim — corrige-se, o que me faz revirar os olhos. — Mas isso não significa o que as outras pessoas acham que significa.

— Tenho convicção de que o mundo inteiro sabe muito bem o que a palavra significa, Orsino.

Sou o tipo de garota que os outros querem fazer sofrer porque eu me recuso a ser reduzida ao tamanho que desejam que eu assuma. Sei disso, e não levo para o lado pessoal. Se as pessoas acham que sou escrota, beleza. Não preciso ser amada.

Não preciso ser querida. Não *preciso* de ninguém, e essa é a verdade verdadeira.

Não sei por que não digo nada disso em voz alta, mas depois de alguns minutos, Jack se remexe no banco do passageiro, me encarando antes de desviar a atenção para o joelho lesionado.

— Se você fosse eu — diz ele —, você já teria pensado em um milhão de soluções à essa altura. Não teria ficado parada esperando a vida acontecer.

— E se *você* fosse *eu* — respondo, ríspida —, você teria ido à MagiCon com a sua melhor amiga em vez de estar dividindo o carro com uma pessoa que não te suporta.

Ficamos sentados em silêncio por mais alguns minutos, as luzes da estrada passando apressadas por nós. Naquela atmosfera sem palavras, a tela do celular de Jack se ilumina, e ele abaixa o olhar.

— Mandei para o meu irmão a foto que a gente tirou com o Cesário — diz Jack —, e ele me perguntou se estou com uma concussão.

É um comentário tão nada a ver que começo a rir pelo nariz, algo que cresce até se transformar em uma avalanche de risadinhas. Percebo que Jack ri tanto quanto eu. Nós dois ficamos assim, no carro, sem falar, fazendo nosso melhor para não gargalhar histericamente de algo que nem é tão engraçado — exceto que, de alguma forma, *é sim*. Porque a ideia de que acabei de ir à MagiCon com Jack Orsino e que tiramos uma foto com um cara vestido como um príncipe foragido de mentirinha não tem como ser engraçada, mas é. É engraçada demais.

Quando recupero a sanidade, a minha barriga chega a doer. Seco a umidade dos cantos dos olhos enquanto Jack controla o sorriso, balançando a cabeça.

— Você até que é legalzinha, Viola — diz ele, depois de um tempo.

— É — consigo responder, fungando como se tivesse chorado por quatro horas. — É, Orsino. Você também não é nada mal.

10

Partida-espelho

Jack

Cesário e eu deixamos Gales, a terra de mil feiticeiras, por volta das três da manhã. A próxima cruzada, Gaunnes, vai ser puro combate — ou seja, nenhuma novidade, tirando o fato de que vai ser em estilo de torneio em uma arena JxJ (Jogador contra Jogador. Viu só? Estou começando a aprender.) Cesário resmunga no chat para que eu me lembre de treinar o uso das teclas de atalho e depois disso acabo apagando no sofá, que agora tem um sulco permanente com meu formato.

Como foi a MagiCon?, pergunta Olívia. A vibração do meu telefone me desperta em algum momento muito tarde na manhã seguinte.

É a primeira vez que ela inicia uma conversa em quase dois meses.

Foi bem legal na verdade, respondo em meio à minha confusão de quem dormiu pouco. *Mas senti a sua falta.*

Pois é, uma pena que não pude ir, responde Olívia. *A Vi falou que se divertiu!*

Uma barulhenta explosão estelar de realidade sugere que eu deveria rir desse fato, porque a ideia de que a minha talvez--namorada Olívia esteja me dizendo que a minha definitivamente-arqui-inimiga Vi Reyes se divertiu comigo é tão ridícula que parece que todos caímos em um buraco negro.

Porém, uma outra parte de mim percebe um vazamento de memória mais aguçado e pequenino, como um furinho que escorre em meu peito. O momento que Vi e eu tivemos no carro... aquilo foi mais sincero do que eu esperava. Mais verdadeiro, também, do que qualquer coisa que venho sentindo em muito tempo.

É, foi divertido, digo, porque é a resposta mais simples.

É bem nessa hora que o meu pai dá pancadinhas com os nós dos dedos na ponta do sofá.

— Toc, toc.

— Chamou? — pergunto enquanto contemplo um jeito de me expressar de forma diabolicamente romântica para Olívia ao mesmo tempo em que mostro que sou atencioso e compreensivo quanto à sua necessidade de espaço. Um enigma daqueles.

— Pronto para a fisioterapia? — pergunta meu pai, e, ah é, é ele quem vai me levar hoje em vez da mamãe. — Se tudo der certo, talvez você possa colocar peso nesse joelho de novo.

Caramba, isso seria um milagre daqueles. Meu objetivo era sair das muletas até o baile de boas-vindas porque tenho a impressão de que, se conseguir simplesmente voltar ao normal, Olívia vai perceber que nada de fato mudou entre nós. Que eu ainda sou eu, e que nós ainda somos *nós*.

Nessa hora, muito brevemente, o rosto de Vi surge em minha mente; não a carranca de sempre me dizendo que sou um idiota, mas sua aparência na noite passada. *Versões infinitas*, disse ela, as estrelinhas esvaecendo ao lado dos olhos se mesclando com o brilho dos postes que passavam.

Pisco e tiro a imagem de minha mente, porque o importante agora é sair das muletas.

— Eu conseguiria voltar logo aos treinos? — pergunto.

Meu pai faz cara de quem tem que se segurar para não dar uma resposta específica, escolhendo em vez disso uma opção sensata e aprovada pela minha mãe.

— Uma coisa de cada vez. Vamos primeiro ter certeza de que essa perna consegue aguentar o seu peso. — Ele me oferece um meio-sorriso. — Mas seria um bom primeiro passo para um retorno no pós-temporada.

Pela primeira vez em dias, os cavaleiros desaparecem completamente de meus pensamentos.

— Então vamos lá recuperar minha vida — digo, e meu pai me dá um tapinha nas costas.

É hora de voltar ao normal.

— Opa, vai com calma — diz Eric para mim. — A última coisa que a gente precisa é que o seu joelho fraqueje agora. Lembre-se: o importante aqui é o equilíbrio e a estabilidade. Precisamos fortalecer esse quadríceps antes, e depois…

— Eu consigo. — Lesionei o joelho, e não o quadríceps, e tudo parece estar certo. — Deixa comigo.

— Calma, garoto, relaxa. O meu trabalho é manter você no campo pelos próximos cinco anos, e não pelas próximas cinco semanas. — Ele se agacha, os olhos na altura da minha cicatriz cirúrgica. — Como está a sensação no joelho?

Boa. Perfeita.

— Está ótima.

— E como vão as coisas com o time?

— Estão só esperando pra ver o que você vai falar — lembro-o, e ele ergue o olhar para mim com a sobrancelha arqueada como quem diz *Relaxa*.

— Ainda tem um longo caminho pela frente, garoto. — Eric se levanta. — O cronograma não mudou. Você ainda vai precisar de mais ou menos um ano para se recuperar completamente.

— Eu não tenho um ano — resmungo, frustrado.

Ele me lança um olhar sério.

— Ou você se permite o tempo do qual precisa para recuperação, Jack, ou o seu joelho vai fazer isso por você. O risco de se lesionar outra vez caso volte aos treinos muito cedo é incrivelmente elevado.

— Mas você disse…

— Falei que você conseguiria sustentar o próprio peso, mas o futebol americano é muito cruel com o nosso corpo. Pode confiar, eu sei disso. — Ele me mostra as próprias cicatrizes de joelho. — Como você acha que vim parar aqui?

Quando não digo nada, Eric suspira.

— Olha, todo o tempo que passei em instalações de recuperação me ajudaram a perceber que eu gostaria de ser capaz de fazer aquilo: curar as pessoas. Pegar algo que está quebrado e fazer voltar a funcionar. — Dá de ombros. — Às vezes, as coisas acontecem na vida por um motivo.

Meu lado mais amargo tem vontade de mencionar que trabalhar como fisioterapeuta não compensaria o fato de terem me roubado uma carreira como jogador profissional. (Vi provavelmente diria isso, mas que bom que só existe uma dela.)

— É algo a se considerar — acrescenta Eric, se levantando para fazer algumas anotações.

Meu coração parece afundar.

— Então isso quer dizer que não estou liberado?

— Que nada, a gente pode dar tchauzinho pras muletas. — Ele simbolicamente as joga para o lado, e meu coração afundado ressuscita de leve. — Mas você ainda precisa vir aqui toda semana. Mais de uma vez por semana, se você e seus pais conseguirem.

— Tá, tá, eu sei…

— Em mais ou menos um mês, você pode começar a correr. Quem sabe até treinar com o seu time a tempo do final da temporada. Quanto a participar dos jogos…

Faço uma careta.

— A gente vai ter que esperar para ver? — tento adivinhar.

Ele aponta para mim.

— Bingo. Garoto esperto — diz.

Caminho alguns passos, só para testar como é.

— Vai com calma — aconselha Eric.

Eu me irrito um pouco.

— Estou só andando. Sou especialista nisso quase que a minha vida inteira.

— Ei. — Ele me interrompe, esticando o braço para o espaço vazio entre nós dois como se preferisse me segurar pelos ombros. — Escuta, sei que você está puto com essa história toda...

— Não tô.

— Está, sim.

Ele não faz a menor ideia do tamanho da raiva que tenho *controlado* por causa disso, mas beleza. Não digo nada.

— Todo mundo pode sofrer uma lesão séria — fala Eric. — O fim de uma carreira está sempre mais perto do que se imagina. Você é jovem e saudável — tranquiliza —, e você vai melhorar. Mas não pode apressar essa recuperação.

— Eu sei.

— E não é ruim considerar outras possibilidades — ele repete.

— Ah, existem outras possibilidades? — faço gracinha sem pensar, voltando para o meu comportamento de bate-boca com Vi, mas como ela não está aqui para retrucar, Eric apenas balança a cabeça para mim.

— Beleza, espertalhão — diz ele. — A gente se vê na terça.

Nos primeiros dias depois da MagiCon, Vi me evita de maneira bem óbvia — provavelmente para que eu não pense acidentalmente que somos amigos ou algo do tipo —, mas no meio da semana não consigo evitar de procurá-la. Quando o assunto é o baile de boas-vindas, ela realmente sabe mais do que todo o resto da ACE junto, então mando uma mensagem para ela depois das aulas. Ele me responde de forma breve que ainda está no campus; especificamente, no ginásio menor. Apesar da resposta estranha, nada se compara ao que encontro ao entrar lá.

— Eita — digo ao vê-la sozinha em um canto, andando em círculos de forma tensa ao redor de um dos sacos de pancada pesados da equipe de luta-livre.

Ela não me ouve entrar e desfere uma série de chutes contra o saco de pancada; conto dez pontapés velozes antes de ela me notar e retirar os fones de ouvido.

— O que é isso, o clube da luta?

— Primeira regra do clube da luta — responde Vi, ofegante, e então espreme os lábios, em uma expressão mais intrigada do que grosseira. — Do que exatamente você precisa? — pergunta, enfiando os fones no bolso interno do short. Fico chocado de descobrir que é um short esportivo. (Ela também está vestindo uma regata larga, mas que estranhamente não contém nenhum slogan feminista satânico. É esquisito, mas quase sinto falta deles.) — Sua mensagem foi enigmática.

— Ah, foi mal, hum. — Procuro as minhas anotações na mochila. — Sabe aquele índice de formulários na sala da liderança?

— Aham.

Ela me lança um sorrisinho afetado e eu suspiro, fazendo uma pausa na minha tentativa de me organizar.

— Foi você quem criou ele, não foi? — pergunto.

Vi dá de ombros em uma confirmação tácita, olhando de relance para o saco de pancadas como se estivesse sedenta para chutá-lo de novo, mas ela se vira totalmente para mim em vez disso.

— Você precisava de um formulário?

— Isso, para uma aprovação financeira, mas um dos fichários sumiu, então...

— Ah, eu estou com ele, foi mal. — Ela dá meia-volta e caminha até a própria mochila, que está no chão.

Vi está obviamente vestida para se exercitar, os pulsos e mãos envoltos em padrões de tiras pretas que parecem extremamente complicados, e é... difícil não perceber como esse visual combina com ela. Seja lá o que for.

De forma súbita, percebo que eu talvez goste de me deparar com essas pequenas e estranhas partes que a constituem. Tornam seu todo menos enigmático — ou mais surpreendente. Não sei bem qual dessas duas coisas.

— Isso é, tipo, pra aliviar o estresse ou algo assim? — pergunto a ela, que ergue o olhar, sobressaltada.

— Quê?

— Isso. — Gesticulo por cima do ombro para o saco de pancadas que ela estava espancando há pouco. — Algum problema?

— Não.

Sim, interpreto com clareza, embora ela obviamente não queira falar no assunto.

— Isso é... Tae Kwon Do? Tipo isso?

Ela puxa da mochila o que, pelo visto, é o fichário errado, faz cara feia e estica o braço para procurar outro, respondendo de forma distraída:

— Não, é Muay Thai.

— Ah, isso... — Pisco. — Espera aí, você pratica com o seu irmão?

Ela ergue a cabeça de forma brusca, e percebo: *Merda. Opa.*

— Sim — diz, com a voz cautelosa. — A gente treina juntos.

É incrível que Bash consiga fazer tudo isso. Vi é a única pessoa que eu conheço com essa capacidade sobre-humana de administrar seu tempo, mas acho que faz sentido. Eles *são* gêmeos, afinal.

— Eu não sabia que você sabia disso sobre o Bash — acrescenta Vi em uma voz que é cuidadosamente contida.

— É, eu só... escutei em algum lugar, acho. Não é uma coisa tão comum, então lembrei. Enfim, por que você está aqui? — pergunto, tentando agir como se essa fosse uma coisa normal de se saber sobre uma pessoa aleatória. Eu me agacho ao lado dela, aguardando, e Vi fica um pouco paralisada, visivelmente tensa.

— O estúdio onde eu treino está fechado esta semana e... — Ela me olha de relance e engole em seco, subitamente constrangida. — Bowen me deixou entrar. Ele é o técnico do time feminino de vôlei, então... — Outra pausa. — Enfim. É esse o formulário que você quer? — pergunta, brusca.

— Ah. — Observo as minhas anotações, aliviado por ter uma desculpa para desviar o olhar. — Isso, esse aí é o de aprovação administrativa...?

— Sim. Aqui está. — Ela o entrega para mim e percebo que o fichário em suas mãos tem uma etiqueta em que se lê *TESOUREIRO DA ACE*.

— Sabe, eu perguntei ao Ryan se tinha algum arquivo do tipo e ele me disse que não — comento, e ela responde com uma gargalhada seca.

— Imagino. Felizmente, agora que não estou mais tão preocupada com o seu trabalho, tenho tempo para fazer o dele sem que me atrapalhem.

Percebo uma espécie de irritação rançosa, o que faz sentido: realmente nunca vi Ryan fazer nada.

— Sempre achei que o trabalho dele fosse só assinar cheques.

Vi revira os olhos.

— *Supostamente* ele deveria administrar todos os orçamentos de clubes, além do orçamento da ACE. Isso aqui é para a doação de formatura — explica, me mostrando a página no fichário com suas anotações.

— Ah.

Nós dois começamos a nos levantar ao mesmo tempo e então paramos, como se pudéssemos colidir sem querer.

— Desculpa. — Ela respira fundo. Não tenho certeza do motivo para ela estar se desculpando, mas acho que eu também teria pedido desculpas se ela não tivesse falado primeiro. Tem algo distintamente… presente entre nós. — Mais alguma coisa?

— Não, a menos que você queira me ensinar um pouco de Muay Thai — digo, meio que de brincadeira.

Enquanto isso, ela pega a garrafa d'água e olha de relance para o meu joelho.

— Não sei se isso seria uma boa ideia, parceiro. Você largou as muletas tem o quê, uns cinco minutos?

— Três dias, mas valeu por perceber. — Analiso com atenção o saco de pancadas, já que isso parece mais seguro do que retribuir o olhar de Vi no momento. — Não acho que eu tenha instinto para lutar, de qualquer forma.

— Você nunca se meteu numa briga? — Vi parece achar graça.

— É engraçado, mas, sabe, eu realmente não tenho inimigos.

— Deus, você é muito chato. — Vi estica um braço para cima, se alongando, e percebo como os ombros dela são definidos antes de repentinamente me lembrar de que não é para eu perceber uma coisa dessas. — Mas eu poderia te ensinar um pouco em outra hora, se você quiser mesmo.

— Me ensinar a ter inimigos? — brinco.

— Que nada, isso é um talento natural.

Se eu não a conhecesse, diria que está me provocando.

— Eu sinceramente não sei se conseguiria bater em você — digo.

— Por quê? — Em um instante, seu bom humor é interrompido. — Não me diga que você é um desses caras que se recusa a bater em uma garota. Mesmo quando ela é — ela faz uma pausa e gira para chutar alto o saco de pancada — *treinada* para o combate.

A corrente subentendida de frustração que percebi mais cedo retorna. Vi pode até mentir sobre o assunto, mas é óbvio que *está* estressada. Tem alguma coisa a incomodando, e espero que não seja eu.

— Não. Eu só não conseguiria bater em *você* — esclareço, e, embora estivesse se preparando para uma troca de bases, Vi acaba fazendo uma pausa no meio do movimento de pés. — Tenho certeza de que você faria um estrago e tanto no meu rostinho lindo.

Observo-a se controlar para não rir.

— Tá com medo, Orsino?

— De você? Com certeza — garanto. — Apavorado. Me dá um alívio imenso saber que você não é uma linebacker.

— Ainda não. Ainda não. — Ela se permite um meio-sorrisinho antes de escondê-lo para olhar para mim. — E aí, já tá com tudo que precisa?

— Hum? — Ah, ela quer que eu vá embora. Parte de mim se encolhe com a dispensa, mas, sendo justo, eu *realmente* a interrompi. — Ah, sim, com certeza. Valeu de novo. — Ergo a página antes de enfiá-la no meu caderno. Então, paro. — Escuta, você... tá legal? — pergunto, hesitante.

Não é que eu realmente espere que ela vá se abrir para mim. Uma parte de mim acredita que ela talvez faça isso, considerando a última conversa que tivemos, e uma parte de mim ainda mais estranha quer desesperadamente, apenas por um instante, que ela me dê uma razão para ficar.

Ainda assim, não fico surpreso quando Vi dá de ombros.

— Não se preocupe comigo, Duque Orsino — diz ela, preparando-se para mais um round contra seja lá o que não quer que eu veja. — Você tem a sua antiga vida para recuperar — diz, colocando os fones de ouvido e olhando para o meu joelho antes de me esquecer por completo.

Infelizmente, dentro de poucos dias, fica muito claro que sair das muletas não significa de fato voltar à minha antiga vida. Ainda estou longe de ter permissão para correr nos treinos, e Olívia recebe um atestado médico para não comparecer à escola a semana inteira, recusando minhas tentativas de levar sopa para ela (ou qualquer outro gesto de namorado). *É mais seguro vc ficar em casa*, ela fala por mensagem. A essa altura, acho que a ideia que Olívia tem das minhas prioridades está meio equivocada. Eu pegaria o resfriado dela alegremente se isso significasse reduzir um pouco do espaço que ela está tão determinada a manter entre nós.

Porém, como isso não vai rolar, volto aos cavaleiros.

DUQUEORSINO12: que bosta
C354R10: e aí, raiozinho de sol
DUQUEORSINO12: quando é que a gente vai avançar
DUQUEORSINO12: já tem milênios que estamos nessa fase
C354R10: a gente literalmente acabou de chegar
DUQUEORSINO12: não consigo me lembrar de uma época antes de lambourc
C354R10: licença mas a gente tá prestes a enfrentar trinta cavaleiros de uma só vez
C354R10: me poupa da histeria

De forma estranha, isso faz *mesmo* com que eu me sinta melhor, embora seja difícil imaginar que Cesário seja realmente desse jeito na vida real. Quando passei por Bash Reyes outro dia na escola, ele estava com Vi e falava cheio de animação, gesticulando com as mãos. Ela não me viu, mas ele, sim. Bash franziu a testa para mim quando acenei com a cabeça para ele, então imagino que leve essa história de identidades separadas muito a sério.

DUQUEORSINO12: vc nunca tem nada pra reclamar da vida não?

DUQUEORSINO12: a impressão que tenho é que só o que eu faço é falar
C354R10: correto
C354R10: vc fala muito
DUQUEORSINO12: bem, seria muito mais divertido se fosse algo mútuo
DUQUEORSINO12: eu pessoalmente adoro um bom desabafo
DUQUEORSINO12: e levando em conta que vc tá acordado às 2h30 da manhã, imagino que a sua vida tb não seja um mar de rosas

Cesário faz uma pausa rápida antes de digitar.

C354R10: vc pararia de choramingar se eu te contasse uma (1) unidade de problema?
DUQUEORSINO12: !! sim
DUQUEORSINO12: pra sua informação, isso é a fundação das amizades
DUQUEORSINO12: reciprocidade mútua, comentários solidários tipo "me poupa da histeria", etc etc
C354R10: nós não somos amigos
DUQUEORSINO12: verdade, coloque isso tb na minha lista de problemas
C354R10: argh

Fico no aguardo. Ele digita um pouco mais.

C354R10: a minha mãe está namorando, ok?

Ai, sei bem como é isso. A primeira vez que a minha mãe saiu em um encontro com alguém fiquei bastante chateado, mas meu irmão, Cam, me obrigou a ir para a academia com ele, onde acabei suando até os olhos e deixando o assunto de lado.

C354R10: e agora ela acha que preciso "perdoar mais" as pessoas
C354R10: ou algo do tipo

C354R10: ele está infectando o cérebro dela, tipo um zumbi

Eu me pergunto se é isso o que vem incomodando Vi também. (Não que eu me importe.)

DUQUEORSINO12: eu não esperava que um namorado zumbi estivesse na lista de possíveis problemas, mas pra ser sincero achei interessante
C354R10: ei, foi vc quem pediu
C354R10: é o que tem pra hoje
DUQUEORSINO12: o cara é tipo um guru de saúde? um terapeuta?
C354R10: pior
C354R10: é um pastor da juventude

Solto uma gargalhada, o que felizmente não tem problema, já que agora estou de volta no quarto e não preciso mais habitar a área comum da sala de estar.

DUQUEORSINO12: a sua mãe está namorando um pastor?? isso é permitido??
C354R10: não deveria ser
C354R10: pelo bem da minha sanidade
DUQUEORSINO12: sei
C354R10: nós nem somos protestantes
C354R10: digo, sim, o vaticano tem lá os seus problemas ÓBVIO mas martinho lutero foi pago por príncipes germânicos para reescrever a bíblia então tipo institucionalmente falando toda a fundação é uma furada
DUQUEORSINO12: não faço ideia do que vc tá falando mas prossiga parça
C354R10: argh

Ele me envia um emoji de olhos revirando.

C354R10: vc tá adorando isso né

C354R10: o desmoronamento da minha psiquê

DUQUEORSINO12: um pouquinho

DUQUEORSINO12: queria ter um conselho útil pra oferecer, mas vc já conhece "me poupa da histeria", então...

C354R10: vc é muito prestativo

DUQUEORSINO12: tô ligado, é uma maldição

Ele não diz mais nada, então decido que é seguro mudar de assunto.

DUQUEORSINO12: em outros tópicos

DUQUEORSINO12: a garota nova com quem o cesário tá trabalhando em GdE

C354R10: o nome dela é crescentia

DUQUEORSINO12: eu literalmente nunca vou aprender o nome dela

DUQUEORSINO12: ela é só uma substituta pra liliana mesmo

C354R10: mds vc é hater da crescentia

DUQUEORSINO12: não faço ideia do que vc tá falando mas não sou fã

C354R10: mds

DUQUEORSINO12: a gente fica perdendo tempo com ela

DUQUEORSINO12: ela e o rodrigo deviam simplesmente sair pra coletar cogumelos juntos ou sl o que

DUQUEORSINO12: serem chatos em outro lugar

C354R10: uauuuuuuu

C354R10: vc shippa MESMO o cesário com a liliana né

DUQUEORSINO12: *???*

C354R10: eles são 100% o seu otp

DUQUEORSINO12: *??????????*

C354R10: é uma sigla em inglês pra "one true pairing", tipo "o par ideal"

C354R10: é um termo idiota mas se vc for no tumblr agora vai ver montagens em tudo o que é lugar dos dois

C354R10: joga "cesário x liliana" no google

Abro uma nova janela e sou imediatamente bombardeado por uma avalanche de vídeos no YouTube com músicas pop tristes e por um montão de desabafos gigantescos no Twitter.

DUQUEORSINO12: OLHA SÓ QUE BOM QUE NEM TODO MUNDO NESSE PLANETA É UM IDIOTA
C354R10: mds rindo eternamente
C354R10: não consigo acreditar
C354R10: o primeiro ship não canônico do bebê
DUQUEORSINO12: não faço ideia do que isso significa
C354R10: não esquenta a cabeça
C354R10: a questão é que eu não fazia ideia de que vc fosse tão *~rOmÂnTiCo~*
DUQUEORSINO12: mano sim essa é a minha personalidade inteira
DUQUEORSINO12: estou ativamente tentando recuperar minha namorada
DUQUEORSINO12: se liga
DUQUEORSINO12: sou um rei do romance
C354R10: vc devia conversar com o namorado zumbi da minha mãe, o pastor isaac
DUQUEORSINO12: ei esse aí é o meu pastor
C354R10: MDS VC TÁ ZOANDO NÉ
DUQUEORSINO12: sim kkkk tô 100% te zoando, o meu pastor tem sessenta anos e adora piadas de tiozão e jazz das antigas
C354R10: eu sinceramente preferiria isso ao pastor ike e seus "amai ao próximo como a ti mesmo"
DUQUEORSINO12: bem, vc pode ficar à vontade pra odiar o pastor ike sempre que quiser
DUQUEORSINO12: esse aqui é um espaço seguro

Ele fica em silêncio por mais um tempo.

C354R10: será que a gente pode por favor só matar uns cavaleiros agora

Seguro outra risada.

DUQUEORSINO12: que perspectiva saudável
DUQUEORSINO12: sendo justo eu não queria reclamar tanto de lambourc
DUQUEORSINO12: é maneiro como toda fase é bem diferente uma da outra. deixa as coisas interessantes
C354R10: é, é por isso que eu gosto do jogo
C354R10: o lore é boa e a jogabilidade também

Falaram sobre isso na exposição de jogos da MagiCon. Eu não tinha pensado muito sobre o que tornava *Noite de Cavaleiros* bom, pois obviamente não tenho muita experiência com esses tipos de jogos — e não converso sobre eles com ninguém —, mas acho que o objetivo é ter uma história interessante e um mundo capaz de expandir por si mesmo. Falaram muito também dos aspectos técnicos de como os jogadores se movem, mas disso eu não entendo. Foi só depois de ouvir pessoas mencionarem coisas tipo "iluminação dinâmica" e "reflexos com ray-tracing" que percebi que, ah é, eles estão falando de coisas que eu já tinha percebido que tornavam o jogo realista e maneiro — a forma como a luz é refletida na água ou como luzes oscilam, ou coisas nas animações dos personagens não jogáveis —, mas que não sabia explicar.

DUQUEORSINO12: deve ser um trabalho divertido
DUQUEORSINO12: mais divertido do que o que o meu fisioterapeuta faz

Não sei como ficar olhando alguém caminhar devagar em uma esteira poderia ser tão legal quanto criar vida a partir do nada. Um punhado de zeros e uns. Irado.

C354R10: bem
C354R10: só pra vc saber

C354R10: existem mais trabalhos no mundo do que fisioterapeuta e jogador de futebol
C354R10: ou foi isso o que me disseram
DUQUEORSINO12: é a minha vez de usar o emoji de olhinhos revirando
C354R10: olha, saca só, se vc for ficar me dizendo essas coisas imbecis não sei o que mais espera de mim
DUQUEORSINO12: justo
DUQUEORSINO12: qual é o seu plano

Ele digita alguma coisa, depois deleta. Então, digita de novo.

C354R10: a gente precisa ter um plano? eu tenho interesses, hobbies e paixões. isso não é o suficiente?
C354R10: enfim, essa história meio que tem cara de golpe
C354R10: a gente tem tipo uns cinquenta anos pra não fazer nada além de dinheiro, então não vejo por que eu precisaria saber nesse momento o tipo de trabalho que quero fazer até morrer
DUQUEORSINO12: eu gosto de como vc imediatamente leva as coisas pro lado mais sombrio possível
C354R10: obrigado, é um talento

Porém, sendo sincero, não consigo parar de pensar sobre isso. Interesses? Hobbies? Paixões?? Até pouco tempo atrás, pensei que o futebol era uma paixão, mas desde que comecei a jogar *Noite de Cavaleiros*, acho que percebi que é mais do que isso. Eu amo o esporte, claro, mas o que gosto nele não são as mecânicas de como me mexo. Não é a sensação de movimento e nem a física.

É o *jogo*.

Não que eu saiba o que fazer com essa informação.

Não sei se vou poder ir ao baile no sábado, Olívia me escreve no dia seguinte. *Sinto muito mesmo, Jack.*

Não vou mentir, fico bastante chateado, mas não é como se eu pudesse culpar ela por esse furo. O que decido fazer então é me concentrar em cada detalhezinho entorpecente que encontro para preencher a minha tarde. Ajudo Mackenzie a erguer coisas em lugares que ela não consegue alcançar. Assino, pinto e mudo coisas de lugar. Quando Kayla reclama que não temos gente o suficiente para lidar com os comes e bebes ou para conferir os ingressos, digo a ela que posso fazer isso.

— É sério isso? — ouço às minhas costas e me deparo com Vi Reyes me observando.

Não conversamos desde aquele encontro no ginásio no outro dia. Não me importaria de conversar com ela agora — por mais esquisito que seja admitir isso —, mas tenho a sensação de que nossa nova dinâmica quase amigável não está pronta para ser testada em público ainda.

Eu me viro outra vez para Kayla.

— Não é como se eu fosse requebrar na pista de dança — brinco, fazendo menção ao joelho, e escrevo meu nome na folha de papel dela, abaixo do de Vi. — É só me dizer o que você precisa que eu faça.

— Valeu, Jack. — Kayla me lança o que se tornou um razoavelmente raro sorriso, antes de se virar para vociferar ordens para outra pessoa; algo sobre não abandonar a "solenidade" do tema.

No entanto, às minhas costas, Vi não se mexeu.

— Vejo que você vai de fato aparecer em um evento da escola — observo em voz alta.

— E aparentemente vou te ver por lá — responde ela.

Percebo que está tentando soar fria, mas não tem esse efeito. Mas tem *um* efeito. Em alguma parte de mim.

— Acho que sim — digo, soltando o ar, pigarreando antes de ambos nos virarmos rapidamente para lados opostos.

Vi

Na tarde de sexta-feira, eu me vejo batendo à porta da maior casa em que já estive na vida. O que não significa dizer que não existam casas enormes em Messalina Hills, mas geralmente não conheço as pessoas que moram dentro delas.

— Oi — diz Olívia quando abre a porta. Está envolta por um cobertor como se fosse uma capa, o cabelo reunido no topo da cabeça. — Valeu mesmo por fazer isso.

— Sem problemas. Devo...? — Aponto para os meus sapatos, mas ela balança a cabeça.

— Você é quem sabe. Pode tirar se ficar mais confortável.

Não consigo imaginar me sentir confortável aqui, um lugar que reluz com coisas que eu provavelmente acabaria quebrando. Porém, como Olívia não está usando nenhum calçado e como estou apavorada com a ideia de trazer sujeira para dentro da casa, descalço os tênis e os deixo ao lado da porta.

— Como você está? — pergunto, quando ela faz um gesto para que eu a siga.

— Melhor, obrigada. Não estou mais contagiosa, mas vamos ficar ao ar livre por via das dúvidas.

— O dia está bonito — contribuo, concordando, olhando para os retratos de família na parede. Olívia e as irmãs parecem um perfeito clã de princesas ao lado dos pais, que têm uma aparência majestosa.

— Minha família deu uma saída, aliás — diz ela, percebendo que estou xeretando.

O saguão leva a um corredor que dá passagem para uma área comum ao ar livre, na qual vejo, na metade mais ao fundo, um gramado extenso, uma piscina, uma jacuzzi e um gazebo charmosamente inesperado.

— Então não precisa se preocupar com se deparar com ninguém — ela completa.

Sigo Olívia quando ela caminha para o lado de fora, descalça. Nas minhas meias, ando na ponta dos pés até chegarmos a uma área rebaixada para uma lareira, que eu não conseguia ver da área comum da casa.

— Sua casa é… — *Legal* não basta.

Olívia ri.

— Eu sei.

— Eu não esperava…

— Ninguém espera. Mas quanto mais impressionante é a casa, mais as pessoas ficam inclinadas a pensar que somos "vizinhos simpáticos" em vez de, sei lá, terroristas. — Ela diz isso como se não fosse nada de mais.

— Isso já… foi um problema?

Olívia exibe um sorriso fraco.

— Às vezes. Mas o meu pai é um ótimo oncologista e você ficaria surpresa com o quanto as pessoas se esforçam para serem mais legais quando têm medo de uma morte lenta e dolorosa.

Nossa, aposto que sim.

— E a sua mãe?

— Hum, ela é meio que uma socialite do Oriente Médio.

— É sério?

— Aham. Ela ganhou concursos de beleza e tudo mais. Ela e as minhas tias passam a maior parte do tempo juntas no spa.

— Seus primos são mais da parte da família dela? — Eu me sinto minúscula diante da grandiosidade da casa e, por isso, participo do papo-furado superficial.

— Os dois lados têm famílias grandes, mas prefiro os familiares do lado dela, sim. Os primos do meu pai são mais conservadores, menos… cosmopolitas. Tenho uma parte do meu armário dedicada ao que devo vestir quando vamos visitá-los. — Ela se senta aconchegada no cobertor, encobrindo os olhos. — Um monte de golas rolê. E saias compridas.

— Saquei. — Eu me sento no canto oposto da lareira a céu aberto, procurando o caderno na mochila. — Minha avó também é assim.

Ela que, por coincidência, vi recentemente, já que volta e meia Lola teme por nossas almas pagãs e insiste para irmos a eventos da igreja com ela. Normalmente, essas ocasiões não são dignas de nota, e lamento não possuir nenhum dom pentecostal de falar em línguas para relatar, mas minha avó agora está convencida de que tenho um namorado secreto, depois de me pegar sorrindo enquanto olhava para o blog da MagiCon no meu celular. (Ela pensa que estou me derretendo por alguma mensagem de texto sentimental quando, na verdade, só estava me lembrando de algo que… bom, deixa pra lá.)

— Não que o meu guarda-roupa seja lá muito empolgante em outras ocasiões — acrescento, limpando a garganta e torcendo para mudarmos de assunto.

Olívia ergue uma sobrancelha e gesticula para a minha camisa. Ela tem uma estampa em design retrô com algumas crianças de desenho animado erguendo adagas, e nela está escrito: *VAMOS SACRIFICAR O TOBY!*

— Tá, essa aqui é levemente empolgante — reconheço —, mas o meu guarda-roupa nerd de sempre estava sujo. E, só pra deixar claro, não tenho quaisquer fantasias vingativas contra Tobys. Foi o Bash quem me deu essa camisa de presente porque, segundo ele, era *tão nada a ver*.

— E é. Eu gostei. — Olívia sorri para mim, então dirige sua atenção às anotações que trouxe. — Obrigada de novo por fazer tudo isso.

— Ah, não tem problema. Pode ficar com elas — digo, entregando os papéis para ela. — Já copiei.

— Caramba, que detalhadas. — Ela folheia as páginas. — Tipo, eu sabia que você era boa fazendo anotações, mas isso aqui… isso aqui são planejamentos anotados? De todas as aulas?

Dou de ombros.

— É mais fácil de estudar quando chega a hora da prova.

— Pois é, nem me fala. — Ela ergue o olhar, ainda sorrindo. — Obrigada.

— Não foi nada. Eu também trouxe outra coisa pra você — acrescento, tirando uma página de dentro do meu caderno. — Mas é meio bobo... Só pra te avisar.

— Perfeito. — As bochechas exibem covinhas de prazer. — Adoro uma bobeira.

— Agora você diz isso, mas...

— Me mostra logo!

Puxo a página e me aproximo um pouco mais.

— Enquanto eu assistia ao jogo de ConQuest ao vivo na MagiCon, fiquei pensando que poderia simplificar o processo para você — digo, entregando a planilha que criei. — Basicamente transformei isso em um questionário.

— Pra minha personagem? — A voz dela acelera de empolgação. — Como são as perguntas?

— Bem, coisas básicas. Qual é a idade, quem a criou, se tem irmãos...

— Que tipo de *música* a personagem gosta? — Ela lê a página, surpresa.

— Quer dizer... — Sinto as minhas bochechas esquentando. — Isso é relevante no processo de desenvolvimento da personagem como um todo, então...

— Espera, então a gente pode fazer isso? Tipo, agora? — Ela ergue o olhar, esperançosa.

— Ah, sim. Claro. — Falei para a minha mãe que voltaria para casa assim que saísse da escola, mas não acho que ela vá se importar se eu não aparecer logo. Não estamos nos entendendo muito bem no momento. — Achei que você talvez fosse preferir fazer isso sozinha, mas tudo bem. Pra ser sincera, eu adoro essa parte.

— Consigo entender o motivo. — Os olhos de Olívia percorrem a página. — Isso vai ser *muito* melhor do que ter que ajeitar o meu cabelo para o baile — ela comenta, distraída.

— Então você realmente não vai ao baile de boas-vindas?

Eu já imaginava que era o caso, já que Jack se ofereceu como voluntário em vez de ficar perambulando por aí como um deus dourado, que é o que eu achava que ele iria fazer.

(Tá, talvez não seja justo da minha parte continuar a dizer coisas do tipo, mas eu não sabia que outra versão de Jack Orsino existia até agora. Ainda não estou acostumada com a ideia de que ele talvez não seja a pessoa que imaginei que seria, e é estranho confiar nessa descoberta.)

(Isso vale para todo mundo, aliás. Não especificamente para ele.)

(Embora, sim, sirva para ele.)

— Só parece meio sem propósito, sabe? E estou doente — acrescenta Olívia, embora isso soe... conveniente.

Mais uma vez, entendo relutantemente por que Jack queria que eu descobrisse o que está se passando pela cabeça de Olívia. Não apoio esse caminho, mas ela não é lá muito direta em relação à verdade.

— Bem, aqui. Posso escrever se você quiser — digo, pegando uma caneta na mochila da escola. — É só você me dar respostas rápidas.

— Mas e se eu precisar pensar nelas?

— Aí a gente vai ficar fazendo isso o dia inteiro — digo. — Você pode fazer mudanças depois.

— Beleza. — Ela cede a página com um suspiro, inclinando-se para trás e deixando as pernas dobradas embaixo do corpo. — Você não está com frio, está? — pergunta, oferecendo um canto do cobertor. — Ou posso pegar outro...

— Estou bem, na verdade. O dia está bom. — Clico a caneta, depois me acomodo com a ponta preparada sobre a página. — Então. Nome?

— AimeuDeus — diz Olívia, em pânico.

— Tem razão, voltamos nisso mais tarde. Vejamos... gênero, idade?

— É uma garota. Talvez tenha, tipo, vinte anos? Está longe de casa.

Escrevo o que ela diz.

— Alguém a forçou a ir embora?

— Não, foi escolha dela. Ah! — Olívia pisca. — Ela foi exilada.

— Ah, legal. Então a família dela é poderosa?

— Sim, muito. Mas ela está disfarçada.

— Adoro disfarces. — Escrevo mais antes de perguntar: — Sua personagem tem inimigos?

— Sim. Com certeza. — Olívia assente com firmeza, como se estivesse satisfeita por eu ter perguntado.

— Quem?

— Hum... um tio. Ele queria casá-la com um nobre qualquer pelo bem da família, mas ela fugiu em vez disso e ele está determinado a encontrá-la. Além do mais, ela agora ganhou seus próprios inimigos na jornada.

— Adorei. O que ela tem feito no momento?

— Ela é... uma ladra. Uma ladra das boas. Não, uma contrabandista. Uma traidora de seu país!

— Eita, pera aí — digo com uma risada. — Ok, uma contrabandista...

— Ela é famosa, no cenário do mercado clandestino. Tipo o Robin Hood.

— Então ela rouba dinheiro?

— Não. — Olívia balança a cabeça. — Ela resgata pessoas.

— Pessoas?

— As coisas estão muito ruins no reino dela. As mulheres com frequência fogem.

Faço uma pausa, questionando se deveria dizer alguma coisa. Depois aceno com a cabeça.

— Ok.

— Ela e a mãe e as irmãs costumavam ajudar essas mulheres. Garantiam que entrassem e saíssem do palácio às escondidas.

— Mas daí o tio tentou casá-la com alguém... Ah! — percebo. — O tio sabia o que a sua personagem estava fazendo?

— Sim! Com certeza. Ele queria casá-la para que ficasse quieta, e agora vai fazer o mesmo com as irmãs dela.

— Ah, merda — digo.

— Pois é. Então elas são as primeiras pessoas que ela transporta para fora do reino.

— Então ela não trabalha sozinha?

— Não, jamais conseguiria.

— Mas então ela está com um problema, não é?

— Sim, a mãe dela está presa no palácio, e é por esse motivo que a minha personagem não pode sair da capital. Ela está escondida bem debaixo do nariz do tio.

— E quanto ao pai dela? — pergunto, franzindo a testa.

— Morto. Não, *presume-se* que esteja morto! Ela está procurando por ele. — A expressão de Olívia se inflama.

— Que história empolgante — digo, escrevendo rapidamente. — Eu 100% assistiria a esse filme.

— Né? — As bochechas de Olívia estão coradas, os olhos parecem ígneos e acesos, e é uma hora estranha para perceber o quanto ela é bonita, mas percebo. Quando ela está desse jeito, não dá para evitar. É inescapável, até. — Isso é tão divertido.

Ignoro um raio de calor improdutivo que sinto.

— Então, quais são os pontos fortes dela?

— Aah, hum. Ela obrigou o capitão da guarda do pai a ensiná-la a lutar. E ela obviamente tem dedos muito leves.

— Obviamente. Alguma bruxaria, magia, coisa assim?

— Ela é imune a certos tipos de magia. Ah! Ela pode enxergar através de ilusões e coisas do tipo! É assim que ela sabe quando o tio mente sobre a mãe e o pai.

— Aah, legal, perfeito...

— Ela sabe um monte de técnicas militares. As pessoas pensam que ela já esteve no exército.

— Algum item pessoal?

— Um medalhão. Com uma pintura das irmãs. Ah, e ela tem um batalhão de gente que ela contrabandeou para segurança e que não tem mais para onde ir. Ela ensina essas pessoas a lutar.

Solto um assobio baixo.

— Caramba, ela é maneira.

— Pois é. — Olívia faz uma pausa. — Mas às vezes as pessoas voltam.

Franzo a testa.

— Voltam?

— É. Tem gente que não consegue viver como foragido, e decidem voltar para suas antigas vidas, onde são impotentes. A melhor amiga dela, uma prima, volta e casa com o homem com quem deveria ter casado.

— Mentira — digo, soltando o ar, e Olívia assente.

— Isso parte o coração da minha personagem. Ela está sempre em perigo porque confia fácil demais nas pessoas.

— Isso seria péssimo. — Escrevo mais na ficha. — Mais alguma fraqueza?

— Ela é imprudente. Corajosa, mas isso a torna descuidada às vezes.

— Algo mais?

— Ela odeia o frio. E...

Olívia para, embora eu ainda esteja escrevendo.

— Ela gosta de meninas bonitas — diz Olívia, em uma voz diferente. — Em especial aquelas que tentam protegê-la. Mesmo que ela não precise de proteção.

Pisco, e paro de escrever.

Então, lentamente, ergo o olhar.

— Desculpa — diz Olívia, me observando como se esperasse pela minha reação. — Provavelmente foi um jeito esquisito de dizer isso.

Não tenho muita certeza de como reagir. É difícil não fazer suposições a respeito desse comentário, mas também não sei se ela falou aquilo justamente para eu fazer alguma suposição.

— Não precisa ser você, se você não quiser — eu a lembro. — É... só a sua personagem. Não é a vida real.

Olívia solta o ar.

— Agradeço por me oferecer essa desculpa, mas não preciso ser resgatada. — Ela sorri bem de leve. — Ironicamente, é disso o que eu gosto em você.

— Em mim? — Pisco.

— Você foi o Romeu para me salvar.

— Eu...

— Você fez tudo isso por mim. Mais do que eu pedi.

— Olívia...

— É por isso... — diz ela baixinho. — É por isso que... com o Jack, não é...

Ela perde o fio da meada, engole em seco, e percebo que estou descobrindo algo muito pessoal.

Especificamente, a verdade que Olívia Hadid vem guardando para si mesma o ano inteiro.

— Eu conheci uma menina, no último verão. Em Nova York — diz ela, então acrescenta rápido: — Nada aconteceu. Nada... físico. Mas eu nunca tinha sentido algo assim antes. Era... tão *certo*, sabe? E eu sabia que não era só amizade... era o sorriso dela, a risada. O jeito como me arrastava pra tudo que é mercadinho pra procurar água no instante em que eu parecesse *remotamente* desidratada...

Ela para de falar.

— E foram outras coisas — admite, olhando para as mãos. — E eu penso muito nela. O tempo inteiro.

— Vocês ainda se falam? — pergunto. — Ou...?

— Não, não, nada disso. Na minha última noite da viagem, contei a ela que tinha um namorado, que eu precisava repensar as coisas. Ela... A família dela é tipo a minha. Rígida, e muito mais religiosa que a minha. Os riscos para ela eram muito maiores. Mas ela...

Olívia aperta o cobertor com mais força, se aconchegando mais.

— Ela me contou sobre seus sentimentos, e eram como os meus. Ela me fez perceber que eu não era a única a sentir aquilo. Mas eu não disse nada para ela. — Olívia engole em seco. — Eu... não consegui. Não naquela hora.

— Ah.

Perco o fôlego, porque sei que o que está me dizendo é muito particular, muito vulnerável. Nunca me considerei o tipo de pessoa para quem os outros gostam de se abrir, e não quero estragar esse momento para ela.

— Deve ser solitário — digo. — Não poder contar para ninguém.

— E é. — Olívia pisca. — E *é*.

— Eu sinto muito...

— Não, está... — Ela balança a cabeça. — Não é como se eu não tivesse apoio ou não pudesse fazer isso se quisesse. Não é que eu não *possa*. É...

— Eu não te culparia se você não pudesse.

— Eu só quero ter certeza. — Ela solta o ar depressa. — Eu tenho algo muito bom com o Jack. *Tinha*. — Ela faz uma careta e se vira para mim. — As coisas mudaram entre nós depois que comecei a guardar tantos segredos. E seja lá o que ele sente por mim...

— Você não sente o mesmo por ele, não é?

— Não mais. Não depois de descobrir que eu podia sentir o que senti pela Razia.

Ela expira pesadamente, como o ar escapando de um balão.

— Mas tenho medo de ser, tipo, diferente demais agora, sabe? E enquanto eu estiver com ele, ainda estarei... segura. — Ela faz uma careta. — Deus. E pensar que eu te disse que não precisava ser resgatada.

— Você não tem culpa. — Balanço a cabeça. — Deve ser assustador.

Olívia se encolhe.

— Eu não sei como os meus amigos lidariam com isso se soubessem.

Isso é compreensível. Também não sei se eu gostaria que um bando de líderes de torcida soubesse algo tão particular a meu respeito, embora torça para que sejam amigas melhores para Olívia.

— E com você… — Ela me lança um olhar como um pedido de desculpas. — Você me lembra ela.

Ah. Hum.

— Não que eu esteja esperando que você diga qualquer coisa — Olívia se apressa em acrescentar. — Eu não… Eu nem sei como você… Se você…

— Eu? Por… você?

Olívia está dizendo o que penso que está dizendo?

Acho que sim.

As bochechas dela estão coradas agora.

— Você não precisa me dizer nada. Inclusive, não diga.

Fico mais do que feliz em obedecer. Embora a pergunta permaneça em minha mente: por que eu?

— Acho que só fiquei com vontade de contar para você — confessa Olívia com uma voz suave. — Porque… sei lá. Eu me sinto segura com você.

Inspiro. Expiro. Recolho as minhas expressões, as minhas preocupações.

E então, cerca de uma hora depois, entro como um furacão no quarto de Bash e deixo que tudo exploda.

— SOCORRO — grito às costas dele, que dá um pulo e tira os fones de ouvido.

— Vixe, já não era sem tempo — comenta ele quando se recupera da surpresa, dando um tapinha no lugar ao lado dele na cama. — Já tem semanas que você está agindo esquisito... já estava quase perdendo as esperanças de você se lembrar da minha existência. Então, você quer finalmente conversar sobre a Antônia? — pergunta, com um ar entendido. — Quer me falar algo sobre seu hábito de arranjar briga com a mamãe sempre que possível e de se recusar a ter amigos?

— Quê? Não. — Não faço a mais remota ideia do que ele está falando e estou ocupada demais com a crise mais urgente para tentar entender.

Deus. Por onde começo?

Lamentavelmente, e com uma facilidade alarmante, minha mente salta — outra vez — para Jack.

— Jack Orsino acha que eu sou você — deixo escapar em pânico.

Bash pisca.

Pisca outra vez.

Pisca, pisca, pisca, até ficar claro que não está entendendo.

Nem um pouquinho.

— Tá. — Bash solta um suspiro quando desmorono de costas ao seu lado. — Isso claramente vai ser ainda mais esquisito do que eu imaginava.

11

Aperte X para não morrer

Vi

— **Você fez O QUÊ?** — Bash grita para mim, ficando em pé em um pulo. — Você podia ter dado o nome de literalmente qualquer homem humano que *não fosse* eu!

— Tá, acho que nós dois concordamos que *homem humano* é um exagero — zombo, o que Bash ignora em favor de ferver até derreter. — Isso explica os acenos de cabeça, Viola! Os acenos de cabeça!

— Ai Deus, vê se *para* com essa história de aceno…

— Você percebeu que isso poderia ter ficado muito esquisito se ele decidisse tentar *falar* comigo?

— Eu entrei em pânico! — grito de volta.

— ROUBO DE IDENTIDADE É CRIME, VI!

— SE ACALMA!

— SE ACALMA *VOCÊ*!

— Crianças? — chama nossa mãe, enfiando a cabeça no quarto. — Estou de saída, tá, amores? Sejam bonzinhos.

— DIVIRTA-SE — Bash e eu gritamos em uníssono.

Mamãe franze a testa, mas dá de ombros.

— Me mandem uma mensagem quando tiverem terminado seja lá o que for isso — diz ela, deixando Bash e eu nos encarando em nossas posições de batalha de lados opostos do quarto.

— Você é a garota mais burra da escola — informa Bash.

— Sei disso. E cala a boca — retruco. — O lance do Cesário nem tem nada a ver com isso.

— E como é que isso não é *a parte mais importante de todas*?

— Porque ele *não* fala com você, fala? Ele fala *comigo*. E a Olívia *me* contou algo sobre a relação dos dois que o Jack provavelmente precisa saber.

Dentre outras coisas que ela me contou, não que eu tenha tido tempo de considerar se eu retribuo os sentimentos dela. (Digo, sério, em que parte do espectro de sexualidade alguém tem que estar para considerar uma garota inteligente, linda, maravilhosa e discretamente nerdzinha como uma garota inteligente, linda, maravilhosa e discretamente nerdzinha? Sério, que enigma.)

— Mas... — prossigo.

— Mas essa informação não é sua para contar! — rosna Bash.

— Exatamente! — rebato. — Acorda, é um dilema moral!

— É o dilema moral mais idiota que eu já vi na vida!

— *Você* é o dilema moral mais idiota que eu já vi na vida...

— Você precisa ser sincera — diz Bash, com firmeza. — Com todo mundo. Imediatamente.

— Tá bom — zombo —, e contar pra Olívia que o Jack me pediu para espioná-la e que eu aceitei porque não fazia ideia do que ele estava me pedindo? Contar ao Jack que a questão da Olívia é séria e particular, e que ele precisa conversar com ela, e não comigo?

Ok, tudo isso soa bem mais lógico quando digo em voz alta.

— Sim, exatamente — resmunga Bash, que infelizmente sai com a razão nesta única (1) conversa apenas. — *E* você precisa contar ao Jack sobre quem você é de verdade.

— Não — digo, de imediato. — De jeito nenhum. As outras coisas... pode até ser, mas...

— Não existe a menor chance de essa história não voltar pra te assombrar de algum jeito — alerta Bash em uma voz esnobe e sabe-tudo que deve ser o motivo principal para as pessoas não gostarem de mim.

— Como? Ninguém sabe nada do assunto, então a menos que *você* planeje contar a ele...

— Nem pensar. — Bash parece horrorizado. — *Eu* vou claramente ficar ocupado demais fingindo que não faço ideia de que Jack Orsino pensa estar falando comigo quando em vez disso vem despejando todos os seus segredos para a minha *irmã*...

— Ele não está despejando segredo nenhum para mim — murmuro com uma careta, porque tenho razões lógicas para esta fraude. Tenho quase certeza de possuir boas razões. Da última vez que conferi, eu com certeza tinha uma defesa. — Ele só está... sei lá... conversando.

— Sobre a vida dele? E os sentimentos dele?

Tudo parece muito pior da perspectiva de Bash. Porém, sejamos honestos, será que Jack de fato contou a Cesário qualquer coisa que não teria dito na vida real? (*Sim*, uma voz no fundo da mente me diz, *e você sabe disso porque contou a Jack coisas que nunca teria dito a ele em voz alta, e falou tudo on-line.*)

— Eu... — começo.

— SUA CASA DE MENTIRAS ESTÁ PRESTES A RUIR, VIOLA! — diz Bash, tirânico.

— Ai meu Deus, vai com calma. — Eu respiro de forma tranquilizante uma ou duas vezes. Ou quatro ou seis. — Está tudo bem — consigo dizer.

(Não está nada bem.)

— Não está nada bem! E o que isso tem a ver com a mamãe? — Bash exige saber.

— Não tem. Eu só... — Engulo em seco, desviando o olhar. — É possível que eu tenha dito a Jack que o pastor Ike é péssimo.

Deixei de fora a maior parte dos detalhes — tipo como a minha mãe virou basicamente um robô obediente e sem alma desde que o conheceu —, mas, estranhamente, Jack pareceu entender. Mais estranho ainda, eu me senti melhor depois de conversar sobre isso, o que quase nunca faço.

— Mas o nome dele é Isaac! — informa Bash, histérico.

— Literalmente *ninguém se importa*, Bash...

— ELE É LEGAL — berra Bash. — E a coisa com a Antônia?

— Ah, ela me odeia, o de sempre...

— Viola, por que você é assim?

— TRANSTORNOS POR CAUSA DO NOSSO PAI AUSENTE, PROVAVELMENTE — rebato, e Bash revira os olhos.

— Peça desculpas pra Antônia — diz.

— Hã, não? Eu não me sinto culpada.

— Cala a boca. Tá. Que seja. — Ele esfrega as têmporas. — Achei que essa conversa iria para um rumo completamente diferente. Achei que você tinha finalmente... — Ele me lança um olhar que eu descreveria como magoado se achasse que poderia chegar a qualquer conclusão racional a partir disso. — Deixa pra lá. O que eu penso não importa. — Antes que eu possa refletir sobre o que *esse* tom de voz significa, Bash investe com intensidade. — Mas você precisa, *sim*, ser sincera com a Olívia e o Jack.

— Mas...

— NEM "MAS" NEM MEIO "MAS" — ataca Bash.

— TÁ BOM — rujo de volta.

— E SEJA LEGAL COM O NAMORADO DA MAMÃE! ELA MERECE SER FELIZ!

— EU SEI DISSO, BASH!

— Para de gritar!

— Para de gritar *você*...!

— Sabe, eu gosto de você quase sempre — interrompe Bash, ainda irritante, mas voltando a um volume normal. — E ao contrário do que rola nessa sua vida de fantasia perversa, as pessoas se importam, *sim*, com você.

Fico irritada.

— E daí?

— E daí que você tem que parar de agir como se fosse essa pessoa peçonhenta e simplesmente aceitar que as pessoas têm sentimentos, e você também! VOCÊ NÃO ESTÁ IMUNE À FRAGILIDADE HUMANA, VIOLA — berra ele como ponto final, ou escolho interpretar isso como ponto final, porque não estou conseguindo de jeito nenhum seguir a linha de raciocínio dessa conversa.

Bash parece genuinamente bravo comigo, o que faz sentido, mas eu não acho que seja por causa do suposto roubo de identidade. É verdade que não foi meu melhor momento como irmã ou cidadã do mundo, mas o Bash que eu conheço não teria dificuldades de rir da minha desgraça. Isso com certeza não explica a forma como está me encarando, como se eu o tivesse decepcionado.

— Bem, você é… — paro de falar, frustrada. — Algum dia desses *você* é que vai fazer algo idiota, sabia, Sebastian? Não sou só eu.

— É claro que não é. Faço coisas idiotas o tempo todo.

— Exato.

— Mas hoje é o seu dia — diz ele, e vira de costas para mim. — Fecha a porta ao sair.

Bem, isso foi de uma frieza incomum da parte dele, embora sua capacidade de foco seja mesmo limitada. Saio do quarto e solto o ar, gemendo baixinho comigo mesma porque sei que Bash está certo.

Não importa que parte o deixou magoado. O importante é que eu posso consertar isso.

É só contar a verdade. Fácil, não?

Eu consigo. A começar por hoje, no baile de boas-vindas.

Tá, mas o negócio é o seguinte: eu não consigo. Assim que ponho o pé no campus, sinto minha perdição iminente pulsando no ar como um relógio com uma contagem regressiva. Jack, em uma aparente tentativa do universo de me assombrar como uma espécie de poltergeist demoníaco, já está lá, sendo prestativo ao arrumar a mesa do lado de fora do ginásio para conferir os ingressos das pessoas que começam a chegar.

— Você parece profundamente esquisita — diz Jack para mim, me retirando de mais uma espiral de pensamentos não solicitados. — Tudo bem aí?

É claro que não. Estou aprisionada em algum ponto de um limbo ético, puxada de um lado para o outro pela minha consciência e pelas duas pessoas injustamente atraentes em cada ponta. Jack, é claro, transforma uma situação nebulosa em algo pior de imediato. Ou ele está finalmente dormindo bem, ou o blazer degradê de caimento slim-fit está fazendo mais por sua aparência do que qualquer peça de vestuário tem direito de fazer. Lá se foram as violentas olheiras, a dica sutil, mas inconfundível, de mal-estar. Ele está com a exata aparência de alguém que tem o posto de rei do baile garantido, e tenho 78% de certeza de que o odeio por isso.

— O quê? Eu estou bem. Aqui está o dinheiro de caixa. — Praticamente atiro o dinheiro nele. — E não é educado dizer a uma pessoa que ela parece esquisita quando coloca um vestido idiota para esta porcaria.

Não é um vestido idiota. Na verdade, minha mãe o escolheu para mim, porque ela sabe que não tenho paciência para ficar sentada esperando nas lojas. O que não significa que não gosto de fazer compras, mas depois de três bailes de boas-vindas lutando por um vestido que outra pessoa inevitavelmente também estaria vestindo igual, eu meio que desisti. O que ela escolheu é, devo dizer, bem a minha cara, no sentido de que não é muito formal. É quase uma versão simplificada de um vestido renascentista, na verdade. Curto, com mangas de camponesa e uma parte de cima que lembra um espartilho, em um rosa pálido chiffon que está mais para o coral. Bem feminino, confesso, mas pelo menos posso ter a confiança de que ninguém mais vai estar com um vestido idêntico.

— Oferta de paz? — disse minha mãe quando o colocou sobre a minha cama.

— Não estamos brigadas. — Me sinto traída por sua devoção repentina e vergonhosa ao romance, que faz parecer que alienígenas sequestraram a minha mãe de verdade? Sim. Porém, não estamos brigadas.

— Imagina se estivéssemos.

Ela tinha um pouco de razão, assim como Bash quando me falou que eu vinha sendo "intempestiva". Não tenho lidado muito bem com a ideia de conhecer seu novo namorado, embora isso tenha menos a ver com o pastor Ike do que com o fato de que minha mãe se tornar de repente irreconhecível me deixa preocupada de eu ser suscetível a uma mudança dessas também.

— Digo, não é uma armadura — aponta Jack, me sobressaltando por lembrar que ainda estamos conversando sobre o meu vestido —, então obviamente já vi melhores.

Ele está com um sorriso no rosto que é tão gratuito que me dá vontade de gritar para que seja menos simpático, especificamente comigo.

— Quer ficar por aqui? — questiona ele, dando tapinhas na cadeira ao seu lado. — Somos bons nisso agora.

— Quê? — pergunto, alarmada.

— Formamos uma boa equipe.

— Não formamos nada.

Ele me lança um olhar como se me achasse incrivelmente engraçada.

— Tá bom, beleza. Não formamos. Você é horrível. Senta logo, Viola.

— Senta logo *você* — digo para ele, então faço menção de ir embora.

Infelizmente, bato de frente com outra pessoa, porque é claro que eu faria isso.

— Ah, desculpa…

— Vi — diz Antônia, e pisca aturdida, ajeitando o vestido. Parece uma versão de seu cosplay de Larissa Highbrow, o que somente eu saberia. — Desculpa — acrescenta, ficando vermelha.

— Me desculpa, eu não…

Paro, percebendo quem é seu acompanhante.

É Matt Das. Sabe, o Matt Das do "sai com ele e pronto, ele é bacana". O Matt Das do "fui bacana com você, então você me deve alguma coisa em troca". O Matt Das que Antônia escolheu no lugar de ser minha amiga. *Esse* Matt Das.

Acho que ele diz meu nome quando nossos olhares se encontram por acidente, mas tudo o que ouço saindo da boca dele é "escrota".

Como em: *Você é mesmo uma escrota, Vi Reyes.*

Qualquer esperança que eu tinha de pedir desculpas a Antônia, ou de simplesmente falar com ela, escapa de mim como o ar saindo de um pulmão sem fôlego.

— Certo. Divirtam-se.

Dou meia-volta e vou para o lugar ao lado de Jack, rabugenta, tentando parecer que essa tinha sido a minha intenção desde o início.

Para o meu alívio, Jack não diz nada.

Por um tempo, pelo menos.

— Então — diz ele, depois que pelo menos cinquenta pessoas nos mostraram seus ingressos. — Você e a Antônia.

— Não começa, por favor.

Já tenho Bash gritando comigo dentro da minha cabeça, mas não consigo conversar com Antônia agora. Aqui, não. Não se isso significa tirá-la de Matt Das em uma esperança tênue e insubstancial de que ela não vai dar meia-volta e zombar de mim com seu par no baile a respeito do quanto eu estou desesperada para ser amiga dela outra vez.

— Beleza, então — diz Jack.

Mais alunos aparecem. Uma montanha de alunos. As pessoas chegando a partir de agora estão todas atrasadas, mas tanto faz, estamos no ensino médio. A vida é assim mesmo.

Jack pega o celular. Imagino que está olhando as redes sociais ou algo do tipo, mas em vez disso ele o mostra para mim.

— Olha.

Abaixo o olhar e vejo nossa foto com Cesário, que eu já tinha visto no blog da MagiCon.

— Você só viu isso agora?

— Aham — diz ele, de forma muito insistente, então acredito que é uma mentira. — Não é como se eu conferisse esse blog com regularidade.

Aposto que ele confere, sim.

— Difícil ser famoso, né? — digo.

— Pois é. Finalmente o meu momento chegou.

— Você tem momentos o tempo todo. — Aponto para o banner com o nome dele no saguão de entrada do ginásio. Está pendurado logo abaixo do banner com o nome do pai dele, e ao lado do banner com o nome do irmão. A linhagem real dos Orsino. — A sua vida é cheia de momentos.

— Todas as vidas são cheias de momentos, Viola — diz ele com uma sinceridade detestável, logo antes de outro grupo atrasado aparecer com ingressos para serem escaneados.

Levanto a mão para esfregar os olhos, então me lembro de que a minha mãe me convenceu a fazer maquiagem completa. Ela foi insistente, dizendo que fazia muito tempo desde que brincávamos de nos maquiar como costumávamos fazer. É por esse motivo que Bash é tão bom em se maquiar sozinho para o palco; ele está em algum lugar na pista de dança agora, e é lá onde vai ficar pelo resto da noite. Deixei que ele me arrastasse para múltiplas sessões de fotografia pré-baile extravagantes, nas quais tirei a maior parte das fotos, então torço para que já tenha me perdoado pelos meus erros. Pessoalmente, eu diria que já expiei os meus pecados.

— Então, enfim — diz Jack. — Sobre você estar parecendo esquisita…

Solto um gemido.

— Ok, já cansei de você.

Ele me lança um sorrisinho torto de soslaio e remexo no celular, abrindo e fechando aplicativos sem motivo.

— Por quanto tempo é pra você ficar sentado aqui? — pergunto.

— Sei lá. Até alguém me substituir, eu acho. — Ele dá de ombros, afundando ainda mais na cadeira.

— Eu posso fazer isso. Você pode ir lá… — Balanço uma mão. — Socializar.

— Socializar?

— Inspecionar o seu reino.

— Que nada — responde ele. — Esse não é mais o meu reino.

Tamborilo com os dedos distraída na mesa enquanto mais pessoas aparecem. Estão começando a rarear agora: grupos de namorados dando risadinhas, com os batons todos borrados, tentando (sem muito esforço) esconder o que trazem no bolso dos casacos. Tenho um sistema para isso: chamo de "o sistema do tropeço". Se alguém tropeça subindo as escadas, eu mando parar, mas não tem ninguém nesse ponto ainda. E, enfim, sou cautelosa, e não uma X9.

— Sabe — diz Jack —, a gente não precisa ficar sentado aqui a noite toda.

— Eu provavelmente vou dar uma conferida nos banheiros mais tarde.

— Pra procurar o quê?

Dou de ombros.

— Gracinhas.

— Gracinhas, Viola?

— Traquinagens.

— Somos todos maduros demais para traquinagens — diz Jack, solene.

— Para.

— Imagino que já tenhamos passado desse ponto.

— O que vem depois de traquinagens? Crimes?

— Sempre com a pior conclusão possível. — Ele faz *tsc, tsc* para mim. — Terrível.

— Tenho uma imaginação calamitosa.

— Quê?

— Calamitosa. Vem de calamidade.

— É ruim? Parece ruim.

— Sim, é ruim — confirmo com um suspiro irritadiço.

— Então se eu chamasse você para dançar ou algo assim em vez de ir assombrar os banheiros, você provavelmente diria não — contempla Jack em voz alta.

Algo fica preso em minha garganta.

— É, provavelmente — consigo dizer. — Eu simplesmente imaginaria que um de nós seria baleado. Ou sequestrado.

— Isso é catastrófico *mesmo*.

— Calamitoso.

— Mesma coisa. *É* a mesma coisa, né?

Seja lá o que está preso em minha garganta, o caroço não vai embora e não entendo o motivo.

— É.

Ele olha para mim, sorrindo como se eu estivesse sendo engraçadinha.

Viola, você não é escrota.

Ou, melhor, você é sim, mas isso não significa o que as outras pessoas acham que significa.

Ah, penso enquanto uma dor súbita arde em meu peito. Ah. Ah, essa *não*.

— Estou indo — digo, e fico de pé em um pulo. A cadeira cai atrás de mim com um baque.

— Tudo bem? — diz Jack com… *argh*… preocupação.

— Bem. Estou bem. — Não posso contar a ele a verdade sobre Bash. Preciso, sei disso, pelo bem deles dois, mas agora não dá. — Eu estou… é.

Se eu vou arruinar a noite dele? De jeito nenhum.

Talvez depois.

Isso, depois.

— Tem certeza?

Pisco, percebendo que ele está me encarando com óbvia perplexidade enquanto eu me demoro ao lado da cadeira revirada.

— Tchau — solto, saindo toda atrapalhada. Alguém, qualquer outra pessoa, pode ficar com a atenção dele. Eu não preciso dela. Eu não a quero.

E definitivamente não a mereço, penso, soltando o ar enquanto me afasto depressa.

Fico quase aliviada quando, como de costume, ninguém tem vontade de ficar para arrumar as coisas ao fim do baile. Metade dos voluntários convenientemente desaparece. Consigo dispensar um Bash que está em modo de reconciliação — que, no auge da extroversão empolgada por causa do baile, tenta me convencer de que o que a minha vida precisa mesmo é de uma madrugada no IHOP com o resto da galera da banda (metade da qual está se pegando agressivamente) — e Kayla, que se esforça de modo responsável, mas superficial. Tenho certeza completa de que ela prefere colher os louros da noite de sucesso do que ficar para trás, então eu a expulso e perambulo pelo ginásio, catando itens decorativos que foram parar no chão e garantindo que o DJ seja pago. Sabe, coisas que me relaxam.

— Precisa de ajuda?

Dou um pulo quando percebo que Jack está atrás de mim.

— Quê?

Ele se inclina para pegar um saco de lixo, fazendo um gesto que diz que vai me seguir enquanto termino de catar as coisas do chão.

— Ah. Você não precis…

Ele ergue uma sobrancelha.

— É meu trabalho, não é?

— Não, isso…

— Se você está fazendo, então provavelmente é trabalho de *alguém* — brinca ele.

— Eu… — Beleza. Que seja, beleza. — Ok, vamos acabar logo com isso.

Terminamos rápido, tanto que nosso professor de liderança logo está gesticulando para que sigamos para a saída, garantindo que o pessoal da limpeza do fim de semana vai cuidar do resto.

Quando me dou conta, estou do lado de fora do ginásio com Jack. Tem um pequeno estacionamento aqui atrás, que foi onde deixei o carro quando cheguei. Um dos benefícios de ser a vice-presidente da ACE, imagino. Temos vagas boas.

— Você não precisa de uma carona, precisa? — digo, forçando uma conversa.

Ele olha para mim, uma das sobrancelhas erguida.

— Isso é uma oferta? — pergunta Jack.

— *Isso* é um pedido?

Ele está me atormentando de propósito, sei disso.

— Tá paranoica, Viola?

Sinceramente…

— Só entra logo no carro, Orsino.

Só que ele não se mexe. Apenas me encara, quase sorrindo.

— Que foi? — resmungo.

— Você é engraçada.

Dessa vez, fico indignada.

— *Como é?*

— Você é sempre tão mal-humorada, mas você é atenciosa, né? Você… — Ele se inclina para mais perto, a voz baixando. — *Se importa.*

— Tá bom, cala a *boca* — digo com violência, e ele dá um sorrisinho.

— Por quê? Tá com medo de que eu conte isso para as pessoas?

— Ninguém acreditaria em você — murmuro, e faço menção de ir para a porta do motorista, mas ele segura meu pulso.

Bem, ele *tenta* segurar meu pulso. Em vez disso, os dedos dele sem querer roçam na palma da minha mão.

Até Jack parece surpreso; talvez sobressaltado, como se um choque de energia estática tivesse passado de mim para ele.

Só que então ele me olha e diz:

— Eu acredito em você.

Sinto uma fisgada no peito.

— Quê?

— Seja lá o que aconteceu entre você e a Antônia. Eu acredito em você.

Eu me empertigo.

— Eu nunca disse…

— Você não precisou dizer.

Ele não está brincando agora. Não exibe o sorriso de rei-do-campus de sempre e ainda assim, de algum jeito, é injusto. Ele é tão bonito. Ele fica ainda mais bonito quando, na verdade, o brilho nos olhos dele é real. Quando a expressão do rosto é verdadeira.

— Orsino — suspiro —, você não sabe do que está falando.

— Não, você tem razão, não sei mesmo. Mas se você um dia quiser me contar…

Ele se aproxima de mim e meu coração palpita, martelando em resposta a uma pergunta que Jack não me fez. Terminando a frase por ele.

— Você não vai conseguir me convencer de que não tem coração, Viola — diz ele, e o tom é baixo e suave, perto demais da minha orelha, um leve farfalhar em meus cabelos, como uma brisa. — Detesto dizer isso, mas você não consegue disfarçar tão bem quanto pensa.

Meus olhos se fecham com aquela ironia.

— Você não me conhece de verdade. — É quase uma confissão.

— Não, mas eu poderia conhecer — diz ele, e meus batimentos aceleram outa vez, descuidadamente, até Jack recuar um passo. — Mas você tem razão — acrescenta —, agora não. Não desse jeito.

Sinto aquela perda como uma fenda no espaço.

— Desse jeito como?

Jack inclina a cabeça e abre a boca como se fosse responder, mas então apenas sorri para mim.

Ele sorri, e eu sofro.

— Meu carro está logo ali — diz ele, apontando para o carro. — Meu joelho está funcional agora, então não preciso mais de caronas.

Ele gesticula e eu abaixo o olhar.

— Ah. — Legal. Eu me sinto uma idiota. — Ok, então.

Ele assente com a cabeça, incerto.

— Chega bem em casa, tá? — diz.

Reviro os olhos, erguendo o olhar outra vez.

— Eu lá tenho outra opção?

— Não. — Ele balança a cabeça, dessa vez com mais convicção, e estica o braço para a minha porta. Dou um tapinha na mão dele antes que ele possa abri-la para mim.

— Eu *consigo* fazer isso...

— É claro que consegue. — Jack parece achar graça de novo quando me enfio no banco do motorista e estico o braço para pegar o cinto de segurança.

Agora é a hora de eu fechar a porta do carro, mas não faço isso.

E Jack só... *fica ali*.

Como uma pessoa que não faz ideia de quem ou o que sou de verdade.

— Você é um idiota — falo, suspirando, e acho que fico aliviada quando ele só me lança um sorrisinho.

— Eu sei. É assim que levo uma vida tão alegremente não calamitosa. — Ele estica o braço, puxando e soltando meu cinto de segurança com um estalo só para me irritar, e é bem-sucedido. — Se vale de alguma coisa — acrescenta, ainda sorrindo —, você quase pareceu mais ou menos normal hoje. Mas provavelmente foi uma ilusão de ótica.

De onde o vejo, sua aparência é extremamente irritante. E perfeita.

— Você — informo a ele —, é a pedra no meu sapato, Jack Orsino.

— E você é a do meu — garante ele, e fecha a porta para mim.

Jack dá alguns passos grandes para trás, recuando, os olhos travados nos meus antes de se virar, e o momento se desmancha. É extenso e fugaz ao mesmo tempo, agudo como uma dor latente. Então, os faróis do meu carro me ofuscam por um momento, e o contorno do rosto de Jack permanece em minha visão mesmo quando pisco.

Jack

DUQUEORSINO12: aconteceu uma coisa esquisita hj a noite

Sacudo o meu pé, depois a perna inteira. Fico aliviado por Cesário estar on-line; não sei com quem mais conversar.

C354R10: era um baile na escola, o que mais vc esperava?

Uma resposta que é a cara de Cesário.

C354R10: imagino que vc vá me contar o que rolou então é melhor ser rápido
C354R10: quero sair da caledônia sem ser queimado vivo

A Caledônia, o reino ancestral de Kay, é a parte mais mítica da missão até agora. Há dragões e conjurações de feitiços e gente o tempo todo tentando roubar nossa relíquia mais preciosa depois do Anel de Dissipação: o Escudo de Macabeu, que, por coincidência, protege o portador de chamas de dragão.

DUQUEORSINO12: acho que rolou um clima
DUQUEORSINO12: com uma pessoa

Eu me remexo outra vez, sem saber se devo dizer mais.

A noite toda foi meio estranha. Depois que Vi saiu apressada da mesa de ingressos, acabei fazendo uma social com uns caras do time, incluindo Cúrio.

— Já tem um tempão que a gente não se vê — disse ele. — Você não tem aparecido tanto, fora nos treinos.

— Só estou ocupado.

Era uma mentira, claro. Não posso exatamente admitir o quanto tenho me sentido como um forasteiro. Ele merece aproveitar seu sucesso; com sete vitórias consecutivas, essa é definitivamente a temporada de Cúrio.

Só que era para ter sido a minha.

— Saquei. — Ele não insistiu. — Como vai a fisioterapia?

— Direitinho. Daqui a pouco vou conseguir correr de novo. — Em umas duas semanas, se tiver sorte.

— Ah, mentira, que ótimo. Não tá doendo mais?

— Que nada, já tá quase voltando ao normal.

Sinto como se estivesse reaprendendo a caminhar.

— Bem, os caras tão com saudades.

Não Vólio, com certeza. Ele está aproveitando ao máximo o tempo que está sob os holofotes.

— É, sinto saudades deles também.

— Você devia vir com a gente depois da festa — sugeriu Cúrio.

— Vai ter um *after*?

Ele deu de ombros.

— Os pais do Vólio estão fora da cidade.

— Ah. — Olhei de relance pela sala. —Vou ter que dar uma ajeitada nas coisas aqui por causa da ACE, mas quem sabe.

— Sério? Tá de sacanagem.

— Pois é, bem, me disseram que eu precisava começar a ser útil por aqui. — Essa parte era verdade, pelo menos.

— Bem, se você mudar de ideia...

Corta para umas duas horas depois, e me vejo de repente parado na porta dizendo a Cúrio que não vou conseguir aparecer, que tenho outro lugar para ir. Corta para mais alguns minutos depois, para as luzes intensas e fortes sobre o cabelo escuro de Vi Reyes e para o olhar de concentração em seu rosto enquanto dava ordens para alguns adultos.

Ela não precisava da minha ajuda — ela nunca precisa —, mas eu fiquei lá ainda assim.

Por que eu fiquei?

Cesário ressalta o óbvio.

C354R10: achei que vc estivesse tentando voltar com a olívia

Estou. Estava. Não, estou. Só que, de algumas maneiras, minha impressão é de que ela tem ficado mais e mais distante no meu espelho retrovisor, pela forma como todos os dias ativamente me evita. Foi só recentemente que percebi o tempo que faz desde que ela e eu tivemos uma conversa de verdade. Não só depois que ela pediu para dar um tempo na relação, mas até antes disso.

DUQUEORSINO12: ainda estou com a olívia, sim

DUQUEORSINO12: mas não sei se isso ainda parece... certo

DUQUEORSINO12: tipo, era pra ser tão complicado assim?

Sinto como se todos os meus relacionamentos fossem fontes de estresse no momento. Minha mãe quer que eu entenda a lesão no joelho como uma espécie de sinal divino de que eu deveria desistir do futebol e deixar esse sonho para trás. Meu pai quer que eu retorne mais forte e mais rápido do que nunca. Meus amigos querem que eu volte no tempo, mas isso eu não consigo fazer, só posso seguir adiante, o que tem sido um processo bem mais lento do que imaginei.

Só que as coisas são estranhamente fáceis com Vi. Para uma pessoa tão ríspida, ela na verdade é até que acolhedora. Vi é bem mais sensível do que deixa transparecer e, ainda assim, nunca conheci ninguém tão destemido em ser quem é. Por mais que ela constantemente me pressione, Vi também facilita para que *eu* seja quem sou — quem quer que seja essa pessoa, em qualquer momento. Não tenho um relacionamento assim com mais ninguém.

Bem, tirando com Cesário.

C354R10: bem

Ele digita, então apaga.

Digita de novo, depois para.

Digita. Para.

Digita.

Para.

Um minuto inteiro se passa.

Digitação.

Mais digitação.

Para.

C354R10: como foi esse clima

Apoio as costas na cadeira, pensando. Foi quando percebi que Vi estava me oferecendo uma carona para casa só porque pensou que eu precisava.

Não. Não, foi antes disso.

Foi quando percebi Vi se encolhendo pela primeira vez ao ver Antônia com aquele cara, o garoto que foi o primeiro beijo da Olívia. Quando Olívia me contou essa história, ela disse que aquele beijo não contava porque ela não estava pronta para ele; os dois estavam saindo fazia uma semana no ensino fundamental quando ele simplesmente a agarrou e a beijou. "Beijo roubado" foram as palavras escolhidas por Olívia. Ela terminou com ele depois disso, e o cara contou para todo mundo que ela era metida.

Não, mas também não foi nesse momento. Foi quando percebi que se eu sou o tipo de pessoa que nunca tem permissão de ficar com raiva, então Vi é o tipo de pessoa que nunca pode ficar triste. E algo nessa descoberta me fez sentir como se a garota parada ao meu lado fosse mais corajosa e audaciosa do que qualquer pessoa que já conheci. E a mais solitária também.

Assim como eu.

DUQUEORSINO12: sincronia eu acho

C354R10: vou arriscar um palpite aqui e sugerir que vc não deixe rolar climas com ninguém até conversar direito com a sua namorada

Conselho sensato.

DUQUEORSINO12: isso se eu conseguir conversar com a minha namorada

C354R10: talvez vc é quem precise falar alguma coisa

C354R10: vc precisa dizer a olívia que quer ficar com ela não importa o que aconteça

C354R10: ou...

Espero, mas Cesário não termina a frase. Não que ele precise — entendi o que ele está falando.

DUQUEORSINO12: de qualquer forma, provavelmente ainda é cedo demais para dizer se alguma coisa poderia rolar com a vi

Ai, merda. Opa. Cara, como é fácil dizer as coisas on-line sem pensar.

DUQUEORSINO12: foi mal cara sei que ela é a sua irmã
DUQUEORSINO12: não tive a intenção de jogar isso na sua cara assim
C354R10: pq o que eu penso teria importância? ela é quem manda na vida dela
C354R10: mas de qualquer forma eu não acho que ela quer ser a sua segunda opção
DUQUEORSINO12: ela não é
DUQUEORSINO12: quer dizer...
DUQUEORSINO12: eu não sei do que tô falando

Suspiro, balançando a cabeça.

DUQUEORSINO12: acho que o que estou tentando dizer é que vc está certo, preciso conversar com a olívia, quer eu tenha sentimentos pela vi ou não

Cesário digita, então para. Repete seu procedimento anterior de fazer várias pausas.

C354R10: vc TEM sentimentos pela vi?

Parte de mim pensa que é impossível não sentir *alguma coisa* por Vi. É difícil ser neutro a respeito de alguém tão abrasivo, incansável e geralmente despreocupado com sentimentos alheios como ela.

Só que também tem uma parte de mim que acha que talvez seja bom que Vi não agrade a todo mundo. A sensação é de que talvez ser alguém capaz de realmente conhecê-la, mesmo que um pouco, é algo que conquistei.

DUQUEORSINO12: não importa, né?
DUQUEORSINO12: não até eu deixar tudo às claras com a olívia

O que vai ser difícil. Ou talvez eu só não tenha tentado o bastante. Ou tentado do jeito certo.

C354R10: ok bem tanto faz
C354R10: será que a gente pode jogar agora

Isso é a cara dele.

DUQUEORSINO12: sabe, vc e a sua irmã são estranhamente parecidos
C354R10: isso mostra o quanto vc sabe

É bom que ele nunca me deixe ficar sentimental demais, porque logo depois um grupo de magos aparece e nos desafia para uma rodada de combate.

Engraçado como hoje mais cedo recebi uma mensagem de Nick me perguntando se eu já tinha enjoado de *Noite de Cavaleiros*. Segundo ele, o jogo teve sua utilidade por algumas semanas, talvez durante um mês. Porém, começo a chegar aos dois meses agora e, sinceramente, estou cada vez menos interessado em saber se o que estou fazendo é descolado ou não. É aquilo: o jogo não chega nem de longe a ser o campeonato estadual que profetizaram que eu venceria, mas a ideia de que um título de futebol é tudo o que eu sou, fui ou um dia serei de repente me parece inaceitável, mesmo que algumas pessoas talvez acreditem ser verdade.

Além do mais, talvez o compromisso de Vi com seu reino de nerds tenha me contagiado de um jeito meio imprudente socialmente, mas eu meio que gostaria que mais gente conhecesse *Noite de Cavaleiros*. Tenho assistido a algumas análises técnicas na internet e fico levemente impressionado com o quanto esse jogo é melhor do que outros MMORPGs da mesma categoria. Acho muito fascinante saber que tudo o que vejo é, tipo, milhões de triângulos em poucos blocos de código.

Mano, disse Nick quando eu acidentalmente comecei a tagarelar sobre o assunto. *Vc sabe que pode estudar isso, né?*

O quê? A psicologia de ficar obcecado com videogames de modo nada saudável??

Não, gênio, ciência da computação. Os estudantes de CC *da minha escola estão sempre fazendo hackatonas e paradas assim, talvez vc curta.*

Bem, quem sabe, mas ainda assim…

Tenho quase certeza de que todo mundo quer fazer videogames.

Não. TODO MUNDO *quer jogar futebol na ilíria, então se você pode fazer uma dessas coisas, pq não as duas?*

Falei que ele estava vendo coisa demais nesse meu interesse específico, o que era verdade. No entanto, é difícil não admirar outra vez o quanto é legal conseguir me mexer melhor como um avatar do que na vida real. Tem algo de libertador no fato de que existe todo um mundo lá fora onde a minha imaginação é o limite. Ou de que isso poderia até valer para *este* mundo, se conseguisse aprender a imaginar algo assim. Faz o meu futuro parecer sem limites e vasto: exatamente como Vi me contou. Versões infinitas. Possibilidades sem fim.

C354R10: uma ajudinha, pfvr?

Certo. De volta ao trabalho.

12

Suba de nível quando tiver 5 de intimidade

Vi

Depois que Duque Orsino se desconecta, não consigo dormir. Eu tento e fico me revirando na cama, mas vejo sempre a mesma coisa: *quer eu tenha sentimentos pela Vi ou não...*

Ele puxando e soltando o cinto de segurança. A voz sussurrando no meu ouvido. Eu senti... ai, nossa, não diga isso.

(Um friozinho na barriga.)

O sorriso brilhante de Olívia aparece em minha mente, assim como o olhar decepcionado de Bash, e no fim das contas, desisto de dormir. Inquieta, eu levanto e decido vasculhar os arquivos antigos da coluna de conselhos da minha mãe. Não tenho certeza do que estou procurando até encontrá-lo bem cedo pela manhã, e então um som no andar de baixo me acorda sobressaltada do lugar em que desmaiei sobre o teclado do notebook, com uma crosta de baba no pulso.

— Mãe? — Recolho o notebook e desço as escadas aos tropeços, e a encontro na cozinha.

— Sim? — diz ela, a voz abafada por trás de um armário, onde sua cabeça está enfiada.

— Posso te perguntar uma coisa? É sobre um dos seus artigos antigos.

— Hum? Sim, é claro, mas… — Ela solta o ar pesadamente, então tira a cabeça de dentro do armário, a testa franzida. — Tem café aqui em casa?

— Ora, Prezada Mãe, se não está nos fundos da cristaleira que nós nunca usamos, não consigo pensar em onde mais estaria — respondo, e ela solta um gemido, recuando para ir em busca das chaves.

— Nada de sarcasmo tão cedo, *hija*. Será que podemos conversar no carro? Estou com um prazo que vai exigir uma dose exagerada de cafeína ou algum milagre — resmunga, gesticulando para que eu a siga enquanto chuta os chinelos para longe e calça as sandálias Birkenstock ao lado da porta. — Obviamente, você é mais importante, mas sabe como é, precisamos comer.

— Sim, isso… — Calço os primeiros sapatos que encontro, que calham de ser galochas, e a sigo quando sai pela porta. — Mas vai ser esquisito…

— Que bom. — Ela boceja enquanto vai até o carro, abrindo a porta e se jogando sobre o banco do motorista. — Me inspire.

Sento no banco do passageiro, me remexendo inquieta enquanto ela troca para a marcha ré.

Por onde começar?

Acho que é melhor só dizer logo.

— Como você descobriu que você era bi? — questiono.

Ela para com a mão sobre a marcha.

— Sabe, você teve, tipo… um momento específico? Ou algo assim? Sei lá — digo apressada, e me sinto muito, muito idiota. — Mas li aquele artigo que você escreveu para a garota que vinha questionando a sexualidade dela, e a forma como você respondeu… achei que talvez seria útil se você pudesse…

Perco a linha de raciocínio, sem saber bem o que estou confessando, e ela assente com a cabeça, pensativa.

— Duvido que eu vá ser capaz de dar essa resposta amarradinha que você parece estar procurando — diz minha mãe, depois de um tempo. — Não existiu um momento específico, não. Estava mais para uma série de momentos que só fizeram sentido para mim depois que percebi que o amor pode assumir diversas formas, e algumas dessas formas pareciam ser como eu me sentia. Só que sempre falei pra vocês, meus filhos, que a coisa mais importante para mim é a pessoa em si, e não, hum... o aparato que ela tem. — Minha mãe me olha de relance. — Isso é confuso para você?

— Não.

Mamãe sempre foi mais mente aberta a respeito da sexualidade do que qualquer outro progenitor que já conheci, então definitivamente já falamos sobre essa parte antes dessa conversa.

— Teoricamente, isso parece bem direto — comento.

Ela faz menção de dizer alguma coisa, depois dá de ombros.

— Teoricamente — concorda, esperando que eu prossiga para a minha questão.

— Certo. — Limpo a garganta. — Bem, acho que a minha pergunta é... hum. A sensação de gostar de mulheres é... diferente?

Eu a observo franzir a testa um pouco por trás do volante, ainda parada na vaga.

— Diferente da sensação de gostar de homens, você quer dizer?

— Isso. Bem... — Solto uma risada trêmula. — É mais, tipo... hã. Digamos que tenha essa garota que é muito, muito legal. — Ofereço como uma descrição ambígua de Olívia. — E ela é bonita, e você gosta bastante dela.

— Até aí parece bem simples — diz minha mãe, cautelosa. Ela está provavelmente começando a desejar ter tomado café antes dessa conversa, mas é o que temos para hoje.

— Certo, mas... — Faço uma careta, com dificuldades.

Existe um motivo para não conversarmos sobre essas coisas, e tem bem mais a ver com o meu conforto do que com o da minha mãe.

— Mas e se existir uma outra pessoa também? Alguém que te faz sentir... — É de uma profunda falta de inspiração ficar voltando à mesma palavra, mas realmente só parece haver uma. — Alguém que te faz sentir diferente.

Alguém que não para de colidir com seu caminho, de novo e de novo. Em todas as coisas que você ama, lá está ele; e seja em um universo real ou fictício, você consegue existir em cada um deles com tranquilidade graças a ele. Porque, para cada versão desse garoto, existe uma versão correspondente sua.

— Ah. — Minha mãe apoia a cabeça no encosto do banco. — Bem, detesto ter que dizer isso para você, mas não sei se essa é uma pergunta sobre sexualidade. Está mais para um conflito de emoções.

— Argh. — Afundo no meu assento, infeliz. — Odeio emoções.

— Eu sei. — Ela sorri para mim, parecendo cansada. — Mas acho que você já sabe que isso não tem nada a ver com anatomia. Existe uma pessoa nessa história, *hija*. Duas pessoas, obviamente. Mas uma delas de fato abalou suas estruturas, não foi?

— Eu não iria assim *tão* longe — digo com repulsa, e ela ri.

— Tá, ok, escuta... Sei que você não quer ouvir sobre a minha vida amorosa. Já deixou isso bastante claro — diz ela, e eu encaro minhas mãos, culpada. — Mas o lance é: Vi, desejar alguém na sua vida não necessariamente significa que você é fraca. Não significa que você é vulnerável. Apenas significa que existe uma pessoa neste mundo que faz você gostar um pouquinho mais de tudo quando vocês estão juntos. E, no fim das contas, isso não tem o seu valor? — Ela olha para mim de novo, quase sorrindo. — A vida já é muito dura quando você não se priva de alegria.

— Não é assim tão simples — suspiro, desviando o olhar.

— Pois é, amor, eu sei. Nunca é.

— E não estou dizendo que tenho *sentimentos* por alguém — argumento. — Eu só...

— Eu sei. — Ela assente. — Talvez você sinta algo, talvez não. Talvez seja algo grande, ou talvez não. Quem sabe um dia você conheça uma garota, e sinta algo que vai responder a todas as suas perguntas, ou às vezes, não vai. Talvez o mundo seja grande e a vida seja longa. — Ela dá de ombros, depois morde o lábio. — Isso… ajuda?

Não muito. Só que, ao mesmo tempo, sim.

— Acho que sim. Ajuda, é.

— Que bom. — Ela solta o ar rapidamente, com alívio. — Então… será que a gente pode tomar um café agora ou isso seria violar este, hum, momento consagrado entre mãe e filha?

— Ah, não, eu *com certeza* preciso de café — digo para ela. — Tá brincando? Tenho que pensar.

Ela ri para mim, finalmente se virando para dar a ré e sair da garagem.

— Querida Viola, minha menina inteligente e brilhante. A última coisa de que você precisa é pensar mais — garante minha mãe, dando uma puxadinha no meu cabelo antes de seguir para a nossa rua.

O prazo da minha mãe a mantém ocupada o dia todo, o que não é ruim, já que eu tenho dever de casa e coisas da ACE para fazer. Tipicamente, organizamos uma atividade envolvendo toda a escola no fim do semestre; algo para os alunos fazerem depois das provas finais e antes de sairmos para as férias de inverno. Infelizmente, não sobrou muita coisa no orçamento, então preciso passar algumas horas pesquisando ideias na internet.

Saio do quarto com vontade de comer ursinhos de gelatina quando Bash se materializa das escadas e me cumprimenta com um:

— VIOLA!

— SEBASTIAN — respondo como de costume, e depois fico paralisada quando Olívia surge de repente por trás dele, e todo mundo se assusta.

— Ah, oi — diz Olívia quando me vê, as bochechas corando. — Bash falou que você estava aqui em cima, então…

— Ah, claro, sim…

— Ei — interrompe Bash apontando de mim para Olívia —, pode dizer para ela que ela seria ótima no musical?

— Que musical? — pergunto, porque de repente estou flutuando no espaço e no tempo.

— O musical de primavera. Estou tentando convencer Olívia a fazer um teste. — Ele dá um empurrãozinho nela. — Acho que já quase convenci.

— Cheguei aqui faz, tipo, dois segundos — diz Olívia para mim, mas ninguém saberia mais do que eu como dois segundos é tempo o bastante para ser atraído pelas ideias de Bash. — Ele mencionou o musical e eu disse que ia pensar a respeito.

— Então, *pense* a respeito — ronrona Bash, e desaparece escada abaixo.

Fico ali parada por um tempo, ainda um pouco chocada por Olívia estar na minha casa, até que me lembro que, ah é, acho que tenho noção do assunto sobre o qual ela quer conversar.

Aponto para o meu quarto.

— Então, você quer…?

— É, se não for…?

— Não, claro, pode entrar.

Não sei bem qual é o protocolo aqui, então entro e me sento na cadeira da escrivaninha enquanto Olívia se empoleira na beirada da minha cama.

— Está melhor? — pergunto.

— Bem melhor. — Ela pigarreia. — Mas, hum, eu queria te pedir desculpas por…

— Na verdade — digo —, você se importa se eu…?

— Ah. Não, claro. Com certeza.

Ela pisca e assente, e me deixa falar primeiro, mas bem que eu queria saber o que eu deveria falar agora. Quase tanto quanto queria ter contado a Jack sobre quem eu sou de verdade antes de ele resolver fazer confidências a Cesário. Às vezes, o momento certo para a verdade parece um penhasco; ou você recua ou mergulha de cabeça em uma queda livre.

Só que isso não diz respeito a Jack. Esse é um penhasco diferente, e preciso resolver esse assunto.

— Eu deveria ter te contado um monte de coisas antes — confesso. — Algumas ruins, outras péssimas.

— Que tal começar pela pior parte? — sugere Olívia com um sorriso leve, e eu respiro fundo.

— Jack sabia que seríamos parceiras na aula de Literatura Avançada, então ele me pediu para tentar descobrir o motivo de você querer terminar o namoro. Eu não contei nada a ele — falo para tranquiliza-la, embora Olívia não reaja —, e prometo que não vou contar nada a ninguém. Só que concordei de início em tentar descobrir.

— Entendi — diz ela, devagar. — E quanto as outras partes ruins?

— Bem... — Hesito. — Então, eu fiquei me perguntando se talvez existisse algo... aqui. Entre nós. Como você disse.

Olívia não se mexe.

— E?

— E...

Ela nunca mais vai querer falar comigo. Isso vai ser igual à situação com Antônia. Seria de imaginar que eu já teria ficado anestesiada a essa altura, mas não estou. Minha mãe tem razão: ser magoada nunca fica mais fácil. Por mais que eu tente criar um escudo ao redor de mim, fico triste de saber que Olívia Hadid vai provavelmente sair por esta porta e nunca mais ser minha amiga.

Porém, ainda assim, isso precisa ser dito.

— Eu não acho que tenho os mesmos sentimentos que você — digo, e engulo em seco. — O que é uma idiotice, porque eu queria ter, sabe?

De verdade, se eu pudesse me obrigar a me apaixonar por Olívia em vez de...

Não importa quem seja.

— Você é inteligente e divertida e, tipo, simplesmente incrível, e eu queria ter falado isso antes. Eu queria ter te falado como você é corajosa, no caso — esclareço de forma atrapalhada —, por ser honesta quanto a como você se sente. Não sei se eu conseguiria fazer isso. Sei que não conseguiria, na verdade.

Não que isso aqui diga respeito a mim.

— Eu só quero que você saiba que vou estar aqui por você, para tudo, para qualquer coisa que você precise. Sei que talvez não seja do jeito como você queria, mas... — Solto um suspiro. — Eu só acho que você deveria saber que te acho corajosa e forte, e...

Uma parte secreta e frágil do meu coração se parte ao meio.

— E eu realmente gostaria de ser sua amiga — confesso, por fim. — Sei como é se sentir sozinha. E incompreendida, acho. Ou triste, mas ninguém poder saber. Então, enfim. É isso. — Concentro meu olhar nas minhas cutículas mastigadas. — Então se você precisar de uma amiga, ou se quiser uma... — Deus, que discurso mais presunçoso. Finalizo murmurando: — Estou por aqui.

Fico encarando as mãos.

Então, por fim, Olívia se mexe um pouco.

— Eu quero uma amiga — diz ela. — Na verdade, vim aqui para te falar isso.

Ergo o olhar, surpresa.

— É sério?

— Claro — diz Olívia. — Tipo, você está me dando crédito *demais*, para começo de conversa. Tenho quase certeza de que não estou pronta para entrar num relacionamento com ninguém antes de ser capaz de ser completamente honesta sobre quem sou. Então por mais que eu ache você, tipo, *muito* legal...

— Para — resmungo.

— Você é. Mas eu poderia ser bem mais corajosa do que fui quando deixei as coisas daquele jeito com a Razia. Ou com o Jack. — Olívia faz uma careta. — Então a gente pode ser amigas? Eu quero muito, muito mesmo ser sua amiga.

— Aham. Aham, claro. Sim. — Sinto que estou prestes a desmaiar de alívio.

— Ótimo. — Olívia parece igualmente aliviada, e depois ela desvia o olhar para o colo. — Uau, eu estava tão nervosa. Eu tô, tipo, tremendo.

— Meu deus, eu também! — Achei que fosse só eu.

— Estou suando, que nojo...

— É tipo um suor frio, não? Tipo, um suor frio de terror — admito, e ela ri tanto que quase começa a chorar.

— Por que sentimentos são tão brutais? — lamenta ela. — Todo mundo faz amizades parecerem reuniões no jardim e festas do pijama quando na verdade é um *Jurassic Park* de emoções.

— Acho que os meus dentes estão batendo.

— Ai, nossa, idem. — Ela ri outra vez. — Uau. Que vergonha.

— Demais.

— Mas pelo menos é mútuo.

— Isso é verdade.

Faz-se uma breve calmaria, quando nós duas conseguimos nos ajustar até a normalidade.

— Então, hã... O que você acha do Bash? — diz Olívia, mudando de assunto.

— Sei lá. A cara dele é meio esquisita.

Olívia solta uma risada anasalada, e eu pergunto com um pouco mais de seriedade:

— Então não é *só* garotas, ou...?

— Quê? Ai Deus, não, não é disso que eu tô falando. — Olívia revira os olhos para mim. — Não, eu estava te perguntando o que você acha da sugestão do Bash… sobre o musical — explica, e, ah sim, eu tinha me esquecido *completamente* disso. — Seria estranho se ele me ajudasse a pensar em alguma coisa para o teste ou coisa assim?

— Estranho pra quem? Só se for pra você. Para sua informação, ele é meio que um maníaco.

— Não. — Olívia gargalha. — Pra você.

— Pra mim? De jeito nenhum. Acho que faz sentido. — Eu faço uma pausa. — Se bem que, se o que você quer de verdade é ser você mesma, escolher atuação não é meio que andar pra trás?

— Eu… não sei se estou pronta para ser completamente eu — confessa ela. — Acho que em breve. Talvez na faculdade. Com sorte, na faculdade. Mas, por enquanto… — Olívia deixa reticências no ar novamente. — Só quero escapar para outra coisa por um tempo.

— Eu entendo.

Cara, e como; a memória de minha falsa vida como Cesário retorna a mim e, com essa lembrança, pensamentos a respeito da outra pessoa com quem tenho que ser sincera.

— Mas… — começo a falar, e depois hesito.

— Que foi? — Olívia inclina a cabeça.

— Acho que você precisa ser sincera com o Jack — confesso, e Olívia me lança um olhar que passa bem a emoção de "*Ah*". — Acho que ele merece saber a verdade. Não — eu me corrijo —, ele *com certeza* merece a verdade, e, mais importante, ele é capaz de lidar com isso. Entendo como pode ser assustador, mas acho… — Solto outro suspiro pesado. — Acho que você pode confiar seu verdadeiro eu a ele, se quiser.

O rosto de Jack aparece em minha mente: *Eu acredito em você, Viola*. Estranhamente, ele é a única pessoa em quem consigo pensar que já ficou do meu lado de forma incondicional — oferecendo a mim nada além de aceitação.

— Eu realmente acho que ele não vai te decepcionar — digo.

O que é meio que falar que não acho que ele vá *me* decepcionar, o que é um pensamento aterrorizante. Porque, tirando poucas exceções, todo mundo me decepciona. E, enfim, vou decepcionar *Jack* quando ele descobrir a meu respeito; seja lá quando for.

Em resposta, Olívia me lança um olhar estranho, então inclina a cabeça.

— Você mudou mesmo sua opinião a respeito dele, não é? — observa. — Interessante.

— Bom, pelo visto ele mantinha parte da personalidade no ligamento que foi rompido — murmuro, porque é a única desculpa que tenho. Ou isso, ou os videogames são melhores para o nosso desenvolvimento pessoal do que as pessoas estão prontas para admitir.

Ela ri.

— Bom, é engraçado que você tenha mencionado ele, na verdade.

— É?

Jack comentou que ia conversar com Olívia na noite passada, mas na hora eu estava ocupada demais pensando em outras coisas.

Um clima, disse ele. Um jeito idiota de descrever a cena; eu jamais usaria um termo tão trivial. Porém, se o que rolou entre nós *foi* um clima — e, mais importante, se nós dois sentimos a mesma coisa —, o que isso quer dizer?

Só que agora não é a hora de ficar me perguntando isso. Pelo jeito como Olívia tocou no assunto, sinto como se estivesse por fora de alguma coisa. E, no fim das contas, estou mesmo.

Jack

— **Então** — diz minha mãe depois que volto da fisioterapia para casa. Ela trouxe um monte de lanches para meu pai e eu de manhã, e agora parece ter sido atacada pelo impulso de limpar a cozinha de cima a baixo. — Como está indo?

— Devagar. — Dou de ombros. — Muito devagar.

Os exercícios que Eric têm passado me fazem focar na estabilidade no momento, o que tem sido fácil. Infelizmente, coisas fáceis sempre me dão vontade de me esforçar mais, de ir mais rápido.

— É, bem, tudo parece devagar demais quando se é jovem. — Minha mãe continua atrás do balcão da cozinha, com cara de quem está esperando ter algo a dizer. — Como foram as coisas com a Olívia?

Hum. Como resumir para sua mãe a conversa que você e a sua namorada tiveram pela manhã? Ou, inclusive, como honrar os segredos que ela acabou de revelar sobre si mesma?

— Nós terminamos — confesso.

O rosto de minha mãe se transforma de imediato.

— Ah, meu bem…

— Não, mãe, está tudo bem. Mais do que bem, na verdade. — Foi um alívio finalmente compreender, depois tive um momento de dar um tapa na testa ao perceber que eu não era nem de longe o centro da narrativa dela, e, por fim, foi reconfortante saber que ainda poderíamos continuar amigos. — Posso subir pro meu quarto rapidinho? Tenho que fazer um negócio para a escola.

— Sim, claro…

— Você vai ficar pro jantar?

Ela pisca.

— Sim. Sim, se você quiser que eu…

— Fica. Por favor. Vai ser legal. — Exibo meu sorriso mais encorajador, depois aponto para o andar de cima. — Vão ser só alguns minutos, ok?

— Ok.

Ela assente, e eu subo as escadas, testando meu alcance de movimento a cada passo. Eric diz que essa vai ser a primeira etapa para começar meu programa de corrida, e tenho que admitir que estou me coçando para partir logo para essa etapa. Paciência, diz Eric. Quanto melhor eu me curar agora, melhor vou estar no futuro. Tempo, tudo tem a ver com o tempo. O tempo que dedico e o tempo que recebo.

Porém, com apenas um punhado de semanas antes do início do pós-temporada, o tempo não está a meu favor.

Puxo a cadeira da escrivaninha e me sento, abrindo o notebook.

DUQUEORSINO12: está por aí? tenho que te perguntar uma coisa.

Porém, pela primeira vez, não recebo resposta do lado de Cesário.

Na segunda à tarde, encontro Vi sentada com um laptop na mesa de laboratório, como de costume. Ela parece estar criando alguma coisa para as nossas redes sociais, o que tipicamente seria trabalho do secretário da ACE ou de alguém com funções de mídia. Por algum motivo, todas as luzes superiores da sala de liderança estão apagadas; faço menção de acendê-las, mas ela gesticula para que eu pare.

— Nem se incomode — diz ela. — Bowen vai fazer umas apresentações aqui mais tarde.

— Então você vai só ficar aí sentada no escuro?

Vi dá de ombros.

— Está tudo bem. Só deixa assim mesmo.

É o que faço. Ela pode ter os hábitos de trabalho esquisitos que quiser.

— Que foi? — pergunta Vi, sem expressão. — Você está enrolando.

— Oi pra você também, Viola. — Caminho até a mesa dela, puxando um banquinho para me sentar ao lado dela. — Quer ajuda?

Ela lança um olhar controlado na minha direção.

— Se entendi certo, o nosso trato está encerrado — diz.

— Quê?

— O nosso trato. Informação em troca de...

— Certo. — Ela já deve ter ouvido a fofoca de que Olívia e eu terminamos. — Bom, o baile de boas-vindas já passou.

— Verdade.

— E, sendo sincero, você não me ajudou em nada com a Olívia.

Os cantos da boca dela tremem de leve, ameaçando um sorriso.

— É — diz ela. — Verdade.

— Mas eu ainda posso fazer... o que quer que seja isso. — Gesticulo para a tela. — Se você quiser.

— Você tem acesso ao Instagram da ACE?

— Não.

— Ao Twitter?

— Não.

— Ao site?

— Nem.

— Então, que "ajuda" mística é essa que você está me oferecendo?

— Agradável como sempre — murmuro, e ela olha para mim, um pequeno sulco de hesitação aparecendo entre as sobrancelhas.

— Era mais... — Ela para. — Eu só quis dizer que você não é útil nessa tarefa específica, só isso.

— Verdade. — Eu me inclino, apoiado nos antebraços, e ela se afasta rápido, subitamente ressabiada. — Tudo bem aí, Viola?

— Sim. — Ela se remexe na cadeira. — Você está invadindo meu espaço.

— Certo, desculpa.

Ela limpa a garganta.

— Então... As coisas com a Olívia...?

Dou de ombros.

— Ela me contou a verdade.

— E?

E isso me fez perceber que quase nunca falamos a verdade de fato um ao outro ao longo da nossa relação. Foi a primeira conversa de verdade que tivemos em muito tempo. Eu mencionei meus temores em relação ao joelho, ao meu futuro. Ela me contou que não sabia mais quem ela deveria ser. Quanto a isso, eu falei que a entendia bem.

— Mas ainda sou a sua maior fã — Olívia me prometera. — Sei que não pareceu ser o caso nos últimos meses, mas isso eu te juro, Jack. Sempre e eternamente.

Ela me provou isso hoje, me acompanhando a caminho das aulas e conversando em vez de se esquivar de mim pelos corredores como vinha fazendo o semestre inteiro. No almoço, fizemos piada sobre o professor de Literatura Avançada dela, o sr. Meehan, que pelo visto já estava ciente do desabrochar do interesse dela por teatro.

— Quem contou para ele? — perguntei.

Olívia deu de ombros.

— Bash Reyes, provavelmente.

— Hã.

Tenho me perguntado desde então o motivo de Cesário nunca ter mencionado nada disso para mim. Na verdade, começa a me ocorrer que não sei como Bash Reyes consegue estar em tantos lugares ao mesmo tempo. Banda, teatro *e* uma missão de videogame em andamento? O que, lembro de repente, é o que eu queria discutir com Vi, que ainda está esperando por uma resposta no presente.

— Estamos de boa agora. — Essa é a minha resposta tardia à pergunta sobre Olívia.

— Só isso? — Ela ergue uma sobrancelha. — Vocês estão de boa?

— Bem, o relacionamento tinha acabado faz um tempinho. — Limpo a garganta. — E, enfim, eu estava querendo te pedir um favor, ok? O que — acrescento com deliberação — você me deve, considerando que sua parte do acordo permanece sem ser cumprida.

Espero que ela discuta comigo; anseio por essa reação, acho. Essas disputas verbais com Vi são a coisa mais emocionante que tenho em dias preenchidos pela monotonia de exercícios de estabilidade lentos e simples demais. Bem, além dos cavaleiros.

Porém ela não discute.

— Acho que isso é verdade. — É tudo o que diz.

Por baixo da mesa, a perna balança apreensivamente.

— Estou te deixando nervosa? — pergunto, e ela me fuzila com o olhar.

— O que você quer?

— Preciso do seu apoio com uma coisa.

— Beleza. Bora, time.

Vi se vira, e eu cutuco o cotovelo dela com o meu.

— Então, todos os anos a gente faz alguma coisa, certo? Pros alunos, depois das provas finais.

— Eu obviamente sei disso. — Ela digita uma legenda ironicamente jovial debaixo de algumas fotos para o blog da ACE. — Estou tentando pensar em alguma coisa, só que...

— Lembra daquele jogo na MagiCon? — interrompo. — *Noite de Cavaleiros*?

Vi para de digitar, então imagino que chamei sua atenção.

— Sei que parece meio bobo, mas é um jogo divertido — confesso para ela. — Então, estava pensando se a gente poderia configurar alguns notebooks da biblioteca e fazer um torneio ou algo do tipo. Não deve custar muito: já fiz uma lista com todos os equipamentos aos quais sei que temos acesso na escola.

Puxo uma página de dentro do meu fichário, deslizando-o pela mesa até ela. Na pouquíssima luz que temos sob as prateleiras ao lado das mesas de laboratório, ela pode ver que venho pensando no assunto com afinco: projeção de custos e possíveis organizações estudantis com as quais podemos colaborar.

— Tem também um pequeno orçamento para lanches e bebidas — digo.

Ela olha para as minhas anotações, as mãos ainda paradas e iluminadas sobre o teclado do notebook.

— A questão é que esse jogo me ajudou muito esse ano — confesso. — Em primeiro lugar porque me deu uma distração, mas também porque é superlegal. É divertido de assistir. Os gráficos são incríveis também.

— Eu sei. — Vi não parece convencida.

— Além do mais, podemos exibir um filme depois — acrescento —, já que presumo que nem todo mundo vá querer jogar. Podíamos fazer um evento fechado à noite ou algo do tipo... Sei lá. Vai depender do que temos no orçamento. — Paro de falar, e ela não diz nada. — Você está me ouvindo?

Vi encara o espaço à sua frente, mas logo em seguida dá uma piscada dura.

— É claro que estou ouvindo — diz ela.

— E?

— E o quê? Como você disse, depende do que está no orçamento.

— Mas você está de acordo?

— Quê?

— Tá, falando sério, você simplesmente...?

— Isso importa? — questiona ela, com uma brusquidão que é característica de quando Vi Reyes me pergunta qualquer coisa, mas tem... outra coisa presente.

Normalmente ela é combativa e impaciente, ríspida e apressada, mas agora ela parece extremamente cautelosa, como se achasse que estou tentando fazer uma pegadinha com ela.

— Sim, importa — digo, perplexo. — A sua opinião importa. É basicamente um suicídio social admitir que gosto desse jogo — comento, ao que ela revira os olhos —, então seria legal ter uma aliada. Além disso, eu provavelmente faria tudo errado sozinho.

— Não é nenhuma ciência aeroespacial. — A boca de Vi treme. — Nem futebol.

— Caramba, engraçadona você. Mas e aí, topa?

Vi me encara, o rosto em forma de coração repentinamente mais suave, mais próximo. Aquele olhar me domina, intenso, até a tela do notebook escurecer.

— Aham, claro. Por que não? — diz, desinteressada, limpando a garganta. — Parece divertido, acho.

— Você acha? Seu entusiasmo é comovente.

— E todo mundo tem que automaticamente amar as coisas que você ama, Orsino? — questiona ela, com um suspiro.

— Não vejo por que não. Tenho bom gosto.

Este é, no fim das contas, o X da questão da minha aposta social. O jogo pode até ser coisa de nerd, mas não quando sou eu fazendo; mesmo que minhas qualificações sociais *dependam* da minha velocidade no campo.

Vi me lança um olhar cético.

— Que foi? Tenho mesmo — insisto, e faço uma nova aposta ao me inclinar na direção dela.

— Hum? — oferece, evasiva, embora não se vire para longe.

— Enfim, estou feliz que você tenha topado. — Sinto como se estivesse tendo duas conversas diferentes: uma com palavras e outra com movimentos, mas parecemos concordar em ambas. — Você é a única pessoa que importa. Não é como se o Ryan fosse ligar.

Ela revira os olhos.

— Não vai mesmo.

— Então essa história já está basicamente resolvida. — Eu me inclino para mais perto.

— Acho que sim. — Ela também se inclina.

— Você vai gostar. Do jogo.

— Se você diz.

— Eu geralmente jogo com uma pessoa — acrescento, perto o bastante para roçar as pontas dos dedos dela nas minhas. — Estou torcendo para conseguir convencer o cara a participar do torneio também.

— Você... O quê?

Ela parece sobressaltada. Talvez seja pela ideia de que realmente passo meu tempo jogando videogame, o que tenho que admitir que é uma revelação improvável.

— É, é uma longa história, mas...

De repente, as luzes de teto se acendem, com um zumbido fluorescente. De imediato, fica claro não só o quanto o cômodo estava escuro, como também a nossa proximidade sentados lado a lado; debaixo da mesa, meu pé está descansando no banquinho dela, e a perna dela cruza a minha.

— O que vocês dois estão fazendo aí no escuro? — pergunta Kayla, franzindo a testa, com a mão no interruptor de luz.

Vi e eu imediatamente nos afastamos, ela apertando as teclas do laptop para que ele acenda enquanto eu me atrapalho para colocar a folha com o orçamento dentro do fichário.

— Nada — dizemos ao mesmo tempo.

Então, arrisco uma olhadela na direção de Vi. Ela me vê olhando e se vira depressa. Culpa? Talvez.

Ou talvez seja outra coisa.

— Tanto faz — Kayla nos informa de modo ambivalente, jogando o cabelo por cima do ombro antes de sair andando empertigada.

13

Jogabilidade de dois mundos

Vi

DUQUEORSINO12: ok então vê se não fica bravo mas eu te inscrevi no torneio da ACE
DUQUEORSINO12: inclusive pq sei que vc está livre nesse dia
DUQUEORSINO12: e, escuta, tô ligado que vc é todo Cheio dos Segredos nesse rolê do jogo, mas tipo...
DUQUEORSINO12: posso ser sincero?
DUQUEORSINO12: eu meio que tô precisando
DUQUEORSINO12: ok, não, eu tô precisando MUITO disso
DUQUEORSINO12: sei que é tosco, mas, olha, esse ano tem sido difícil
DUQUEORSINO12: eu só preciso muito de uma vitória, sabe?
DUQUEORSINO12: e não vai ser a mesma coisa se vc não estiver lá, então...
DUQUEORSINO12: por favor?

Ah, *que ótimo.* Porque eu com certeza consigo dizer não para isso.

— Eu te avisei pra ser sincera — é a resposta inicial, irritante, mas previsível, de Bash.

Ele não está ativamente bravo comigo, provavelmente porque sem mim ele não teria uma forma de chegar na escola, mas no reino da fidelidade fraterna, minhas dívidas estão começando a se amontoar. (Por sorte, estou na liderança há cerca de dezessete anos; agora colho as benesses de uma vida inteira de comportamento responsável e caronas gratuitas.)

— Eu não falei que essa história ia voltar pra te assombrar? — insiste ele.

— Que *prestativo*, Sebastian, obrigada…

— Conta pra ele agora — incita Bash. — Só conta logo pra ele que você é o Cesário de verdade, e que você estava só…

— Só o quê? Só mentindo pra ele esse tempo todo? — Eu me jogo na minha cama, com um gemido. — Eu não deveria ter concordado com esse torneio. E nunca deveria ter concordado em fazer a missão com ele. E…

— Hã, ok, para — diz Bash, chutando meus tornozelos até eu dar um pontapé nele de volta. — *Ai*, Viola…

— Eu deveria só mudar de ideia e me negar a participar, né? Vou só me negar a participar.

Seria de imaginar que eu já teria encontrado uma solução antes, considerando que Jack contou para mim (Vi, menina, aparentemente uma imbecil) antes de perguntar a Cesário (menino, cavaleiro & guru virtual, que também sou eu). Só que quando ele me informou que tinha me inscrito, já era um pouco tarde demais para compartilhar o que eu realmente penso, no caso: AI DEUS NÃO, POR FAVOR, NÃO.

— Se você mudar de ideia, ele vai simplesmente tentar persuadir a pessoa que ele acha que é o Cesário de verdade, ou seja, *eu* — Bash me lembra, como se eu tivesse esquecido alguma parte dessa história. — E se ele for tão persistente quanto você diz…

— Ele é.

E isso é coisa nova, o que provavelmente é culpa minha. Será que o Jack Orsino de antes teria pensado em elaborar um *orçamento*? Ou uma *lista em tópicos* dos equipamentos disponíveis na escola? Eu deveria ter me contentado em fazer o trabalho de todo mundo. Eram tempos mais simples, quando eu podia olhar ao redor para toda aquela incompetência e decidir sozinha como as coisas seriam feitas.

— Você tem razão, ele provavelmente tentaria te persuadir pessoalmente — digo.

Como DuqueOrsino12, ele só faltou implorar. Tagarelou sobre querer dar um passo adiante em coisas que não sejam o futebol, o que, caramba, também é culpa minha. (Por gentileza, será que eu podia calar a boca?!)

— Então — diz Bash —, suas opções são falar a verdade…

— Ou. *Ou*. — Eu me sento na cama tão rápido que colido contra o ombro de Bash. — Ou…?

— Não tem "ou" — Bash corrige. — Não foi minha intenção dar a entender que havia múltiplas opções. Só tem *uma* opção, e é…

— Você. — De repente, tudo se esclarece. — É só eu te ensinar a jogar como se fosse eu.

— Quê? — fala Bash em uma voz esganiçada, mas, ai meu Deus, *é claro*.

— Você pode jogar por mim no torneio! — Não consigo acreditar que não pensei nisso antes. — A essa altura, Jack e eu já estaremos praticamente terminando a missão mesmo, então…

Só que os olhos de Bash estão quase saltando do rosto de tanta descrença. Ou de algo ainda mais esquisito.

— MÃE — grita ele, ficando em pé e disparando para fora do meu quarto.

— Ei! *Bash*… — Esse babaquinha. Saio a mil por hora atrás dele escada abaixo, nós dois caindo no térreo com um baque. — Juro por Deus, se você criar uma confusão por causa disso…

Bash para de repente, o que faz com que eu me choque contra suas costas. Quase tropeço por cima do aparador do corredor. Bato com as canelas nas pernas de madeira do móvel e deixo escapar uma sequência de palavrões sem pensar.

— Ah — diz Bash. — Desculpa.

— Pode pedir desculpa mesmo — rosno, pois já consigo sentir um galo do tamanho de Plutão se formando na minha perna. — Você perdeu o juízo? Não pode simplesmente sair correndo pra debaixo da saia da mamãe sempre que você...

Porém, esqueço o que ia falar em seguida, porque Bash não está falando comigo. Ou com a nossa mãe.

— Oi, garotada — diz o pastor Ike, com um meio-sorriso. — Algum problema?

Quando conheci o pastor Ike, pensei: beleza. Certo, tudo bem, consigo entender o apelo. Ele não faz o tipo habitual da minha mãe — ou seja, bonitão como um detetive de programa de TV —, mas consigo entender por que uma pessoa qualquer gostaria dele. Ele tem uma aparência juvenil, uma postura levemente desleixada e parece alguém cujas mãos tocam instrumentos musicais o dia inteiro, além de ter uma tendência a soltar risadas acanhadas e a fazer pausas pensativas antes de responder a maioria das perguntas. Tem um cabelo loiro escuro que já está ficando grisalho, em estilo quase descuidado que faz com que ele pareça acessível e alegremente distraído, e óbvio que eu o odeio.

Tá, eu não o odeio. Porém, eu odeio a *ideia* do que ele representa, por motivos óbvios. Um dos quais é que ele está, nesse instante, sentado à mesa de jantar que nunca usamos, na cadeira na minha frente em que ninguém nunca senta, totalmente alheio ao fato de que chamar gente de fora para jantar não é algo que fazemos normalmente. (Nós três estamos todos em algum ponto no espectro de "inadequados para companhia" e quaisquer tentativas com conjuntos de prataria e conversinhas educadas são um caso perdido antes mesmo de começar.)

Além disso, minha mãe está muito mais alegre esses últimos tempos, e isso é incrivelmente irritante. Não porque eu queira que ela seja infeliz, óbvio. É só que é fundamentalmente esquisito que, por causa do pastor Ike — tá bom, *Isaac* —, ela seja uma pessoa tão, hum...

— Como está a massa, Vi? É o prato favorito dela — diz minha mãe em um só fôlego, inclinando-se para o pastor Ike.

Ele me lança um sorriso educado e então exibe para minha mãe um muito mais carinhoso, enquanto ela, mais uma vez, está tagarelando.

Isso obviamente seria muito fofo se ela fosse o tipo de mulher que fica habitualmente nervosa. Só que a *minha* mãe é uma feminista de coração gelado que pensa que a maioria das pessoas são idiotas e que todos os homens são inúteis. Ela mal sabe cozinhar direito e essa massa é basicamente só macarrão cozido com queijo, que Bash e eu comemos pelo menos uma vez por semana porque minha mãe tem prazos apertados e não pode ficar com a barriga no fogão inventando coisas novas o tempo inteiro. Se ter o pastor Ike por perto significa que de repente esta casa virará refém das opiniões de um homem (Bash não conta), então não sei se quero uma coisa dessas.

— Está ótima. Posso praticamente sentir o gosto de séculos de trabalho doméstico não pagos — digo, e minha mãe solta uma gargalhada que indica que está profundamente desconfortável.

Pastor Ike me lança um olhar engraçado.

— Então, enfim — anuncia Bash —, Vi e eu estamos em um dilema ético.

— Não estamos, não — retruco de uma vez, porque se eu *estivesse* aberta à ideia de discutir o assunto com uma pessoa com tendência a usar salmos como arma, poderíamos ter ligado para Lola. — Não dê ouvidos a ele — digo para o pastor Ike.

— Ele tem uma imaginação forte. Praticamente se transforma em delírios.

— O que está acontecendo? — pergunta minha mãe, arrumando meticulosamente uma garfada de macarrão.

— Nada — respondo.

— Vi é uma vigarista — diz Bash, ao mesmo tempo que eu.

— Eu não sou uma *vigarista*...

— Tem razão, você na verdade não é muito bem-sucedida...

— Isso quer dizer que você vai contar para a gente porque tem passado todas as madrugadas acordada até tarde? — pergunta minha mãe, finalmente deixando para lá a energia de dona de casa tagarela e me lançando um olhar que é puro *eu tenho um mestrado em jornalismo, Viola, não teste minha paciência.* — Não pense que só porque não falei nada eu não percebi o que você estava fazendo.

Fico irritada, porque, de novo, não preciso do pastor Ike se juntando contra mim com a minha mãe e ao meu irmão.

— O que houve com aquela história de confiar em mim para tomar minhas próprias decisões? — pergunto. — De praticar para ser independente quando eu for adulta?

— É por isso que não estou interferindo. Só que gostaria de pensar que confiar em suas escolhas significa que você está considerando tomar decisões saudáveis. — Minha mãe me lança um olhar de aviso.

— Realmente não é nada de mais — digo, irritada. — Eu só... preciso da ajuda do Bash com uma coisa, mas ele não quer.

— Ajuda com o quê? — pergunta mamãe.

— Nada — respondo.

— Conspiração Criminosa — diz Bash, de novo ao mesmo tempo.

— Não é uma conspiração...

— No mínimo, eu sou um tríplice — insiste ele, e eu solto um grunhido alto.

— Acho que você quis dizer *cúmplice*...

— Então você admite!

— *Ahem* — minha mãe interrompe alto.

É nessa hora que nós três simultaneamente notamos que o pastor Ike abaixou a cabeça para esconder uma risada.

— Algo de engraçado? — pergunta minha mãe a ele, parecendo... bem... parecendo bastante ríspida e de volta a sua personalidade.

Ele tosse.

— Sim. Desculpe. Um pouco.

Adoraria continuar irritada com o pastor Ike, mas ele parece apropriadamente mortificado, como se de fato torcesse para não ser notado.

— Por favor — resmunga a minha mãe. — Esclareça para nós.

— É muito encantador, só isso — diz o pastor Ike. — O jeito como vocês todos se conhecessem tão bem.

— Moramos juntos — argumento.

Mamãe me lança um olhar que diz algo tipo *cuidado com o tom de voz*.

— Bem, isso não necessariamente significa nada — diz ele. — Conheci muitas famílias que se sentam à mesa de jantar e não conversam. Só ficou apenas bastante claro como vocês se gostam muito.

— Vi me chamou de palhaço imbecil hoje de manhã — oferece Bash.

— É verdade — confirmo. — Chamei mesmo, e ele é.

— Por escolha — insiste Bash.

— Vocês dois são uns palhaços — decreta minha mãe.

O pastor Ike sorri outra vez.

— Para com isso — dizemos em uníssono para ele.

— Viram só? É fofo. — Ele dá de ombros, e a minha mãe dá um tapinha com as costas da mão no braço dele.

— Não chama a gente de *fofo*...

— Não somos fofos — concordo.

— Se for avaliar por estética, está mais para um antagonismo carinhoso — contribui Bash.

— Hum — diz o pastor Ike. — Bem, neste caso, peço desculpas.

— Você tem algum conselho para meus filhos pecadores? — pergunta mamãe. — Profissionalmente falando. Como um homem do hábito.

— Tente não citar um homem branco morto — acrescento. Minha mãe me chuta por baixo da mesa. — *Que foi?*

— Bem — diz o pastor Ike, secando a boca com o guardanapo e apoiando as costas na cadeira. — A honestidade é geralmente a melhor opção…

— Há — diz Bash, empunhando o garfo na minha direção.

— … mas — continua o pastor Ike —, como sociedade, existe um valor antropológico delimitado atribuído a mentiras. Em particular aquelas que evitam dor ou ofensas.

— Ha-*há* — informo a Bash, e então me viro na direção do pastor Ike. — Agora diz pra ele que "amai a tua irmã" ocasionalmente envolve fazer um favorzinho de nada a ela.

— Para evitar dor ou ofensa? — adivinha o pastor Ike, tranquilo.

— Claro, por que não? — Levo mais uma garfada de macarrão em direção à boca enquanto, do outro lado da mesa, as sobrancelhas da minha mãe ficam enrugadas.

— Bem, em última análise, você não tem controle sobre ninguém além de si mesmo — diz o pastor Ike. — E, como doutrina pessoal, tendo a acreditar que, na vida, nós recebemos o que oferecemos.

— A gente colhe aquilo que planta? Bastante bíblico — comento.

— É uma sabedoria razoavelmente antiga — rebate ele. — Não acho que nós sempre recebamos de imediato. Às vezes, demora muito tempo, uma vida inteira, para receber o que oferecemos aos outros. Na melhor das hipóteses, é amor. — Ele olha de relance para a minha mãe, e então desvia o olhar de forma rápida e culpada. — Em outros casos é decência, amizade, gentileza...

— Então como você explica o que aconteceu com Jesus? — pergunto. (Minha mãe me chuta de novo.)

— Ele foi uma anomalia — diz o pastor Ike.

— Então você está dizendo que é uma questão de carma?

— Carma é muito mais complexo do que isso. — O pastor Ike toma um gole de água, depois volta sua atenção para mim. — Mas, ideologicamente, o conceito existe também. A natureza mostra uma tendência para o equilíbrio. Para cada ação, há uma reação igual e oposta.

— E se nem tudo for simplesmente bom ou ruim, decente ou indecente, gentil ou cruel? — rebato. — No fim das contas, o que eu quero que o Bash faça é para o benefício de outra pessoa, e não meu.

— Nada é preto no branco — reconhece o pastor Ike, devagar.

— Nem mesmo o bem e o mal?

— Não. As maiores falhas da religião estão enraizadas em uma falsa dicotomia.

— Isso aí não é blasfêmia?

— É? — questiona ele. — A fé precisa ser cega?

— Até onde sei, a religião institucionalizada sugere fortemente que sim.

— A religião institucionalizada não é a fé. Nós recebemos a consciência, mas também o livre-arbítrio. Nós fazemos escolhas. É mais ou menos como a sua mãe — diz ele — ensinando a você o que é certo e o que é errado, mas deixando ao seu critério decidir qual é a hora apropriada para ir dormir.

— Não me arrasta pra essa história — diz a minha mãe, de imediato.

— Assim, toda escolha é puramente boa ou puramente má? Não — continua o pastor Ike. — Em situações complexas, pode haver dor na bondade e gentileza no egoísmo.

— Ok. — Eu abaixo o garfo. — Então qual é a sua opinião? O Bash deveria me ajudar mesmo que isso envolva uma mentira que vai poupar outra pessoa da dor?

— Me parece uma questão para o livre-arbítrio do Bash — decreta o pastor Ike.

— Péééééssimo — anuncia Bash, que estava estranhamente quieto.

— Bem. Seja lá o que você dois estão tramando, é melhor que não seja nada ilegal — diz minha mãe. — Se qualquer um de vocês for preso, vão ter que ligar pra Lola e lidar com a fúria dela. Nosso acordo é esse.

— Muito eficiente — diz Bash, às pressas.

— Estou ansioso para conhecer a sua avó — comenta o pastor Ike, então pergunta para mim: — Algum conselho?

Dou de ombros.

— Não pergunte pra mim. O Bash é o bonzinho entre nós dois.

— Não. A Vi é a favorita da Lola — diz Bash com um aceno vigoroso de cabeça.

— A Lola ama vocês dois igualmente — ralha mamãe.

— Ela grita mais comigo — retruco, ao que Bash dá de ombros porque ninguém nunca grita com ele. Ele é naturalmente encantador demais para isso. — E ela fica me pentelhando para sorrir mais. E me pergunta sempre sobre namorados que eu não tenho. Mas você é, tipo, um homem humano com quem a minha mãe está namorando de verdade — declaro ao pastor Ike —, então já está no caminho certo. É só elogiar a comida dela que vai estar no papo.

Só percebo que dei ao pastor Ike uma resposta sincera quando noto sua troca de olhares com a minha mãe. Seu olhar, seja lá o que deveria significar, é um pouco mais terno. É como se uma conversa inteira se passasse entre eles em um intervalo menor que o de um piscar de olhos. Como um batimento cardíaco de simetria.

Seria de imaginar que eu me sentiria solitária ao saber que alguém entende algo sagrado a respeito da minha mãe, mas não me sinto. Eu me sinto profundamente *des*-esvaziada. Saciada, acho. Plena.

Mais tarde, Bash entra de fininho no meu quarto como se ainda tivéssemos cinco anos de idade, quando estávamos com dificuldade de dormir.

— Eu vou te ajudar — diz ele, entrando embaixo das minhas cobertas e me empurrando mais para liberar espaço. — Mas só porque você foi legal com o pastor Ike.

— Ahá! — grito-sussurro em triunfo. — Eu *sabia* que você chamava ele assim também...

— Mas você tem que me prometer que essa história vai acabar aqui — acrescenta Bash. — Assim que o torneio acabar, você precisa parar com isso.

— Em primeiro lugar, eu sou legal com as pessoas quando quero — eu me justifico.

— Sim, isso não é novidade pra mim. Você é tipo um gato doméstico horroroso.

— E, em segundo lugar, eu sei disso — suspiro. — Eu realmente estou sendo sincera, Bash. Faça só esse favorzinho que eu prometo que depois vou contar a verdade para o Jack.

— A verdade *toda*? — pergunta Bash, erguendo uma sobrancelha.

— Como assim? Sim, eu vou contar a ele que eu sou o Cesário e que você não passa do meu peão inútil.

— Não isso. — Ele puxa o meu cabelo. — A outra coisa.

— O quê? Sobre a Olívia?

— *Não*.

— Ok, que bom. Porque, dã, ele já sabe...

Bash olha para mim por um segundo como se quisesse dizer mais alguma coisa, mas então muda de ideia.

— O que mais há para dizer? — pergunto.

— Você é impossível — murmura Bash de forma nada prestativa, e rouba o meu travesseiro. — Por que a sua cama é mais confortável que a minha?

— Provavelmente porque eu lavo os meus lençóis.

— Fica quieta, eu tô dormindo.

Reviro os olhos e então os fecho, exausta. Foi um dia longo, e não só porque fui arrastada para o projeto de torneio de Jack, mas também porque estávamos nas Terras Vermelhas hoje, na última etapa da missão. Foi este o reino que parcialmente inspirou a minha ideia para a campanha de ConQuest: *existe* um mercado de fadas e ele é *extremamente* maneiro, independentemente do que o resto do meu antigo grupo idiota pensa. Você precisa encontrar o portal e entrar em um reino repleto de magia feérica ardilosa. Depois disso, ainda tem Lyonesse, uma viagem marítima por um oceano de monstros. Os reinos vão ficando cada vez mais legais, desafiadores e empolgantes, e Jack tem ficado mais e mais intuitivo no jogo conforme os dias passam. Ontem fomos atacados por mais uma pessoa que estava tentando roubar uma das nossas relíquias (dessa vez, o Arco Infalível de Tristão, do qual vamos precisar para matar a besta ladradora na Bretanha) e Jack nem precisou perguntar o que eu queria que ele fizesse. E não foi do jeito insuportável de costume, como se ele achasse que não precisa de ajuda, ou como se tivesse um dom divino para jogar videogame, mas porque está realmente pensando nas minhas necessidades.

As pessoas não costumam realmente pensar em mim. Não estou reclamando: é apenas um fato. Estou acostumada a ser a pessoa responsável pelo que vem a seguir, pelo que precisa ser feito, e raramente alguém se importa em tirar esses fardos de mim. Quando eu quero alguma coisa, preciso pedir, e é isso o que eu faço — e, claro, nem sempre sou supersimpática ao fazer isso, porque sei que a maioria das pessoas estão ocupadas pensando em si próprias. Apenas uma pessoa mudou esse comportamento sem que eu precisasse forçá-la a fazer isso e, para a minha surpresa, essa pessoa foi o próprio duque: Jack Orsino.

Então essa coisa que ele quer, o torneio? Não consigo explicar, mas não posso deixar de oferecer isso a ele.

— Diz logo pra ele que você gosta dele — Bash murmura para mim.

De forma madura, finjo estar dormindo.

Jack

— **Orsino.** — Meu pai está no modo treinador, a mandíbula mastigando rápido o chiclete de costume. — Acha que consegue trabalhar com o Andrews?

— Claro. — Eu me levanto e experimento dar uma corridinha leve até a linha lateral enquanto a defesa entra em campo.

Andrews caminha de um lado para o outro, apreensivo. Ele deixou cair a bola nos últimos dois passes do treino e agora está todo perdido em pensamentos.

— Pega — digo a ele, arremessando uma espiral preguiçosa.

A bola toca as palmas das mãos dele com facilidade, como se estivesse voltando para seu lugar. O lance não teve a menor intenção de ser extenuante; é apenas um lembrete de que nem tudo tem a intensidade de uma quarta descida no minuto final da partida. Às vezes, a melhor maneira de fazer alguém se reerguer aos poucos é lembrá-lo de que isso é um jogo.

Testo meu joelho, sentindo o impulso habitual de disparar e deixar todo mundo para trás comendo poeira.

É, é só um jogo.

— Ainda é esquisito estar em campo sem você — comenta Andrews, lançando a bola de volta para mim.

Não digo nada por um tempo.

— Vocês estão tendo uma temporada incrível — lembro-o, enfim.

Andrews dá de ombros.

— Assim como você quando estava no meu ano.

É verdade — estatisticamente falando, tive um ano melhor —, mas a insinuação ali ainda dói. Sou a prova viva de que um bom segundo ano no colégio não basta para fazer uma carreira profissional, o que é um lembrete deprimente de que mesmo os joelhos mais rápidos podem sofrer abalos. Estou provavelmente poupando o ego dele.

Não posso dizer que ter me transformado em uma história de advertência faça com que eu me sinta bem.

Ele pega mais alguns lances.

— Soube que um dos outros candidatos que iria pra Ilíria ficou de fora. Suspenso por causa de uma festa ou algo assim.

— Hum.

Percebo que ele acha que isso é uma boa notícia para mim: que até um jogador se recuperando de uma lesão importante em seu último ano é mais bem cotado do que alguém que com certeza vai fazer besteira na faculdade. Eu sinto outra coisa. Se a Ilíria mantiver sua parte do acordo quanto à minha vaga, não importa quem mais se desqualifica da minha posição. Eu queria — *ainda* quero — ser escolhido porque sou o melhor. Mesmo que isso signifique pedir à faculdade que faça uma aposta na minha capacidade de me reerguer. Mesmo que isso signifique provar algo a meu respeito do qual não estou completamente convencido.

— Eles deram alguma notícia? — pergunta Andrews.

Na verdade, não. Já faz algum tempo.

— Tenho certeza de que vão entrar em contato antes da temporada acabar.

— Ah, massa. Você vai estar em campo pro Estadual, certo?

Eric diz que não. Ainda preciso de mais três semanas apenas com exercícios de estabilidade antes de poder começar um programa específico para o futebol. Minha mãe diz que não porque Eric diz que não. Meu pai diz que veremos, eu sempre fui especial, praticamente corri antes mesmo de aprender a andar.

Frank me observa. Imagino que esteja esperando que eu faça algo idiota.

— É, provavelmente.

Uma mentirinha, mas é inofensiva.

— Maravilha. Não seria a mesma coisa sem você.

Lanço mais uma espiral.

— Você daria conta — digo.

Andrews sorri.

— É claro que sim.

O arremesso seguinte dele acaba saindo um pouco para o lado, meio baixo. Andrews é um receiver: o trabalho dele é pegar a bola, o que quer dizer que certa falta de proficiência em arremesso é esperada. Isso não é algo para se esquentar a cabeça, mas me ocorre que eu precisaria me abaixar e me jogar para o lado para capturar a bola. Em vez disso, dispenso-o com um aceno de mão e deixo a bola sair de campo.

— Você já se aqueceu. Vá se alongar.

— Positivo, capitão.

Andrews sai com uma corridinha, e eu recolho a bola outra vez, estreitando os olhos um pouco.

— Ei, Andrews? Guarda isso aqui.

A bola voa alto e ele a pega. Eu ouço um leve, mas memorável zumbido em meus ouvidos.

(*DUQUE, DUQUE, DUQUE...*)

— Que bom que você nunca teve interesse na minha posição — diz uma voz atrás de mim, e ao meu virar, vejo Cúrio se aproximando depois de praticar algumas manobras com as equipes especiais.

— Que nada. Meu braço não é nada especial. — Pelo menos não comparado às minhas pernas.

— Duvido. — Cúrio fica ao meu lado e nós dois nos viramos para o campo. — Último jogo da temporada, hein?

— É.

O sol está começando a se pôr acima da linha lateral oposta, por trás das colinas, e essa é uma das minhas paisagens favoritas. Sei que é esquisito, mas eu realmente adoro o cheiro do gramado, o gosto meio plástico da água das caixas térmicas de Gatorade. Eu adoro o ruído elétrico das luzes do estádio se acendendo e a incrível e nítida solidão de ouvi-las se apagar.

— Você vai voltar — diz Cúrio. — Esse não é o fim pra você.

A voz dele soa um pouco estranha.

— Você está bem? — pergunto.

— Hum? Sim, tô sim. — A boca de Cúrio se retorce em um sorriso melancólico. — Eu vou só sentir falta disso.

— Você ainda pode jogar na faculdade, não?

— Não do mesmo jeito. Não assim.

— Mas você recebeu uma proposta, não foi?

De uma faculdade pequena ao sul, mas ainda assim.

— É, mas eu sei que acabou.

— Ei, não diz isso…

— Não, eu não… Eu não estou fazendo mimimi nem nada. — Cúrio dá de ombros. — Não tenho braço pra competir naquele nível. Só calhou que sou bom o bastante para jogar futebol no ensino médio, e estou de boa com isso, de verdade. — Ele olha de relance para mim. — Tenho tentado pensar em um jeito de te agradecer.

— Pelo quê? Por me machucar? — Eu dou risada, e ele também.

— É, isso aí.

— O prazer foi todo meu. Feliz de fazer esse sacrifício por você.

— Não, pra valer mesmo. — Ele fica um pouco mais sério. — Valeu por… sei lá. Me mostrar como é ser alguém que toma a iniciativa, acho. — Ele dá de ombros. — Tive três temporadas para observar você e o Valentino, e, sei lá, isso fez a diferença.

O que ele diz significa muito para mim, mas não tenho como reconhecer esse elogio sem deixar nós dois desconfortáveis.

— Você tem razão — digo. — Você não pode ser um quarterback universitário. É bonzinho demais.

— Falou. — Ele revira os olhos, batendo as ombreiras no meu braço. — Enfim, você é mais do que as jardas que consegue correr, sabe? Só achei que alguém precisava dizer isso pra você.

Abro a boca para dizer alguma coisa — o quê exatamente, não faço ideia —, mas aí o treinador sopra o apito, convocando todo mundo de volta ao campo. Cúrio faz menção de correr, mas eu seguro o braço dele.

— Vê se curte bastante, ok? — digo num tom baixo. — Cada segundo. Vocês são bons o bastante para vencer o Estadual, mas mesmo se não conseguirem... não desperdiça isso.

O que estou tentando dizer é que nunca se sabe quantos segundos extras você consegue ter em campo antes que alguém tire tudo de você. Um menisco rompido ou um lance desesperado que derruba você nos últimos cinco segundos de jogo. Um tornado ou uma inundação. Nada é garantido, exceto pelo aqui e agora.

— É. Valeu, cara. — Cúrio acena com a cabeça para mim e eu sigo atrás dele para o huddle, aumentando a velocidade. Eric diria par eu não fazer isso. Minha mãe diria não. Frank não está olhando.

Eu corro e me sinto...

Bem.

— Juntem as mãos! — grita o treinador, e ninguém nem sequer percebeu.

Ninguém me viu. Não fui atingido por um raio. Não recebi um castigo divino. Estou completamente ileso.

Solto o ar, pensando pela primeira vez: talvez valha a pena. Talvez o agora valha tudo. Talvez valha mais do que o ano que vem, ou os quatro anos seguintes, ou uma carreira inteira.

Você é literalmente idiota?, pergunta uma voz em meus pensamentos que tenho 95% de certeza que pertence a Vi Reyes, mas eu a ignoro e me junto ao huddle para que o treinador nos libere.

Fico esperando meu pai dormir antes de sair outra vez, com os tênis amarrados.

Só quero ver o que vai rolar.

Alongo as panturrilhas com cuidado, meticulosamente. Alongo os quadríceps, faço os exercícios de estabilidade de costume, ativo os glúteos. Demoro vinte minutos inteiros para exercitar e aquecer o corpo, com a minha playlist de corrida explodindo nos fones de ouvido.

Eu me viro para o outro lado da minha rua. É uma noite fresca — fria o bastante para fazer fumacinha quando respiro — e o sibilo do meu short parece insubstancial. Libertador.

A música é interrompida brevemente pelo som de uma notificação no fone de ouvido. Uma mensagem de texto.

— De Viola Reyes — minha Siri alegre tagarela antes de anunciar em seu cantarolar monótono. — Orsino-você-já-tem-os-formulários-de-permissão-assinados-ou-você-planeja-esperar-até-todo-mundo-estar-formado?

Reviro os olhos, ignorando a mensagem.

O telefone apita outra vez.

— Também de Viola Reyes — gorjeia Siri. — Aliás-eu-sinto-muito.

Hum. Interessante.

— Também de Viola Reyes: Não-por-causa-disso-porque-afinal-esse-é-seu-trabalho.

Reviro os olhos outra vez.

Salto um pouco, para a frente e para trás, na ponta dos pés.

— Também de Viola Reyes: Eu-apenas-sinto-muito. Por-um-monte-de-coisas.

Aquilo me deixa intrigado. Solto uma respiração nebulosa, então tiro o celular do bolso. Estou prestes a mandar uma mensagem para Vi e perguntar do que raios ela está falando quando vejo uma mensagem marcada como importante em meu celular: um e-mail da Ilíria.

Prezado Jack,

Esperamos que esteja bem! Parabéns à Messalina High e ao treinador Orsino por uma temporada perfeita. Desejamos sorte nas finais em East Bay na semana que vem!

Gostaríamos de verificar como anda seu progresso. Torcemos para que possamos marcar um horário para conversar sobre sua prontidão de voltar ao campo antes da próxima temporada. Você com certeza está bastante ocupado, mas seria possível fazermos isso antes das festas de fim de ano? Torcemos para ter a chance de ver você no Estadual.

Espera aí. Me ver no Estadual?

Me ver *jogar* no Estadual?

Olho para a minha rua suburbana vazia, um pulsar de adrenalina nas veias.

Não é uma ideia *tão* descabida assim. Sem contar que Eric é apenas precavido demais. É o trabalho dele.

Eu poderia correr. *Poderia*. Eu só precisaria ter bons blockers...

Bastaria uma jogada para provar que eu tive uma recuperação milagrosa.

Meu pai faria isso. Ele me colocaria em jogo.

Se ele só me *colocasse* em jogo, eu poderia...

Pisco forte, a batida forte em meus ouvidos.

Meu coração oscila e martela.

— Vamos lá — sussurro para quem quer que esteja ouvindo. O universo, Deus, qualquer um.

Então, a princípio devagar, como algo se incendiando aos poucos, eu disparo pela rua.

DUQUEORSINO12: ok, sei que a gente vai pra corbenic hoje mas eu realmente preciso de ajuda com uma coisa

DUQUEORSINO12: eu saí pra correr, beleza?

DUQUEORSINO12: e foi tranquilo

DUQUEORSINO12: não, tranquilo nada. ótimo

DUQUEORSINO12: eu me sinto bem pra caralho

DUQUEORSINO12: estou com gelo no joelho agora

DUQUEORSINO12: não sou idiota

DUQUEORSINO12: mas acho que posso ter uma chance com a ilíria

DUQUEORSINO12: talvez eu ainda consiga jogar no ano que vem e tipo

DUQUEORSINO12: isso muda tudo

DUQUEORSINO12: TUDO

DUQUEORSINO12: se eu conseguir entrar no jogo por um minutinho que seja durante o pós-temporada

DUQUEORSINO12: eu poderia ter tudo outra vez

DUQUEORSINO12: tudo o que perdi. eu poderia ter tudo de volta e eu só

DUQUEORSINO12: tô falando igual um maníaco sei disso mas é só que eu realmente preciso

Apoio as costas na cadeira, soltando o ar com as mãos na cabeça.

Do que eu preciso *mesmo*? Não sei como terminar a frase. Estou procurando por alguém que me impeça? Que me encoraje? Que me valide, que me diga a real, que me dê permissão, ou o quê? Já ferrei as coisas antes, então quero que alguém me diga não ou que me diga sim? Sei a quem recorrer nesses dois casos, mas nenhuma resposta parece completamente certa.

Do que eu preciso?

De alguém em quem confio. Certo ou errado, sim ou não. Alguém que vai ser sincero comigo, que vai mandar a real para mim, quer eu queira escutar ou não.

E sei exatamente quem é essa pessoa.

DUQUEORSINO12: desculpa pera aí tem uma coisa que eu preciso fazer

Cesário responde algo (*hããããã???*), mas é tarde demais. Já estou discando.

— Alô?

— Oi. — Solto o fôlego, sem me caber de alívio por ouvir a voz dela. — A gente pode… A gente pode ir pra algum lugar? Posso conversar com você?

Vi faz uma pausa de um segundo.

Dois segundos.

— Sim — responde ela, finalmente. — Sim, tudo bem.

14

E agora vamos a um personagem completamente diferente

Vi

Fico sentada lá, paralisada, enquanto todas aquelas mensagens de Jack inundam a tela. A euforia por ser capaz de correr. Não consigo nem imaginar como deve ser a sensação. Então a pressão, a frustração, o medo. Como é que eu poderia ajudar com isso? Parte de mim pensa: ok, isso é bom. É perfeito. Ele vai voltar para o futebol, essa interrupçãozinha com você vai ser facilmente esquecida e a mentira não vai nem mais ter importância. Ele não vai ter tempo para jogar videogame nem para torneios da ACE nem nada do tipo. Talvez ele nem precise saber da verdade.

Porém, então escuto a voz dele no telefone e algo muda. Talvez tudo.

— Pode ser no parque na Principal? — pergunta ele. Sinto a urgência na sua voz. — Não quero te meter em problemas nem nada do tipo. Dá pra ir a pé.

Considerando algumas coisinhas que aprendi sobre o mundo em que vivemos, caminhar sozinhos tão tarde da noite pode ser uma ideia burra para nós dois. Argh, talvez Jack seja burro. Talvez eu seja burra. Não, eu com certeza sou burra. Ele nem mencionou o pedido idiota de desculpas que eu fiz compulsivamente por mensagem, que foi por causa de... nada. Só que também de tudo.

— Eu busco você — digo.

— Tem certeza?

— Não me testa, Orsino.

Desligo e sofro com o nervosismo, fechando o notebook sem nem me preocupar em imaginar se ele vai falar mais alguma coisa com o Cesário. Pelo menos por enquanto, é comigo com quem ele quer conversar.

Eu de verdade.

Desço as escadas e entro no carro, dando a partida com os faróis apagados e guiando até a rua. Os bairros de classe média são muito bizarros à noite; a maneira como as luzes brilham por cercas-vivas podadas e calçadões exagerados, refletindo caixas de correio personalizadas e gramados bem-aparados.

Estaciono ao lado da casa dele e apago os faróis outra vez. Mando uma mensagem de texto. Jack imediatamente sai pela porta da frente como se estivesse esperando por mim ali na entrada. Ele estremece e abre o lado do passageiro, ainda vestindo os trajes de corrida.

— Quer que eu vá para algum lugar específico? — pergunto a ele.

Jack balança o joelho.

— Não sei.

— Você tá de sacanagem.

— Não importa, eu só… — Ele fica inquieto, esfrega o alto da cabeça com as mãos, encarando a pista. Então, ele se vira para me olhar. — Eu consigo correr — diz, e conheço-o bem o bastante para saber que há mais, então escuto. — Eu *consigo* correr, sei que consigo. O que significa que eu poderia fazer isso… manter minha vaga na Ilíria, dar meu jeito. Fazer minhas escolhas. Ou eu poderia não fazer nada e ver se eles milagrosamente ainda me querem, independentemente do que acontecer. — Ele solta uma risada debochada, como se não acreditasse que aquilo fosse uma possibilidade real. — Mas se é para optar entre duas coisas opostas, por que não escolher aquela que vem com o maior prêmio? Sem risco, sem recompensa, né? — Ele afunda no banco. — O que significa que a perda também vai ser grande, se não der certo.

Assinto com a cabeça. Não é como se a escolha fosse minha para tomar, mas…

— O que você acha? — pergunta Jack, e eu pisco.

— Quem se importa com o que eu penso?

— Eu. É óbvio. — Ele me lança um olhar tão demorado que fico desestabilizada.

— Não sou especialista em lesões no joelho — lembro.

— E daí? Conheço um monte de especialistas e eles não estão ajudando.

— Como é que não estão ajudando?

A perna de Jack saltita para cima e para baixo outra vez. Ele balança a cabeça.

— Vem — diz, abrindo a porta com força. — Vamos andar.

Saio a contragosto do carro.

— Pra onde vamos?

— Pra lugar nenhum, Viola. Não tem nenhum lugar *pra onde* ir. — Ele enfia as mãos nos bolsos e me olha de relance. — Tá com frio?

— Não.

Mais ou menos (meu cérebro idiota observa que é interessante, de um jeito que no fim das contas é irrelevante, que Jack esteja preocupado comigo nesse momento de grave crise pessoal), mas não importa.

— Tá bom, então, imagino que os especialistas digam…? — retomo a conversa.

— Que preciso de quatro semanas para poder jogar.

Franzo a testa.

— Mas você correu hoje, de todo jeito.

— Sim.

— Porque você é… super-humano?

— Talvez. — Ele me oferece um olhar que é puro Duque Orsino.

Então, naturalmente, faço uma pausa para dar um tapa no braço dele.

— Sério?

— Quê? — diz ele, e depois suspira. — Tá bom, eu já sei.

— É, melhor que saiba mesmo. Você realmente acha que sua capacidade de regeneração vai além da anatomia básica?

— Então você acha que não. — Ele continua a andar pela calçada, a testa franzida enquanto reflete. — É esse o seu voto?

— Não foi isso o que eu disse.

— Mas você acha que estou sendo irresponsável.

Dou de ombros.

— E o que tem de novo nisso?

A expressão no rosto de Jack se transforma de concentração em outra coisa.

— Eu meio que achava que você fosse pegar um pouco mais leve comigo — diz, em um tom apático. — Você sabe. Depois de tudo.

— Você supervisionou *um* baile, Orsino — suspiro. — Isso é o que os deuses chamam de soberba.

Dessa vez ele para, virando-se para me encarar quando chegamos a uma esquina.

— Viola — diz ele.

— Jackary — respondo.

— Você entende que isso é sério, né?

— Bem, é sobre futebol. Então, não, não entendo.

— Mas não é só sobre o futebol. É a minha vida. Sei que você não tem apreço pela indústria esportiva, mas, sinceramente, sua atitude parece meio infantil. É de milhões, bilhões de dólares que estamos falando aqui.

Ele está racionalizando a situação, então dou o troco:

— Sempre achei a economia uma coisa ridícula. É tudo falso. Nós nem temos mais um valor baseado no custo do ouro.

Dinheiro de papel já perdeu quase o valor e agora tem mais o quê? Bitcoin? Dá um tempo.

Os olhos dele dançam com a risada que ele está concentrado demais para me oferecer.

— Você desviou demais do assunto — responde ele, de repente sem fôlego.

— Talvez o que você realmente precise é de perspectiva.

Ele endireita os ombros, o que provoca o efeito (não intencional?) de aproximá-lo de mim.

— Tá bom, então me dá a sua.

Ah claro, jogue essa responsabilidade para cima de mim. Estou acostumada a ser a vilã, mas, mesmo assim, o que está em jogo aqui é muito maior do que as situações cotidianas. (Quando a felicidade de Jack Orsino se tornou tão importante para mim? Um pensamento fervilhante, facilmente reduzido a um incômodo.)

— Eu não vou tomar essa decisão por você — respondo mal-humorada, erguendo o queixo.

Ele está parado perto de mim, como tem feito recentemente. O cheiro dele é limpo, um pouco salgado.

Espero que ele discuta. Que insista ou vá embora.

— Eu queria ter a sua certeza — diz ele.

Muito perto. Perto demais. Perco o fôlego e estou em sério perigo de fazer algo de que vou me arrepender, como tentar pegar a mão dele. Ou ser sincera.

Então eu me viro e continuo andando.

— Tenho opiniões fortes, e não certezas — eu o corrijo, atravessando a rua para me distanciar um pouco de quem quer que eu quase tenha sido um segundo atrás. — Eu não tenho certeza de nada.

— Então qual é o seu plano, afinal? — O tom é enérgico, como se achasse graça.

— Eu não tenho um plano. Eu não preciso de um. Sei do que eu gosto, com o que eu me importo, no que sou boa, e isso me basta. Eu tenho permissão de querer coisas, Jack. De mudar de ideia. E — acrescento, virando nos calcanhares para encará-lo — não transforma isso numa situação em que eu sou a sua *manic pixie dream girl*, tá? Não estou aqui para ser a garota dos sonhos maluquinha que vai inspirar suas escolhas de vida com a minha generosidade de espírito ou sei lá o quê.

— Eu teria que ser maluco pra que você fosse a minha garota dos sonhos — responde ele sem hesitação, voltando a me encarar.

Jack abaixa o olhar. Eu olho para cima. O efeito de nos encontrarmos no meio do caminho me desestabiliza, e tenho quase certeza de que ele está encarando os meus lábios. Ou eu, os dele.

Não, não, não.

Eu me viro e saio andando outra vez, mais rápido.

— Quer saber qual é o seu problema? — vocifero.

— Sim, Viola, agora sim a gente está conversando! — Jack solta o ar, fingindo alívio enquanto me segue. — *Por favor* me diga qual é o meu problema. Eu já sei que você sabe.

Dou meia-volta, irritada.

— Se você vai ser insuportável desse jeito…

— Não, tô falando sério. — Ele me segura pelo cotovelo, o que me leva a parar.

Estamos na frente da casa de alguém. Acho que já estive aqui uma vez, talvez no quarto ano, em uma festa com piscina da turma ou algo do tipo com alguém que não é mais meu amigo. Deus, odeio esses bairros de subúrbios. Ou talvez eu só odeie me sentir assim, como se estivesse oscilando na beirada de algo que poderia ser destruído muito facilmente.

— Eu só acho — digo, minha voz mais frágil do que eu esperava — que você não sabe *o que* você quer, Jack, porque deve existir uma parte sua que já sabe qual é a escolha certa, mas por qualquer que seja o motivo, você não gosta da resposta. Você diz que gostaria de seguir em frente — lembro-o, me desvencilhando e seguindo na rua vazia para atravessá-la em direção ao parque. — E você *diz* que quer ser mais do que só o futebol, mas a verdade é que você está com medo, não é? Você tem medo de admitir que não sabe o que você é sem o futebol. E sabe o que é sinceramente *hilário* nessa história? — pergunto, dando meia-volta para encará-lo.

Jack para no meio da rua comigo, as mãos nos bolsos, aguardando.

— Você precisou se machucar e quase perder tudo para realmente deixar que alguém *enxergasse* você — digo amargamente para ele, minha respiração formando uma névoa fina no ar enquanto a verdade (parte dela) repentinamente escapa de mim. — Mas seja lá quem foi Duque Orsino, seja lá quem ele vá se tornar, seja lá que troféus ele ganhe ou os campeonatos que conquiste ou o legado de onde veio, ele nunca vai ser para mim o que você é...

— Que é?

Paro, quase me engasgando, antes que eu vá longe demais.

— Nada. Deixa pra lá. A questão é...

— O que eu sou, Viola? — pressiona ele, dando um passo para a frente.

Olho rápido para os meus sapatos, para a rotatória bem-aparada, para a rua vazia.

— Só estou dizendo que é uma total perda de tempo — murmuro, tentando deixar para trás a obscenidade mórbida da minha quase confissão. — Essa coisa de tentar apostar sua vida inteira em seu medo de recomeçar. E se você se machucar de novo, Jack? E se da próxima vez for pior? Será que realmente vale a pena jogar fora sua mobilidade aos dezessete anos?

— Vi — diz ele. Os olhos são suaves, e eu sou uma infeliz.

— Você era mais do que esse joelho antes de romper o ligamento, Jack, e ainda é. — Fico encarando algo, o nada atrás dele. O brilho da calota de um pneu, sei lá. Qualquer coisa que não seja o rosto de Jack. — Você é mais do que só um conjunto de partes funcionais ou não funcionais, você é...

— Vi.

— Eu só acho — continuo, e percebo que estou fungando; o ar está gelado, e considerando as palavras que estão saindo pela minha boca, é óbvio que estou violentamente doente. — Eu só acho que essa decisão é sua. E sinceramente é uma grosseria imensa da sua parte me pedir para fazer suas escolhas por você.

Dou as costas para ele, furiosa ou febril ou algo completamente diferente, mas ele estende o braço e toca a minha bochecha, como se ele se importasse.

— É, verdade.

E talvez eu queira que ele faça isso.

— Você precisa fazer o que sentir que é o certo. — Minha voz sai mais suave do que planejava. — Você é inteligente o bastante para saber o preço.

— É. — Os dedos dele acompanham a linha do meu maxilar, encontrando a minha nuca e brincando com o meu rabo de cavalo até que um suspiro escape dos meus lábios.

— Não posso te dizer o que fazer, Jack.

Ele se inclina para perto e fecho meus olhos traidores. A bochecha dele é quente contra a minha, reconfortante.

— Não, não pode — diz ao meu ouvido.

— Além disso, eu mal te conheço.

— Calma lá, Viola. — Consigo sentir o movimento da garganta dele quando ele engole. — Isso simplesmente não é verdade.

Não sei bem como ou quando estico as mãos para ele. Como os meus dedos se enroscam em seu moletom, meus antebraços se apertando contra seu peito. O motivo de respirar quando ele respira, como se fosse algo praticado. Como se cada contato até aqui tivesse sido um ensaio para o que nós poderíamos um dia fazer, para o que talvez fôssemos sentir. Para a proximidade que poderíamos alcançar um dia.

— Isso é idiota — suspiro. Não tenho certeza se me refiro a ficar parada no meio da rua ou a qualquer uma das outras circunstâncias idiotas.

— Sim — diz Jack solenemente. — Muito.

— Você sabia quando me ligou...?

— Eu tinha uma sensação. Um monte de sensações. Mas não tinha certeza de como você se sentia.

— O que você sente?

Ele inclina meu queixo para cima; desce até a metade do caminho.

— Bem — diz Jack, os lábios pairando acima dos meus. — Você estava quase totalmente certa a meu respeito. Mas eu não tenho tanto medo de recomeçar como você imagina.

— Engraçado. — Engulo em seco. — Estou um pouco paralisada.

— Você? — Ele balança a cabeça. — Você não tem medo de nada nem de ninguém.

— O que você quer dizer é que eu não sou legal com ninguém.

— Você não tenta agradar todo mundo. É diferente.

O nariz dele roça no meu. Meus lábios se abrem, então se fecham com rispidez.

— Você está esperando — observo em voz alta, percebendo que ele não se mexeu.

Jack está apenas parado ali, paralisado, comigo em seus braços e quase em seus lábios, mas não completamente. Não de fato.

Ele dá de ombros.

— Não acho que você já esteja no mesmo ponto que eu.

— E que ponto é esse, exatamente?

— Me encontra no meio do caminho e descubra.

Respiro fundo, brusca, a distância entre nós estalando feito estática. Jack não sabe sobre Cesário. Não sabe com quem realmente vem conversando.

Conta logo para ele, manda a voz de Bash. *Conta logo antes que seja tarde demais.*

— O que você vai fazer? — pergunto, tentando ser racional. — Sobre... o seu joelho. Sobre a Ilíria.

Jack dá de ombros.

— Vou meditar.

— Sério?

— Até parece. Mas a decisão é minha, você tem razão. — Ele pende na minha direção, oscilando como o repuxar da maré, então muda de ideia. — Você não está pronta — diz, afastando-se.

Quase o sigo, atraída para a sua órbita.

— Mas estarei por aqui — acrescenta ele. — Se e quando você estiver pronta. Isso não é uma oferta de pegar ou largar.

— Vai recrutar outra pessoa para tentar ver o que se passa na minha cabeça? — brinco, indignada com ele, furiosa comigo.

— Não. Eu sei o que se passa na sua cabeça. O que eu quero é outra coisa.

Aquelas palavras me machucam. Fazem com que eu me parta ao meio. *Jack, tem uma coisa que eu preciso te dizer…*

— Jack — tento, mas ele balança a cabeça. Desenrosca os dedos de meu cabelo, o polegar descendo pelos meus ombros antes de descer para roçar os nós dos meus dedos. O movimento é tão atencioso, tão fundamentalmente paciente, que meu peito dói.

— Agradeço a sua ajuda — diz ele. — Acho que você talvez tenha se aproximado de mim mais do que normalmente se permite, e eu valorizo isso. Mas…

Ele toca a lateral na minha mão e dá de ombros.

— Não quero te pressionar a me oferecer algo que você não pode me dar.

Não sei como explicar isso, mas sei que ele se refere a mim, meu eu real. Não eu-Cesário ou eu-ACE. Não eu em um dia bom, quando estou domada ou sorrindo. Não frações de mim.

Ele está se referindo a mim como um todo. Cada versão.

— Jack — digo, desesperada —, você sabe que eu sou, tipo… uma escrota, certo?

Ele bufa de leve.

— Claro, Vi, se isso significa que você nunca desiste. Que nunca aceita a derrota. Que nunca se curva só porque alguém espera que você faça isso. — A mão dele ainda dança próxima à minha. — Se isso te torna uma escrota, Vi, então que seja, espero que você nunca mude. Na verdade, espero que você me mude. Gosto de pensar que você já me mudou.

Isso, mais do que qualquer outra coisa, me acerta como um tapa.

— Mas, olha — continua ele, prestes a me soltar. — Vamos logo sair do meio da rua e então…

Eu aperto minha mão na dele e o puxo de volta.

Jack se choca contra mim, quase tropeçando.

— Vi, você tá…

É desajeitado, eu sei. Envolvo o pescoço dele com os braços e praticamente bato os nossos lábios um contra o outro — e as coisas que faço, os movimentos que tento, são todos uma bagunça. Apesar de tudo que tenho a dizer sobre narrativas românticas e arcos moralistas, não sei de fato como beijar alguém, não desse jeito. Não da maneira como quero beijar Jack Orsino, que, no caso, é com todo o meu ser, com o meu coração inteiro.

A risada que escapa da boca de Jack para a minha quase me esmaga em doçura. É terna e cortante, autêntica e livre. Ele segura minha a nuca com delicadeza, aliviado, divertido e perdidamente afetuoso, e eu a sinto, emanando dele para mim: felicidade.

— Só para você saber — digo, me afastando por um segundo para brigar com ele —, isso não significa que eu…

— Significa, sim — interrompe ele, me beijando outra vez.

Dessa vez, é lento e sincero, como se soubesse exatamente o que significa me beijar e que planeja fazer isso direito. Jack toca as minhas bochechas, minha mandíbula, meu cabelo, a lateral do meu pescoço, e é só quando vejo o brilho de faróis ao longe que retorno com um solavanco, saindo do mundo da lua e voltando à realidade, puxando-o para a calçada bem a tempo de sair da rua aos tropeços.

Estou ofegante, deixando arfadas de ar me escaparem, quando a risada de Jack corta a noite.

— Vamos. — Ele me aninha debaixo de seu braço. — Vou caminhar com você até o carro.

— Quê? Mas…

— Nós temos amanhã. E depois de amanhã. E depois disso. — Caminhamos meio cambaleantes, e ele me beija entre as palavras, tentando desesperadamente enunciar entre os beijos.

— Jack, eu tenho que te dizer…

Só que as palavras morrem em minha língua. Não posso fazer isso com ele.

Não posso ser a pessoa que diz a ele que nada disso foi de verdade. Agora não.

— Eu sei — diz Jack, e não sabe.

Não tem como. De jeito nenhum ele consegue sentir o misto de sensações em meu peito, feias e extravagantes e luminosas. Porém, em seguida ele abre a porta do meu carro, afivela para mim o cinto de segurança de um jeito cômico e escreve com o dedo na minha janela embaçada: EU GOSTO DE VOCÊ, VI REYES.

Sei que isso ainda estará lá pela manhã, e pelo tempo que eu decidir não limpar o vidro. Pelo tempo que eu conseguir não estragar tudo; porque que é claro que vou estragar no fim das contas.

Porque vou contar a ele. Preciso contar a ele.

Só que não antes de ele me beijar pela janela uma última vez e eu pensar: *Ok, mãe.*

Ok, talvez você estivesse certa, mas só um pinguinho de nada.

Jack

— Ai merda, morri — diz Cúrio, franzindo a testa quando o seu cavaleiro (que eu já avisei para *não* batizar com o próprio nome, de forma sábia) tem o peito perfurado pelo cetro de um mago. — Caramba, que brutal.

— Eu te avisei — suspiro —, se você só usar o mouse para virar...

— Você não me avisou porra nenhuma, Orsino...

Ergo o olhar e percebo Vi me observando da mesa de laboratório de costume. Dou uma piscadela e ela solta um resmungo silencioso a distância, embora eu consiga notar uma sombra de sorriso em seus lábios.

— Fico chocado que não tenham banido esse jogo nos computadores da escola — diz Cúrio de forma casual, sem perceber que o universo inteiro mudou depois que beijei Vi Reyes duas noites atrás. — Então a gente não pode entrar no Twitter, mas videogames são de boa?

— É educativo — digo. — Praticamente uma introdução à ciência da computação.

— Você sabe que a gente *tem* uma aula de introdução à ciência da computação, né?

— Cacete, temos mesmo? — Caramba, provavelmente teria valido a pena prestar atenção nas nossas opções de eletivas. — Enfim, não é ciência aeroespacial, Cúrio.

— Talvez não pra você. — Ele chuta as pernas para frente, virando-se para me encarar. — Não era bem isso que eu tinha imaginado, aliás.

— Bem, você é que me disse que queria fazer algo fora da quadra. — Ele apareceu quando eu estava a caminho da sala de liderança com uma prévia dos pôsteres do nosso torneio. — Além do mais — acrescento, apontando para o avatar de Cúrio, que acabou de voltar para Camelot —, não posso deixar você me envergonhar desse jeito durante o torneio.

— Eu vou com certeza me envergonhar sozinho — garante Cúrio —, mas suponho que seja por uma boa causa.

— Pelo meu ego? Com certeza.

Ele ri.

— Só tô contente de te ver um pouquinho mais relaxado. Imagino que as coisas com a Ilíria tenham se resolvido?

Ao longe, percebo que Vi interrompe sua digitação barulhenta e febril.

— Sinceramente? Acho que não. — Forço um tom alegre, algo que não é tão difícil quanto imaginei que seria. — Acho que a gente vai ter que esperar pra ver como é que vão responder.

— O que você falou pra eles?

— A verdade.

Tento fazer parecer que foi fácil, mas não foi. A minha resposta foi basicamente que, apesar de a minha reabilitação estar progredindo bem, ela também está correndo lentamente, e que não sei se estarei pronto para jogar nenhum jogo do pós-temporada. Anexei um prognóstico de Eric e do dr. Barnes sobre a possibilidade de voltar a jogar como fazia antes dentro de dezoito meses, e falei que se isso parecesse um tempo longo demais para a Ilíria, bem, eu compreendia e desejava boa sorte a eles. Eu escrevi no e-mail:

> *A Ilíria é a minha universidade dos sonhos. Nada nesta situação mudou esse fato, mas aprendi que não posso prometer coisas que não sou capaz de controlar. Permanecerei fiel ao plano de treinos designado pelos meus médicos e continuarei a tratar meu regime fisioterápico com a mesma dedicação e esforço que ofereci nas minhas quatro temporadas no Campeonato Estudantil da Messalina. Prometo que se Jack Orsino for o jogador que vocês querem, ainda o serei de todas as maneiras que importam quando o outono chegar. Porém, se preferirem me julgar pela saúde do joelho ou pelos riscos que estou disposto a assumir atualmente, vou entender caso escolham seguir por um caminho diferente.*

Acho que ofereci a eles uma saída elegante. Estou torcendo para que não aceitem, é óbvio, mas essa possibilidade não parece mais tão aterrorizante quanto antes.

— Hum — diz Cúrio. Não de um jeito grosseiro, só pensativo. — Bem, estou aqui pra te apoiar. Caso precise.

— É, talvez precise mesmo.

Meu pai recebeu a notícia e só respondeu com silêncio. Meu irmão ficou mais irritado. Ele me perguntou no que é que eu estava pensando e acrescentou que na faculdade tinha dinheiro de verdade envolvido, coisas realmente importantes, e que não era a hora de bancar o Bom Moço. Imaginei que isso tivesse algo a ver com ele ter sido derrubado da disputa pelos playoffs da NCAA e deixado de fora da lista final de candidatos aos Heisman, mas ainda assim fiquei um pouco magoado. Mais do que achei que ficaria.

Nick tem me apoiado, apesar de ter finalmente se entendido com a faculdade e não estar muito disponível. Ele está ocupado estudando para as provas finais e tentando se envolver com o programa de arquitetura, que, até onde entendi, tem tomado muito de seu tempo. Ele passa mais horas no laboratório de design do que jamais passou em campo; o que talvez seja algo bom, já que ele diz que não tem sido cansativo demais. Apenas empolgante e novo.

Quanto a Vi... Estou dando uma folga para ela. Não faz sentido querer que a vida dela gire em torno da minha. Já aprendi essa lição com Olívia. Em vez disso, estou esperando para ver se ela vai me dizer o que *ela* quer, se é que quer alguma coisa. Depois que nos beijamos, mandei uma mensagem para ela dizendo que a bola estava no lado dela da quadra agora, e Vi não respondeu. Bem, ela disse: *uma metáfora esportiva, sério isso?*

Desde então, meio que estamos na órbita um do outro. Acho que ela está inventando desculpas para ficar perto de mim, mas também quero ver o que acontece quando estiver pronta para se aproximar de propósito. Quando ela estiver pronta para me dizer algo verdadeiro, estarei aqui.

Até lá, digamos que aprendi muita coisa sobre ser paciente este ano.

— Quer jogar de novo? — pergunto a Cúrio.

— Acho que já apanhei o bastante por hoje. Vamos ver você jogando. — Ele se levanta da mesa e troca de lugar comigo. Eu logo na minha conta. — Você disse que foi o Valentino quem te viciou nisso?

— Aparentemente, isso é, tipo, *a* coisa que você faz quando está lesionado.

— Vou manter isso em mente. — Cúrio tamborila os dedos no banco. — Ei, só pra você saber, eu não, tipo... eu não sou a favor do que o Vólio tá fazendo nem nada assim.

— Hum? — Mal presto atenção.

— O Vólio, com a Olívia. Eu não... Ah merda, esse aí é você? Você tem um montão de joias.

— Relíquias — eu o corrijo. — E, escuta, os problemas do Vólio são da conta dele.

Se aprendi alguma coisa a respeito de Olívia, é que ela não é uma donzela que precisa ser salva. Não sei como a amizade com Vi Reyes a mudou, mas não acho que Olívia vá ter dificuldades em rejeitá-lo.

— Claro, mas eu só... Uau. — Cúrio se inclina para a frente. — E você joga isso tem só, o que, alguns meses?

— Ah, eu jogo um pouquinho aqui e ali — minto, como se não viesse sacrificando a maior parte do meu sono pela Missão de Camelot.

Já estamos quase terminando: faltam só dois reinos, incluindo nossa atual cruzada para obter o Santo Graal, que fiquei surpreso em descobrir que não é a última relíquia do jogo e *nem* a solução para o mistério do suposto Cavaleiro Negro. Perguntei a Cesário se ele sabia alguma coisa sobre como de fato zerar o jogo e ele negou; aparentemente é um segredo gigantesco. Então não faço ideia do que vai rolar depois que chegarmos a Avalon.

— Com quem você joga? — pergunta Cúrio.

— Hum?

— Tipo, você joga sozinho ou…?

— Ah. — Hum, como explicar isso? — Tenho um parceiro, mais ou menos.

— Alguém que você conhece?

Percebo que Vi está prestando atenção outra vez, o que me dá vontade de rir. Apesar de ela fingir não se importar…

— Ah, foi mal, mas acabei de lembrar que preciso terminar uma coisa para o Bowen — digo a Cúrio, fechando o notebook. — Tudo bem se a gente fizer isso numa outra hora?

— Ah, tudo bem, claro. Também tô precisando ir, de qualquer forma. — Cúrio passa uma das alças da mochila pelo ombro e faz uma pequena saudação. — Te vejo no treino?

— Você sabe que sim.

Quando ele sai, vou devagar na direção de Vi, que mantém os olhos fixos na tela do notebook deliberadamente.

— Ocupada? — pergunto, parando atrás de seu banco.

Se ela se inclinasse para trás uma fraçãozinha de centímetro que fosse, a coluna encontraria o meu peito, então, para garantir que ela saiba disso, apoio os braços dos dois lados do corpo dela, fingindo me demorar ali de forma casual.

— É óbvio.

— O que é isso? Trabalho de Literatura?

— Hum.

— Me parece que você terminou.

— Bem — começa a dizer, petulante —, é claro que para o olho não treinado…

Eu me inclino mais para perto, fingindo inspecionar atentamente, meu queixo roçando no seu ombro, e Vi inspira de forma tão brusca que acho que chega a se assustar.

— Nervosa? — pergunto em seu ouvido, e ela me dá uma cotovelada.

— Você dispensou seu amigo só pra não ter que admitir a sua vida gamer secreta? — resmunga ela quando me dobro de rir, o que ironicamente faz com que eu a envolva ainda mais em meus braços.

— Não. Só achei que fazia um tempinho desde a última vez que te atormentava um pouco.

— O que aconteceu com aquela história da bola estar no meu campo?

— Do seu lado da quadra, mas você sabe disso. Está dificultando as coisas de propósito.

— Que nada, eu sou assim naturalmente.

Eu me pergunto se Vi sente a maneira como cede a mim, vértebra a vértebra, fôlego a fôlego. É como se ela calculasse cada grau em que se permite relaxar contra o meu corpo, lentamente, e eu saboreio o gesto.

Por um tempo. Depois me afasto, e ela se recompõe.

— Babacão — murmura.

— Só para lembrar — comento —, você poderia me ter se quisesse.

Vi ergue uma sobrancelha.

— Não tem nenhuma regra de Atletoide Neandertal que te proíba de confessar coisas sentimentais?

— Provavelmente. — Ergo o queixo dela e imito sua expressão, uma carinha fechada e irritada. — Fofa.

— Você não tem trabalho a fazer? — suspira ela.

— Sim. — Eu me inclino para a frente como se fosse beijá-la, então paro, esperando pela arfada reveladora que indica que ela quer que eu siga em frente. — Te vejo mais tarde — digo, largando-a ao mesmo tempo em que me afasto, e dando meia-volta para pegar a minha mochila e recolocar o notebook emprestado para carregar.

— Babacão — grita Vi às minhas costas outra vez, e eu escondo um sorriso.

DUQUEORSINO12: tá tudo bem com vc?

C354R10: estaria melhor se tivéssemos a porcaria do graal

Reza a lenda que o Graal está em algum lugar no interior de um castelo gigantesco. Achei que o Anel de Dissipação, a relíquia que Cesário já usou antes, seria útil para achá-lo. Só que não é, porque é claro que seria fácil demais. Estamos cercados por um monte de armadilhas mágicas e a nossa única fonte de iluminação é a Espada de Corbenic, com seu cabo de brilho vermelho; uma relíquia deste reino que obtivemos ao derrotar um feiticeiro particularmente difícil.

Não foi por isso que perguntei a Cesário como ele está, claro, apesar de me sentir estranho de mencionar coisas que noto na vida real. Peguei Bash e Vi Reyes discutindo no estacionamento, dentro do carro deles; não sei como funciona, mas nos últimos tempos tenho estado muito mais sintonizado no que quer que Vi esteja fazendo. É como se meu cérebro focasse nela assim que vejo seu perfil pelo canto do olho.

DUQUEORSINO12: tô falando sério
C354R10: e eu tô seriamente bem
C354R10: meio puto com o episódio de GdE dessa semana, mas tudo bem

É o antepenúltimo episódio antes do fim da temporada, que dizem que vai ser épico. Nick vai estar de volta por aqui para as férias de inverno a essa altura, então perguntou se eu gostaria de ir assistir ao episódio na casa dele. Não decidi se vou; quero, mas também meio que gostaria de assistir com Vi. Ainda não mencionei isso para ela, mas tenho a impressão de que ela não vai querer ir para a casa de Antônia.

DUQUEORSINO12: ainda com raiva pq os roteiristas mandaram o cesário naquela missão secundária nada a ver?
C354R10: tô puto por causa da liliana dessa vez na verdade
C354R10: é horrível quando eles pegam a única personagem mulher interessante e fazem ela ficar ~MaLvAdA~

C354R10: vc sabe do que eu tô falando

C354R10: eles já fizeram ela sofrer por um tempão e agora aposto que vão matar ela pra promover a história do rodrigo

C354R10: ou talvez até a do cesário

DUQUEORSINO12: que isso, eles não podem simplesmente matar ela

DUQUEORSINO12: ela é importante demais

C354R10: é, bem, os roteiristas sempre acham que matar uma personagem mulher é "novo" e "chocante"

C354R10: pq desse jeito ela nunca realmente se torna coisa nenhuma

DUQUEORSINO12: vc tem muitos sentimentos sobre essa história

C354R10: tenho uma quantidade normal de sentimentos por essa história

C354R10: é uma narrativa mal-escrita

DUQUEORSINO12: ainda nem aconteceu!

C354R10: ok mas vai

C354R10: é só assistir

DUQUEORSINO12: se isso acontecer a vi vai pirar

C354R10: com certeza

A ideia de Vi ficando brava com algo que não sou eu, para variar, quase me faz sorrir. Pego meu celular e mando uma mensagem para ela: *o que vc acha de assistir o último episódio de GdE comigo?*

Vai ser no fim de semana depois do torneio. Que vai ser a semana depois do Estadual. Então imagino que, até lá, já vou saber se a Ilíria planeja me abandonar ou não.

Antes que possa ficar pensando muito, a resposta dela aparece: *Ok.*

Uma mulher cheia de palavras. Reviro os olhos e acrescento: *O nick me perguntou se a gente gostaria de assistir na casa dele, mas imagino que… não, né?*

Ela responde da mesma forma sucinta de antes: *Não.*

Vc algum dia vai me contar o que rolou entre vc e a antônia?

Ela digita por um segundo.

Foi culpa minha.

Não acredito nisso, respondo.

Eu não sou lá uma pessoa muito boa, Orsino, diz ela.

De novo, duvido muito, digo, porque, por mais que Vi queira acreditar que é uma pessoa ruim, não creio que ela seja capaz de magoar ninguém. Eu já a vi em ação: Vi é impaciente, irritadiça, grosseira, mas nunca cruel. Estou prestar a lembrá-la de que eu a conheço, sim, mas daí a tela do meu computador pisca, um vermelho invadindo os tons opacos de um preto sombreado, e ergo o olhar, sobressaltado.

C354R10: hã, bora focar aqui?? na missão??

— Merda — digo em voz alta, percebendo que é uma emboscada.

Não é um combate com outro jogador, mas um desafio contra o ambiente partindo de um personagem não jogável, que faz parte da missão. O *jogo* está nos atacando, o que, vendo pelo lado positivo, provavelmente significa que estamos nos aproximando do Graal.

É um feiticeiro, alguém que parece muito com um Merlin bombadão e possivelmente possuído. Será que é para matar ele? Não se ele souber de alguma coisa.

DUQUEORSINO12: a gente não tem uma relíquia pra isso?
DUQUEORSINO12: algo que faça ele falar

Concluo que o Anel de Dissipação provavelmente daria conta do recado no exato instante em que Cesário decide usá-lo. O véu de feitiçaria é removido e, então, como um relâmpago, a aparência do feiticeiro muda; o jogo nos informa que ele foi libertado de uma maldição. Gostaríamos de perguntar algo a ele?

Hã, se liga. Sim.

Onde está o Santo Graal?, digito no jogo.

O feiticeiro dá um passo para o lado, revelando uma passagem rochosa que talvez nunca tivéssemos encontrado.

C354R10: ora, olha só pra vc orsino
C354R10: vc não é nem de longe tão inútil quanto parece

É engraçado, mas quase consigo escutar essa mensagem na voz de Vi. Imagino que ela simplesmente ocupe meus pensamentos, embora agora eu esteja focado em dar o fora deste castelo.

15

Tudo está tentando te matar

Jack

Está todo mundo alvoroçado com a nossa escola na liderança do Estadual. É algo que nos prometem desde que eu estava no primeiro ano — *Jack Orsino é o melhor running back do estado, pode anotar aí, o Messalina High é o time da vez*, todo ano durante os últimos quatro anos — e agora, finalmente, a hora chegou. No começo, é difícil saber que meu impacto no resultado deste jogo vai ser tão pequeno, mas consigo deixar o meu ego de lado ajudando meu pai com os treinos de jogadas com o time e deixando Cúrio no grau para o maior jogo da vida dele.

— Não vejo como isso vai me ajudar — diz ele mais alto que os gritos de um rap desrespeitoso que coloquei para tocar nos alto-falantes.

— O público vai ser imenso — berro de volta. — Melhor se acostumar com a ideia de não conseguir se concentrar.

— Você tá me ajudando ou me torturando?

— As duas coisas — garanto, e Cúrio balança a cabeça e pega um lance difícil de Andrews.

É a primeira vez que não consigo ficar completamente distraído, nem com *Noite de Cavaleiros* ou flertando com Vi. Ajuda muito, porém, o fato de que Vi não seja o tipo de pessoa que precise de flertes.

— Você vem pro jogo no sábado? — pergunto a Vi enquanto tentamos desembolar cabos de projetores, vagamente me perguntando se a resposta dela vai me decepcionar.

— Há! — diz ela, o que me decepciona, um pouco.

Porém, sempre soube que Vi não é de torcer muito como Olívia, e isso ainda não muda as coisas em nada. Com certeza não muda a maneira como ela me faz sentir ou o tempo que estou disposto a esperar.

Também recebo um e-mail com a resposta da Ilíria porque quando as coisas acontecem, é sempre tudo ao mesmo tempo. O treinador ofensivo, Williams, não diz muito além de que gostaria de conversar comigo pessoalmente no Estadual. Quem está sediando os campeonatos estaduais este ano é o Norte da Califórnia, então vamos competir pelo título no estádio da Ilíria. Fico pensando se ele vai tentar me convencer a aceitar ou a desistir de alguma coisa. No entanto, tenho ficado mais confortável com a minha decisão — um pouquinho mais a cada dia.

As arquibancadas da Ilíria estão lotadas, e a energia no ar parece zumbir como as luzes do estádio. Estou congelando e é incrível.

— Orsino! — grita meu pai e, sim, está no modo treinador outra vez, mas estou feliz em fazer parte do time, independentemente do que eu conseguir hoje. Espero que ele me peça para manter o braço de Cúrio aquecido ou para lançar a bola para os receivers ou algo do tipo antes de o jogo começar, mas em vez disso, ele aponta alguém para a minha direção.

Ah. Então vamos fazer isso agora mesmo, pelo visto.

— Treinador Williams — digo, estendendo a mão para o coordenador ofensivo da Ilíria de forma respeitosa.

— Sr. Orsino — responde ele. — Como vai o joelho?

Começando já com a pergunta mais complicada.

— Melhorando, senhor. Pronto para dar início ao regime de corrida na semana que vem.

Ele assente com a cabeça.

— Empolgado?

— Muito empolgado. — Tenho me coçado para começar logo. — Estou pronto.

— Planeja manter o mesmo fisioterapeuta na primavera?

Faço que sim com a cabeça.

— Acredito ser o melhor a fazer. Meu ortopedista tem muitos planos específicos para o futebol, então...

— Caso contrário, você é bem-vindo para fazer a transição para um plano de treinamento iliriano — interrompe Williams, o que me surpreende.

— Desculpe, eu... sou?

— Bem, gostamos de pensar que temos os melhores — brinca Williams. — Aqui em nosso humilde estabelecimento de treino multimilionário.

— Ah, isso...

É confuso, não?

— Obrigado, eu só... — começo. — Eu não achei...

— Jack, há um lugar esperando por você na Ilíria — diz Williams, parecendo perplexo com a minha hesitação. — Você não estava ciente disso?

— Eu... Bem, não, na verdade não...

— Respeitamos sua honestidade e dedicação ao treinamento, Jack. Nem todo estudante do ensino médio é capaz de defender tão bem suas necessidades de longo prazo.

Franzo a testa.

— Mas se eu precisar de um total de dezoito meses para me recuperar...

— Nós postergamos sua entrada ativa para o segundo ano — diz Williams com simplicidade, o que significa que eu posso ter participação acadêmica sem ser um jogador atuante dentre a seleção: um ano inteiro de treinos com o time, mas sem colocar meu joelho lesionado em risco. — Você volta na temporada seguinte pronto para correr por nós, se isso ainda for o que você quiser fazer.

É uma solução tão coerente e inimaginavelmente perfeita que mal consigo acreditar que exista. Digo, sabia que a postergação existia em teoria, mas o fato de ele estar me oferecendo essa possibilidade agora, depois de todo o tormento de ficar imaginando...

— Sim, com toda a certeza, sim — deixo escapar, perdendo completamente a compostura por um segundo. — Essa... Essa é uma oferta fantástica, obrigado...

— Escuta, um grande jogador é mais do que um par de joelhos. Sabemos que você vai conquistar grandes coisas quando for a hora; do contrário, não teríamos assinado um contrato com você — diz Williams. — Mas, enfim, vou deixar você voltar ao jogo. Tenho certeza de que gostaria de apoiar os seus companheiros de equipe.

Mal consigo acreditar.

— Valeu! Digo... — Eu pigarreio, tentando soar profissional ou, no mínimo, calmo. — Obrigado, eu realmente sou muito grato por isso...

Ele assente para mim, meneia a cabeça para meu pai de longe e vai embora a tempo de eu cruzar olhares com Olívia. É difícil não avistá-la: ela e as outras líderes de torcida estão cobertas de purpurina, como se fossem bolas de discoteca humanas, e Olívia dispara até mim e balança um pompom brilhante no meu rosto.

— Isso pareceu uma boa notícia — diz ela, praticamente vibrando. — Você ainda tem a vaga?

— A vaga é minha. — Eu poderia gritar ou soluçar. — Ele disse que está tudo bem. Não consigo acreditar. É, tipo, fácil demais.

— De jeito nenhum, Jack. Nada disso foi fácil pra você, nunca. — Ela enfia um pompom na minha cara até eu me abaixar, rindo. — Vai, lute, vença! — grita ela para mim, e é legal ver Olívia feliz desse jeito. Já faz muito tempo que não a vejo relaxada assim.

— Como você está? — pergunto para ela. — Os preparativos para o teste de elenco vão bem?

— Ah, o Bash Reyes parece até um sargento do exército — diz Olívia, revirando os olhos. — Ele me fez praticar a mesma fala do meu monólogo até, tipo, meia-noite. Ah, olha lá ele! — Ela acena para a seção da banda nas arquibancadas. — Falando no diabo.

— Meia-noite? — questiono.

Estranho. Cesário e eu estávamos on-line à meia-noite ontem. Não sei como alguém conseguiria lutar contra magos ao mesmo tempo em que pratica monólogos... mas acho que não sei muito bem o que isso significa.

— É, bem... Ai meu Deus, olha só quem está aqui! Vi... VIOLA — grita Olívia, com ambas as mãos ao redor da boca como se fossem um megafone, e dou meia-volta, tomado pela surpresa.

Lá está ela.

Vi parece ridícula. Está embrulhada em uma touca de lã e um cachecol, e faz careta ao lado de uma pessoa que imagino ser sua mãe e de um homem vestindo um suéter que já vi Andrews usar certa vez: algo relacionado a um grupo jovem, então imagino que seja o pastor Ike. Olívia acena loucamente, e Vi faz uma careta, algo que é meio *meu Deus para com isso* e meio *argh, tá bom* quando finalmente acena de volta com má vontade.

Ergo uma das mãos e as bochechas já rosadas de Vi enrubescem.

Então dou uma piscadela, e Vi se vira com pressa.

— Quer saber? Adorei isso — comenta Olívia quando me viro para ela, com um quê de diversão na voz. — Não tinha como você ter escolhido alguém mais diferente de mim, tinha?

Ops.

— Você não está brava, está? — pergunto, cauteloso.

— Não. Meu Deus, não. — Ela revira os olhos, e essa reação é a cara de Vi. — Acho que ela faz muito mais sentido.

— Você acha que *Vi Reyes* e eu fazemos sentido como casal?

Nessa hora, uma das outras líderes de torcida grita para Olívia, que se vira suspirando, acena com o pompom uma última vez para Vi e me lança mais um olhar onisciente.

— O quê? — pergunto.

— Você sabe o quê. — Ela corre o caminho de volta de costas. — Or-si-no, Or-si-no! — cantarola, e, por algum motivo, (insanidade, provavelmente) a multidão à espera começa a cantar o meu antigo clamor de um jeito que só uma multidão consegue.

— *Duque, Duque, Duque, Duque...!*

Eu me viro e levanto a mão no ar enquanto o clamor se dissolve em berros. Minha mãe está gritando, porque é claro que sim. Olho para meu pai, que assente (ele está focado) e então concentro a minha atenção na pessoa na plateia que estou mais feliz em ver.

Ela encontra o meu olhar, sorrindo de leve, e acho que tem orgulho de mim. Tenho orgulho de mim também e, por um segundo de liberdade perfeita, não preciso conquistar o touchdown que vence o jogo, não preciso dos recordes, não preciso de um anel ou de um troféu para provar a mim mesmo quem eu sou. Basta o fato de estar aqui, de fazer parte disso; basta o fato de ela estar me vendo. Chegar tão longe significa tudo para mim.

Espero que você me mude... Gosto de pensar que você já me mudou. Foi o que eu disse para Vi.

Que alívio saber que eu estava certo.

O jogo é brutal desde o primeiro apito. Sei que nenhum de nós queria um começo difícil assim, mas um retorno de punt atrapalhado nos deixa em desvantagem, e a Arden, uma escola particular de Orange County conhecida por criar quarterbacks celebridades, é uma oponente implacável. A primeira metade do jogo é uma zona, e eu diria que não do tipo que nos favorece. Cúrio está avoado, Andrews deixa múltiplos passes caírem, Vólio não consegue correr uma jarda antes de ser esmurrado pela defesa da Arden. Conseguimos segurá-los em uma liderança mirrada de 10-0, mas os ânimos no vestiário durante o intervalo são sombrios. Apesar da nossa temporada perfeita, fica claro muito rápido que estamos sofrendo da síndrome do azarão: ninguém espera que a gente vença e a maré não está a nosso favor.

Espero que meu pai faça um discurso cheio de suas Pérolas de Treinador de costume. *Enxergue e faça acontecer*. Esse tipo de coisa. *Visualize o jogo virando e vire-o. Grandes resultados requerem grandes jogadas*. Porém, em vez disso, ele se levanta e diz para todos que sente orgulho de todos eles, que foi um longo caminho até aqui, que a vida não começa ou termina em uma única partida de futebol. Que, claro, o segundo lugar não é o que eles desejaram ao longo da temporada, mas que a melhor coisa que podem fazer é deixar tudo no campo. Nenhum arrependimento.

Então, ele olha para mim e, antes que eu perceba o que estou fazendo, as palavras saem da minha boca.

— Na verdade — digo —, falando como alguém que *realmente* não conseguiu ter a temporada que queria ter, eu gostaria de dizer umas palavrinhas. Se o treinador não se importar.

Não sei o que me possuiu até que me vejo já de pé, mas meu pai me chama com um aceno como se tivesse imaginado que eu fosse querer dizer alguma coisa. Ou talvez confiasse que eu faria isso.

— Escutem, todos nós já vimos isso nos filmes — digo para o meu time. — A gente sabe que às vezes a melhor equipe não vence, que os planos mais bem elaborados não funcionam. Eu por acaso sei que uma jogada errada pode destruir um joelho perfeitamente saudável. Estamos todos meio fu... *ferrados* assim mesmo — eu me corrijo rapidamente. — Estamos sempre nos equilibrando entre o triunfo e o desastre. E você pode ficar repetindo isso na sua cabeça sem parar... E se eu tivesse feito tal coisa? Será que eu devia ter feito coisa e tal? Só que no fim das contas não importa o que você poderia ter feito. O que importa é o que você faz e, mais ainda, o que importa é com quem você faz.

Eu faço uma pausa, um pouco emocionado agora.

— Esse time fez uma coisa inimaginável! — eu os lembro. — Nós articulamos o ataque para uma *temporada perfeita*. Nossa defesa é uma máquina bem lubrificada que no momento está impedindo que o jogo seja uma goleada. O jogo não é sobre quem é a melhor ou a pior equipe! — acrescento, batendo o punho no peito. — O time que vence é o time que está tendo um dia bom, só isso. Mas nós criamos nossos dias bons. Nós escolhemos como queremos ser lembrados. Um erro não nos define. Uma lesão não nos define. Uma derrota *não vai* nos definir, mas a forma como escolhemos criar o nosso destino? Isso, sim, nos define. Não importa que tipo de dia o Cúrio ou o Vólio ou o Andrews ou o Aguecheek estão tendo individualmente, o que importa é que tipo de dia nós criamos como uma equipe, para nós mesmos. Importa como escolhemos dominar o campo. Importa o que enxergamos quando olhamos para as nossas possibilidades. O que enxergamos determina quem nós somos.

Enxergue e faça acontecer. Isso não se aplica a fazer a sua namorada voltar a amar você, mas com certeza significa alguma coisa quando o assunto é você mesmo.

— A única coisa que você pode controlar naquele campo é você mesmo — digo para eles. — Então não desistam de vocês.

Desço do banco, um pouco sem fôlego, e Cúrio se levanta.

— Messalina no três — diz, e já posso ver como seus ombros estão um pouco mais firmes.

Esta é a sua última chance, penso para ele, com tanta força que com sorte Cúrio vai ser capaz de sentir. *Esta é a sua última dança.*

— Um-dois-três-MESSALINA!

Nós nos separamos e trotamos de volta para o campo, mas o treinador segura o meu braço.

— Jack — diz ele.

Quando estou em campo, sou apenas mais um integrante do time. Porém, dessa vez, quando ele olha para mim como se eu tivesse feito algo bom, não preciso que me fale nada. Eu entendo.

— Valeu, pai — digo. — De verdade. Por tudo.

— É?

— É. — Dou de ombros, então, para deixar o clima mais leve, ofereço a minha voz mais convencida: — Acha que tenho futuro como palestrante motivacional?

Ele me lança seu olhar de *Sossega, garoto* de costume.

— Vai pro campo com o seu time, Duque — diz.

— Sim, treinador — respondo com um sorriso de orelha a orelha e sigo para o banco.

Cúrio joga a bola longe e Andrews corre quase sessenta jardas. Touchdown, 10-7.

A Arden consegue fazer um field goal. 13-7.

O jogo fica com aquele placar, estagnado, até os últimos trinta segundos.

— Tem certeza de que não quer entrar? — diz meu pai. — Um lance de corrida?

Sei que ele só está nervoso.

— Eles vão dar um jeito, treinador.

Dito e feito: Vólio consegue atravessar o end zone depois de uma decisão esperta de Cúrio: uma jogada quase idêntica à que rompeu o meu joelho. Felizmente, porém, nenhum dos dois sai ferido.

13-13. As equipes especiais não perdem tempo em obter o ponto crítico que falta e, com um segundo para o fim do jogo, o placar pisca:

13-14. Messalina vence a Arden.

A partir desse ponto, o estádio inteiro explode em caos.

A banda corre para o campo. O resto da escola vem em seguida. Cúrio recebe o troféu do Campeonato Estadual e me chama com um gesto, e nós dois erguemos o troféu para a multidão.

O mesmo clamor me sobressalta, só que dessa vez ele parte do meu time:

— *Duque, Duque, Duque...!*

Levanto o olhar e encontro os olhos de Vi e, nesse momento, tomo uma decisão. Vou beijá-la. Agora mesmo.

Abro caminho em meio à multidão e, então, eu a beijo.

Vi

— Eu sabia que você tinha um namorado — diz Lola com uma voz convencida quando vamos jantar na casa dela no fim da semana.

— Pelo amor de *Deus*, Lola...

— Sua mãe me disse que foi muito romântico, igual nos filmes.

Foi mesmo, e passei toda a viagem de carro de volta para casa revivendo o choque de ver Jack se atirando na minha direção pelas arquibancadas apenas para me beijar, mas esse não é o X da questão. Também não importa a forma como as pessoas de repente começaram a cochichar a respeito. A qualidade do beijo? Épica, mas irrelevante.

O que eu estava dizendo mesmo? O que importa é que...

— A mamãe *não* disse isso.

Li um de seus artigos mais recentes, curiosa para ver se o relacionamento dela com o pastor Ike (ele não ficou ofendido com o apelido, o que tirou um pouco da graça) mudara alguma coisa em seu teor feminista. Acontece que ela ainda acha que nós deveríamos devorar os ricos e que mulheres não brancas vão um dia salvar o mundo. Então, pois é, ela pode estar apaixonada, mas a forma como usa a linguagem não mudou tanto assim. Ela não se transformou de repente na Branca de Neve nem nada do tipo.

— Eu sou capaz de interpretar as coisas — funga Lola, o que é uma confirmação de que ela inventou isso.

— E o Jack não é o meu namorado, ele é só...

— O cara para quem ela está mentindo no momento — murmura Bash, em um tom incomumente irônico, sentado à mesa de jantar de Lola.

Um som alto e uma explosão de luz partem do notebook do meu irmão, e ele faz uma careta.

— Ok, isso é sério? — Eu vou até ele para olhar a tela, que Bash tenta esconder mim. — Tá vendo como você acabou de morrer outra vez? *Isso* não acontece com o Cesário. Tipo, nunca. — Viro a tela para mim, franzindo a testa. — Você ainda está nos rounds de desafios de combate de tutorial? Bash!

— Em primeiro lugar, é claro que estou — informa Bash, murmurando —, e, em segundo, isso é inútil.

— Eu não gosto desses joguinhos de vocês — comenta Lola enquanto mexe uma panela de *arroz caldo*, uma canja de galinha que ela insiste que precisamos comer pois ouviu Bash dar uma fungada. — São muito violentos.

— Lola, tem gente apedrejada até a morte na Bíblia — eu a lembro, então digo para Bash: — De jeito nenhum que o Jack vai acreditar que esse é você.

— Hã, spoiler? EU SEI — vocifera Bash, me fuzilando com um olhar acusatório.

Sou tomada por uma onda de frustração. Bash está pegando no meu pé de novo hoje. Achei que já tivesse o convencido a fazer esse favor específico para mim, mas, pelo visto, há limites para a filantropia do meu irmão.

— Você disse que ia me ajudar, não disse?

— Eu *estou* te ajudando! Isso não significa que vou ficar magicamente bom nesse negócio — resmunga ele. — O último videogame que eu joguei foi, tipo, Pac-Man.

— Ok, isso... — Pressiono a mão contra a testa. — *Noite de Cavaleiros* é um RPG. Pac-Man é, tipo, uma porcaria de jogo de fliperama...

— LOLA — explode Bash, levantando-se em um pulo. — Diz pra Vi rezar o terço ou algo do tipo. Ela está toda encapetada de novo.

— Você precisa parar de se inquietar desse jeito, *anak* — grita Lola para mim, o que não ajuda nadinha de nada. — Não faz bem para o coração.

— Lola, eu tenho dezessete anos. Não tenho problemas de coração... quanto a *você*, Sebastian... — Empurro-o de volta para a cadeira e dou início a um novo round de combate. — Ok, então acho que isso é óbvio, mas tente evitar que o outro cavaleiro te esfaqueie dessa vez.

— Alguém já te falou que você tem um talento nato para ser professora? — murmura Bash.

— Dá pra se concentrar, por favor?

— Quero conhecer esse menino — anuncia Lola.

— Não — Bash e eu dizemos em uníssono.

Isso me surpreende até que ele acrescenta:

— Não é como se fosse durar mesmo. A Vi está mentindo pra ele.

— Algumas mentiras são saudáveis — diz Lola. — São para manter a paz.

— Essa cabeça de bagre está usando um fake pra iludir ele na internet — esclarece Bash com um olhar significativo em minha direção.

— Bash, se *concentra*...

— Vi é uma menina linda, Sebas — diz Lola. — Não chame a sua irmã de cara de bagre.

— *Obrigada*, Lola — digo, observando a barra de vida de Bash ficar amarela. — O que eu te disse sobre ser esfaqueado? E não estou *iludindo* ele, eu só estou...

— Fingindo ser alguém que não é?

— Bash, presta atenção, você vai...!

Pronto, ele morre. A tela pisca com sua mais nova derrota, e eu afundo na cadeira ao seu lado com uma careta.

— Você está jogando mal de propósito? — pergunto com um suspiro. — Tipo, porque você quer me ensinar uma lição ou algo desse gênero?

Bash me fuzila com o mais próximo de uma cara feia que ele é capaz de fazer.

— Você acha que eu *gosto* de ser ruim nisso, Viola? Pode acreditar, eu não gosto. E talvez eu precise lembrar você de que concordei em fazer isso como um *favor para você...*

— Ok, foi mal, foi mal — digo rápido, antes que ele deslanche em um solilóquio inspirado em *Hamlet*. — Me desculpa, eu só... estou nervosa, só isso.

— *Você* está nervosa? — Ele solta um ganido. — Não é você que vai fazer papel de idiota na frente da escola inteira...

— Não vai ser a escola inteira, é só... — Hesito, sabendo que, com o esforço que Jack está fazendo para empolgar as pessoas, esse torneio pode acabar vendendo mais ingressos do que o baile de boas-vindas. — Tá bom, tudo indica que vai ser bastante frequentado, mas é só porque o Jack está fazendo um esforço maldito pra promover o evento...

— Bendito — corrige Lola da cozinha.

— Não é bem essa a vibe do que eu dizia, Lola — respondo.

— Vi — diz Bash, nervoso —, você não está ajudando muito...

— Tudo bem. — Solto o ar e respiro fundo, de modo conciliatório. — Ok, me desculpa. Está tudo certo. Está tudo *certo*, ok? Só vamos precisar trabalhar umas coisinhas. Algumas táticas. Nós só precisamos...

— Vi — interrompe Bash com uma cara cansada. — Podemos fazer uma pausa?

— Bem, acho que seriamos mais produtivos se... — A expressão que vejo no rosto dele me faz parar. — Sim. Sim, ah sim, é claro — digo numa voz forçosamente positiva que nunca uso exceto quando Bash parece prestes a me matar. — Podemos tentar de novo depois do jantar?

— Tá, pode ser. — Ele afasta o notebook. — E eu realmente não estou tentando te sacanear, Vi. Falando sério. — Meu irmão me lança um olhar demorado, que não consigo interpretar muito bem. — Você entende isso, né? Que estou tentando te ajudar?

— Ah, Bash, eu...

Perco o fio da meada porque, sim, ele tem razão. Bash nunca, jamais, tentaria me sabotar. Ele é uma pessoa um milhão de vezes melhor do que eu e, por mais difícil que seja abalar sua confiança, entendo por que não quer fazer isso de jeito nenhum. Bash está acostumado a ser elogiado, a ser naturalmente talentoso no que faz, e jogos simplesmente não são a praia dele.

— Bash — ofereço em reconciliação lamentosa —, eu sou muito grata a você.

— É melhor ser mesmo — resmunga.

— Eu *sou*, juro...

— Porque seria bem mais fácil se você só...

— Eu sei. Eu sei.

Só que estou praticamente suando frio só de pensar nisso.

A verdade é que sim, ao contrário do que talvez pareça, eu me *importo* com o fato de estar mentindo para Jack. Eu me importo muito; mais do que eu imaginaria. Sei que ele vai ficar com raiva, porque eu também ficaria. Jack acha que sabe quem sou, que sou o tipo de pessoa que não guardaria segredos dele, que sempre faz a coisa certa...

E eu gostaria de não precisar provar que ele está errado.

Jack: *pronta pra preparar o ginásio amanhã??*

Jack: *sei que vc já deve estar de saco cheio de ficar impressionada comigo*

Vi: *até parece*

Vi: *tenta não se machucar com tanta humildade*

Jack: *esse é o charme da viola que eu conheço*

Jack: *muito feliz que as provas finais não acabaram com sua perspicácia vivaz*

Jack: *(não mas falando sério mal posso esperar pra te ver)*

Ele vai me odiar. Quando Jack descobrir quem eu sou exatamente, ele vai com certeza me odiar. Eu só preciso passar pelo torneio que significa tanto para ele, e então...

Não sei.

— Está tudo bem? — pergunta Bash, arqueando a sobrancelha, e me apresso em guardar o celular. A última coisa de que preciso é que Bash saiba que está certo. Ele vai ficar completamente insuportável.

— As coisas vão ficar bem quando eu conseguir fazer você parar de passar vergonha no jogo — digo, e nós continuamos discutindo até Lola nos mandar comer antes que a sopa esfrie.

A semana das provas finais é um desastre.

Não por causa das provas. Essa parte corre bem. Preparei anotações o semestre inteiro e Olívia é uma ótima parceira de estudos. Porém, infelizmente, um dos pontos fracos de Bash é que ele não lida muito bem com o estresse. E sua incapacidade de jogar *Noite de Cavaleiros*?

É MUITO estressante.

— Você por acaso está me ouvindo? Falei pra usar a espada e não... Caramba, Bash, *não* faça isso...

— PARA DE ME DIZER O QUE FAZER!

— Ok, mas se eu não te *disser* o que fazer, você não vai saber o que *fazer*...

— VOCÊ PODE PARAR DE ME LEMBRAR ISSO — diz ele. — ESTOU CIENTE.

— Ei, crianças? — diz minha mãe, enfiando a cabeça no quarto. — Vocês não estão ativamente se matando, estão?

— Ainda não — gritamos ao mesmo tempo.

— Maravilha — responde ela. — Deixei um lanche lá embaixo pra quando sentirem fome!

As coisas prosseguem desse jeito até que chega o dia do torneio, uma quinta-feira. Estou no ginásio, arrumando o palco (achamos que seria divertido expor os nomes de usuário nas costas das cadeiras, para que os espectadores saibam quem é quem na tela), quando Bash aparece procurando por mim.

— Vi — diz ele, com os nervos à flor da pele. — Vi, eu... eu não sei se consigo fazer isso.

Ajusto a placa com o nome de usuário de Cesário, tentando decidir qual deve ser minha abordagem agora.

— Sebastian, você está bem. Está tudo bem. Você só precisa jogar um round e se as coisas derem errado... — (Ah, vão dar errado, *com certeza*.) — Vamos só dizer pra todo mundo que você teve intoxicação alimentar ou coisa do tipo.

Sendo justa, ele parece *mesmo* extremamente enjoado.

— Ai Deus, eu tô suando — tagarela ele para mim, pegando o celular. — Tipo, eu tô suando *mesmo*. É um suor ruim, Vi. É suor de *estresse*...

— O que está fazendo?

— Mandando uma mensagem pra Olívia. Preciso que ela pratique a cena dela comigo ou vou implodir espontaneamente...

— Quê?

— Shakespeare me relaxa, Viola! — berra Bash para mim, e não tenho argumentos contra isso.

Para variar, ele parece querer me dizer mais alguma coisa, mas novamente (de forma frustrante), não diz. Em vez disso, ele dá meia-volta, mas seguro o braço dele antes que se afaste.

— Bash, escuta. — Deixo um suspiro escapar. — Sei que você odeia isso... e entendo, de verdade. Sei que não está feliz comigo por coisa nenhuma nessa história toda...

— Sabe? — Ele estreita os olhos para mim.

— Bem, quero dizer... Não é como se você estivesse guardando segredo — resmungo. Ele parece estar sempre prestes a gritar comigo há o que parecem ser semanas, talvez até mais. — E, olha, eu *sei* que fiz besteira — acrescento, com mais firmeza. — Eu menti pra você sobre o Jack...

— Aham — diz Bash profundamente, em algo que lembra um refrão cantarolado.

— ... e eu fui difícil com a mamãe e fiquei estranha por causa do pastor Ike...

— Correto — confirma ele, fazendo um risquinho num livro-razão invisível.

— ... e agora estou te obrigando a fazer algo constrangedor, ou sei lá — digo, revirando os olhos —, mas eu realmente só...

— Espera aí. — Bash afasta o braço tão rápido do meu aperto que me sobressalta e então eu calo a boca. — Você acha que o problema aqui é esse? Que estou preocupado de *passar vergonha*?

— Eu... — Paro de falar, ponderando em que parte do extenso raciocínio acabei tropeçando. — Digo — tento ser leve —, acho que meus supostos crimes contra os seus humores são um pouco exagerados...

— Não. Não, espera um segundinho aí. — Ele se vira para me encarar, me olhando de frente como se estivéssemos em um ringue. — Você não sabe mesmo o motivo de eu estar chateado?

Ok, suspiro internamente. *Lá vamos nós*. Achei que Bash já tivesse aceitado o que eu fiz — sabe, porque ele é Bash e sinceramente pareceu achar engraçado —, mas suponho que eu sempre tenha me perguntado se um acerto de contas maior estava a caminho.

— Bash, eu sei que foi errado me passar por você — digo, inspecionando os pés, cheia de culpa —, mas, juro, eu sinceramente só...

— Ah, dane-se *isso*, Vi.

Eu pisco, chocada ao encontrar os olhos de Bash outra vez.

— Acha mesmo que eu me importo que você tenha usado o meu nome? Que tenha fingido ser eu? Fala sério. — Ele solta uma risada sem humor, visivelmente enojado com o meu engano grosseiro. — Aquilo não foi nada.

Fico boquiaberta, completamente incapaz de seguir a lógica dessa conversa.

— Se não foi nada, então *o que*...

— Tá falando sério? — Ele cruza os braços, a testa franzida de forma tão profunda que fico preocupada que ele acabe ficando com uma enxaqueca. — É *tão difícil* assim para você perceber?

Pelo visto sim, o que não me deixa mais bem-humorada.

— Bash — digo entredentes —, dá para você parar de ser tão enigmático e *simplesmente me contar*...

— Tudo o que eu queria — explode ele de súbito — era que você me procurasse. *Só* isso.

— Quê? — De início, acho que ouvi errado. Então apenas fico confusa. — Espera, procurar você pra quê?

— Pra *tudo*. — Ele me lança um olhar magoado. — Viola, dá um tempo. Você não entendeu?

Sei que ele é meu irmão e por razões óbvias (genética) entendo que seu rosto seja parecido com o meu, mas às vezes ele tem uma aparência tão aberta, tão impossivelmente honesta, que não consigo de jeito nenhum acreditar que o mesmo sangue corra nas nossas veias.

— Você estava magoada — diz ele, deixando as mãos penderem aos lados do corpo, em rendição. — Você estava magoada, e poderia ter me contado. Eu estaria lá para te apoiar. Eu *tentei* te apoiar, Viola, tantas vezes!

— Eu...

Não sei como responder porque a minha mente de repente me presenteia com uma série de *flashbacks* não solicitados: uma mudança de tom sombria, seguida de uma montagem dos últimos três meses.

(Bash me consolando por causa do grupo de ConQuest.)

(Bash me perguntando se eu estava bem depois da Feira da Renascença. Depois de Antônia.)

(Bash tentando me convencer a falar sobre meus sentimentos.)

(Bash me perdoando pelos meus erros sem hesitar nem um segundo.)

(Bash me apoiando, mesmo enquanto eu o afastava.)

(Bash me aceitando. Bash acreditando em mim. Bash sonhando aventuras comigo. Bash me fazendo rir quando eu nem sequer queria sorrir.)

(Bash, sentado no carro comigo, me dizendo que eu mereço amor, que eu mereço afeto. Que sou algo melhor do que "descolada".)

— E quer saber qual é a pior parte? — pergunta Bash, pontuando minha revelação interna com um olhar magoado e frustrado, cheio de decepção. — Eu sei que você acha que todo mundo é péssimo, Vi, mas não era pra me incluir nessa. Sabe? — Bash balança a cabeça e o meu estômago se embrulha de dor. — Você age como se estivesse sozinha, mas não está. Você nunca esteve sozinha. Você só não queria escolher o que eu tinha pra te oferecer.

Engulo em seco, sentindo algo quente irritando perigosamente a parte de trás dos olhos.

— Mas *isso*... — Bash balança a mão fazendo referência ao palco de *Noite de Cavaleiros*, como se de repente se lembrasse do meu problema e dos meus esquemas tirânicos mais urgentes. — Você está me usando, Vi. Você está só me *usando*, e eu...

Ele balança a cabeça de novo, derrotado. E, então, como se não houvesse mais nada a ser dito, ele me dá as costas cheio de resignação.

— Bash, espera aí. — Estou com dificuldades de encontrar a minha voz quando Bash sai a passos largos pelas portas do ginásio. — Só... Bash! — grito atrás dele, impotente.

Minha débil tentativa de fazê-lo parar fracassa, óbvio. E o que eu poderia dizer a ele, mesmo que ficasse para ouvir? Ele deve saber que, seja lá qual for a resposta certa, eu não a tenho.

— Droga — sussurro para mim mesma, fazendo careta, retorcida de culpa.

Porque ele está certo, é claro. É claro que está certo. Eu literalmente nunca estive sozinha. Bash costumava recitar o tempo todo "mais que irmãos, GÊMEOS!" na minha cara até (eu) enlouquecer, então por que achei que precisava fazer tudo sozinha? Mesmo que Bash não fosse capaz de resolver meus problemas, ele ainda poderia me apoiar, e eu não o valorizei como merecia.

Por um instante, meu próprio egoísmo machuca. Porque usei a identidade dele, e o meu irmão em si, sem nunca sequer reconhecer a verdade: que Bash teria simplesmente oferecido essas coisas para mim — ele ofereceria tudo para mim —, desde que eu pedisse.

Logo antes de Bash desaparecer, eu oficialmente me torno o pior ser humano do mundo ao notar o evidente trecho molhado nas costas dele. É 100% estresse de suor, mas o que deveria fazer agora? Por dentro, suspiro. Estou apenas aliviada por ter tido a ideia de mandar Jack sair para lidar com as pizzas. Seja lá o que precise ser consertado, posso dar um jeito. Eu sempre dei um jeito.

— Está tudo bem? — ouço às minhas costas e, de imediato, me encolho.

Falei cedo demais.

Não é Jack, então seria de imaginar que não é o pior caso possível. Porém, é Antônia, então o latejar doloroso em meu peito me diz que muito menos é o *melhor* caso possível.

Parece que a convocaram para ajudar a cuidar dos projetores, o que faz sentido. Nós costumávamos fazer esse tipo de coisa juntas, muito tempo atrás.

— Estou bem. Está tudo bem. — Eu me viro, pronta para passar por ela e fingir que estou ocupada com literalmente qualquer coisa, mas ela me interrompe.

— Vi, eu só...

Antônia faz uma pausa, mordendo o lábio.

— A gente pode conversar? — pergunta, parecendo perturbada. Não, Antônia parece triste. Parece realmente precisar muito de mim, um sinal de socorro que em uma vida passada eu saberia que não devo ignorar.

Parte de mim está desesperada para dizer não. Parte de mim? Há-há, não. Todo o meu ser.

Só que eu também sei que mergulho minhas batatas fritas em milkshake de chocolate e que misturo balas duras com pretzels porque Antônia adora juntar doces com salgados. Ela pode ter começado a ouvir música pop dos anos 1970 por minha causa, mas eu amo os filmes do Studio Ghibli por causa dela. A primeira vez que fui à MagiCon foi apenas porque Antônia me convenceu a acompanhá-la, e fiz o teste para ser parte do elenco da Feira da Renascença porque ela me disse que tentaria se eu tentasse. Nunca tive receios de vestir roupas esquisitas nem de concorrer à presidência da ACE porque Antônia sempre me disse que eu poderia fazer esse tipo de coisa. Tudo o que eu amo ou já amei possui vestígios de Antônia por todo lado, e mesmo que eu tenha precisado passar a maior parte desse semestre sem ela, Antônia permanece comigo. Suas digitais estão marcadas em tudo o que eu sou, faço e aonde vou, e por mais que eu deseje ser capaz de incendiar essa ponte e parar de sofrer com as maneiras como ela me fez sentir pequena, ainda não quero ser alguém que a machuca.

— Tá, tudo bem. — Eu gesticulo para que ela chegue mais perto.

Ela assente e nós caminhamos pelo perímetro do ginásio.

— Então, hum… — Antônia junta as mãos. — Rolou uma coisa estranha com o Matt.

— Matt Das?

— Isso. Ele, hã. Ele estava sendo, tipo… insistente comigo. Tipo… — Ela olha de soslaio, cheia de culpa. — Me pressionando.

— Você quer dizer, tipo, pra vocês…?

Eu me preparo para o que vem a seguir. Acho que já sei como essa história vai acabar; é uma versão da mesma história que tentei contar a ela meses atrás. Porém, por mais satisfatório que isso possa parecer, realmente espero que as coisas sejam diferentes com ela.

— Isso — confirma, desconfortável. — E, tipo, não é que eu não… O problema não era *isso*. Digo, em parte era. Mas o problema real foi a maneira como ele reagiu, quando eu…

Ela vacila, as bochechas ficando vermelhas.

— Quando você disse não? — ajudo, porque infelizmente conheço uma versão dessa história.

— Sim — ela deixa escapar na hora. — Matt do nada ficou super ríspido, como se eu não estivesse dando a ele algo que…

Mais uma pausa.

— Algo que ele merecia? — adivinho.

— *Sim*. — Ela é firme agora. — Como se ele achasse que porque ele foi legal comigo agora eu…

— Que você devia isso a ele?

— Sim! E daí ele disse… — As bochechas dela ficam levemente rosadas. — Disse que talvez eu fosse tão escrota quanto você, e eu respondi…

Dessa vez, não preencho os espaços vazios por ela.

— Respondi que bem que eu gostaria que isso fosse verdade, porque você percebeu muito antes o tipo de cara que ele realmente é — Antônia termina de súbito, então para, como se aguardasse pela minha reação.

As pessoas estão começando a entrar no ginásio, gradualmente aparecendo para o evento, então aponto para a porta e saímos para um lugar mais tranquilo, nós duas sentindo um pouco de frio quando o vento nos açoita.

— Acho que o que estou tentando dizer é que eu sinto muito — fala Antônia.

Espero que alguma coisa aconteça. Que o chão trema, talvez. Espero pela sensação de triunfo, de validação ou algo do tipo, pela sincronicidade cósmica de confirmar que sempre estive certa. Porém, mesmo com a confissão vergonhosa de Bash de pano de fundo, tudo o que consigo sentir no momento é… alívio.

Não só alívio. Catarse. Como se de repente — finalmente — eu pudesse afastar a dor e respirar.

— Eu também sinto muito — digo, e é verdade.

Ela me oferece um meio-sorriso grato.

— Mas as coisas estão provavelmente diferentes agora, não estão?

— Acho que sim. — Enfio as mãos nos bolsos da jaqueta.

— Certo. — Antônia fica encarando um dos muitos canteiros de plantas da Messalina enquanto eu inspeciono os sapatos.

— Mas diferente não precisa significar "ruim", precisa? — pergunto baixinho.

Com o canto do olho, eu a vejo se remexer e me olhar de relance.

— Larissa Highbrow conjura um feitiço de curar amizades — diz Antônia.

Meu sorriso estremece de leve.

— Astrea Starscream recebe um acerto crítico — respondo.

Nós nos viramos para ficarmos de frente uma para a outra.

— Então. Qual é o problema do Bash? — pergunta ela.

— Ai, Deus. Hum. É uma longa história. — Seria fácil mentir e dizer que é só Bash sendo Bash, mas esse segredo já arde na minha consciência por tempo demais. — Tem, hum… Talvez tenha… uma coisa rolando. Entre mim e o Jack Orsino.

— Acho que a escola inteira já sabe disso — diz ela, e eu reviro os olhos.

— Sim, mas… Sabe como eu jogo *Noite de Cavaleiros*?

— Claro.

— Acho que nunca mencionei que finjo que sou um garoto quando eu jogo. Tipo, sou um cavaleiro. Chamado Cesário.

— Ah. — Ela inclina a cabeça. — Bom, faz sentido.

— Certo. Bem. — Respiro fundo. — Jack joga também, *com* o Cesário. — Limpo a garganta. — Comigo. Mas não comigo.

— Ai meu Deus. — Antônia arregala os olhos. — Ele não sabe que é você? Não faz ideia?

— Não, ele nem desconfia. Mas daí ele inscreveu o Cesário para esse torneio, então…

Antônia olha para mim sem expressão, aguardando, e eu suspiro.

— Bem, eu precisava fazer *alguma coisa*, né? Precisava encontrar um menino que pudesse se passar pelo Cesário na vida real, e aí…

— Ai meu Deus — repete ela, uma das mãos voando para cobrir a boca. — Então você está tentando fazer com que o *Bash* finja ser você?

— Sim. — Faço uma careta, e Antônia franze a testa.

— Mas o Bash é, tipo, um *desastre* com videogames. Ele é um caso perdido.

— Sim.

— Por que você pensaria…?

— Insanidade temporária?

— Caramba. — Ela solta um assovio. — Você deve gostar muito do Jack, hein?

— Eu não…

Só que paro, porque o olhar que Antônia me dirige diz: *Nem tenta, já sei que está mentindo*. É irritante, mas tenho aquela sensação de novo: alívio.

Senti muita, mas muita falta da minha amiga.

— Eu não sei o que me deu — admito em um resmungo. — Provavelmente um trauma craniano severo.

Ela dá de ombros, revirando os olhos para mim.

— Vivo te dizendo que ele é supergato.

— Isso não... Isso não tem nada a ver com essa história — protesto.

— Não tem mesmo? — pergunta ela, cética.

— Bem...

— AHÁ!

— Olha só. — Suspiro, interrompendo-a antes que piore as coisas. — Eu só preciso convencer o Bash a fazer isso e então... sei lá. — Chuto a calçada. — Todo esse lance com o Jack está fadado a acabar, de qualquer forma. Eu sou, tipo, muito eu. E ele é muito ele.

— Jack me parece gostar do fato de que você é muito "você" — diz Antônia, seca. — E ao contrário das coisas que certas pessoas talvez tenham dito quando estavam com raiva, você... não é tão ruim assim. — Ela bate o ombro contra o meu. — Inclusive, eu sempre gostei de você.

— Até um garoto fazer você mudar de ideia?

Antônia solta um gemido.

— Tá, certo, não foi o meu melhor momento, já sei. E não foi...

— Eu sei que não.

Não foi de fato por causa de um *garoto*. Com certeza não no sentido habitual da frase.

— A questão é: você não precisa afastar as pessoas sempre, Vi. — Antônia me lança um olhar direto. — Você não precisa achar que elas vão te abandonar.

— Você me abandonou.

— Você me afastou. E, enfim, eu voltei, não? As pessoas voltam.

— Ele vai ficar com raiva. — Suspiro.

— Vai, provavelmente.

— Eu mereço.

— Merece mesmo. Mas alguma vez o Jack já te pediu para ser algo que você não é? — questiona Antônia. — Porque se sim, então ele não vale a pena. E, se não, não vejo o sentido de não ser exatamente quem você é.

Estou para responder quando alguém chama o meu nome:

— Oi, Vi?

Quando me viro, vejo a cabeça de Olívia colocada para fora da porta do ginásio.

— Ah, desculpa — diz ela ao perceber que Antônia e eu estamos conversando. — Quer que eu espere um pouco ou…?

Olho de relance para Antônia, que dá de ombros.

— Temos muito tempo — diz ela para mim. — Talvez a gente possa se encontrar nas férias? O grupo de ConQuest meio que desmoronou — acrescenta, acanhada. — O Leon e o Danny Kim estavam enchendo o saco de todo mundo. Então, se você quiser jogar de novo…

— Claro, sim. É, pode ser.

Assinto com a cabeça, e Antônia se afasta, cumprimentando Olívia com um meio-sorriso atencioso antes de voltar para o ginásio. O espaço foi lotando gradualmente durante o tempo em que fiquei ali fora com Antônia, e já consigo ouvir o zumbido do projetor e os ruídos dos alto-falantes despertando com a música-tema de *Noite de Cavaleiros*. Ouço também a voz de Jack no microfone, mas, em vez de ser tranquilizante, sinto como se uma contagem regressiva tivesse começado em meu peito. Os segundos fazendo tique-taque antes da bomba explodir.

— Isso pareceu promissor — comenta Olívia, lançando um olhar sobre o ombro quando Antônia se retira. — Vocês estão bem?

— Melhorando. O que aconteceu?

— Ai, nossa. Hum. É o Bash. — Ela faz careta. — Ele simplesmente... está pirando.

— Eu sei. — Faço uma careta idêntica. — Eu sei.

— Ele meio que me contou a história inteira — acrescenta ela, e então se apressa a prosseguir: —, mas não estou te julgando, tá? Andei contando umas mentiras também, então entendo. Só que imaginei que você talvez quisesse ouvir algo que uma certa pessoa uma vez me disse quando eu... não me sentia muito como eu mesma.

Olívia me lança um olhar entendido, e dou de ombros, resignada.

— Por que não? Manda ver.

— Você me disse que se decidisse ser eu mesma, eu não precisaria estar sozinha — diz simplesmente. — E você também não vai precisar.

Mas, penso, fraca.

(Além de mil desculpas esfarrapadas que vêm me segurando há semanas.)

— É um pouco diferente quando os sentimentos de outra pessoa estão em jogo — digo.

— Sim, mas é melhor uma verdade atrasada do que mais uma mentira oportuna, não? — desafia Olívia, e penso outra vez em como a minha mãe estava certa a respeito de nos conectarmos com as pessoas. A respeito de perdoá-las e deixarmos que entrem em nossas vidas. Entendo isso um pouquinho mais a cada dia que passa, como se a ideia criasse raízes lentamente.

Porque qualquer que seja a dor que o amor me traga, eu não desistiria dele por nem sequer um segundo; por nem sequer um batimento do meu coração voraz. Então, mesmo que tenha cometido erros com Bash, com Antônia e especialmente com Jack, não é tarde demais para fazer as coisas de um jeito diferente.

Porque Jack Orsino pode pensar que eu estou o ajudando, mas talvez, graças a ele, eu possa fazer algo ainda melhor por Jack.

Vou deixar que ele me ajude.

— Ok. — Suspiro. — Ok.

Olívia exibe seu sorriso brilhante de líder de torcida, guiando-me na direção do ginásio.

— Essa é a Vi Reyes que eu conheço — diz ela, e aperta os meus ombros.

Foi Jack quem teve a ideia de fazer um round de treinos antes do torneio começar, para deixar os demais jogadores se orientarem. Entro bem a tempo de vê-lo franzir a testa em confusão ao observar Bash, que está sendo completamente destruído, ao passo que Bash se recusa a olhar para qualquer coisa que não seja seu teclado.

No fim das contas, não há nada como ver o meu irmão gêmeo com cara de quem vai desmaiar a qualquer momento para me convencer de que com certeza preciso intervir. Tipo, imediatamente.

— Ei. — Ignorando as vozes confusas ao meu redor, corro pelos degraus até a plataforma e dou um tapinha no ombro dele. — Vem. Deixa que eu faço isso.

Um sulco se forma na testa de Jack, mas não posso olhar para ele nesse momento.

— Quê? — Bash fala, a voz rouca.

— Vem, você tá parecendo um fantasma.

— Lembre-se de mim — sussurra Bash, nunca vulnerável o bastante para esquecer de ser teatral.

— *Hamlet*? Nessa hora? Eu sabia que você recorreria a uma tragédia. — Eu o cutuco de novo. — Deixa comigo, Bash. Obrigada.

O olhar que compartilhamos é algo que conheço desde sempre. É uma troca preciosa e tácita de *me desculpa* e *eu te perdoo*. É *eu te amo* e *eu sei* em igual medida.

Bash não precisa que eu me repita. Ele sai atrapalhado da cadeira, desce a plataforma aos tropeços e vai direto até Olívia. Os outros participantes do torneio — todos são meninos — franzem a testa para mim, começando a sussurrar entre si, mas eles não têm importância. Puxo calmamente a cadeira de Bash e tomo o lugar de Cesário diante de Jack, que me observa de um jeito muito estranho.

— O que você está fazendo? — pergunta ele.

Eu reoriento o teclado para que se adeque às minhas preferências e ajusto a cadeira. O meu avatar de Cesário preenche a tela, piscando em espera, e cá está: a verdade.

Meu eu verdadeiro. Sem mais segredos, finalmente.

— Me desculpa — digo a Jack. — Espero que você me deixe explicar.

Ele pisca, aturdido. Os olhos cintilam como estivesse fazendo um cálculo, então se estreitam. Se ele ainda não entendeu, vai entender em breve. Sei que a confusão que sente está aos poucos abrindo espaço para a sensação de ter sido traído, assim como sei que hoje será um dia longo e difícil.

Porém, pela primeira vez, não sinto como se estivesse escondendo alguma coisa, e a sensação é boa. Ou tão boa quanto é possível ser quando sei que estou prestes a perdê-lo.

— Está pronto? — pergunto.

Jack olha para mim como se me enxergasse pela primeira vez.

— Bora jogar — diz sem rodeios, clicando em INICIAR com o seu mouse.

16

Ponto de vida derradeiro

Jack

Eu me lembro da primeira vez que Cesário e eu fomos ameaçados por outros jogadores. No começo, ele me explicara que tínhamos relíquias que outras pessoas iriam querer, que iriam nos atacar e que isso não seria parte da missão — na verdade, esse fato era uma das coisas que tornavam a missão tão impossível. Respondi que já sabia, já sabia, saquei, não sou idiota. E Cesário disse "beleza, então prova", e durante alguns dias fui arrogante; achei que era óbvio que ele só estava tentando me assustar. Afinal de contas, o que era um jogo? Só isso: um jogo.

Até aquele momento, eu ainda não tinha percebido que existiam ligas gigantescas de pessoas que jogam *Noite de Cavaleiros* policiando-o internamente, moldando seus pequenos círculos sociais segundo as limitações de um mundo imaginário. Eu não imaginava, tampouco, que Cesário já tivesse se encontrado com essas pessoas antes. Da primeira vez que fomos atacados, ele reconheceu os nomes de usuário dos nossos agressores. *São valentões*, falou. Eu estava ocupado tentando não morrer, mas Cesário estava em outra frequência. Derrotamos o grupo sem dó nem piedade, e Cesário reivindicou seus pontos e moedas como prêmios, mesmo que não precisássemos daquilo. Estava ensinando uma lição a eles, embora de início eu não tivesse compreendido o motivo.

Mais tarde, perguntei a Cesário como sabia que eram valentões. Ele explicou, ríspido, que tinha uma amiga que gostava do jogo, mas que não se sentia mais confortável naquele mundo. Não no mundo do jogo, e sim no mundo dos jogadores. Eles a assediaram e encheram a janela de bate-papo com comentários depreciativos, e eram do mesmo tipo de pessoas que a atacavam em seus blogs de fandom, que deixavam comentários cruéis nas fanfics que ela escrevera, que vandalizaram o seu blog enviando mensagens anônimas odiosas dia após dia até ela parar de escrever, parar até mesmo de ter vontade de escrever.

Acho que eu disse na época foi: *cacete, a violência de nerd--contra-nerd é tão intensa hoje em dia.*

É, foi tudo o que ele me respondeu.

Por que penso nisso agora? Porque senti que algo estava errado enquanto assistia a Bash jogar. Não apenas porque ele era péssimo, de uma forma confusa e irreconhecível — e ele *era*, o que me deixou *pasmo* —, mas também sentia algo como uma coceirinha. Um espirro. Um momento deslocado que precisava de um rearranjo cósmico, porque algo a respeito dessa história simplesmente… estava errado.

Gostaria de dizer que fico chocado quando Vi Reyes se senta na minha frente no lugar marcado para Cesário. Gostaria de dizer que me deixa perplexo, que faz o meu mundo girar, que me deixa perdido. O que não significa que essas coisas não tenham acontecido, até certo ponto — eu me sinto como uma almofada de alfinetes, repentinamente transpassado por espetadas brutais. Porém, não acho que eu fique chocado, pelo menos não tanto quanto eu deveria ficar.

Acho que quando o avatar de um enorme cavaleiro do sexo masculino, resoluto e bom com uma espada, colocou-se diante de mim, foi fácil acreditar que a pessoa era exatamente quem dizia ser. Eu nunca de fato perguntei nada; nunca me questionei por que o estranho com quem eu passava metade do meu tempo nos últimos meses parecia tão imediata e intuitivamente familiar.

Acho que o que sinto não é choque: e sim a sensação da ficha caindo.

Como pude não ter reconhecido Vi? Não importa qual seja a forma que nós dois assumimos, eu a conheço. Eu a conheço por causa do que ela me faz entender sobre mim mesmo. Sei como é a sensação de tê-la em minha vida.

Só que não percebi isso antes, e agora sinto como se tivesse caído em uma pegadinha. Com raiva.

Não tem como não ser ela. Agora estou ocupado lidando com meus próprios rounds de combate, e o barulho do ginásio é um misto de comemorações, vaias e gente conversando mais alto que o jogo eletrônico bobo que preenche a tela. Ao longe, porém, reconheço todos os movimentos que são marca registrada de Cesário. A forma como toma a ofensiva, as manobras de abertura. A maneira como controla o centro do combate, forçando os oponentes dele para fora.

Os oponentes dele não. Dela.

Vi é a única garota na plataforma. Percebo que isso provavelmente é culpa minha; a forma como vendi esse torneio para pessoas como Kayla e Mackenzie dava a entender que seriam dois eventos separados. Haveria um filme depois do torneio — um "filme de menina", prometi —, já que estávamos começando com um torneio cheio de testosterona e algazarra. Estimulei as meninas a comprarem ingressos porque mesmo que não estivessem interessadas no jogo, e concluí que não estariam, haveria um monte de outras coisas para fazer. Nem sequer uma vez eu me questionei se as próprias meninas deveriam ser convidadas para jogar do mesmo jeito como tentei convencer os meus amigos garotos a entrarem; nunca me preocupei em convencê-las de como o jogo era divertido, satisfatório e fácil de aprender, e agora estou sentado aqui muito desconfortável com a ideia de que talvez eu nem sequer tenha parado para pensar que isso tudo era verdade.

Será que dei espaço para que Vi sentisse que o torneio era tanto dela quanto meu? Não, não dei. Eu queria que ela estivesse presente, é claro, mas simplesmente concluí que de jeito nenhum Vi iria jogar. Simplesmente não parecia algo pelo qual ela teria interesse.

Ela deveria ter me contado.

Vergonha e irritação se unem como gêmeos siameses em meu peito furioso e dolorido. Vi é muito direta em relação a tudo, mas ela não podia ter me contado isso?

E, no meio-tempo, quantas coisas eu contei a *ela*?

Meus batimentos cardíacos aceleram. Deus, eu contei tudo para Vi. Contei como me sentia a respeito dela, como me sentia a respeito de Olívia. Tudo o que achei que estava confessando a um amigo, na verdade estava contando a uma sombra na internet. Frustrado, derroto Vólio, que xinga ao meu lado, e sinto meu humor se inflamar mais e mais. Eu não fico irritado. Não posso ficar irritado. Ela sabe disso a meu respeito. Ela deveria saber.

Tento focar na tela. Cesário — Vi — derrota Cúrio. Ela é metódica, plácida e de expressão neutra, exatamente do jeito que achei que Cesário seria enquanto jogava. Porém, eu nunca soube quem era Cesário. Eu me aproximei de Vi sem saber que ela possuía uma janela para mim que nunca foi recíproca.

Eu não parava de dizer que conhecia ela. Será que eu sei de alguma coisa de fato?

Matt Das é derrotado por Tom Murphy. Murph enfrenta Vi e perde, então ela derrota um tal de Leon, que é todo convencido e reclama alto quando é tirado do torneio. Vi não parece se importar muito.

Ah. Porque ela não está aqui por eles. Agora entendi.

Um aluno do segundo ano que parece nunca ter visto a luz do sol é a minha última vítima antes de Vi e eu sermos os únicos jogadores restantes na plataforma. As pessoas estão interessadas agora; não pelo jogo, mas pela maneira como Vi e eu não nos encaramos nem conversamos. Há uma aura esquisita emanando de nós dois e posso praticamente sentir os sussurros. *Primeiro a Olívia Hadid e agora a Vi Reyes?* Tenho certeza de que pensam que de algum jeito fui emasculado por todo esse semestre brutal, mas estou feliz, estou feliz que seja ela. Vi é a única pessoa aqui que vale a pena derrotar.

Ela e eu nos encaramos na tela. Cesário contra O Duque. Não pergunto se está pronta porque não preciso. Ela investe adiante, assim como eu.

Várias Pérolas do Treinador surgem na minha mente, como sempre. Enxergue e faça acontecer. Se quero derrotá-la? Sim, quero, e não por causa do meu ego. Ok, é um pouco por causa do meu ego. Gosto de vencer e não vou fingir que não. Porém, será que sinto que ela me deve alguma coisa? Sim, neste instante, sinto, definitivamente. Não quero que Vi saia daqui como se tivesse sido fácil. Quero que ela dê tudo de si e quero que veja a expressão em meu rosto, a prova de como destruiu o que temos. De que tudo vai terminar agora, com um de nós saindo daqui como campeão, e outro apenas saindo.

— Você mentiu pra mim — digo em voz baixa. É a primeira vez que conversamos em voz alta desde que ela se sentou na cadeira, e pode muito bem ser a última.

— Eu sei — diz ela, e puxa uma espada para me acertar no peito.

Cesário — Vi — sempre foi habilidoso para encaixar combos. Ele — ela — se move com agilidade, destreza e facilidade. Ela faz uma finta, corre, esconde movimentos com furtividade, dá saltos no escuro que entende por instinto. Porém, Vi me ensinou a fazer todas essas coisas, então a imito.

Nem todo mundo consegue ser tão eficiente nos cálculos quanto ela; Cesário, o avatar que Vi construiu, é um estrategista com habilidades dignas de assassino. Lembro de repente de que a personagem dela de ConQuest é uma assassina também. Como pude não enxergar? Estava cego? Sim, estava. Ela fez questão de me cegar.

Eu me posiciono para atacar e ela é atingida, mas não de maneira crítica, já que nunca fica parada por muito tempo. Vi sabe se defender, sabe garantir que nunca vai se machucar. Nunca aprendi isso. Nunca aprendi a me proteger, a manter as coisas ao alcance das mãos, em segurança, então faço uma finta e ataco, e Vi apara o golpe e contra-ataca. A multidão se alvoroça, e percebo que estão torcendo por mim. Pensam que eu jogo melhor, e lá está a sensação de novo, a pontada no peito: a pequena fissura de compreensão do motivo para ela precisar esconder a verdade. Mas por que ela escondeu a verdade de mim?

Ela não deveria ter se escondido de mim.

Alguém dá corda e começa um cantarolar de "Duque Orsino" quando consigo encaixar um combo de furtividade que normalmente não funcionaria em Cesário, mas Vi deve estar abalada. A única forma como jogávamos até então era a sós, acordados até tarde da noite, usando o videogame como válvula de escape. A única plateia que já tivemos foi o ambiente do jogo; os campos de batalha, as ruínas e os castelos, os vilarejos arrasados; as florestas encantadas e os oceanos repletos de monstros. Vi não é como eu, que fica confortável com um público, e como ela não é Bash, tampouco é como o irmão. Vejo em seu rosto que não está se divertindo, e sinto outra vez mais uma onda de sentimentos intensos: raiva, por ela ter arrancado essa pequena e simples alegria de nós. Tristeza, porque agora estou arrancando isso dela.

Decido acabar logo com a partida. Ser brutal. Eu me preparo para mais um combo, este com um movimento final que é praticamente impossível de defender. Avalio quanto de vida ela ainda tem e calculo o tempo do movimento com precisão, gastando quase tudo que resta de minha própria barra de vida, e então eu...

Morro.

Eu pisco.

O cômodo inteiro começa a vaiar.

DUQUEORSINO12 FOI ELIMINADO!, diz a minha tela.

— Sinto muito — ofega Vi.

Ah. Então ela nunca ficou realmente abalada. Achei que eu a conhecesse, mas não conhecia. Vi me disse isso, "você não me conhece", um milhão de vezes, mas nunca parei para ouvir, certo? Ela me mostrou a verdade e eu escolhi a mentira.

Tento reviver os últimos dez segundos, talvez vinte a essa altura. O que ela fez? Como pôde conseguir jogar tão rápido? Ela tirou vantagem do meu erro de cálculo: eu a desmereci. Cometi um erro porque a subestimei, e Vi sabia disso. Sabia que eu a subestimaria porque ela me conhece esse tempo todo, mas eu jamais a conheci de verdade.

Vergonha, dor, fúria. Ela sempre, sempre vira o meu mundo de cabeça para baixo.

— Você tem motivo para sentir muito — digo a ela.

Então, desço da plataforma e saio do ginásio.

Vi

Olívia e Bash são compreensivos. Até Antônia me lança de longe uma pequena careta, como se estivesse pedindo desculpas outra vez, apesar de isso não ter nada a ver com ela. No fim das contas, porém, não quero ser reconfortada.

Encontro Jack no campo, parado na pista de corrida como se planejasse sair em disparada.

— Está frio a beça — comento.

Ele olha de relance para mim e desvia o olhar.

— Estou bem.

Tento ser... Não sei. Leve, talvez.

— Achei que você iria tomar cuidado com o seu joelho?

— Você está me vendo fazer alguma coisa, por acaso? — vocifera Jack.

Normalmente, sou eu quem diz coisas com uma voz grosseira, mas descubro que realmente não quero ser cruel com ele. É óbvio que já fui cruel o bastante.

— Jack — começo a dizer, mas ele olha para o céu e chuta alguma coisa no chão.

— A gente devia terminar a missão. — A voz dele é desinteressada. — Não quero desperdiçar todo aquele trabalho.

— Eu... Claro, sim. — Na verdade, estava me perguntando se ele queria fazer isso. — Isso significa...?

— Que tudo isso termina quando tivermos acabado — diz ele. — Já chega pra mim.

— Certo. — Estremeço sem querer. Está frio. — Bem, temos os notebooks que usamos para o torneio. Podemos fazer isso agora mesmo.

— Isso, vamos.

Ele se vira bruscamente e passa por mim, tão rápido que bate em meu ombro, e tudo bem, eu entendo. Eu o sigo devagar, lembrando a mim mesma: eu entendo. Ele não quer conversar comigo. Isso... não é novidade para mim. Não é uma surpresa.

Estou bem.

Estou bem.

Estou...

— Toma. — Jack me entrega o notebook enquanto ainda estou seguindo entorpecida atrás dele, sem perceber que ele foi mil vezes mais veloz do que eu.

Jack já entrou, pegou dois laptops e saiu. Do interior do ginásio, ouço o som de risadas de alguma comédia que Kayla e Mackenzie escolheram. Está todo mundo aquecidinho lá dentro, porque a temperatura está baixa demais para os padrões californianos, de modo que nem os adolescentes mais anarquistas estão interessados em se rebelar hoje aqui no pátio.

Jack fecha a porta com um pontapé às suas costas e se senta sobre um dos canteiros de plantas. Sigo sua deixa, e sibilo com o contato do cimento gelado contra minha calça jeans lamentavelmente fina.

Sem dizer nada, Jack tira a jaqueta e a entrega para mim.

Hesito.

— Jack, eu não...

— Só pega logo.

— Você não vai ficar com frio?

— Estou bem. — Isso soa familiar.

Ele já logou no jogo. Aceito a jaqueta porque está muito frio (eu tenho sangue tropical, não nasci para aguentar esse tipo de coisa) e a coloco por cima dos ombros. Estremeço um pouco pela forma como tem o cheiro dele e de uma noite fria diferente: uma risada brusca, um beijo compartilhado.

Entro como Cesário, retornando à nossa missão.

— Então, escuta, quanto a...

— Vi — diz Jack, erguendo o olhar da tela rapidamente. — Qualquer que tenha sido a sua razão para mentir para mim, seja lá o que você queira me dizer agora...

Faço uma careta.

— Só quero dizer que eu sinto muito...

— É, eu já escutei. — Ele fica agitado, batendo o polegar no teclado. — Está tudo bem. Seja lá quais foram seus motivos, eu não me importo. Só quero acabar logo com isso, ok? Vamos terminar isso.

Por um instante, há uma parte de mim que quer discutir. É a mesmíssima parte que não fui capaz de invocar antes, quando estava brigada com Antônia. A parte que Bash sempre disse que faltava em mim; o pedaço que quer permanecer e lutar.

Eu *nunca* quero fazer essas coisas. Eu sempre quero remover as pessoas da minha vida, sugar o veneno da circulação sanguínea, não sentir nada. Quero parar de me sentir frágil e pequena assim que possível — imediatamente, ou até antes.

E mesmo que outra parte de mim esteja dizendo em uma vozinha esperançosa que Jack não é como eu, que ele não faz nem precisa fazer essas coisas, porque se ele quiser, eu vou ficar, eu vou ficar, eu vou ficar...

É pequena. Então é fácil de esmagar.

— Certo. Tá. — Eu me concentro na minha tela. — Vamos em frente.

O último reino é Avalon. Reza a lenda que é a ilha das fadas para onde Arthur é levado depois de ser morto, e onde está agora sendo preservado para retornar em algum momento no futuro. O grande objetivo do jogo é trazer Arthur de volta, então agora que revivemos a magia de onze cavaleiros em onze reinos, devemos nos tornar o décimo segundo cavaleiro, completando a corte. A peça final de um quebra-cabeças antes de podermos ressuscitar Arthur.

O lance é: ninguém realmente sabe o que acontece a partir daqui. Existem um monte de teorias e vídeos de fãs a respeito rolando por aí, mas, como essa é uma das áreas do jogo que só pode ser desbloqueada ao alcançar este ponto na Missão de Camelot, não tem muita gente que já chegou até Avalon. Estamos perto do fim, mas não fazemos ideia de como exatamente alcançá-lo.

É um lugar escuro, coberto de bruma, então só vemos o que está diretamente diante de nós. Ouvimos os sons de nossos avatares respirando, e só isso. É fácil imaginar que estamos em Avalon enquanto continuamos sentados aqui sozinhos, com o rugido abafado que sai do ginásio praticamente não nos alcançando. A respiração escapa da minha boca e parece a névoa de Avalon, pairando em neblinas translúcidas. Posso me enxergar como Cesário, caminhando em silêncio ao lado de Duque Orsino, que definitivamente está na dianteira.

Em vez de falar em voz alta, digito na janela de bate-papo:

C354R10: precisamos encontrar a excalibur. tem que ser a última relíquia. aquela que vai trazer o arthur de volta.

Jack digita sem erguer o olhar.

DUQUEORSINO12: como?

Paro para pensar no que sei sobre a lenda.

C354R10: acho que vamos ter que

Só que antes que eu possa terminar de digitar, a tela escurece. De um jeito sinistro.

Pisco, então testo o meu teclado.

— A sua…?

— Sim. — Jack faz a mesma coisa. — Será que a rede da escola caiu ou…?

A tela se ilumina outra vez em uma explosão que é quase ofuscante. Olhando por cima do meu computador, vejo que a repentina iluminação se reflete no rosto confuso de Jack.

A ilha de Avalon inteira está a vista agora, como se alguém tivesse simplesmente acendido as luzes. O cenário mostra uma floresta, montanhas distantes, um palácio, e tudo é belo, ancestral e imóvel como os mortos. A névoa que obstruía a nossa visão foi dissipada enquanto o restante da ilha se estende ao nosso redor, envolvendo nossos avatares em um vale de picos de montanhas e céu aberto.

À vista — mas inalcançável —, fica uma enseada marítima que se estende até tornar-se um lago plácido e cristalino, e imediatamente sei o que nos aguarda dentro dele.

Excalibur.

Parado entre nós e a relíquia, no entanto, está um cavaleiro. Não um cavaleiro normal; não é outro jogador. Esse cavaleiro é um NPC gerado pelo jogo. Está vestindo uma armadura preta completa, dos pés à cabeça, e por trás da viseira do elmo faíscam olhos vermelhos.

Uma mensagem do jogo aparece na tela:

O CAVALEIRO NEGRO DESAFIOU VOCÊ PARA UM DUELO.

— Ah — digo estupidamente, concluindo em voz alta. — Acho que para alcançarmos o lago, vamos precisar...

— Matar o Cavaleiro Negro, é. — Os ombros de Jack tremem com um "*dã*" não dito.

— Beleza, bem...

Antes que eu possa tentar pensar em uma estratégia, o jogo dá início a uma guerra em grande escala com o ambiente. Temos explosões de magia, uma fila de feiticeiras, que se levantam por trás do Cavaleiro Negro, e não há quase nada que eu possa dizer antes que chegue a hora de uma das maiores sequências de batalha que já vi no jogo.

Não, esquece isso: essa é *a* maior. Uma feiticeira vem na minha direção e, a julgar pela aparência de uma variedade de criaturas, magos estão por perto também. Pego o Arco Infalível de Tristão e miro o melhor que consigo do plano elevado, tentando controlar os níveis superiores enquanto o Duque — Jack — investe no andar do vale, extinguindo um incêndio e enfrentando o Cavaleiro Negro sozinho.

— Espera, Jack...

Ele me ignora. Não é que ele não seja bom em combate, mas isso não pode ser uma luta normal, pode? Acabo com uma feiticeira, abato um dragão que estava voando e então troco o arco em minhas mãos pela espada de costume. Jack, percebo, está empunhando a espada vermelha de Galahad, que requer uma base de pontos de vida maior para ser operada do que uma arma normal. Porém, isso vai valer a pena se Jack for capaz de acertá-lo com um golpe letal.

Eu me esforço para me aproximar, abrindo caminho de modo a conseguir acertar o Cavaleiro Negro em algum ponto às suas costas. Eu poderia usar um combo avassalador como o que Jack usou contra mim mais cedo, mas eles são complicados.

— Uma ajudinha aqui? — murmura Jack, que é atingido no peito com tanta força que sua vida despenca de um laranja--amarelo para um vermelho pulsante e que causa preocupação.

— Sinto muito. — Eu miro no Cavaleiro Negro e ataco.

— Você não para de dizer isso — murmura Jack.

Meu ataque não tem muito efeito.

— Eu estou falando sério.

— Diferente da primeira vez? Ou da segunda?

Mais um ataque. Não é de surpreender que o Cavaleiro Negro *não* possua muitas fraquezas.

— Eu sinto muito por tudo.

— Mas você se sentir mal não faz muita diferença pra mim, faz?

Exasperada, desisto do Cavaleiro Negro e seleciono o Santo Graal. Vejamos se tem algum poder curativo... e, ah, olha só. Tem sim. Com minha ajuda, Jack volta a ficar com a barra de vida amarela bem a tempo de acertar um golpe crítico no Cavaleiro Negro, que rasga o ar em um arco cego que por pouco não me acerta.

Irritada, digo:

— Se eu pudesse fazer alguma coisa quanto a isso...

— Tipo o quê? Desfazer as coisas?

O Cavaleiro Negro investe contra o Duque, mas ele sai do caminho, o que me deixa em uma posição ruim, e preciso sair dali às pressas.

— Sim. — Espera, ele me perguntou se eu desfaria as coisas? — Não... *Não*, isso não...

— Não? Você tá de boa com o que você fez?

— Quê? Não, eu... — Espanco o Cavaleiro Negro com uma das minhas melhores habilidades de assassino, que consegue... amassar a armadura dele. Que ótimo. — É claro que não. Eu queria que as coisas tivessem sido diferentes, mas, tipo... como?

— Como você poderia não ter mentido para mim? — diz Jack, ríspido.

— Não, eu... — Sou atingida por um golpe que deixa minha vida em um tom muito pálido de amarelo. — Eu nunca *planejei* mentir para você, Jack... Meu objetivo nunca foi *enganar* você...

— Mas você fez isso.

— Eu sei, eu sei. — Engulo em seco, tentando discutir e sobreviver à luta ao mesmo tempo. — Eu já tinha ido longe demais para contar a verdade, e no fim das contas simplesmente não consegui fazer isso. Eu não consegui porque eu estava...

Eu paro de falar.

— Você estava o quê? — diz Jack secamente.

— Feliz. — A palavra escapa da minha boca de uma forma esquisita e eviscerada.

Meus olhos ardem de súbito e, por um segundo, é difícil ver onde exatamente estou mirando. Dou um giro para ficar atrás do Cavaleiro Negro, atacando as suas costas enquanto o Duque o ataca pela frente.

— Isso é uma desculpa?

— Não, é uma explicação. Eu nunca achei que você... — Engulo um nó na garganta. — Eu só não achei...

— Você não achou que eu fosse me apaixonar por você?

É como se eu fosse atingida por uma flecha ao ouvir aquela confissão, assim. Dita de forma tão simples.

— Ou — continua ele — você não achou que se apaixonaria por mim?

— E quem disse que me apaixonei? — murmuro, frustrada.

— Beleza. — A voz de Jack endurece de novo e, sinceramente, *qual* é o meu problema?

O Cavaleiro Negro derruba minha vida para o vermelho. Preciso me afastar para me curar.

— Não foi isso o que quis dizer. Jack, eu...

— O quê. — O tom dele é sem vida, não é sequer o de uma pergunta. Totalmente desinteressado.

Só que ele merece ouvir isso, mesmo se não quiser mais. Mesmo se não fizer mais diferença.

— É claro que me apaixonei por você, eu... — Estou soando ridícula. — Sinceramente, sinto muito...

— Lá vem isso de novo — murmura ele.

— Não consigo evitar! — rosno. — Eu só precisava ser alguém diferente, uma *outra* pessoa, e...

— Era você quem eu queria. A você de verdade, e não a máscara. Achei que tivesse entendido isso.

O uso do tempo pretérito dói.

— É claro que eu sei disso agora, mas na época...

Jack consegue acertar mais um golpe crítico.

Ele mal precisa de mim. Se é que precisa mesmo.

— Você era meu amigo — digo, baixinho. — Você era meu amigo quando eu estava precisando de um, quando eu não tinha *ninguém*, e talvez se eu fosse uma pessoa melhor...

— Pare de dizer que você é uma pessoa ruim, Viola. — Ele parece incomodado.

— Bem, é óbvio que eu...

— Você não é uma pessoa ruim. Você só é uma pessoa estranhamente difícil.

— Tá...

— E você tem medo, Vi. Você tem tanto medo de tudo.

Quero discutir.

Eu *deveria* discutir.

— Eu sei — digo, soltando o ar. — Estou apavorada. É difícil.

— Eu teria facilitado as coisas pra você. — A voz de Jack soa mais cansada do que irritada. — Teria pelo menos tentado.

Você facilitou, eu penso. *Você facilitou*.

— Eu não queria te magoar — digo.

— É? Bem, eu estou magoado. Estou envergonhado, me sentindo exposto e chateado...

— Eu sei...

— Não. Não, você não sabe.

Ele acerta o Cavaleiro Negro com mais um golpe crítico, e penso: Jack pode vencer essa luta. Acho que ele pode mesmo vencer, e isso não vai demorar. Ele vai sair da minha vida em questão de minutos.

— Fui mais eu mesmo com você do que já fui com qualquer pessoa — diz Jack, com a voz neutra. — E queria que tivesse sido assim para você também. Odeio que eu tenha sentido algo que você não sentiu.

— Mas eu senti. — Meus olhos ficam com uma sensação de inchaço. Minha garganta dói. — Eu *sinto*, Jack...

Ele não diz nada. O Cavaleiro Negro balança a espada e Jack a bloqueia. Ele tem o conjunto de habilidades de guerreiro, focado em precisão e acertos diretos. Jack continua e continua e continua, e penso em todas as coisas que eu nunca soube que ele era capaz de fazer até ele fazê-las, nas jardas que nunca me importei que fosse capaz de correr até que ele as correu, nos fardos que nunca entendi que Jack carregava até ele decidir compartilhá-los. Todas as partes de si que ele me ofereceu, e que não fui capaz de retribuir com nem sequer a menor fração de mim.

— Acho que eu me sinto apenas solitária — digo. — Eu não sou durona, só sou *frágil*, e toda vez que alguém me machuca, a mágoa fica comigo como se fosse uma ferida que nunca se cura por completo. — Inspiro, trêmula, interrompendo o fôlego para engolir em seco. — Eu não sei como mudar, como ser uma pessoa mais fácil. Eu não sei ser legal com ninguém, nem comigo mesma. Você confiou em mim, e eu não soube como confiar em você também, eu não soube como...

— Viola — diz Jack.

— Eu só...

— Uma ajudinha aqui, por favor? — Ele interrompe, brusco.

Volto a me concentrar no jogo, retornando a mim mesma a tempo de perceber que Jack acerta o Cavaleiro Negro com um golpe derradeiro, do tipo que finalizaria um combate. Era para o oponente estar em pedacinhos a essa altura, mas ele não está. Por quê?

— Ah — digo.

Porque uma pessoa não pode vencer essa missão sozinha.

Pego minha espada e atravesso o peito do Cavaleiro Negro com ela, a barra de vida brilhando forte como um relâmpago antes de despencar perigosamente para o vermelho.

A paisagem muda. A névoa se dissipa.

O Cavaleiro Negro tomba no chão, sangrando, e de repente estamos mais perto do lago do que imaginávamos, como se essa batalha sempre fosse nos guiar até lá. A superfície da água se parte e uma feiticeira surge de dentro do lago carregando uma espada.

Excalibur.

O ÚNICO E ETERNO REI AGUARDA POR VOCÊ, diz a tela do jogo.

Solto o ar.

— Isso é... Acabou?

Jack não diz nada. Do lago, um homem de coroa aparece.

É óbvio que essa é a sequência final. Essa é a animação que supostamente vai encerrar a missão e, portanto, o jogo, mas... não acabou. Ainda não. Em vez de vir em nossa direção, o rei Arthur pega a espada Excalibur da feiticeira e se inclina sobre o Cavaleiro Negro.

Ele se abaixa e remove o elmo do cavaleiro, e...

Não consigo evitar. Solto um arquejo com força.

É A RAINHA GUINEVERE, diz a tela.

Ela está morrendo, diz Arthur para a feiticeira. **Ajude-me a curá-la.**

Ela o traiu, diz a feiticeira. **Ela merece seu destino**.

Ela foi amaldiçoada. Esta não é a mulher que eu amo.

Ela o traiu, repete a feiticeira. **E deverá pagar por este crime**.

Sei que isso provavelmente é muito brega, mas eu, pelo menos, estou pasma. Então tem uma reviravolta? Este tempo todo o verdadeiro cavaleiro que completava a corte não éramos nós. Sempre foi Guinevere.

Não, diz Arthur. **Aquilo que governa este reino são o amor e a lealdade. Se devo retornar, será apenas com ela ao meu lado**.

Mas Majestade...

Sem ela, não é Camelot, declara Arthur.

Ele aproxima a cabeça da esposa. Uma lágrima rola de sua bochecha e cai nas feridas de Guinevere.

Então, aos poucos, o que resta da bruma se dissipa.

A ilha desaparece. O lago desaparece. A feiticeira desaparece. A armadura do Cavaleiro Negro cai, revelando a verdade da mulher por trás dela, e agora retornamos a Camelot, e o castelo reluz intensamente sob o sol brilhante. O mercado está repleto de cores e barulho, e a heráldica bandeira dos Pendragon tremula outra vez nos parapeitos.

O rei Arthur se levanta e estende uma das mãos para Guinevere, agora consciente. Ela a aceita, devagar, parecendo confusa.

É hora de retomar Camelot, diz Arthur. **Você ficará ao meu lado novamente**?

Ela o observa minuciosamente, deslumbrada.

Ficarei.

Os portões do castelo se abrem com um estrondo, e o rei Arthur e a rainha Guinevere retornam. A Távola Redonda é preenchida, cavaleiro a cavaleiro, vindos de cada reino do jogo.

Então começam a rolar os créditos, e os dois primeiros nomes aparecem.

Diretora Narrativa *Nayeli Brown*
Diretora de Arte *Sara Chan*

— São mulheres — digo em voz alta, um pouco estupefata.

Nunca imaginei, nem mesmo por um segundo, que seriam, mas faz todo o sentido. Sempre gostei especialmente da forma como o jogo foi projetado, a coesão da história, quase que exatamente a mesma que eu teria escrito se...

— Eu poderia te perdoar se você me pedisse — diz Jack.

É tão repentino que não faço ideia do que ele está falando.

— Quê?

— Podemos brigar, sabe. — Jack fecha o notebook e me encara nos olhos. — Podemos discutir por causa disso. Nós temos tempo — diz ele, apontando para o ginásio cheio de nossos colegas, pessoas que prefeririam ele a mim, tirando... bem, o próprio Jack. — Você poderia me dizer que estou sendo muito duro, e eu poderia te dizer que estou puto pra caramba, e no fim das contas podemos reconhecer que nós dois temos razão. E daí podemos superar isso.

É coisa demais. Tanta que meu peito se enche por inteiro.

Esperança, essa coisinha maldita e mortal.

— Uau. — Limpo a garganta, tentando me agarrar a alguma noção de familiaridade. — Esse jogo mexeu mesmo com você, hein, Orsino?

Ele tira o laptop das minhas mãos.

Fecha-o. Deixa-o de lado no banco.

— Eu vou te perdoar se você me pedir perdão — diz ele. — Não preciso que diga que sente muito. Já sei disso. O que eu quero saber é se você é capaz de me pedir para ficar em vez de me deixar ir embora.

Engulo em seco.

— Você é muito perceptivo para um atletoide.

— Você, por outro lado, é só um marshmallow coberto de arame farpado.

Olho para as minhas mãos.

— Mas e se você não for capaz de me perdoar?

— Você não perguntou.

— É, mas e se...?

— Você ainda nem tentou.

— Eu só...

— Você mentiu pra mim. Foi uma merda. — Ele ergue o meu queixo com uma das mãos. — Foi suficiente pra me deixar muito bravo. Mas não pra te odiar.

Aquele toque me inquieta.

— Não quero que você me odeie.

— Que bom. É um bom começo.

— Quero que você goste de mim.

— Gostar de você?

— Sim. — Sinto as minhas bochechas corarem. — Quero que você… me queira.

— Você precisa que eu precise de você? — cita ele, com um sorrisinho.

— Para. — Viro a cabeça para o outro lado e ele me solta, mas não facilita as coisas para mim.

— Porque…? — insiste Jack.

— Porque o quê?

— Você quer que eu queira você *porque*…?

— Porque…

Tá bom, mãe. Tá bom, pastor Ike. Vou tentar fazer as coisas do jeito de vocês.

— Porqueeuqueroficarcomvocê — solto em um só fôlego, erguendo o olhar pateticamente para ele.

— Como é? — Jack coloca a mão em forma de concha ao redor da orelha.

— Porque — murmuro —, eu quero… ficarcomvocê.

Ele se inclina para mais perto.

— Desculpe, pode repetir?

— Eu quero você, ok? — explodo, irritada. — Quero que você me confie os seus segredos, quero que você fique me dando piscadelas, quero os seus sorrisinhos idiotas e suas piadas bestas, eu quero que você *me ame* e eu…

Ele me interrompe com uma verdadeira explosão em forma de beijo. Sinceramente, até hesito em chamar de beijo porque são umas dez coisas misturadas em uma só: *você é uma idiota* e *ai meu Deus* e também tem uns fogos de artifício, além da nossa sensação de vitória na missão de mentira de cavaleiros de mentira. Os dentes dele batem nos meus, eu solto uma risada e ele sorri e me beija de novo e as mãos dele estão geladas, então puxo-as para dentro de sua jaqueta, enrolando seus braços em minha cintura.

— Não consegui nem te odiar o bastante pra te deixar tremendo — admite ele no meu ouvido.

Solto um gemido frustrado.

— Eu te *disse* que você ficaria com frio…

— Ah, estou definitivamente congelando aqui — diz ele em sua voz de costume de Sou um Adorado Astro do Futebol.

Como resposta, eu o abraço com força, grata e tão, mas tão dolorosamente apaixonada que parece que o meu pobre e dolorido coração vai saltar do peito.

Só que eu cedo a essa sensação, suave do jeito que é. Tão terna quanto aterrorizante.

— Você é um perigo, Viola — diz Jack, encaixando o rosto em meu pescoço e enterrando as palavras ali.

— A gente ainda vai brigar por causa disso?

Não estou mais com tanto medo dessa briga, não como antes. Na verdade, meio que estou empolgada para ela.

— Hã, sim? Definitivamente. — Ele beija a minha bochecha, então os meus lábios, então volta para mais um abraço de urso apertado. — Assim que eu me aquecer.

17

Fim de jogo+

TRÊS DIAS DEPOIS

Jack

Quando os créditos do final da temporada de *Guerra dos Espinhos* começam a subir, Vi deixa escapar um gemido frustrado e alto.

— É sério?

(Me desculpa o spoiler caso você ainda não tenha assistido, mas só pra avisar: a Liliana acabou de morrer.)

— Eu nem sei o que pensar disso — diz Nick do meu outro lado.

— Eu achei... ruim — reconheço em voz alta, franzindo a testa. — Né? Tipo, eu não... Eu não curti.

Vi geme outra vez, mais alto, e enterra a cabeça no meu ombro. Eu a aperto um pouco, distraído.

— Será que sou burro demais pra entender ou algo assim? — pergunto a ela. — Isso foi, tipo, arte?

— Não — vocifera Vi, sentando-se ereta. — A Liliana foi 100% empurrada pra geladeira!

— Quê?

— Ela foi pra geladeira — repete Antônia, na poltrona à nossa esquerda. — É como chamam o tropo em que você mata uma personagem mulher para dar uma motivação para um personagem masculino.

— Sei que é a primeira vez que assisto a essa série e que, portanto, não entendo nada dela — diz Bash, sentado no chão. — Mas tenho que dizer que não entendi o hype.

— Ela já foi boa — fala Vi, furiosa. — Agora é idiota. Digo, por que a Liliana precisava morrer? Tipo, literalmente, pra quê?

— Talvez ela não tenha morrido — diz Nick, de um jeito otimista. — Em séries esquisitas com magia tipo essa…

— Você pode parar de falar que é uma "série esquisita com magia" quando todo mundo sabe que você adora — interrompe Antônia, jogando uma pipoca nele.

— Como eu estava dizendo, *em séries esquisitas com magia tipo essa*, as pessoas nunca morrem de verdade — termina Nick, dando um chute no pé da irmã. — E cala a boca.

— Não, ela morreu mesmo — fala Vi, verificando a tela de seu celular. Os olhos se estreitam com fúria, e tento não achar isso extremamente divertido. — A atriz está dando um monte de entrevistas dizendo que não vai voltar.

— Os roteiristas já disseram alguma coisa? — pergunta Antônia, inclinando-se para perto.

Vi se desembola de mim para mostrar a tela para a amiga.

— Ainda não. Ah, mas estou vendo aqui uma entrevista com o Jeremy Xavier…

— Argh. Ele *ama* matar as personagens femininas dele — resmunga Antônia. — Pelo visto, mulher boa é mulher morta.

— Né?! — arqueja Vi.

— Eu vi o Jeremy Xavier de longe uma vez — digo, de forma excêntrica, mas ninguém presta atenção.

— Acho que as pessoas confundem muito a morte de um personagem com algum significado real, como se a morte fosse automaticamente profunda ou algo assim — diz Vi, ainda rolando a tela do celular agressivamente. — O povo está enlouquecendo no Tumblr. Ah, espera aí, tem gente que achou lindo. Argh. — Ela finge ter ânsia de vômito. — Que nojo.

— Não pode ser. — Antônia estica o braço para o celular, e as duas se inclinam sobre a tela como se fossem uma máquina de cultura pop de duas cabeças. — Tá falando sério? Estão chamando de "corajoso"? "*Subversivo*"? Eles não *inventaram* o tropo de redenção através da morte...!

— Acho que as pessoas deveriam aceitar melhor finais felizes — digo.

— Isso que você falou — diz Vi, desgrudando-se do telefone para me olhar — na verdade é uma opinião bastante controversa.

— Controversa no sentido de que você discorda? — questiono.

— Não, eu concordo plenamente. Mas essa é considerada uma opinião muito feminina — qualifica ela, fazendo cara feia. — Como se só mulheres quisessem ver finais felizes. É horrendo.

— Mas podem esperar pra ver — comenta Antônia de um jeito conspiratório. — Amanhã os fanboys vão estar todos no Reddit dizendo que o Jeremy Xavier é um *gênio* que entende tudo sobre correr riscos nas narrativas.

— De novo, eu não entendo por que tem gente que gosta dessa série — comenta Bash. — Além disso, parece que talvez vocês duas odeiem ela.

— Somos um público com pensamento crítico, Sebastian — diz Antônia.

— Isso — acrescenta Vi, de volta ao celular. — Tomara que alguém publique uma fanfic pra consertar esse final, tipo, imediatamente.

— Você deveria publicar — digo para ela. — O final que você inventou ontem teria sido bem melhor.

— Que final? — pergunta Nick.

— Ah, eu estava só... — Vi abana a mão. — ... pensando em possibilidades.

— Ela disse que a Liliana e o Cesário deveriam ter que se tornar inimigos relutantes — digo, porque Vi pode escolher fazer pouco caso dos seus pensamentos, mas achei que ela teve uma ideia muito boa. Eu teria assistido. — Eles são rivais por natureza, certo? E a Liliana morrer pelo Rodrigo não faz sentido. O lance todo dela não é ter um vínculo de dever com a família? Daí ela simplesmente… se sacrifica por um cara qualquer?

— Ai meu Deus, você entende completamente! — Vi agarra o meu braço com a sua intensidade de costume. — Que ótima colocação. Vou dizer pra internet que você falou isso.

— Tá bom — concordo, porque ainda não descobri os detalhes de como o lado de fandoms do Twitter funciona, se for disso mesmo que ela está falando. — Digo, eu costumo estar sempre muito certo, então…

— Fale para a internet que estou presente também — Bash diz para Vi, que empurra o rosto dele para longe com o pé.

O PIOR E MAIS COVARDE FINAL DE TEMPORADA DE TODOS OS TEMPOS! SEGUE O FIO, 1/??, ela digita no celular, com uma expressão plácida com propósito. Sou tomado por uma onda de afeto.

— Você é maníaca — digo a ela quando começa o quarto post.

— Estou ciente — responde Vi, sem erguer o olhar.

Passo um braço pela cintura dela e beijo sua bochecha, me acomodando para ficar observando enquanto ela digita a crítica mais ardente e incisiva que jamais será escrita a respeito dessa série e de seus temas, que incluem uma discussão sobre o papel das mulheres e as perspectivas limitadas de narrativas imperialistas em mundos eurocêntricos de fantasia. (Falei que ela deveria começar um blog e ela me deu uma cotovelada e disse que já tinha um, dã, e que eu não sou o inventor da criação de conteúdo na internet. O que é uma notícia decepcionante, já que eu cem por cento pensei que fosse. Tecnicamente a minha ideia era algo como a ESPN mas para livros, mas daí ela me apresentou o "BookTube".)

— Por que choras, Jeremy Xavier? — murmuro no ouvido dela. Vi está no tweet de número doze.

Ela não vai admitir, mas sei que abre um sorriso.

Desnecessário dizer, nossa briga depois do torneio não durou muito tempo.

O que não significa que não brigamos, porque brigamos, sim. Eu me sentia, afinal, chocado, traído e irritado com tudo que ela escondeu de mim, e falei isso para ela, com todas as palavras. Porém, eu também contei a Vi que ficar com raiva não significava que não me importava com ela, ou que eu deixaria que a raiva desfizesse as coisas entre nós que eu sabia serem verdadeiras.

— Eu só quero saber quem é você — falei. — Eu só quero você me deixe te enxergar, as partes boas e ruins.

— Tá bom — disse ela, e embora soubesse que ela não acreditava de verdade em mim, foi muito significativo que ela estivesse disposta a tentar. — Bem, se prepara. — Vi fez uma careta. — Porque isso vai ser nojento.

Não vou mentir, com certeza tem sido esquisito. Ela me mostrou todas suas fantasias ("cosplays") e me explicou Con-Quest com toda a calma ("É um RPG, basicamente um precursor de jogos on-line tipo *Noite de Cavaleiros*") e me disse que teria dificuldade de namorar uma pessoa que nem sequer assistiu a todos os filmes da série Império Perdido (mas eu não estava errado a respeito de toda aquela gente branca de protagonista). Eu passei um tempo com Bash (para valer) e dei uma olhada no blog da mãe dela. Fiz basicamente um curso intensivo de tudo o que Vi gosta, mas, como falei para ela, nenhuma dessas coisas era "nojenta". Foi tudo novidade, interessante e prova do que sempre imaginei a respeito dela — que é o fato de que ser algo do qual Vi Reyes gosta vale o esforço. Quando Vi ama alguma coisa, ela ama profundamente, de um jeito atencioso e generoso, e retribui o que é oferecido dez vezes mais.

A fisioterapia está indo bem. Saio para corridas leves agora, o que me agrada. Agora que a temporada de futebol acabou, as coisas se acalmaram em casa. Meu pai até foi homenageado em um banquete por causa da vitória no Estadual, e mamãe e eu participamos na companhia do meu irmão, Cam, durante uma das raras visitas dele à nossa casa.

Meu pai gosta de Vi, aliás.

— É o tipo de jogadora que dá início a um lance — disse ele quando a conheceu. — Ela tem visão.

— Por favor, não tenta treinar ela, ok? A Vi só gosta de esportes em que dá para bater em alguma coisa. — Essa é uma citação direta dela, inclusive.

— A garota tem tendões de Aquiles perfeitos — protestou meu pai em resposta, mas felizmente não pediu a ela para colocar chuteiras nem nada do tipo. Ele apenas achava que o centro de gravidade de Vi a tornaria uma ótima corredora e informou isso a ela, que pareceu reconhecer como um elogio vindo dele.

Quanto à minha mãe, ela já foi conquistada por Vi quando contei que fora parcialmente por causa dela que eu estava considerando fazer um curso introdutório em Ciência da Computação no próximo outono, na Ilíria.

— Só pra ver se eu curto — eu me justifiquei apressado, porque minha mãe começou a ficar com aquela cara de quem está um pouco empolgada demais com o que eu estava falando.

Acho que sempre foi difícil para ela que os dois filhos tivessem algo em comum com o pai, mas não com ela. Nesse sentido, imagino que esteja um pouco aliviada por Vi ter me apresentado outras coisas para desejar na vida, o que é algo que eu mesmo sinto com frequência. (Mas não conte para Vi que ela está motivando a minha narrativa ou vai lá saber que tipo de comentário midiático ela é capaz de fazer.)

Desde que virou protegida de Bash, Olívia tem sido mantida como refém desta família tanto quanto eu. Seria de imaginar que me deparar com a minha ex-namorada de repente enquanto fico sentado no sofá da minha atual seria constrangedor, mas Olívia e Bash estão ocupados demais com os preparativos para o musical de primavera para ficarem parados conversando por muito tempo. Fico feliz por Olívia: é óbvio que ela encontrou algo digno de sua energia, considerando que seu antigo hobby de me apoiar em nossa relação era um péssimo uso do seu tempo. Ela vai se sair muito melhor como Hodel, não que eu saiba quem seja essa.

— Espera aí, você não sabe quem é Hodel? Meu Deus, Jack. A gente vai ter que assistir. O filme tem umas três horas, mas vale a pena, prometo — diz Vi.

(E foi assim que me vi obrigado a assistir a *Um violinista no telhado*.)

É engraçado pensar que quando o ano começou, eu parecia ter ambições imensas: namorada perfeita, temporada perfeita, recorde escolar, imortalidade e fama. A Ilíria também, não pelo que era, mas pelo que representava. Acho que alguns poderiam dizer que o meu contentamento é pequeno em comparação ao que almejava; que em vez de sair de um treino extenuante vou me alongar com cuidado e correr devagar, ou que tenho examinado o catálogo da Ilíria para considerar as possíveis matérias eletivas que quero fazer (muito longe da máxima de "enxergue e faça acontecer" que meu pai instilou em mim). Pensando nesses termos, pode parecer que conquistei menos do que o planejado.

Porém, graças a este ano, o mundo ficou maior. O universo se expandiu para mim. Posso ver para além do treino de futebol, para além da necessidade de ser mais rápido e mais forte, para além de correr simplesmente para provar que sou capaz. Pela primeira vez, percebo que meus limites são muito vastos, e quantas coisas ainda tenho para experimentar. É uma descoberta que me faz sentir corajoso.

Tão corajoso, na verdade, que calhei de encontrar um clube de *Noite de Cavaleiros* no campus da Ilíria e entrei em contato para saber exatamente do que se trata. Porque eu meio que tenho que saber, certo? Além do mais, parece que uma das desenvolvedoras do jogo é uma ex-aluna que de vez em quando dá palestras no campus, então...

— Está pronto?

Vi olha para mim cheia de esperança. É uma versão diferente dela, uma que deseja compartilhar coisas comigo, que está pronta para ser enxergada como é por inteiro. É uma versão íntima dela, e por mais grato que eu seja por Vi ser durona do jeito que é, este é um raro lampejo de Vi Reyes que me sinto grato por ter permissão de ver de tempos em tempos.

— Você entende que a gente vai assistir a um monte de playoffs da NCAA depois, né? — pergunto. — Pra ser justo.

— Sim, e eu estou contando os dias pra isso — responde ela.

— Não tá nada.

— Não — concorda Vi. — Não tô.

— Você vai curtir.

— Vou?

— Qual é, você adora um pouquinho de barbaridade.

— Sim, mas quando o assunto é ficar levando um *brinquedo* por aí...

Ela fecha a cara quando a beijo, mas logo se derrete.

— Ok — diz, com os olhos ainda fechados.

— Ok o quê?

— Ok, futebol é muito importante para mim.

— Não pedi pra ir tão longe assim, mas obrigado por chamar pelo nome certo.

— Não é ciência aeroespacial, Orsino.

— Viola — alerto.

— Sim, milorde? — diz ela, seca, e protesta só um pouquinho quando a beijo outra vez.

Vi

A energia no cômodo esta noite é rígida, mas não é tensa. É o zumbir de empolgação antes da batalha, uma vibração de camaradagem e nervosismo que une todos nós. (Também é fome, porque Lola está na cozinha fritando lumpia, e estamos sentindo esse cheiro há meia hora e está levando todos a diversos atos de desespero.)

— Ok, então — diz Olívia, que fez anotações detalhadas de sua personagem do mesmo jeito que detalhou a nossa cena de *Romeu e Julieta*. — A gente vai ter que, tipo, fazer introduções dos personagens?

Todo mundo se vira para mim, incluindo Antônia.

— Hum, se liga. Você sabe como isso funciona — eu a lembro.

— Não desde que você passou a mestrar. — Antônia sorri para mim.

(Estamos melhor agora. Ontem ela apareceu na minha casa do nada, como costumava fazer antigamente, e acabou ficando para o jantar.)

— Bem, esse jogo é *nosso*, e não só meu — digo.

— Eu ajudei a escrever — contribui Bash.

— Nós sabemos — todos falam em uníssono.

À minha direita, Nick e Jack trocam um olhar que diz: *No que é que a gente foi se meter, hein?*

— Ei — digo para os dois. — Vocês é que se ofereceram para vir.

Marta, uma amiga de Olívia — o elemento que destoa do grupo, no sentido de que também é uma líder de torcida popular, digna de fazer parte da corte do baile de boas-vindas, mas que aparentemente participou pelos últimos quatro anos de uma mesa de ConQuest com sua antiga trupe de escoteiras —, estende a mão para a ficha de personagem de Olívia.

— Acho que devemos fazer uma introdução.

— Mas e se a pessoa não tiver carisma? — pergunta Nick.

— Então você se ferra — anuncia Bash.

— Você não precisa fazer isso — digo para Nick.

— Não, eu quero — garante ele. — Eu estava falando é do Orsino.

— Como é? Eu sou, tipo, um poço de carisma — diz Jack, o que é verdade.

— Bash pode fazer a minha introdução — diz Mark Cúrio, entregando a folha dele para meu irmão.

— Ah, *com todo o prazer* — responde Bash, esticando a mão até que Olívia dá um tapa nela.

— Acho importante que cada um faça a sua — repreende ela. — Você sabe, pra conseguir realmente *habitar* os personagens, certo? Seria a melhor forma de sentir que todos estamos entrando na história por completo.

— Bem colocado — digo. — Então, vamos lá? Olívia, você pode começar.

A personagem de Olívia é a mesma que criamos juntas uns dois meses atrás: a ex-princesa com habilidades de combate corpo a corpo. O personagem de Bash é um contrabandista ("E um cafajeste", anuncia ele de um jeito duvidoso) que fala diversas línguas e é um prodigioso ladrão. Antônia e Marta são suas personagens originais de sempre: a curandeira Larissa Highbrow e uma bruxa meio-elfo, respectivamente (o que é muito maneiro, já que isso significa que Marta pode manipular o tempo; bastante útil). Jack decidiu ser, é claro, um nobre no estilo Robin Hood ("duque da trapaça", como ele colocou), Nick é um guerreiro experiente, e Cúrio, surpreendentemente, decide ser um astrônomo. (Quando perguntamos o motivo, ele disse que simplesmente gosta de estrelas e, enfim, isso não seria útil para se guiarem na jornada? O que faz sentido.)

Sou a Mestra, mas se não fosse, provavelmente estaria estreando uma nova personagem para esse jogo. Talvez uma do tipo lobo solitário que se disfarça de homem (ou como uma velhota) por segurança, apenas para descobrir que ela pode fazer muito mais quando revela quem é.

De maneira tática, claro. Quando é razoável. Nem todo espaço é seguro.

Mas alguns com certeza são.

Pego as minhas anotações, algumas das quais repletas de comentários de Bash, e começo a ler o monólogo de abertura do jogo que ele e eu escrevemos durante o verão.

— Dentre os portos capitalistas de Karagatan d'Oro há um próspero mercado clandestino de bens exóticos — começo. — Sob o governo corrupto do Rei das Sombras, navios de carga atracam todos os dias carregados com centenas de milhares de bugigangas de valor inestimável. O porto é infame por sua segurança e, no entanto, todos os anos há certos itens valiosos que nunca alcançam o seu destino.

— Quem quer lumpia? — grita Lola da vozinha.

— Shhh — diz Bash para ela, mas então repensa. — Na verdade, eu quero.

— Continua — diz Jack para mim, cutucando a minha mão.

(E ele jura que não é nerd.)

— Dizem os rumores que o Mercado Noturno do Mar de Ouro é um lugar real — prossigo. — Localizado em algum ponto dentro da cidade do Rei das Sombras, ele só pode ser alcançado por alguém que saiba como chegar. Quase todo mundo possui um item, um objeto perdido, que pode ser encontrado no Mercado Noturno, mas o mero ato de encontrá-lo é tão perigoso que a maioria das pessoas ou desaparece para sempre ou ressurge meses, até anos depois, balbuciando delirante sobre as atrocidades a que sobreviveu.

— Mais alguém está todo arrepiado? — sussurra Marta. Olívia faz um ruído pedindo silêncio.

— Cada um de vocês tem algo que precisa localizar no Mercado — digo para eles. — Vocês mantêm isso como um segredo bem guardado.

Conforme o jogo prosseguir, alguns revelarão seu segredo aos outros para obter sua confiança ou formar uma aliança. Outros provavelmente vão mentir, embora isso vá depender das habilidades, fraquezas e motivações de seus personagens. (Bash e eu concordamos que a natureza humana cria o melhor tipo de mistério.)

— Em primeiro lugar, no entanto — prossigo —, vocês precisam encontrar uma maneira de entrar.

— Temos que encontrar um dos sobreviventes — diz Cúrio imediatamente, e, assim, começa a discussão.

— E se a pessoa mentir?

— É trabalho nosso descobrir, né?

— Como vamos encontrar um sobrevivente?

— É um *porto*, alguém deve ter conexões…

— A gente consegue, nós somos os criminosos…

— Precisamos que alguém suborne os guardas!

Eu me acomodo na cadeira e sorrio por um instante, sem conseguir me conter. Sempre sonhei que ConQuest fosse jogado dessa forma: colaborativamente, entre pessoas que de fato se escutam e que estão ocupadas tentando resolver um quebra-cabeças em vez de apenas lutando sem pensar. Só que é mais do que isso, acho. É a satisfação de criar um mundo que outras pessoas querem habitar. É o… senso de união criado ali.

A coluna de conselhos da minha mãe abordou um assunto interessante na semana passada. A pergunta foi de uma pessoa muito focada e ambiciosa que confessava que relacionamentos, ou sequer *desejar* um relacionamento, com frequência parecia ser uma perda de tempo.

Minha mãe me perguntou o que eu pensava disso antes de escrever a resposta.

— O assunto parece ser bem da sua área — disse ela.

— Por quê? — suspirei. — Porque sou muito fria e desprovida de conexão humana?

— Não, *hija*, pelo contrário. — Ela riu de mim. — Você não pensa realmente essas coisas a seu respeito, pensa?

— Foi você quem me disse que eu precisava ser mais aberta às coisas — lembro-a.

— Aberta, sim. Eu nunca falei que você era fria.

— Mas se abrir é difícil — admiti. — Uma vez que você abre a porta, não tem como saber o que vai entrar.

— Então vale a pena?

Considerei aquele assunto.

— Provavelmente nem sempre — falei.

Ela riu outra vez.

— Essa é a sua resposta final?

— Não. — Tamborilei os dedos na mesa antes de perguntar a ela algo difícil. — Você acha que sou sensível demais?

Minha mãe ergueu uma sobrancelha.

— Você acha isso?

Odiei confessar isso, mas estava tentando ser honesta. (Para fins científicos.)

— Talvez — falei.

— Isso é ruim?

— Às vezes. Significa que minha casca protetora é bem mais dura.

— Mais difícil de atravessar? — adivinhou ela.

— Isso. — Ela não falou nada, então acrescentei: — Acho que é solitário.

— O que é solitário?

— A vida.

— Você se sente solitária?

— Não, acho que *nós* somos solitários. Tipo, como espécie.

— E o que isso significa?

— Que podemos gostar de quem somos e gostar de ficar sozinhos e ainda assim querer esse sentimento de conexão uns com os outros.

— Então o que você responderia, se fosse eu?

Minha mãe apontou para seu documento em branco.

Um monte de coisas veio à minha mente; Jack, é claro. Antônia, Olívia. O rei Arthur. As duas desenvolvedoras de jogos cujos nomes pendurei na minha parede. O pastor Ike, que não *mudou* a voz da minha mãe, mas a cultivou. Ajudou-a a se desenvolver.

— Acho que a melhor coisa que a gente pode fazer na vida é cuidar uns dos outros — falei. — O que não precisa significar casar e ter filhos — acrescento depressa. — Eu só acho que talvez a felicidade não seja uma linha de chegada, ou finalmente conhecer a pessoa certa, ou conseguir o trabalho perfeito, ou encontrar a vida ideal. São as pequenas coisas. — Como finalmente ver suas contribuições serem valorizadas em uma mesa de ConQuest. — É o que acontece com você quando está plenamente acordado e sonhando.

Ela publicou minha resposta, sem mudar uma palavra.

— Viola — diz Jack, me cutucando. — Tá viajando?

Pisco, percebendo que estão me esperando para decidir o que vão fazer em seguida. Pela primeira vez, estou contente em seguir descobrindo o que virá pela frente sem controlar o resultado.

E então faz total sentido, aquele pequeno relâmpago de compreensão que percebo em momentos de clareza. Não tem a ver só com o resultado final, entende do que estou falando?

O jogo não são só os dados. É quem está com você na mesa.

— Beleza — digo, satisfeita, pegando um dos dados para que seja rolado.

Que comece a aventura.

que meu marido sofreu quando era running back universitário interestadual, mas no caso do sr. Nove Cirurgias no Joelho, pouca coisa aconteceu em termos de cura de verdade.) Agradeço a Krishna e a James Farol-Schenck por me ajudarem a manter um razoável grau de precisão em minhas versões inventadas do D&D e de MMORPGs. Agradeço a Zac Drake pelos detalhes mais refinados de programação quando o assunto eram videogames. Agradeço às minhas irmãs, Kayla Barnett e Mackenzie Nelson (kkkk, amo vocês), e Marta Miguelena, pelo uso de seus nomes no que é 100% ficção, juro.

Agradeço a David Howard, meu melhor amigo. Embora nosso relacionamento sempre tenha sido completamente platônico, muitos dos momentos que Jack e Vi compartilham neste livro são baseados em conversas que David e eu tivemos quando frequentávamos a escola, (até então) muito branca e de classe média alta. Eu com frequência tagarelo sobre minhas memórias de David na ficção, mas este conjunto particular de características de personagens são definitivamente uma homenagem a um dos homens mais gentis que já conheci. David, muito do que sei sobre o amor vem de amar e ser amada por você. Sou extremamente grata por estar viva ao mesmo tempo que você, e estou honrada por sermos da mesma espécie.

Todo o resto que sei sobre o amor vem de Garrett, minha eterna fonte de inspiração. Não vou fazer nenhum estardalhaço: você já ouviu tudo isso antes e vai ouvir de novo (isso é uma ameaça!). Agradeço à minha família; à minha mãe; a todos na minha vida por seu apoio infinito. Agradeço a Stacie, que foi a primeira leitora deste livro e sua apoiadora mais fiel. Uma das coisas mais legais que obtive dos fandoms foi a honra de poder chamar você de amiga. Agradeço aos meus amigos sempre solidários Angela, Nacho e Ana, Lauren Schrey, Lauren Myerscough-Mueller e os bebezinhos que torço para que possam aproveitar essa história um dia: Theo, Eli, Harry, Miles, Eve e Andi. Agradeço aos talentosos autores Arya Shahi, um dos primeiros leitores, e Tracy Deonn, amigos que em geral me mantêm sã (ou algo desse gênero). Agradeço a Henry, meu garotinho fofo e luz da minha vida. Estou dando o meu melhor para escrever tudo o que sei sobre a vida para você. (O segredo é que a mamãe está inventando tudo conforme progredimos!)

E finalmente agradeço a você, leitor, por estar aqui. Se você é o tipo de pessoa que sente raiva o tempo inteiro, mas acha que não tem permissão de se sentir assim, eu enxergo você. Se todos os erros cometidos contra você são pequenos ou infinitos demais para serem descritos apropriadamente, eu acredito em você. Seja generoso consigo mesmo, seja bondoso com sua mente, seja gentil com o seu coração. Como sempre, é uma honra escrever essas palavras por você, e espero que tenha gostado da história.

Beijos,
Alexene

**Confira nossos lançamentos,
dicas de leitura e
novidades nas nossas redes:**

𝕏 **editoraAlt**
editoraalt
editoraalt
f editoraalt

Este livro, composto na fonte Fairfield,
foi impresso em papel Ivory Slim 65g/m² na gráfica Coan.
Tubarão, Brasil, setembro de 2024.